KB072111

그림자 정원의 마리오네트

그림자 정원의 마리오네트 2

초판 1쇄 펴낸 날 | 2017년 11월 3일

지은이 | 유미엘
펴낸이 | 서경석

편집책임 | 조윤희 편집 | 이은주, 이예진 디자인 | 신현아
마케팅 | 서기원 경영지원 | 서지혜, 이문영

임프린트 | MUSE
주소 | 경기도 부천시 부일로 483번길 40 서경B/D 3F (우) 14640
전화 | 032-656-4452 팩스 | 032-656-4453
이메일 | roramce@naver.com 블로그 | bolg.naver.com/roramce
홈페이지 | http://www.chungeoram.com

발 행 처 | 도서출판 청어람
출판등록 | 1999년 5월 31일 제387-1999-000006호
어람번호 | 제11-0064호

ISBN 979-11-04-91474-4 04810
ISBN 979-11-04-91472-0 (SET)

뮤즈는 도서출판 청어람 단행본사업본부의 임프린트입니다.

그림자 정원의 마리오네트

2

유미엘
장편소설

목차

1.
꿈꾸는 마리오네트

저택에 도착한 워렌은 하던 일보다도 먼저 전화기를 집었다. 몇 군데 연락을 넣으며 길게 통화하고는 만족한 듯 전화를 끊었다. 그가 집에 닿자마자 자동차를 주문했다는 걸 헤이젤이 알게 된 건 차가 도착한 다음이었다.

워렌이 자동차를 샀다는 소식을 들은 카리나는 희희낙락대며 하트퍼드 저택을 찾았다.

"뭘 샀나 했더니 이거구나! 포드 모델A 튜더 세단!"

크게 화려하지 않고 맵시 있는 검은 차를 고른 게 워렌다운 선택이라고 카리나가 평가했다.

"그러게 내가 차는 꼭 필요하니 아무리 가난해도 하나 뽑으랬잖아. 지금껏 귓등으로도 안 듣더니 대체 무슨 바람이 분 거야?"

이전부터 차만큼은 있어야 한다고 주장하던 카리나는 워렌에게 어떤 심경의 변화가 있었는지 궁금해했다. 그녀는 대꾸 없이 묵묵히 차만 닦고 있는 워렌 곁으로 다가가 속삭였다.

"헤이젤 때문이지?"

"……윽."

카리나는 그가 헤이젤을 특별하게 생각하고 있다는 걸 눈치채고 있었다.

"누구에게도 무관심하던 워렌 하트퍼드가 드디어! 그녀를 위해 자동차를 샀다는 말은 이미 했어?"

"안 했어. 그리고 안 할 거야."

"왜? 기뻐할 텐데."

"과연 그럴까. 아니 그것보다도, 알리고 싶지 않아."

"잠깐. 이게 무슨 소리람? 나 뭔가 놓치고 있는 게 있는 것 같아. 이리 와봐."

워렌의 손에 들려 있는 마른걸레를 빼앗아 멀리 집어 던진 카리나는 그대로 그를 끌고 정원 한구석에 놓인 벤치로 향했다.

"자세히 좀 설명해 봐. 뭐가 문제야? 자동차를 살 만큼 적극적으로 나서기로 한 거 아니었어?"

"그런 거 아니거든."

"답답하게 굴지 말고 제대로 설명을 좀 해봐. 왜 알리고 싶지 않은 건데? 아니, 들이받기라도 해야 뭔가 진전이 있지. 이러고 있으면 헤이젤 성격에 잘도 눈치채 주겠다."

너도 답답한데 걔도 눈치 없는 거 알지 않느냐고 타박한 카리나가 안 그래도 꼬인 상황 더 복잡하게 만들지 말라고 조언했다. 그래도 대답이 나오지 않자 그녀가 팔짱을 끼었다.

"설명하지 않으면 오후 내내 이러고 나랑 얼굴 보고 있어야 할걸."

"야!"

"싫지? 나도 별로야. 그러니 쌍방 마음의 평화를 위해 잽싸게 털어놓으세요. 대체 왜, 솔직해지지 못하는 건데?"

"……어린애잖아."

"아하. 아동성애자라도 된 기분이 들어서 그래?"

"카리나!"

까르르, 별걸 다 걱정한다고 카리나가 상체를 크게 젖히고 웃었다. 좋아하는 마음을 이기지 못하고 다가가려 하다가도 문득, 지금 애한테 뭐하는 짓인가 싶어서 제동이 걸린다는 워렌의 말에 벤치를 두들기며 웃던 그녀는 손가락으로 눈물을 닦으며 그를 바라보았다.

"착실한 성격인 건 알았지만 그런 거로 제동이 걸릴 줄은 몰랐어."

"남의 일이라고 쉽게 말하지 마."

"세상에. 모습은 저럴지 몰라도 유령이잖아. 너보다 더 오래 살고 자식까지 본 사람이거든요?"

"그건 그럴지도 모르지만."

유령이라는 것 역시 문제가 아니던가. 워렌이 문제를 너무 무겁게 바라보고 있었다면 카리나는 너무 쉽게만 접근하는 경향이 있었다.

"유령이라는 게 문제가 된다면 헤이젤이 인형이라는 것에도 저항감이 있을 테지?"

"그야."

없다고 하면 그거야말로 이상하지 않은가. 인형, 그것도 제가 만든 인형에 욕정을 품는 변태라는 나락까지 떨어지고 싶지는 않았다. 그야말로 이성과 본능이 서로 처절하게 싸우는 중인지라 고백이고 뭐고 여유가 없었다.

"그거, 고민하면 답이 나오기는 하고?"

"……모르겠어."

괴로워하는 워렌을 옆에서 지켜보던 카리나는 포기하기에는 이미 늦은 것 같다는 생각을 했다. 본인이 깨닫지를 못해서 그렇지 이미 되돌릴 수 없을 것 같은데, 어떻게 해야 그 사실을 알릴 수 있을까 고민스럽다.

"게다가."

"뭐가 또 남았어?"

아니 이 남자는 사람 하나 좋아하는데 뭐 이렇게 앞을 막는 게 많은 거야? 너무 놀라 욕이 튀어나오지 않은 것만 해도 다행이라고 생각하며 카리나가 워렌을 주시했다.

"다른 것보다도 '그 얼굴'이라는 게 가장 큰 문제야."

"상대가 아이인 것도, 혼령인 것도, 인형인 것도 넘길 수 있을지 몰라도 저 예쁜 얼굴이라 안 된다는 건 또 무슨 개소리야?"

걸리는 것도 너무 많고 안 되는 것도 너무 많다. 덩치 큰 건장한 사내가 사랑에 빠져 허우적거리는 모습을 곁에서 지켜보는 재미는 나름 쏠쏠했다. 귀엽기도 하고 징그럽기도 하고. 이 남자가 이렇게 사춘기 소녀 같은 성격이었다는 건 그녀도 이번에 처음 알았다.

그러다 문득, 파비오가 지나가며 했던 말이 떠올랐다. 닮은 사람을 본 적 있다고 하지 않았던가? 그때는 그저 잘못 보거나 우연이 겹쳤을 거라 생각하던 한마디가 묘하게 카리나의 마음을 긁었다.

"저 한 체만 만들고 몰드도 없앴다고 했지? 설마 실존하던 사람이 모델이었어?"

의심 가는 생각을 우연히 입 밖으로 내뱉자 워렌의 눈매가 가늘어졌다. 카리나는 그의 미간에 다시 주름이 잡히는 걸 보고 쓸데없는 추측이 아니었다는 걸 깨달았다.

"정말이야? 모델이 있어?"

아무리 소녀가 예쁘고 사랑스러워도 '그녀'의 흔적이 남아 있는 한 워렌은 솔직하게 마음을 고백하기 힘들었다. 의외의 곳에서 워렌의 저항감을 접한 카리나는 입을 딱 벌렸다.

"뭐야 이거, 지금 두근두근 과거 고백 타임이야?"

"그런 거 아니야."

남의 연애담이 뭐 그리 즐거운지 카리나 얼굴에는 홍조까지 띠었다.

"짚이는 게 있어서 그래. 헤이젤이 혹시 이걸 알고 있어?"

"아니."

"그래?"

그 말에 카리나가 고개를 갸웃했다. 아는 것 같던데, 라고 중얼거리며 기억을 더듬었다. 워렌에게 좋아하는 사람이 있다고 말했던 헤이젤. 어쩌면 소녀는 워렌이 생각하는 것보다도 그에 대해 더 많이 알고 있을지도 몰랐다.

"그래서? 워렌이 인형을 만들 정도로 중요한 그 여자는 대체 어디의 누구야?"

"그렇게 중요한 사람 아니야."

오히려 그 반대지, 라고 워렌이 중얼거렸다. 뜻밖의 순간에 올리비아를 떠올린 워렌은 한숨을 푹 내쉬었다.

"여튼, 그 얼굴과 연애는 정말 무리."

"아유! 정말 까다롭게 구네. 그렇게 미적대다가 그 아서라는 바람둥이에게 홀랑 뺏겨봐야 정신을 차리지. 무슨 일이 있었는지는 모르겠지만, 늦기 전에 설명해!"

그렇게 말했는데도 워렌은 끝내 침묵했다. 여자의 직감을 우습게 보지 말라고 지적한 카리나는 차 열쇠를 내놓으라고 했다.

"열쇠는 왜."

"열 받아서 드라이브나 하고 오려고 그런다, 왜."

"내 차를 왜 네가 몰아."

"이 스트레스를 제공한 원인이 당신이니 책임을 져야 할 거 아니냐고. 내가 다녀올 동안, 헤이젤에게 전부 설명해."

"뭐?"

"댁은 이렇게 몰아붙이지 않으면 속 터지게 한 발자국 다가가는 데 십 년은 족히 걸릴 것 같아서 그래. 말 안 하면 내가 다 불어버릴 거야. 내가 나서고 난 후에는 분위기고 뭐고 박살 나는 거 알지? 마지막 기회라고 생각하고 냅다 고백하는 게 좋을걸."

"그걸 왜 네가 정하는데!"

당황한 워렌이 저항했지만 운전석 문을 연 카리나는 차 열쇠가 꽂혀 있는 걸 보고 히히 웃었다. 그녀는 워렌이 막기 전에 재빠르게 차 안으로 뛰어들어 문을 닫았다.

"카리나!"

"다녀올게, 대화 잘하고!"

대뜸 시동을 걸고 차를 뺀 카리나는 새 차라서 그런지 엔진 소리가 무척 부드럽다는 말을 남기고 하트퍼드가 정원을 빠져나갔다. 그녀가 차를 몰고 사라진 지 얼마 되지 않아 헤이젤이 작은 은쟁반을 받쳐 들고 나타났다.

"어? 카리나 씨는 어디 가신 거예요?"

"잠시 볼일이 생겼대. 금방 돌아올 거야."

소녀는 고개를 갸웃하며 그가 초대하는 대로 벤치 옆자리에 앉았다. 카리나에게 세차게 등을 떠밀리고도 워렌은 망설였다. 이런 태도가 남자답지 않다는 건 알고 있었다. 그러나 그가 설명한 내용도 전부 사실이었다. 망설이는 요소는 많았지만, 그중에서도 가장 마음에 걸리는 사실은 헤이젤이 그녀의 얼굴을 하고 있다는 점이었다.

워렌은 헤이젤이 건네주는 유리컵을 받았다. 가을치고 더운 날씨라는 말에 냉침한 과일 차를 준비했다고 했다.

"늦게 오실 것 같으면 차를 다시 시원한 곳에 두고 올게요."

"아냐. 잠시 거기 앉아봐. 할 말이 있어."

"……예?"

비장한 워렌을 보고 무언가 심상치 않음을 깨달은 헤이젤이 조심스럽게 물었다.

"카리나 씨가 오늘 오신 이유가 뭐예요?"

심각한 일이었는지를 묻자 워렌이 침묵했다. 그래, 그것도 있었지. 오늘 카리나가 방문한 이유는 새 차를 구경하는 것도 있지만 그것보다 더 중요한 용건이 있었다.

"왕궁에서 연락이 왔어. 그, 에드나 공주가."

여기까지 말한 워렌은 그답지 않게 헤이젤의 눈치를 살폈다. 소녀가 공주 이야기를 하지 말아달라고 했던 요청이 떠올랐기 때문이었다. 헤이젤은 예상외의 이름에 잠시 놀랐지만 괜찮다는 뜻으로 고개를 끄덕였다. 다른 것보다도 그가 자신의 부탁을 기억하고 신경 써주고 있다는 게 기뻤다.

"수도 번화가 광장에 있는 오래된 탑을 개조하고 싶다는 연락을 줬어. 내가 거절할 게 뻔하니까 에이전시 측을 통해서."

"워렌이 건축 일도 하는 건가요?"

탑 개조와 워렌을 연결해서 상상할 수 없었던 헤이젤이 물었다. 의아해하는 것이 당연했다. 처음 제안을 받은 워렌도 비슷한 반응을 보였으니까. 재건축 설계도를 보기 전까지 공주의 의도를 이해할 수 없었다.

"그 탑 꼭대기에 커다란 시계가 있어. 오래되어 고장 난 시계탑인데 그걸 오토마타가 내재된 최첨단 시계로 바꿔달라고 요구해 왔어."

"시계요?"

"시계는 내장품을 신식으로 바꾸고 외관은 최대한 그대로 살릴 예정이래. 내가 할 일은 자정이 되면 오토마타가 움직이는 작은 쇼를 준비하는 거야."

"와아. 멋지겠네요."

"많이 귀찮아졌지. 공주는 왜 이런 일을 제안한 건지……."

헤이젤은 그 마음을 알 것 같았다. 에드나는 워렌이 빨리 빚을 갚을 수 있도록 수익이 큰 계약을 만들어주고 싶었을 거다. 워렌은 귀찮아 하지만 이 일을 완성하고 나면 단순한 인형가로서만이 아닌 건축 예술가로서의 명성도 얻게 될 터였다. 공주의 배려를 이해한 헤이젤은 다시 한 번 에드나가 워렌을 아낀다는 걸 깨달았다.

"그분은 워렌을 정말 좋아하나 봐요."

혼기가 찰 때까지 결혼을 미루고 청혼을 기다렸다는 말이 사실일지도 모른다. 사랑하는 남자를 돕기 위해 이런 일까지 세심하게 계획하는 것만 봐서도 알 수 있었다. 그런 생각을 하는 헤이젤을 물끄러미 바라보던 워렌은 더 심각한 오해가 생기기 전에 바로잡아야 할 것이 있다는 걸 깨달았다.

"잠깐. 뭔가 오해가 있는 것 같은데."

"오해요?"

"그래. 믿어줄지 모르겠지만 우린 소문대로의 사이가 아니야. 에드나는 지금 남편과 어릴 때부터 사귀었어. 세기의 로맨스라도 찍는 양 헤어졌다 다시 결합했다를 반복했지. 그럴 때마다 나를 방패로 썼고."

생각지도 못한 설명에 헤이젤이 고개를 들고 워렌을 물끄러미 바라보았다.

"에드나는 자신이 공주라는 것 때문에 남편이 청혼을 망설인다는 걸 알았어. 의외의 계략가이니 화도 내보고 달래보기도 하고, 할 수 있는 건 다 했을 거야. 그래도 답이 나오지 않자 질투를 유발하려고 나를 좋아하는 척했던 거야."

"정말이에요?"

"그래. 공주가 나에게 관심이 있다는 것 같다는 소문이 돌자 그가 질투로 화가 머리끝까지 나서 나를 찾아왔거든. 거창하게 한판 싸우고 공주가 그걸 말리는 중에 극적으로 청혼했고."

"그럼 이 모든 것이 전부……."

"에드나 공주가 바란 대로 진행된 거지. 지금 나를 돕는 것도 아마 그때의 사죄일걸."

아무리 그래도 사죄치고는 너무 거창한 감이 있었다. 헤이젤의 의구심을 이해한 듯 워렌이 쓰게 웃었다.

"공주와의 염문으로 내 혼담이 바짝 말라 버렸거든."

예쁜 데다 머리도 좋고, 적당히 권력도 있는 공주님이 마음에 둔 젊은 공작님. 잘못 접근했다가 어떤 사회적 불이익을 받을지 몰라 하트퍼드 가문과 어울릴 만한 영애들은 모두 몸을 사렸다. 거기에 선대에서 자금줄마저 끊겼다는 소문마저 돌자 워렌은 아무도 돌아보지 않는 혼처가 되어버린 거였다.

"저런, 그런 말도 안 되는 민폐가……."

"마음에 걸렸는지 지금까지 이것저것 도우려고 하는 것 같아."

"그런 거였군요……! 민폐 끼친 걸 생각하면 그럴 만도 해요."

"그러니 이제 질투하지 않아도 돼."

"네?"

에드나가 자신의 연애를 성사시키기 위해 워렌을 희생시킨 피도 눈물도 없는 여자였다는 사실을 알게 된 헤이젤은 혀를 내둘렀다. 그러다 스치듯 뭔가 이상한 말도 들은 것 같아 눈을 동그랗게 떴다.

"질투한 거 아니야?"

"앗!"

전신에 피가 있다면 얼굴로 쏠렸을 순간이었다. 티를 내지 않으려고 조심했는데, 들킨 것 같았다. 대체 언제 눈치를 챘을까 하며 당황함을 감추지 못하자 워렌이 멋쩍은 듯 웃었다.

"그건 내 희망 사항. 질투해 주었으면 했던 거였어."

"네?"

당황했는지 헤이젤의 목에서 풍선 바람이 빠지는 것 같은 소리가 나왔다.

"네가 공주 이야기를 하지 말아달라는 말이 질투에서 나온 거면 좋겠다고 생각했거든."

헉. 탄식이 터졌다. '신부'의 몸이 아닌 제 원래 몸이었다면 아마 심장마비가 왔을지도 모른다. 과녁 정중앙을 통과한 추측에 헤이젤은 뭐라 할 말을 찾지 못하고 눈만 이리저리 굴렸다.

"나는 널 좋아하니까, 너도 좋아해 주었으면 하고……."

좀 전에 한 말 취소. 심장마비가 오려면 지금이지, 라고 헤이젤은 중얼거렸다. 자신이 이미 앉아 있기를 정말 잘했다고 생각했다. 그러지 않았다면 너무 놀란 나머지 쓰러졌을지도 모르고 그랬다가는 귀한 인형에 상처를 낼 수도 있었을 테니까.

"저기, 워렌?"

"왜?"

"워렌은 좋아하는 분이 따로 계신 줄 알았……, 아니. 아하하. 제가 무슨 말을 하는 거죠! 워렌이 좋아한다는 말은 그런 뜻이 아닐 텐데!"

분명 가족이라거나, 여동생이라거나, 인…… 인형치고 괜찮다는 말일지도 모르는데! 너무 제 좋을 대로 해석하고 허튼소리를 했다 싶어 창피해진 헤이젤은 '비겁해도 이럴 땐 도망가는 게 상책'임을 깨닫고 자리에서 벌떡 일어났다. 워렌에게 좋아한다는 말만 듣고 헛다리를 심하게 짚은 자신이 원망스러워 인형이 아니었다면 눈물이 찔끔 났을 것 같았다. 당장 몸을 숨기고 울고 싶은 기분이었다. 그런 소녀의 손목을 잡은 워렌이 놀란 얼굴로 물었다.

"어디 가려고? 잠깐만 앉아봐."

으아앙, 잡혔어. 민망한데 도망도 못 가게 한다며 소녀는 속으로 흐느끼기 시작했다. 잔뜩 풀 죽은 얼굴을 본 워렌이 오히려 당황한 기색을 보이며 설명을 시작했다.

"네가 오해할까 봐 설명하는 거야. 공주와도 그런 사이가 아니고, 또, 좀 전에 뭐라고? 내가 좋아하는 사람이 있어?"

"아니에요?"

"혹시라도 여기서 카리나 이름을 꺼내면 화낼 거야."

어지간히도 오해받는 게 싫었는지 워렌은 미리 선수를 쳤다. 헤이젤도 그간 지켜본 바로 카리나와는 그저 좋은 친구라는 걸 알고 있었다. 말이 나오기도 전에 먼저 해명하는 모습에 피식 웃음이 터졌다.

"웃을 일이 아니야. 대체 내가 누굴 좋아한다는 건데."

"……올리비아라는 분이요."

남은 골치 아프게 해놓고 웃는 거냐며 투덜대던 워렌이 올리비아의 이름을 듣고 숨을 삼켰다. 지금까지 온화하던 분위기가 순식간에 사라졌다. 그는 마른침을 삼키며 물었다. 되묻는 목소리에 서늘한 날이 어려 있었다.

"그 이름을 어떻게……."

"처음 만난 날 들었어요."

인형이 움직이는 걸 본 워렌이 처음 입에 담았던 단어. 헤이젤은 그 순간을 기억했다.

'그래, 기억하고 있지.'

언젠가 이 기억도 사라지게 될지 모르지만 아직은 잊지 않았다. 잊혀가는 기억이 아쉽다고 생각한 건 워렌을 만난 후부터였다. 이 순간도 잊게 될까. 시간을 되돌릴 수만 있다면, 모든 것을 잊고 싶다고 생각하던 자신에게 들려주고 싶었다. 그렇지 않다고. 전부 다 아픈 기억만은 아니니 조금만 참아보자고. 곧 모든 걸 다 간직하고 싶어질 거라고.

"내가 그 이름을 불렀던가."

워렌이 생각에 잠긴 얼굴로 깊은 한숨을 쉬었다. 그러고 보면 자신이 만든 오토마타가 살아 움직이는 걸 보고 무심코 올리비아의 이름을 불렀던 것도 같았다. 헤이젤이 그 이름을 알고 있을 줄은 몰랐던 터라 당황하기도 했지만 곰곰이 생각해 보니 이상한 점이 있었다.

"그랬다 하더라도, 왜 내가 그녀를 좋아한다고 생각했지?"

"……아닌가요?"

설마 그런 목소리로 애절하게 불러놓고 아니라고 잡아떼는 건 아니겠지. 그때뿐만이 아니다. 워렌은 기억 못 하는 것 같아도 '신부'의 얼굴을 보고 올리비아를 떠올린 적이 수차례 더 있었다.

"좋아하는 분을 본떠 만든 얼굴이라고 생각했어요."

헤이젤의 말에 워렌이 복잡한 표정을 지었다. 인정하고 싶지 않은 눈치였다.

"생각보다 이야기가 길어질 것 같은데, 괜찮겠어?"

카리나가 돌아오기 전까지 간단히 마무리 지으려던 이야기는 어쩌면 다 끝내기까지 시간이 걸릴 수도 있어 보였다. 헤이젤은 드디어 올리비아에 대한 이야기를 들을 수 있다는 기대감에 열심히 고개를 끄덕였다. 현시점에서 그녀에게 가장 넉넉한 건 시간이 아니던가.

"가족 앨범의 마지막 장, 기억나?"

의외의 첫마디에 헤이젤이 고개를 갸웃했다. 언젠가 워렌과 함께 보았던 가족사진들. 따뜻한 광경의 마지막 장은 청소년기 끝물에 선 워렌의 독사진이었다. 외로움이 깊게 묻어나는 모습이 안타까워 하염없이 들여다보았었다. 얼마나 저 손을 잡아주고 싶었는지.

"부모님이 돌아가시고 나는 대학 진학 문제와 상속 문제를 동시에 겪고 있었어. 그때 저택과 재산 문제에 도움을 줄 만한 먼 사촌을 소개받았지."

"그분이 올리비아인가요?"

"그래. 올리비아는 영특한 사람이었어. 사업하는 아버지 일을 지켜본 덕분에 법에 대해서도 해박한 편이었고. 내가 진학에 매진할 수 있도록 곁에서 도와주겠다고 나섰었지."

워렌은 그녀 덕분에 무사히 원하는 대학에 진학하고 숨을 돌릴 수 있었다. 법적인 자문을 구하는 것도, 변호사를 소개해 준 것도, 재산 목록을 정리하는 것도 자기 일처럼 나서서 도와준 다정하고 상냥한 사람이었다. 워렌보다 다섯 살 연상이었던 그녀는 가족을 잃은 슬픔을 이해해 주고 이겨 나갈 수 있도록 곁에서 응원해 주었다.

"……좋아하는 거 맞잖아요."

"끝까지 들어."

천사 같은 올리비아에 대한 칭찬이 이어질 때마다 헤이젤이 떫은 표정으로 불만을 터뜨렸다. 공주님에 대한 오해가 간신히 풀렸나 싶었더니 이제 또 다른 멋진 여성의 이야기가 시작되었다. 그것도 워렌 인생에 큰 도움을 준 사람이란다. 지나치게 훌륭한 미담 앞에 헤이젤은 탈력감을 느꼈다. 그러나 그 소리를 들은 워렌이 빠르게 반박했다. 좋은 평가를 하기엔 너무 이르다면서.

"헌신적으로 도와주던 그녀는 불같은 사랑에 빠져서 이곳의 모든 걸 버리고 야반도주했지. 배를 타고 신대륙으로 건너갔다는 소문도 있었어. 그 뒤로 그녀 가족도 나도, 올리비아에 대한 소식을 들은 적 없어."

"그래서 인형을 만든 건가요?"

어쩌면 워렌은 그녀를 사랑했을지도 모른다. 힘든 시기를 이겨낼 수 있도록 곁에서 도와준 그녀. 마음을 열고 받아들인 사람이 자신을 버리고 어디론가 떠나갔다는 사실이 슬퍼서, 올리비아를 추억하기 위한 조각을 시작했을 수도 있었다. 그러나 헤이젤의 짐작과 달리 워렌은 고개를 저었다.

"그녀를 좋아했던 건 사실이야. 메모 한 장 남기지 않고 그렇게 버리고 떠났다는 사실에 사춘기 소년다운 충격을 받기도 했지만 문제는 그게 아니었어."

현명하고 재치 있던 올리비아는 오랜 시간 동안 워렌 곁에서 신뢰를 쌓은 뒤 공작가 재산 목록을 알아냈다. 작위 상속과 학업에 정신없던 그를 돕는 한편, 변호사와 함께 빼돌릴 재산을 챙겼다.

"함께 도망친 남자라는 게 설마."

"그래. 그녀가 소개했던 젊은 변호사였지."

두 사람은 워렌이 모르는 새 감쪽같이 공작가 재산 일부를 빼돌린 뒤 연락도 닿지 않는 신대륙으로 떠나 버렸다고 했다. 돈이 될 만한 건 미리 감춰 현금화시킨 탓에 산더미 같은 빚 역시 그녀 덕분에 배로 늘었다.

"세-상-에."

"이러고도 올리비아에게 미련이 있다는 소리를 꺼내면 그야말로 세기의 멍청이라고."

사기를 당했다니. 잘못 짚어도 크게 잘못 짚었지 뭔가. 자신의 기대와는 전혀 다른 내용이 밝혀진 게 이번이 벌써 두 번째였다. 헤이젤은 혀를 차고 싶은 지경이었다. 이 남자는 어쩌면 이렇게 여자 운이 심각하게 안 좋을까. 여난이라는 말은 이럴 때 사용하는 게 틀림없었다.

불쌍한 마음에 물끄러미 그를 바라보아도, 그 얼굴에서는 아무런 감정이 읽히지 않았다. 차분한 옆얼굴은 담담할 뿐이었다. 이렇게 당했으니 지금껏 결혼은 거들떠보지도 않고 독신으로 살고 있을 테지.

"이번에야말로 가슴 설레는 첫사랑 이야기일까 했는데……."

제 사랑을 찾기 위해 워렌을 처절하게 이용하는 내용 2탄이 기다리고 있을 줄은. 그런 줄도 모르고 아련한 첫사랑 이야기가 나올 거라 멋대로 오해했던 자신이 미안해질 지경이었다. 예상과 다른 전개가 전부 반갑지만은 않은 건 올리비아가 그에게 저지른 일이 지나치게 심각했기 때문이었다.

"엄청난 일들을 겪었네요."

헤이젤이 질렸다는 표정으로 고개를 흔드는 걸 보며 워렌이 쓰게 웃었다.

"지난 일이야. 말했잖아. 나쁜 기억 역시 흐려지기 때문에 살아갈 수 있는 거라고."

"잊어야만 극복할 수 있는 기억이 있다고 생각했는데, 그렇지도 않은가 봐요."

워렌 입에서 올리비아라는 이름이 들릴 때마다, 헤이젤은 늘 가슴 한구석이 아팠다. 그것이 질투라는 건 방금 알았지만 말이다. 딱히 반갑지 않은 감정임은 틀림없었으나 그렇다고 그 쌉싸름한 통증까지 잊고 싶지는 않았다. 그녀가 그것을 느끼고, 기억하고 있었기에 지금 그 해명을 들을 수 있지 않았는가.

'기억해야 해.'

헤이젤은 감정이 흐르는 대로 경험하고 받아들이는 과정이 필요한 걸지도 모른다고 생각하기 시작했다. 견디기 힘든 과거를 강제로 지워서 아예 없던 일로 하는 게 아닌, 시간에 의해 자연히 부식되도록 두어야 한다는 것을 워렌을 보며 깨달았다.

"그래서."

헤이젤이 자신의 과거를 깊게 반성하던 순간 워렌의 목소리가 끼어들었다. 그는 원치 않는 오해를 받아 기분이 상했을 텐데도 자신보다는 그녀의 안색을 살피는 데 더 정신을 쏟았다.

"믿어줬으면 좋겠는데, 그들과 내가 그런 의미로 관계없다는 걸."

"……네. 이제 이해했어요."

오히려 오해해서 미안할 지경이었다. 워렌이 올리비아에 대해 별다른 말이 없었던 건, 떠올리고 싶지 않은 과거와 연관되어 있기 때문이었다. 한참 고개를 끄덕인 소녀는 홀가분한 얼굴로 일어났다.

"헤이젤?"

"네?"

지나치게 산뜻하게 자리를 뜨려는 소녀의 손을 다시 움켜쥔 워렌이 당황한 채 물었다.

"어딜 가?"

"오늘 덥지요? 음료를 좀 더 가져올까 하고요."

"제대로 듣기는 한 거야?"

"그럼요!"

헤이젤의 씩씩한 대답에 워렌은 갑자기 자신이 없어졌다. 묻어두었던 어두운 과거를 힘들게 털어놓았는데 그녀는 고개를 몇 번 끄덕이더니 아무 일도 없다는 듯 털고 지나가려 했다. 그 반응에 적응이 안 됐다. 이건 제게 관심이 없다는 표현일까? 설명이 지나치게 담백해서 별거 아니라고 느낀 건가? 다른 사람에게는 들려준 적 없는 비밀을 털어놓은 워렌으로서는 당황스럽기 그지없었다.

왜 여기서 대화를 끝내려 하는 건지 이해가 안 가자 지금까지 제대로 설명을 하긴 한 건가 걱정되어 불안해지기 시작했다. 잡은 손을 조심스럽게 자신 쪽으로 당기며 그가 목을 가다듬었다.

"정말이야? 난 나름대로 고백할 타이밍을 재고 있었는데 말이지."

곁에 놓아두었던 실버 트레이를 다시 손에 쥔 채 헤이젤이 눈을 동그랗게 떴다. 고백? 누가 누구에게? 잠깐, 나 정말 뭔가 놓친 게 있나? 못 박힌 듯 움직임을 멈춘 헤이젤이 워렌을 바라보았다. 더 커질 수 없을 정도로 눈을 크게 뜨고 그의 얼굴을 살폈다. 농담하는 건 아닌 것 같은데. 이거 혹시 또 뭔가 잘못 듣고 망상이 멋대로 작동하고 있는 건 아닌지 더럭 겁이 났다.

헤이젤은 워렌의 과거사를 듣고 마음이 가벼워진 상태였다. 물론 타인의 연애 놀음에 휘말려 두 번이나 가혹한 피해를 본 건 안타까웠지만 그가 그녀들을 사랑하지 않았다는 것만으로도 홀가분한 기분이 들었다. 뭔지는 모르지만 어쨌든 다행이라고 생각했다. 게다가 본인 역시 전부 지난 일이라 하지 않았는가. 그래서 '이제 됐어'라고 생각한 것 같았는데.

'뭐가 됐다는 거지?'

스스로 의아하게 생각하던 차, 워렌이 비슷한 질문을 해왔다. 제대로 이해하는 것이 맞느냐고. 혼란을 느끼던 헤이젤은 워렌이 고백이라는 단어를 사용했다는 걸 떠올렸다.

“저, 그런데 고백이라니. 누구에게요?”

“지금 여기에 나랑 같이 있는 사람이 달리 누가 있어?”

“설마.”

‘저예요?’라고 묻고 싶은데 가슴이 심하게 뛰어서, 아니 뛰는 기분이 들어서 도저히 용기가 나지 않았다. 그 말이 진짜라면 너무 좋아서 현기증이 날 것 같은데 아니라고, 잘못 이해했다고 말하면 어쩌지. 그래도 그렇게 말해주면 좋을 것 같은데.

한참 망설이던 헤이젤은 내친김에 물어나 봐야겠다며 당돌한 질문을 던졌다.

“워렌, 혹시 저 좋아하세요?”

아아, 지금 얼굴이 바짝 굳었어. 어이없어서 화내려는 건 아닐까 하고 헤이젤은 긴장했다. 너무 뻔뻔하게 굴었나 싶어 얼른 농담이라고 둘러대려는데 입을 굳게 다물고 미간을 좁히던 워렌이 엄청난 기세로 자리에서 벌떡 일어났다. 옆으로 몸을 튼 탓에 얼굴이 잘 보이지 않았다. 쓸데없는 소리를 한 것을 사과하려던 헤이젤은 그의 옆모습이 잘 물든 단풍잎 같은 색으로 변한 것을 발견하고 놀란 소리를 내었다.

“어…… 워렌?”

부름에 순식간에 귀 끝까지 번지는 연홍색을 보며 문득 와, 검은 옷만 아니면 뒤에 있는 나무랑 색이 섞여서 완벽한 위장 색이네, 라는 꽤 느긋한 감상이 떠오를 정도였다.

‘이런 순간에 다른 생각이 들 정도로…….’

현실감이 느껴지지 않는 반응이었다. 예상치 않은 광경을 목격한 소녀가 입을 헤– 벌리고 말을 잇지 못하자 시선을 피하던 그가 머뭇거리며 뒤를 돌아보았다.

"그러니까, 내가 그 얘기를 지금까지."

"네……."

진짜구나. 헤이젤은 이제 목까지 새빨갛게 달아오른 워렌의 옆 얼굴을 바라보며 깨달았다. 늘 무덤덤하거나 떨떠름하게 인상을 쓰던 저 남자의 얼굴이 이렇게도 바뀔 수 있다는 사실을 처음 알았다. 붉어진 그의 얼굴만큼이나 콩콩 가슴이 떨려와 벅찬 기분이 들었다. 이 무표정한 남자가 자신 때문에 당황하는 모습을 보게 될 줄이야.

그는 소녀가 쉽게 입을 열지 않자 크게 당황한 듯 손을 쥐었다 폈다, 긴장한 기색을 감추지 못했다. 그가 당황하는 모습을 보는 게 재미있어서 최대한 대답을 미루며 치솟는 입꼬리를 억누르던 헤이젤은 문득 깨달은 사실에 망연자실해졌다. 지금 넋 놓고 좋아할 때가 아니지 않나?

"안 되는데……."

"헤이젤?"

고백 후 돌아온 첫마디가 '안 된다'라니. 부정의 의미를 띤 대답에 놀란 워렌의 안색이 이번에는 하얗게 질렸다. 그러나 헤이젤 역시 당황하기는 마찬가지였는지 그 모습을 보고도 더는 장난칠 마음의 여유가 없었다.

"'신부' 말인데요."

"응?"

"올리비아 씨의 얼굴을 닮지 않았어요?"

그래서 몇 번이고 올리비아의 이름을 잘못 부르지 않았던가. 워렌이 사랑하던 사람이기는커녕 돈 떼먹고 배신한, 피도 눈물도 없는 무시무시한 여성의 얼굴이다. 과연 그가 이 얼굴을 보면서 좋아한다는 마음을 이어갈 수 있을까. 낭패라는 생각이 들었다. 첫사랑의 얼굴이라고 해도 싫지만 배신하고 상처를 준 사람의 얼굴이라는 건 더 싫었다. 그냥 둘 다 아니었다면 좋았으련만.

티끌 한 점 없이 매끄러운 피부, 바다를 얼린 것처럼 반짝이는 푸른 눈동자에 날렵한 코 선, 장미 꽃잎을 연상시키는 탐스러운 입술을 가진 '신부'. 한숨이 나올 정도로 아름다운 이 얼굴이 그에게는 악몽과도 같다니. 차라리 상상 속 이상형의 얼굴 같은 거면 얼마나 좋았을까, 하며 헤이젤은 한숨을 쉬었다. 혹시 자신이 곁에 있는 것도 진저리 치게 싫은 건 아닐까?

"저 볼 때마다 그 사람이 한 일들이 생각날 거 아니에요. 어쩜 좋아……."

"그거, 실은. 똑같이 닮지는 않았어."

"네?"

"올리비아는 금발에 푸른 눈도 아니었고, 엄밀히 말하자면 이목구비도 많이 다르게 생겼어. 좀 더 나이 들고 차가운 느낌이었거든. 밋밋한 인상이라 그리 미인도 아니었고."

가차 없는 평가에 헤이젤이 눈을 깜박였다. 저리 말할 정도면 정말 싫기는 한가 보다. 어찌 되었든 안 닮았다는 부정을 받고 나니 슬며시 마음이 놓이는 기분이 들었다.

올리비아는 머리 회전이 빠르고 영특한 여성이었다. 그녀의 아버지가 '아들이 아닌 게 안타깝다'라고 말했을 정도로 뛰어난 재원이었다. 여성이 앞에 나서기 쉬운 사회가 아니었기에 그녀는 남동생들의 그늘에 숨어야 했고 그것을 늘 억울하게 생각했다. 사기를 친 뒤 그녀가 신대륙행을 선택한 것도 아마 여성인 자신에게 조금이라도 더 기회가 주어질 땅이라는 걸 계산한 결과였을 것이다.

"그저, 흐릿하게 느낌이 남아 있어. 언뜻 보면 사촌으로 생각될 정도로."

"아, 그래서."

헤이젤은 파비오가 제 얼굴을 보고 어디서 본 얼굴 같다는 말을 했던 이유를 깨달았다. 닮기는 닮았는데, 머리 색도 눈 색도 다르다 보니 올리비아를 연관 지어 떠올리지는 못했으리라. 그 말을 한 워렌은 잠시 침묵했다. 그리고 다시 한 번 헤이젤의 얼굴을 바라보았다. 인형인 '신부'일 때는 가끔 닮았다고 생각되던 얼굴이 헤이젤이 들어가게 된 후로는 그 사람을 연상하기 힘들었다. 그건 아마도, 고집스러울 정도로 강인하던 눈이나 야무지게 다무는 입매가 사라져서일지도 몰랐다.

획획 바뀌고 오밀조밀 움직이는 헤이젤의 따스함이 담긴 표정은 올리비아의 새침하게 정돈된 얼굴과는 거리가 멀었다.

"그래. 나도 그 얼굴이라 초반에는 좀 저항감이 있었는데."

헤이젤은 철렁하고 심장이 떨어지는 기분이 들었다. 역시 거북한 거였다. 매일같이 제 얼굴을 보며 그가 대체 무슨 생각을 했을지 상상이 갔다. 과거를 다시 반복하는 것 같아 지독하게 싫었겠지.

이 예쁜 얼굴이 문제라니. 자신이 보기엔 완벽하기만 한 천사 같은 얼굴이 워렌에게 슬픈 기억을 떠올리게 한다는 사실이 가슴 아팠다.

"요즘은 좀 나아진 것 같아. 예전이라면 있을 수 없는 일이지만."

"그, 그래요?"

대체 그 정도로 거부감이 들면 이 인형은 왜 만들었느냐고 묻고 싶을 정도였다. 아니, 물어야 했다. 이상하지 않은가. 원수의 얼굴을 본뜬 인형을 그렇게 소중하게 간직하다니? 다행히 질문이 나오기도 전에 워렌이 먼저 궁금증을 풀어주었다.

"그 인형은 올리비아의 부모님 의뢰로 만든 거야. 나중에 들었는데 그녀만이 아니라 그 애인 역시 다른 사람들을 등쳐서 한몫 챙겼던 모양이었어. 꼬리가 잡히면 꼼짝없이 감옥행일 테니 아예 고향을 포기할 생각으로 가족조차 잘라 버리고 떠났더군."

"머리 좋은 사람이 행동까지 극적이었군요."

행보가 너무 화려하다 보니 머리 좋은 사기꾼 커플이 주인공인 로맨스 영화 이야기를 듣는 것 같았다. 넋 나간 얼굴로 워렌을 바라보니 그도 이해한다는 듯 쓰게 웃었다.

"가족들도 미안했는지 내게 어느 정도 보상을 하고 싶은 눈치였어. 아니, 정확하게 말하면 그런 생각을 한 건 그녀의 아버지 쪽이었지."

가세가 기울었다 해도 하트퍼드가는 공작가였다. 여식이 공작가를 상대로 사기를 친 것이 소문나 집안 체면이 말이 아니게 된 올리비아의 부친은 남몰래 워렌을 찾았다.

"전부는 아니어도 어느 정도 보상을 하고 싶어 했지. 하지만 사기 친 사람은 딸인데 왜 아버님께서 갚아야 하느냐고 묻자 당황하더라고. 이유 없는 돈은 받고 싶지 않다는 말에 그럼 그 금액에 해당하는 인형을 만들어달라고 부탁해 왔어. 그는 딸과 똑같이 생긴 인형을 주문했지."

"그것도 좀……."

피해자에게 가해자와 똑같은 얼굴을 한 인형을 만들어달라고 하는 건 너무 이기적이지 않나 싶어 헤이젤이 눈살을 찌푸렸다.

그건 돕는다기보다 상처를 다시 헤집는 셈이 아닌가. 그 말에 워렌 역시 고개를 끄덕였다.

"그래서 거절했지. 만드는 내내 그 얼굴을 떠올리며 들여다봐야 한다니 끔찍하잖아."

그러나 올리비아의 아버지는 계속 매달렸다. 가족을 잃은 고통을 아는 워렌은 끝까지 매몰차게 거절하지 못하고 결국 그 의뢰를 받아들였다. 변명도 아까울 정도로 몹쓸 짓을 한 딸이지만 총명한 탓에 유독 귀애했던 자식이기도 했다. 어차피 다시 보지 못할 얼굴이라면 인형으로 만들어서 노년에 곁에 두고 싶다는 안타까운 사연이건만 올리비아의 얼굴을 떠올려야 하는 것만으로도 괴로운 워렌에게는 가혹한 부탁이었다.

"결국, 수락했던 거군요?"

"어떤 기분인지 모르는 건 아니니까."

그렇게 말한 워렌은 시선을 정원 쪽으로 돌렸다. 잃은 방법이 어떻든 그리워하는 마음에 차이는 없을 거라고 그는 말했다. 실물 크기로 제작된 인형은 완성까지 꽤 오랜 시간이 걸렸다.

"그러는 사이에 의뢰인이 병으로 돌아가셨지. 장례식이 끝난 뒤 가족들에게 물었는데, 아무도 그분이 생전에 인형을 주문한 사실에 대해서 알지 못하는 눈치였어. 넌지시 이야기를 꺼냈더니 형제들은 그런 건 모르겠다며 펄쩍 뛰더군. 올리비아가 형제들 사이에서는 그리 인기가 없었는지, 기분 나쁘다며 받고 싶지 않다고 수령을 거절당했어."

"그래서 갈 곳 없이 저택에 남았던 거구나……."

물론 대금도 치러지지 못했다. 완성했지만 처분이 애매해진 인형은 꽤 오랜 시간 그의 골치를 썩였다고 했다. 어딘가에 처박아두기도 마땅치 않아 그는 아예 다른 인형으로 바꿔 버릴 결심을 했다.

"거의 완성할 즈음이었던 탓에 헤드 쪽 디테일만 바꾸면 그만이었어. 내 좋을 대로 고쳐 버렸지. 받을 사람도 없는 인형을 굳이 그 얼굴로 남겨둘 필요도 없잖아. 테마도 변경하고 머리카락 색에 안구 색까지 싹 바꿔 버린 거야."

"그런 인형에 제가 들어온 거네요. 영혼이 오토마타에 들어가기 쉬운지 몰랐어요. 다른 인형들도 그런 거면 어쩌나 싶기도 하고."

팔을 들어 '신부'의 몸을 둘러보며 헤이젤이 중얼거렸다.

"그게 아니면, 무언가 특별한 이유가 있을까나."

"……아."

소녀의 독백에 짐작 가는 것이 있는지 워렌이 가볍게 혀를 찼다.

"'신부'에게는 특별한 부품이 들어 있기는 한데……."

"특별한 부품?"

"올리비아의 아버지 부탁으로 그녀가 남기고 간 낡은 회중시계 부품을 심장부에 넣었어."

"그걸 왜 넣어요?"

"글쎄. 간곡하게 부탁해서 그러겠다고 하긴 했는데 나로서는 어찌 되든 상관없는 일이라 이유는 묻지 않았어."

"사연이 담긴 기념품이 들어 있어서 그런가."

가슴 위에 손을 올려보며 헤이젤이 고개를 갸웃했다. 애착 있는 물건이 사용되어 영혼이 들어가기 쉬워진 걸지도 모른다. 시계가 아직도 작동하고 있을지 궁금했다.

"만든 걸 후회하지는 않아. 덕분에 널 만났으니까. 나로서는 헤이젤이 와줘서 다행이라고 해야겠지."

애먼 유령이 씌어 난리가 날 수도 있었다고 생각하면, 소녀를 만나게 된 건 하늘이 내린 기적과도 같았다.

"저, 한 가지만 더 물어도 돼요?"

어물대던 헤이젤은 뭔가 중요한 것이 떠오른 듯 워렌의 눈치를 봤다. 워렌은 일생일대의 고백 장면이 어쩌다 질의응답 시간이 되었나 싶어 내심 안타깝기는 했지만 이야기가 나온 김에 다 털어버리는 것이 나을지도 모른다는 생각이 들었다. 소녀가 궁금해하는 건 전부 대답해 주겠다고 결심한 그가 고개를 끄덕이자 헤이젤이 물었다.

"그 인형에 왜 '신부'라는 이름을 붙인 거예요?"

"아, 그건."

더는 붉어질 수 없다고 생각되던 워렌의 얼굴이 다시 달아올랐다. 아니, 정확하게 말하자면 붉던 얼굴이 잠시 희게 질렸다가 다시 화르르 불타올랐다. 부지런하게 안색이 바뀌던 그는 속이 답답한지 들고 있던 잔에 남은 차를 한 번에 털어 들이키고는 우물우물 뭐라고 중얼거렸다.

"뭐라고요?"

"……심술부린 거야."

기어들어 가는 목소리는 분명 그렇게 말하고 있었다. 심술이라고? 헤이젤은 눈을 동그랗게 떴다. 이렇게 예쁜 인형을 만들어놓고 대체 뭐라 하는 건지. 고급 드레스에 비싼 치장까지 한 '신부'의 아름답던 모습을 떠올린 헤이젤은 영문을 알 수 없었다. 결혼식을 연상시키는 우아한 백색의 방 안에서 보석처럼 고고하게 빛나던 그녀의 모습이 아직도 눈에 선하건만.

예상외의 단어를 들은 것 같은데, 맞나 싶어 워렌을 똑바로 바라보니 힐난하는 줄 알았는지 멋쩍게 볼을 긁었다. 그 모습이 마치 짓궂은 장난에 야단맞는 소년 같았다.

"무슨 심술요?"

"세상에서 가장 아름다운 '신부'는 영원히 제 짝을 기다려야 해."

그래서 정성스럽게 오토마타 기능까지 넣었다. 이야말로 인형사인 워렌만이 할 수 있는 최고의 악행이었다. 신랑이 없는 '신부'는 완전하지 못하다. 끝까지 반지를 받지 못하는 그녀. 반쪽인 채 자리에서 일어났다 앉기를 반복하며 평생 누군가를 애타게 기다려야 하는 운명.

"그래도, 마지막에는 만나지 않나요?"

오토마타의 미소를 기억하던 헤이젤이 조심스레 묻자, 워렌이 제 목덜미를 거칠게 쓰다듬으며 헛기침했다.

"오픈 엔딩이야. 누군가는 그녀가 행복하다고 볼 수도 있을 테고, 사람에 따라 다르겠지."

"아하하."

말은 그렇게 해도 제 인형에게 평생 슬픈 길만 걷게 하고 싶지는 않았던 것 같았다. 자신에게 상처를 준 상대에게까지 일말의 희망을 남겨준 그의 마음이 따뜻하다고 생각되었다. 무릎 위에 품고 있던 쟁반을 옆에 내려놓은 헤이젤은 워렌에게 다가갔다. 다시 벤치에 주저앉은 워렌을 내려다보던 소녀는 곧 그의 목을 감싸 안았다. 갑작스러운 포옹에 영문을 모른 채 끌려 안긴 그에게 작게 속삭였다.

"워렌이 이런 분이라 정말 좋아요."

복수를 생각하고 슬픔이 가득한 인형을 만드는 사람이 아니어서 기뻤다. 그가 강한 사람이라 다행이라고 생각했다. 시련을 털고 일어나 준 덕분에 자신이 '신부' 안으로 들어올 수 있었고, 그를 만날 수 있지 않았을까. 이 사람이 곁에 있어준다면 헤이젤 역시 견디기 힘들다는 이유로 기억을 지우는 선택은 하지 않을 것 같았다.

자신을 안아주는 차가운 팔을 바라보던 워렌은 그 허리를 당겨 안았다. 품에 안겨오는 사랑스러운 사람. 인형을 만든 덕에 그녀와 만나는 인연을 갖게 된 거라면 고난으로 가득 찬 과거조차 감사했다.

"제가 살아 있는 사람이었다면 좋았을 거라는 생각을 처음 해봐요."

"굳이 다른 걸 부러워할 필요 없어."

네가 곁에 있어주면 그걸로 돼, 라고 그가 작게 속삭였다. 그 확신 없는 목소리에서 느껴지는 불안감이 사랑스러워 헤이젤은 그를 안은 팔에 힘을 주었다.

✷

르네는 남이 하는 말을 귀담아듣고 잘 믿어주는 만큼 타인을 의심하지 않는 성격이었다. 그러던 그에게 최근 고민이 생겼다.

"……그걸 팔아 치우는 게 아니었다고."

"돈 필요하다고 발 동동 구를 땐 언제고 인제 와서!"

르클레어 공방 선배들의 행동이 수상쩍다고 생각하게 된 이후, 르네는 그들의 행동과 대화를 유심히 살피기 시작했다. 커진 씀씀이에 간혹 오가는 의미심장한 대화들. 르네보다 열 살은 더 많은 선배들은 하나같이 눈치가 빠르고 용의주도한 편이었다. 그들은 초반까지는 꽤 말을 아끼는 듯하다가 시간이 흐르자 조심성을 잃고 의미심장한 말들을 흘리기 시작했다.

"팔아버리면 보수는 짭짤해도 단타로 끝나는 거였어. 기술을 빼돌렸어야 했는데 생각을 잘못한 거지."

"우리는 부분 헝겊인데 그쪽은 전체 관절이잖아. 분해해서 복제해 봐야 한다고 내가 누누이 말했어, 안 했어? 황금 알을 낳는 오리 배를 가른 게 누군데!"

"야, 그거 얼굴은 누가 그리고, 어? 복제한다고 같은 분위기가 나와?"

"그때 좀 더 말리지 그랬어! 돈 받을 땐 좋다고 실실 웃더니."

"뭐라는 거야, 이 새끼가 지금 누구 탓을 하냐?"

목소리를 한껏 낮추고 있지만 싸우는 소리가 확실했다. 남이 알아들을 수 없게 주어를 빼고 대화하는 그들은 복제, 판매, 기술 같은 단어를 사용했다. 그것만으로도 내용이 짐작 갈 것 같은 건 르네의 착각일까. 선배들은 과거에 무언가를 팔아 큰돈을 나누었던 것 같았고, 돈이 떨어지자 그 행동을 후회하는 모양이었다.

"이러지 말고 그냥 하나 더……."

"멍청아. 그게 저번이랑 같겠냐?"

"……라던데."

내용이 점점 심각해지자 모의하는 목소리가 귀를 쫑긋 세우고도 들릴 수 없을 만큼 한 톤 더 낮아졌다. 소리가 들리지 않자 르네는 제 자리를 벗어나 그들이 모여 있는 곳 근처의 작업대로 다가갔다. 무언가 열심히 찾는 척하며 이야기를 주워듣기 위해 최선을 다했다.

"……해볼 만한 거 맞아? 그놈 괴짜라……."

"정 뭐하면 다른 사람 도움 좀 받아도."

"나누기 싫은데 말이지."

"가본 적이 없어서. 그러고 보니 잘 아는 놈이 있지 않았나."

아이슬리의 한마디에 다른 이들이 입을 다물었다. 무언가 생각난 듯 셋은 동시에 주변을 둘러보기 시작했다. 공방 안을 훑던 시선은 자신들이 찾던 인물이 바로 근처에 있다는 걸 깨닫고 잠시 어이없는 표정을 지었다. 곧이어 그들 중 하나가 목소리를 냈다.

"르네, 너 여기서 뭐 하냐?"

"……예, 예? 아, 저요? 저는 그, 금가루 좀 더 받아가려고."

"금가루? 뭐 하는데?"

"동양풍 자기를 칠하려고……."

"뭐야? 상식적으로 생각 좀 해봐라. 그 비싼 금가루를 아무렇게나 꺼내놓았을 리가 없잖아. 엉뚱한 곳 뒤지지 말고 네 아버지에게 꺼내달라고 해."

"아, 네, 그럴게요."

"인형도 아니고 인형 부속품 만드는 데 금가루씩이나 쓰겠다니 역시 오너 아들은 통이 다르네."

"저런 자잘한 용도로 쓰라고 준비해 둔 금가루가 아닐 텐데 말이지."

그 말을 들은 르네의 안색이 창백해졌다. 이야기를 엿듣기 위해 하필 둘러댄 변명이 금이라니. 그는 변명거리를 잘못 댔다는 걸 깨달았다. 단순하게 물감이나 붓 같은 거로 할 걸 그랬다며 후회했다.

금색을 내기 위해 가장 좋은 방법은 가루를 낸 순금을 고무 안

료에 섞어 물감으로 만든 뒤 그걸 붓으로 칠하는 것이었다. 공방에도 금가루를 보관하고 있었지만 비싼 가격 탓에 쉽게 사용 허가가 나지 않는 물건이었다. 그것을 인형도 만지지 못하는 말단 기술자인 르네가 사용하겠다고 말을 꺼낸 것이 선배들의 기분을 상하게 한 모양이었다. 안 그래도 틈만 나면 괴롭힐 거리를 찾던 그들은 르네의 말을 꼬투리 잡아 빈정댔다.

힐난을 들으면서도 르네는 속으로 안도했다. 남자들은 그를 괴롭히는 데 집중한 나머지 르네가 왜 그들 주위를 얼쩡거렸는지에 의문을 나타내지 않았다. 한참을 물고 씹던 그들은 후배를 괴롭히는 것도 지루해졌는지 담배를 태우러 자리에서 일어났다. 머쓱한 표정으로 그걸 바라보다 슬그머니 사라지려는 르네를 다시 불러 세운 건 아이슬리였다.

"야, 르네. 너 거기 아직도 가냐?"

"……거기라니요?"

"그, 변두리에 자리한 인형사네 말이다."

"하트퍼드 저택 말인가요?"

"그래, 거기."

비스크 인형 업계에 그토록 오래 몸담은 사람이 하트퍼드라는 이름을 모른다는 건 말이 되지 않았다. 서로 매해의 신작을 확인하고 경쟁적으로 유행도 비교하는 터라 지겹게 들어본 이름일 텐데도 아이슬리는 그 이름을 모르는 척 오만을 부렸다.

"갑니다."

"어떠냐, 거기?"

애매한 질문이었다. 그러나 르네는 그가 왜 묻는지 알 것 같았다. 르네가 들락거릴 때는 털끝만큼의 관심조차 보이지 않던 그가 갑자기 하트퍼드가에 관해 묻는다. 거기에 조금 전에 들었던 대화까지 더하면 그가 원하는 정보가 어떤 것인지는 짐작이 갔다.

"공기도 좋고, 자연이 아름다운 멋진 곳입니다."

"야 이 새끼야, 내가 언제 노후에 필요한 관광 명소 추천해 달라던?"

이건 왜 이렇게 둔해 터진 거냐며 아이슬리가 화를 냈다. 르네는 그의 질문을 이해하지 못하는 양, 조용히 그를 바라보고 있을 뿐이었다. 폭언을 퍼붓는 선배를 담담하게 바라보던 르네는 단 한 마디만을 덧붙였다.

"큰 저택이지만 보안만큼은 철저합니다."

확실히 해둬야 할 것은 이것 하나라고 생각되었다. 낡은 저택이라고 쉽게 보지 않았으면 했다. 속에 담아두었던 말을 던지고 발걸음을 돌린 르네를 아이슬리가 희한한 것을 구경하는 것 같은 눈으로 바라보았다. 제 질문의 의도를 어떻게 파악해서 저런 말을 한 건지는 모르겠지만 지금 꽤 건방진 태도로 말한 것 같다는 기분이 들었다.

"흐음, 그렇단 말이지."

보안이 어느 정도 되어 있다면, 이런 일에 생초짜인 자신들만으로는 불리했다. 집을 털기 위해서라면 외부의 도움을 받는 게 낫겠다고 판단한 아이슬리는 이런 일로 찾아갈 만한 상대를 찾기 위해 머리를 굴리기 시작했다.

아이슬리에게서 벗어난 르네는 곧장 아버지가 계신 작업실로 향했다.

"아버지, 잠시 시간 되세요?"

한참 망설이던 르네가 르클레어의 사무실에 들어가자, 서류를 확인하던 그가 안경을 추어올리며 아들을 맞았다.

"그래, 웬일이냐?"

작업 시간에 자신을 찾아온 아들이 신기한지 르클레어가 물었다. 수줍음이 많은 르네는 일하는 시간 동안은 그다지 아버지를 찾지 않는 편이었다.

"상의드릴 것이 있는데요."

심각한 표정을 본 르클레어가 들고 있던 서류를 내려놓고 의자에 앉을 것을 권했다. 잠시 망설이던 르네는 전시회에서 있었던 도난 사건과 그간 자신이 목격한 아이슬리, 데렉, 폴 삼인방의 의미심장한 행보를 털어놓았다. 워렌은 '어쨌든 아직 아무 일도 없잖아'라는 태평한 소리를 하며 귀찮아할지도 모르는 데다가, 르네로서도 당사자에게 알리기 전에 먼저 상의할 만한 사람이 필요했다. 가능하면 그 세 남자가 일을 치기 전에 말려줄 위치의 사람이.

"네 생각엔 그 녀석들이 인형을 훔친 것 같다?"

"네."

"그것뿐만 아니라 앞으로 한탕 더 하려고 모의 중이라는 거지?"

"그런 것 같습니다."

들고 있는 펜으로 책상을 두들기던 르클레어는 아들의 대답에 깊은 한숨을 쉬었다.

"이런 모자란 녀석!"

호통이 들린 건 르네의 이야기가 끝난 직후였다. 그는 곁에 있던 책을 들어 르네를 향해 집어 던졌다. 두꺼운 자료집은 퍽 소리를 내며 르네의 머리를 때리고 바닥에 떨어졌다.

"증거도 없는데 선배들을 의심해? 몇 마디 말로 추론하고 도둑으로 모는 게 남을 모함하는 것밖에 더 되느냐 말이다!"

불시에 책으로 얻어맞은 르네의 얼굴은 천천히 붉은색으로 번졌다. 르네 역시, 증거가 없는 한 그들을 도둑이라 확정 짓기는 힘들지 않을까 생각했다. 그래도 누군가와 빨리 상의해야 한다는 생각에 달려왔는데 정작 그의 아버지는 다른 생각을 하신 것 같았다.

"그들이 네게 짓궂게 군다는 건 안다. 나도 도가 지나치면 한마디 할 생각이었어. 그러나 실력으로 이길 수 없다고 이런 식으로 중상모략하려 들다니! 아무리 싫어도 이 공방에서 십 년이 넘게 일한 대선배들이다. 이게 네가 생각한 해결 방법이냐, 르네!"

"아버지. 그게 아닙니다."

"시끄럽다! 방금 한 말은 못 들은 것으로 하마. 며칠 지나면 이것이 부끄러운 일이라는 걸 깨닫게 될 거야! 어차피 네가 성장하면 사라질 시련이다. 지금 네가 하려는 짓이 얼마나 무서운 일인 줄 아느냐? 공방의 기둥을 자르는 것으로만 끝나는 게 아니라 우리와 하트퍼드 인형사 사이의 우호 관계까지 이간질하는 짓이야!"

"……그럴 의도는 아니었습니다."

"하트퍼드 공작님이 널 좀 귀여워한다고 해서 만만하게 기어오를 나무로 보지 마라!"

"아버지."

"가서 머리 좀 식히고 오너라. 방금 한 말은 두 번 다시 누구에게도 꺼내지 말고! 알겠느냐!"

"예……."

아버지의 사무실에서 쫓겨난 르네는 붉게 부어오른 뺨을 만지며 복도에 한참 서 있었다. 아버지가 우려하는 점은 그도 이해했다. 증거도 없는 상황에서 공방의 오래된 선배 셋을 도둑으로 모는 이야기를 그가 쉽게 받아들이기 힘들 거라는 것도 알았다. 좀 더 강하게 설득해 볼까 싶기도 했지만, 르클레어는 르네가 괴롭힘을 받다 마음이 약해져 모함하고 있다고 생각하고 있는 터라 귀 기울여 줄 리 만무했다.

평소 같으면 야단을 맞은 시점에서 포기하는 말 잘 듣는 아들인 르네도 이번은 아버지의 말대로 따르기 힘들었다. 자신이 하기에 따라 도난 사건을 미리 방지할 수도 있다고 생각되는 만큼 어떻게라도 손을 써 둬야만 할 것만 같았다. 아버지를 설득하기 힘들다면 워렌에게라도 직접 사태의 심각성을 알려야겠다고 생각한 그는 던져 두었던 모자를 움켜쥐고 밖으로 나갔다.

✺

한동안 두문불출하던 워렌은 카리나의 호출을 받고서야 겨우 집 밖을 나섰다. 깨끗하게 닦인 애차를 운전해서 목적지까지 가기로 한 그는 생각보다 더 외출이 편해졌다며 기뻐했다. 카리나는 차를 빌려 드라이브에 나선 뒤 돌려주는 걸 '깜박 잊었다'며 다음 날 운전사를 통해 돌려보냈다. 워렌에게 속을 털어놓을 계기를 만들어주려고 일부러 시간을 끈 듯싶었다.

그런 사정을 모르는 헤이젤은 최근 며칠간이 믿을 수 없을 정도로 행복했다. 갑작스러운 고백에 이어 궁금하던 과거 일까지 전부 이야기를 들은 것만으로도 하늘을 날아갈 것 같았는데, 그 후로 워렌이 얼떨떨할 정도로 다정해져서 꿈인지 생시인지 싶은 나날들이 이어졌다.

"오늘은 밖에서 약속이 잡혔으니 다녀올게."

"네, 그러세요. 카리나 씨도 매번 이곳까지 오기 힘들 거예요."

"뭐 갖고 싶은 거 있어? 밖에 다녀오는 길에 사다 줄게."

"필요한 거요? 생활 용품은 잡화점 아저씨가 가져다주시는 걸요."

"아니, 필요한 거 말고, 갖고 싶은 거."

'뭐가 다르지?' 하고 잠시 생각하던 헤이젤은 금세 방긋 웃었다.

"워렌이 무사히 집에 돌아오는 거요."

"……음."

워렌의 입가가 씰룩였다. 쑥스러움을 참아가며 무언가 선물 받고 싶은 것이 없느냐고 물었는데, 돌아온 것은 한참 엉뚱한 대답이었다. 그 어색하고 낯간지러운 분위기에 얼굴이 점차 붉어지더니 결국 말을 잇지 못하고 고개만 끄덕이고 말았다. 그는 허리를 굽혀 헤이젤의 볼에 키스하고는 속삭였다.

"가능한 한 빨리 돌아올게."

익숙하지 않은 말을 하려면 많은 용기가 필요했다. 이제 귀까지 새빨갛게 달아오른 워렌은 그런 자신의 얼굴을 보여주고 싶지 않았는지 재빨리 등을 돌려 현관문을 열어젖혔다.

"운전 조심하시고요, 잘 다녀오세요~"

그의 마음을 아는지 모르는지, 다정하고 느긋한 인사가 닫히는 문틈 사이로 들려왔다.

워렌의 차가 하트퍼드 정원을 빠져나간 지 한 시간 후, 거위 날개 먼지떨이를 휘두르던 헤이젤은 정원에서 울리는 엔진 소리를 듣고 깜짝 놀라 움직임을 멈췄다.

"빨리 돌아온다더니, 설마 벌써?"

지금이면 카리나를 겨우 만났나 싶어지는 시간인데 벌써 저택에 돌아오다니, 지나치게 빨랐다. 간단한 일이라 일찍 끝났을 수도 있겠거니 생각한 헤이젤은 먼지떨이를 집어 던지고 현관으로 달려갔다.

"어서 오세요! 벌써 다녀오신 거예요?"

현관문에 장식된 스테인드글라스 너머로 신사의 그림자가 어리자 놀라움과 반가움에 문을 벌컥 연 헤이젤은 큰 소리로 인사하며 남자의 품에 뛰어들었다.

"허어. 이 집은 사람을 이렇게 맞이하나?"

젊은 아가씨에게 몸통 박치기를 당한 파비오가 놀란 얼굴로 비틀거렸다. 놀라기는 워렌이 돌아온 줄 알고 발랄하게 뛰어간 헤이젤도 마찬가지였다. 의외의 사람이 노커를 두들기려는 자세로 굳어 있자 그녀 역시 혼비백산해 비명을 지르며 그의 품에서 빠져나왔다.

"꺄아아악!"

"달려와 안겨놓고 비명을 지르질 않나 손님이 왔는데 인사도 없고 안으로 들이지도 않고."

"아, 죄, 죄송해요. 저어, 지금 워렌이 집에 없는데."

"뭐야, 없어?"

파비오는 연락도 없이 나타난 주제에 주인이 집에 없다는 말에 버럭 짜증을 냈다.

"미리 연락하고 오셨으면 이런 일 없잖아요."

"매일같이 집에만 처박혀 있는 남자라며!"

당연히 있을 거라 생각하고 들른 눈치였다. 하긴, 이번 외출도 며칠 만에 나간 거니 그의 정보가 아주 틀렸다고 말하기는 힘들었다.

"그, 그래도 가끔은 외출한다고요!"

"화나는 건 헛걸음한 난데 왜 네가 성질을 내는데!"

투덜거리는 파비오를 거실로 안내한 헤이젤은 그를 앉혀두고 차를 한 잔 준비해 왔다. 차까지 줄 생각은 없었지만 파비오가 오는 동안 목이 말랐다며 당당하게 마실 것을 요구해 왔기 때문이었다.

"늦게 돌아와?"

"글쎄요. 아, 카리나 씨 만나러 갔는데."

"카리나? 아오, 씨. 지가 남의 부인은 왜 만나는데? 신경질 나는데 그냥 돌아가 버릴까 보다."

"정말 왜 오신 건데요?"

느긋한 자세로 궁둥이를 붙이고 앉은 주제에 말은 금방 갈 것처럼 하는 파비오를 보며 헤이젤이 물었다. 갈 생각이면 떠들지 말고 얼른 가든가. 그녀의 마음이 얼굴에 드러났는지 그가 눈을 가늘게 뜨고 흘겨보았다.

"어이, 너도 여기 살지?"

"그런데요."

"그 남자에게 할 말이지만 너도 들어두면 나쁠 것 없겠지."

'무척 귀찮은 일이지만 이 내가 몸소! 친절하게! 설명해 주겠다고!'를 강조한 파비오가 자신이 이곳에 방문한 내용에 관해 설명하기 시작했다.

"최근 우리 구역에 뜨내기 젊은 놈들이 들어와서 자리를 잡으려는 것 같아서 유심히 관찰하고 있었단 말이지. 실력도 안 되는 것들이 자금이 필요한지 이것저것 잡다하게 건드려서 아주 골치가 아파. 어린애들이 귀찮은 이유는 딱 하나야. 우물 안 개구리 주제에 뭐가 정말 무서운 건 줄 모르고 날뛰다가 일을 치거든."

뭐라고 대꾸해 줘야 좋을지 감이 안 잡히는 내용이 쏟아지기 시작했다. 무언가 무서운 일을 할 것 같은 인상의 사람이라고 생각하기는 했는데, 정말 헤이젤이 상상하기도 힘든 위험한 사업을 하는 사람인 듯싶었다. 말하다 화가 뻗치는지 공중을 향해 욕도 하고 주먹도 휘두르면서 그는 열심히 상황을 설명했다.

"야, 내가 무슨 소리 하는지 알아듣겠어?"

"일인극 보는 것 같아서 재미있어요."

"아, 진짜 이걸 확!"

콩알 반쪽 같은 걸 때릴 수도 없고, 라고 중얼거린 파비오는 일단 들어나 보라며 이야기를 이었다.

"최근 이상한 정보가 들어왔단 말이지. 누가 이 저택에 침입하는 걸 도와줄 사람이 없느냐는 의뢰가 돌고 있었어. 그런데 알다시피 나는 이제 너희한테서는 손 뗐잖아? 우리가 안 받아주니 저쪽에서 덥석 물었어. 저들은 의뢰를 먼저 가로챘다고 생각하나 본데, 웃기는 소리지. 여기가 안 얽혀 있어도 우린 그런 푼돈은 안 만진다니까."

횡설수설하면서도 꽤 자세히 상황을 설명한 파비오는 결국 집을 노리는 자가 있으니 조심하라는 말을 하러 온 거였다. 툴툴거리며 들어와서 꺼낸 이야기치고는 꽤 마음 써주는 내용이라 헤이젤이 눈을 동그랗게 떴다.

"왜 그런 눈으로 보는데!"

"아뇨, 전에 이 집에 침입해서 인형 훔치라고 주문한 사람이 할 말은 아닌 것 같아서 놀란 것뿐이에요."

"아, 그건 예전 일…… 아니. 야, 너 조곤조곤 할 말 못할 말 겁 없이 막 던진다?"

"틀린 말 아니잖아요."

"그건 그런데, 어휴. 됐다. 그거 얘기하러 온 거야. 조심하라고."

"엑."

"왜 또 그런 얼굴인데!"

"그 말 하려고 일부러 여기까지 오신 거예요?"

"……!"

"갑자기 왜 이렇게까지……."

"그야 네가 이사벨의 은인이니까 그렇지!"

제풀에 못 이겨 버럭 소리를 지르자 헤이젤이 뜻밖이라는 얼굴로 그를 바라봤다. 힐끔대는 시선이 부담스러운지 파비오의 얼굴이 일그러졌다. 말썽 부리는 사춘기 소년이 제 감당 한계를 넘는 쑥스러운 일을 당했을 때처럼 얼굴 근육이 경련했다.

"그래! 그게 전부니까 이만 간다!"

자리에서 벌떡 일어난 파비오는 곧장 저택 문을 박차고 나가 차에 올라탔다. 밖에서 기다리던 운전사가 즉시 시동을 걸었다.

"고마워요, 안녕히 가세요-!"

현관에 나와 손을 흔드는 헤이젤을 힐끔 바라본 파비오는 별다른 대꾸 없이 그대로 가려다 운전사에게 차를 멈추라고 지시했다.

"방금 생각났는데."

창문에서 손가락을 까닥인 파비오가 헤이젤을 불렀다.

"뭐 두고 가신 거 있어요?"

"그게 아니고. 너 그거 봤어?"

"뭘요?"

"하트퍼드가 계보도. 카리나가 너희 보여준다고 가져갔는데."

"계보도? 그걸 왜 봐야 하는데요?"

소녀가 감을 잡지 못하자 파비오 역시 어리둥절한 목소리를 냈다.

"가져간 지 꽤 됐어. 아직 못 본 건가? 혹시 잊었을지도 모르니 생각나면 그녀에게 보여달라고 해. 뭐 봐도 별 재미는 없겠지만 애써 구한 거니 꼭 보라고."

"아, 네……."

그 말만을 남기고 파비오를 태운 자동차는 하트퍼드가 정원을 빠져나갔다.

"계보도?"

의외의 말을 들은 헤이젤은 눈을 깜박거리며 차가 사라진 방향을 오랫동안 바라보았다.

워렌이 돌아온 건 오후 네 시경, 오후의 차 시간쯤이었다. 혹시라도 돌아오면 바로 차를 내려고 잔을 데워두었던 헤이젤은 창밖에서 자동차 엔진 소리가 들리자 이번에는 아주 조심스럽게 문을 열었다.

"다녀왔…… 헤이젤?"

현관에서 목만 쏙 빼고 사방을 둘러보는 소녀의 행동은 조심스럽기 그지없었다. 워렌이 놀란 표정으로 그녀를 바라보자 헤이젤이 뒤늦게 활짝 웃으며 문을 열어젖혔다.

"어서 오세요!"

넓고 황량한 하트퍼드가 정원은 저택 근처의 넓은 부지가 자갈로 다져진 땅이어서 아무 데나 차를 세워도 큰 문제가 없었다. 워렌은 정원에 던져 놓듯 아무렇게나 주차를 한 뒤 잰걸음으로 다가와 물었다.

"무슨 일이야?"

"아무것도 아녜요. 제가 사람을 착각해서."

"착각?"

"워렌이 나간 뒤 조금 있다가 자동차 소리가 났거든요. 다시 돌아오신 줄 알고 뛰어나갔다가 그만."

"……누가 왔었어?"

같은 실수를 두 번 하고 싶지 않았다는 말에 워렌은 무슨 실수를 했는지를 먼저 물어야 하는지, 누가 왔었는지를 먼저 물어야 하는지를 잠시 고민했다. 설마 그 바람둥이가 다시 온 건 아니겠지. 속에서 불이 치솟아 인상을 구기는데 생각지도 않은 이름이 들려왔다.

"파비오 씨요."

"누구?"

"카리나 씨 전남편분요."

"아, 그 사람. 설마 내가 오늘 카리나를 보는 걸 알고 여기까지 쫓아온 건 아니겠지?"

저택에서 만나는 줄 알고 찾아왔다가 허탕이라도 친 건가 싶어지니 비아냥이 절로 나왔다. 참 끈질긴 사람이네, 라고 말하려는데 헤이젤이 고개를 도리도리 저었다.

"워렌을 찾아왔어요."

"나를?"

"네. 중요한 이야기가 있다고."

"무슨 일인지 혹시 듣거나 편지 같은 걸 남기고 갔어?"

"다시 연락한다고 하긴 했는데, 제가 이야기를 들었어요."

"중요한 일이라……."

심각한 얼굴로 헤이젤을 바라보던 워렌은 이러고 있지 말고 들어가 이야기하자며 저택 안으로 향했다.

"……저택 침입을 의뢰하는 사람이 있어?"

"네. 그런 내용이었다는데 파비오 씨가 내버려 두니까 다른 사람들이 하겠다고 나섰나 봐요."

차를 준비하는 헤이젤 곁에서 이야기를 듣던 워렌이 흐음, 하고 천장을 바라보았다.

"르네 말이 정말인가 보군."

"르네요?"

카리나와 만날 일이 잡혀 있던 차에 르네 역시 그에게 긴히 할 말이 있다는 연락을 해왔다. 겸사겸사 셋이 함께 모인 장소에서 르네는 공방에서 있었던 일을 설명했다.

"꼭 믿어달라는 소리를 하는 건 아닙니다. 하지만 조심하시는 것이 어떨까 해서요."

증거도 없이 남을 모함하는 게 아니라며 아버지에게 꾸지람을 들었다고 말하면서도 어딘가 확신에 찬 눈빛으로 말하는 모습이 평소의 르네답지 않아 워렌도 의아해하던 중이었다.

"그런 일이 있었구나……. 르네, 불쌍하게도."

아버지에게 야단맞은 이야기를 들은 헤이젤이 안타까운 표정을 지었다. 그 모습을 지켜보던 워렌은 어쩌면 르네가 그리 강경하게 나온 이유에는 헤이젤을 걱정하는 마음이 기저에 깔려 있기 때문이 아닌가 하는 생각이 들었다.

"지난번 이후로 보안을 한 번 더 손보기는 했어. 쉽게 들어올 만한 구석이 없긴 하지만……. 그렇군, 여러 곳에서 그런 말을 듣고 가만있기도 뭐하니 몇 가지 트릭을 준비해 볼까? 며칠간 자리를 비워야 하기도 하고."

"자리를 비워요?"

"오늘 카리나를 보고 온 이유가 그거야."

워렌은 정장 주머니에 아무렇게나 쑤셔 넣어둔 초대장을 꺼내 들었다.

"공주님이 결국 일을 크게 만들었어."

"그 시계탑 이야기인가요?"

아직 시작도 하지 않은 시계탑 수리와 초대장과의 관계를 상상하기 힘들었던 헤이젤이 초대장에 새겨진 왕실 문양을 바라보며 고개를 갸웃했다.

"그래. 팔을 걷어붙이고 덤벼들어서 이제 시 단위의 조경 행사가 될 것 같아. 이건 재건축 기념 사냥 대회 초대장이야."

"사냥 대회?"

"철도 철이니 사냥 대회를 크게 열어서 사람들의 관심을 끌겠다는 거야. 추가 투자자가 나설 수도 있고."

"공주님이 사업에 소질이 있으신가 봐요."

"시장을 끌어들인 것만 봐도 수완이 좋아. 자기 돈은 한 푼도 안 쓰겠다는 의지가 넘치지."

아아, 그렇구나. 설명을 들어보니 어쩐지 그 공주님이라면 가능할 법한 구상이라는 생각이 들었다. 헤이젤은 그런 에드나 공주가 싫지만은 않았지만, 워렌이 한숨을 쉬는 걸 보면 귀찮은 일인 듯싶었다.

"사냥 대회는 언제예요?"

"다음 주. 삼 일간 열릴 거야."

"여행 가방 꺼내놓을게요. 다녀오실 동안 집은 잘 볼 테니 걱정하지 마세요."

"나 혼자 가는 게 아니라 같이 가는 거야. 그러기 위해서 트릭을 준비한다고 했잖아."

"저도 간다고요? 아니, 그것보다 속임수라니요?"

"기대해."

그렇게 말한 워렌은 무언가 생각해 둔 것이 있는지 장난스러운 얼굴로 웃었다. 그 확신에 찬 미소가 대체 무엇을 의미하는지 의아해하던 헤이젤은 며칠 후 완성된 그의 작품을 보고 깜짝 놀랐다.

✳

사흘 동안 지하 작업실에 들어가 나오지 않던 워렌은 나흘째 되는 날 오후부터 저택 이곳저곳을 돌아다니며 기묘한 도구들을 설치하기 시작했다. 사람 모양을 한 판자, 수많은 피아노 줄과 태엽 기계들이 줄줄이 꺼내졌다.

"이게 다 뭐예요?"

비어 있는 방, 거실의 창가, 복도 같은 곳에 펼쳐진 한 무더기의 괴상야릇한 물건들을 보며 헤이젤이 어리둥절해했다. 호기심

넘치는 소녀가 이것저것 물어와도 워렌은 '미리 보면 재미없으니 나중에 볼 것'을 요구하며 준비될 때까지 근처에 얼씬도 하지 못하게 했다.

"해 질 녘까지 기다려 봐."

그 한마디만 하고는 다시 식사하는 것도 잊고 무언가를 만드는 데 몰두했다.

"정말 엄청난 집중력이라니까."

워렌은 무언가 하나를 붙잡으면 계획대로 진행될 때까지 다른 것에 눈을 돌리지 않았다. 고도의 집중력이 있어 섬세한 작업도 실수 없이 척척 진행하는 거라고 예전에 르네가 부러워하던 일이 떠올렸다.

'뭔가 재미있는 걸 준비하는 것 같아.'

지금은 시키는 대로 멀리 물러서서 완성을 기다리는 게 나았다. 결과물을 구경할 순간을 기다리며 헤이젤은 여행 가방에 들어갈 물건들의 리스트를 훑어보기로 했다. 어둑하게 해가 진 초저녁. 방에서 책을 읽는 헤이젤을 부르는 목소리가 들렸다.

"전부 준비된 건가요?"

서둘러 워렌에게 달려가 보니 그는 손에 작은 망토를 들고 있었다.

"워렌?"

"자, 입어."

추위를 타지 않는 오토마타에게 굳이 망토를 둘러준 그가 헤이젤의 손을 이끌었다.

"밖에 나갈 거야."

"밖에요?"

안내하는 대로 정원에 나선 헤이젤은 현관 근처 거실 창문에서 조금 떨어진 곳에 서라는 말을 들었다.

"이 정도가 가장 좋아."

"뭘 하신 거예요?"

"쉬이."

장난스럽게 웃은 그가 주머니에서 시계를 꺼내 시간을 확인했다.

"시계태엽에 타이머 작동을 해두었어. ……하나, 둘, 셋. 이제 시작할 거야."

어둠이 내려앉은 저택 창문가에 갑자기 작은 전등이 켜졌다. 은은한 빛이 두꺼운 겨울 커튼이 쳐진 창가를 비추고 곧이어 남자의 그림자가 나타났다.

"워렌, 집 안에 누가 있어요!"

"잘 봐. 마리오네트야."

"마리오네트요?"

"시간이 촉박해서 오토마타같이 정밀한 건 만들 수 없었어."

그림자는 창가에 서 있다가 잠시 모습을 감췄다.

"사라졌네……."

한참을 보이지 않던 인영은 다시 창가에 와서 섰다. 그림자 손에는 책이 들려 있었고, 남자는 거실 안을 이리저리 걸어 다니며 책을 읽는 듯 보였다.

"그럼 다음에는 이쪽이야."

감탄하는 소녀를 이끌고 저택 측면으로 이동한 워렌이 손가락으로 한 방향을 가리켰다.

"2층 복도 창문을 봐."

폭이 좁고 긴 홀에 난 창문들에도 은은한 불빛이 새어 나오고 있었다.

"겨울에는 두꺼운 벨벳 커튼을 사용하니까, 그리 정교하지 않아도 꽤 그럴듯해 보일 것 같았어."

헤이젤은 그런 말을 들을수록 더 궁금해졌다. 이번에는 무엇이 나타날까 기대에 차 창가를 바라보는데 신사의 손을 잡은 숙녀 모습이 나타났다. 두 사람의 거리가 가까워지나 싶더니 그 자리에서 함께 빙글 돌았다.

"……앗!"

서로 잡은 팔이 오르내리며 간격이 가까워지기도 하고 멀어지기도 한다. 남녀의 그림자가 창가 이곳저곳을 이동하는 모습이 마치.

"춤을 추는 건가요?"

연인들의 왈츠였다. 숙녀의 모자에 달린 깃털, 소매에 달린 리본이 움직일 때마다 흔들리며 반복되는 동작에 생동감을 더해주었다. 예상을 뛰어넘은 아름다운 장면에 헤이젤은 들뜬 얼굴로 워렌을 돌아보았다. 그녀는 흥분을 감추지 못하며 물었다.

"어떻게 이런 걸 만들 생각을 했……."

질문은 차마 완성되지 못하고 허공으로 사라졌다. 워렌과 시선이 마주친 순간, 헤이젤의 눈이 크게 떠졌다. 헤이젤이 창가의 인형들을 구경하는 동안 워렌은 그녀를 꿀이라도 떨어질 것 같은 눈빛으로 지켜보았다. 잘게 일렁이는 아지랑이가 메마른 사막을 닮은 그의 눈동자에서 피어올랐다. 건조하기도, 습하기도 한 마른 열기가 감싸오는 느낌이 들어 현기증이 날 것 같았다. 저런 시선으로 지켜보는 워렌이라니. 꿈에서도 감히 상상해 본 적도 없는 모습이었다.

연인 마리오네트들에 환호하던 헤이젤은 워렌을 바라본 순간 인형들이 어떤 춤을 추고 어떤 신비로운 이야기를 보여주는지는 이미 잊은 후였다. 온 신경이 창가에서 워렌으로 옮겨졌다. 시야 한가득 워렌의 다정한 눈동자와 살짝 올라간 입매가 들어오자 옭아맨 것처럼 미동도 할 수 없었다.

이것이 정말 제 몸이었다면 터질 것 같은 긴장에 숨도 쉬지 못했을 거라고 헤이젤은 생각했다. 아주 특별한 인형을 만드는 남자는 그것보다 더 소중하고 귀한 것이 제 앞에 있다는 듯 그녀를 응시하며 속삭여 주었다.

"네가 기뻐해 줘서 다행이야."

워렌 정도의 실력이라면 도둑을 막기 위해서 굳이 이런 번거롭고 화려한 인형극이 아닌, 철저하게 효율에 무게를 둔 장치를 준비할 수도 있었으리라. 그러나 그는 처음부터 도둑 따위는 안중에 없다는 듯 거대한 그림자 인형극을 준비했다. 긴 시간 작업의 대가는 소녀의 미소로 충분하다는 얼굴로.

온 저택을 무대 삼아 만든 이 감격스러운 역작이 자신을 위한 것이라는 걸 깨달은 헤이젤은 가슴이 떨렸다. 벅찬 기분에 말을 이을 수 없었다. 감격한 얼굴로 워렌을 바라보니 그는 미소를 띤 채 손가락으로 저택의 다른 부분을 가리켰다.

"아!"

창가를 맴돌며 빙글빙글 춤을 추는 연인들 외에도 누군가 움직이는 방들이 있었다. 한꺼번에 움직이면 어색할 것을 염두에 두었는지 작동하는 시간대도 각각 달랐다. 워렌이 알려주는 방향을 바라보면 차례대로 창가에 불이 들어오고 누군가가 움직이는 듯한 실루엣이 생겨났다. 춤추는 연인들처럼 노골적인 인영만이 아니다. 그야말로 다른 일을 하기 위해 지나가는 것 같은 무심한 움직임이 전부인 곳도 있었고 창틀에 절반 정도만 몸을 기대고 다른 생각에 몰두한 사람의 그림자도 있었다.

"이걸 전부 이 며칠 만에 완성한 거라니……."

워렌과 단둘이서만 지내던 황량한 저택이 지금은 사람들로 북적였다. 아니, 북적이는 것처럼 보였다. 자가 발전기를 통해 들어오는 전기 등과 시계태엽으로 만든 그림자 인형들은 단 며칠 만에 완성했다고 생각하기 힘든 섬세함을 보여주었다.

자신을 위해 일부러 이런 힘든 작업을 선택한 워렌에게 감동한 헤이젤은 저도 모르게 벌어지는 입을 손으로 가리고 인형들을 바라보았다.

"정말 예뻐요……."

화려하던 과거의 향수를 불러온 듯한 착각마저 드는 장면이 소녀의 눈앞에 펼쳐졌다. 이곳에 많은 사람이 함께 살았을 시절이 절로 눈에 그려졌다. 어쩌면 워렌은 헤이젤에게 시간을 거슬러 올라가 그 시기를 경험하게 해주고 싶었을지도 몰랐다.

캄캄한 밤하늘에 금 조각을 흩뿌린 듯 쏟아진 별빛들이 반짝였다. 맑고 청명한 가을의 거대한 마법에 걸린 하트퍼드 저택은 건물이 기억하는 과거의 조각들을 비밀리에 그들에게 공개했다. 감격에 겨워 말을 잇지 못하는 헤이젤의 어깨를 안은 워렌이 부드럽게 속삭였다.

"다시 돌려놓자. 예전의 기품과 명성을 지닌 곳으로."

너와 함께라면 할 수 있을 것 같은 기분이 든다고 그가 말했다. 그림자가 아닌 진짜 살아 움직이는 사람들로 가득 찬 저택으로 바뀔 순간을 떠올린 소녀는 그 어깨에 기댄 채 활짝 웃었다.

그녀 역시 그 순간이 몹시 기다려졌다.

✽

사냥 대회는 삼 일간 계속된다. 인형극이 열렸던 별궁과는 또 다른 궁 근처의 숲에 한 해 동안 정성껏 기른 뇌조를 풀어놓는다. 오락을 위한 사냥이므로 푸는 새의 수는 넉넉했다. 사냥터지기는 사냥 거리가 부족하지 않게 잡힌 수만큼 새로운 뇌조를 풀어놓아 귀족들을 즐겁게 할 만반의 준비를 하고 대기했다.

이번 사냥 대회에는 많은 사람이 초대되었다. 재건축을 담당할 건축가와 예술가들, 그리고 담당 관청의 관리, 시장 그리고 이번 일에 관심을 보이는 귀족들.

이 모든 사람이 사냥에 참가하는 건 아니었다. 라이플을 쥐고 사냥터로 향하는 왕을 보좌하며 함께 나서는 사람들이 있는가 하면 행사에 따라온 부인들과 아이들은 별궁에 묵거나 사냥터에서 조금 떨어진 공터에 마련된 개별 텐트에서 각종 이벤트를 즐겼다.

"사람이 정말 많네요."

"귀족 한 사람당 하인이 서너 명씩 따라붙으니 정신없지. 잃어버리지 않게 꼭 붙어서 따라와."

새로 산 자동차는 이번에도 상당히 요긴한 쓸모를 보였다. 워렌이 사냥터까지 직접 운전하고 온 덕분에 두 사람은 드라이브하는 기분을 만끽하며 이곳저곳을 구경하면서 왔다. 그 탓에 남들보다 조금 늦게 도착했지만, 하트퍼드 공작을 위한 공간은 미리 준비되어 있었기 때문에 숙소 같은 복잡한 일에 대해 걱정할 필요는 없었다.

"하트퍼드 공작님이 도착하셨습니다!"

두 사람의 짐을 받아 든 하인이 집사장에게 알렸다. 워렌의 도착 소식을 들은 사람들은 호기심에 찬 눈길로 그들을 바라보았다.

"어머, 저분이 공작님이신가요?"

"연회에 전혀 안 나오셔서 직접 뵙는 건 처음이에요. 이번 재건축 총괄자라고 하시던데."

"괴팍하다는 소리를 들었는데 실물은 키도 크고 훤칠하게 잘생기신 분이네요."

"그거야 그렇겠죠. 소문의 그분이잖아요. 공주님이 짝사랑하셨다던."

"아아. 그러고 보니 그런 일이 있었죠……. 탐내신 이유를 알 것 같아요."

예전에야 왕가의 보복이 두려워 멀리했다지만 공주가 결혼한 이상 더는 문제가 되지 않는다. 눈이 높은 공주의 안목에 들었던 남자라는 보증수표까지 붙자 사람들의 관심은 워렌에게 집중되었다. 예상보다 젊고 미남인 공작이 도시 개발 기획을 담당하게 되었으니 사교계가 떠들썩할 수밖에 없었다. 그의 사냥 대회 참석은 특히 아가씨들과 혼기에 찬 딸을 가진 부모들 사이에서 관심이 뜨거웠다.

소문보다 잘생긴 공작이 이목을 끈 탓에 워렌의 곁에 있던 헤이젤에게도 호기심의 시선이 쏟아졌다. 사냥 대회 참가를 위해 모인 청년 귀족들은 아름다운 그녀의 모습에서 눈을 떼지 못했다. 반짝이는 햇빛에 꿀을 섞은 것 같이 찰랑대는 금발이 사람들의 넋을 빼앗았다. 보석 같은 푸른 눈동자에 우윳빛 피부를 한 신화

속 요정 같은 미녀를 향해 질투와 설렘이 담긴 시선이 끊임없이 쏟아졌다.

"공작과 함께 있던 아가씨 이름이 뭐라고?"

"저렇게 아름다운 사람은 처음 보는데. 지금껏 사교계에 얼굴을 안 내민 이유가 뭐지?"

"처음 보는 얼굴이네. 어느 집안 영애인지 당장 알아보게. 그리고 다음 주말에 있을 파티 초대장을 보내."

"저 아가씨는 왜 공작 옆에 있는 거야?"

화려하게 치장한 여성들 사이에서 장식 없는 크림색 레이스 드레스를 입은 헤이젤은 상대적으로 단출한 차림이었다. 사교 모임에 나가본 적이 없는 헤이젤은 이렇게나 많은 준비가 필요하다는 걸 알지 못했다. 한껏 화려하게 차려입은 아가씨들이 한데 모여 자신을 바라보는 모습은 그녀를 위축시키기 충분했다. 술렁이는 사람들을 둘러보며 헤이젤은 겁에 질렸다. 이곳에 와도 되는 거였나 싶어 뒤늦게 후회하고 있으려니 주춤대는 모습을 본 워렌이 손을 잡아주었다.

"괜찮아. 누가 온 건지 궁금해서 보는 것뿐이야. 이럴 때일수록 아무 일도 없는 것처럼 행동하면 금방 관심을 잃어."

"네……."

워렌 역시 이런 일은 질색이었다. 사냥이고 뭐고 가능한 한 빨리 마친 뒤 돌아가자고 다독이는 모습을 보며 아가씨들 사이에서 감탄이 터졌다.

"예절을 모르는 막돼먹은 무뢰한이라는 소문이었는데……. 에스코트도 완벽하고 인상도 좋네요."

"저렇게 따뜻한 분일 줄은 몰랐어요."

"레이디를 세심하게 배려할 줄 아는 신사분이시군요. 멋져요."

숫기 없는 아가씨 곁을 지키며 안심시켜 주는 다정한 모습에 하트퍼드 공작을 다시 보게 된 아가씨들이 서로에게 속닥였다. 남자들이 좋아하는 지루한 사냥 대회에 따라온 보람이 있었다. 그들은 이런 월척을 발견하게 될 줄 몰랐다며 화사하게 미소 지었다. 그녀들은 이번 기회에 어떻게든 공작과 인연을 만들어 다음번에는 자신 역시 정중한 에스코트를 받아보겠다는 야무진 각오를 다졌다.

도착부터 사람들의 이목을 끈 워렌과 헤이젤은 시종의 안내를 받아 텐트에 도착했다. 내부는 상당히 크고 널찍했다. 바닥과 텐트 벽에 태피스트리까지 걸려 있어 방갈로에 들어온 기분조차 들었다.

"와아, 훌륭하네요."

가방을 내려놓으며 헤이젤이 감탄했다. 고작 삼 일간 묵을 장소인데 텐트 내부에는 조촐한 가구며 화병까지 놓여 있어 신경을 많이 쓴 티가 났다.

"쓸데없는 장식이 너무 많아."

과시용 치장을 싫어하는 워렌답게 그리 내키지 않는 표정으로 주변을 둘러보았다. 그러나 헤이젤이 들뜬 얼굴로 왔다 갔다 호기심을 보이는 모습을 보더니 더는 뭐라 하지 않고 입을 다물었다. 아무려면 어떻겠는가, 그녀가 마음에 들어 하는데. 소녀가 태피스트리를 구경하는 동안 천막 입구 밖에서 방문객의 알림이 들렸다.

"누구…… 아!"

"공주님이 웬일이십니까."

"왕궁의 손님을 맞는 게 왕족의 할 일이 아니겠습니까. 오랜만이군요, 하트퍼드 공작."

"다른 분들을 맞이하기에도 바쁘실 텐데 이곳엔 어쩐 일로 오셨습니까."

정중한 예법을 건넨 워렌에게서 빈정거림을 느낀 공주가 만면의 미소를 띠며 답했다.

"아무리 바빠도 친우가 도착했는데 직접 맞으러 와야지 않나요. 당신을 보러 온 것도 있지만 제 목적은 저기 예쁜 아가씨에게 있답니다."

"저요?"

뒤에 물러나 조용히 두 사람의 대화를 듣던 헤이젤이 놀라 고개를 들었다.

"그래요, 헤이젤 아가씨 말이에요. 공작, 두 분은 혼약을 약조한 사이인가요?"

"……그건 왜 물으십니까?"

"대답을 들어보니 아직 청혼도 하지 않았나 보군요."

혼약? 청혼? 갑작스러운 말에 눈이 휘둥그레진 헤이젤이 에드나를 바라보았다.

"그 경우 두 분을 한 텐트에서 같이 지내는 걸 묵인할 수는 없답니다. 미혼 여성이 남성분과 같은 숙소를 사용하게 된다면 혼란이 일게 되기 마련이지요. 탐탁지 못하게 받아들이는 분들이 많을 겁니다. 소중한 그녀에게 추문이 생기는 걸 원하시는 건 아니겠지요, 공작?"

"그게 목적이셨군요."

워렌이 인상을 쓰며 그녀를 바라보았다. 공주의 제안은 배려이면서 또한 그녀다운 짓궂은 장난이기도 했다. 아무래도 두 사람을 갈라놓고 반응을 지켜볼 속셈인 듯싶었다.

"신사분이시라면 아가씨의 구설수에도 신경 써주셔야죠."

눈이 많은 사교계에서 안 좋은 소문이 돌면 서로 피곤할 거라고 설명한 공주는 생글생글 웃으며 헤이젤을 다른 텐트로 안내하겠다고 나섰다.

"공작 전용 텐트보다는 좁아도 또래 숙녀분과 나눠 쓰는 공간이니 마음 맞는 친구를 사귈 좋은 기회일 거예요."

"……감사합니다."

"당신도 제가 쓸데없는 짓을 한다고 생각하겠죠?"

"아니요. 말씀은 그렇게 해도 공작님을 생각하신다는 거 잘 알고 있어요."

헤이젤의 답변을 들은 공주는 그림으로 그린 것 같은 미소를 지었다.

"사교계에 뒷말이 많은 건 사실이에요. 워렌은 그런 걸 전부 쓸데없는 일로 생각하는 게 문제지요. 다른 사람들은 그렇게 생각하지 않거든요."

손님맞이에 바쁜 에드나는 다른 귀빈을 맞기 위해 자리를 떠야 한다고 하면서 집사장을 불러 그에게 헤이젤의 안내를 명령했다.

"하트퍼드가 아가씨에게 맞는 최고의 예우를 다하도록."

"명심하겠습니다."

집사장이 안내한 곳은 워렌의 숙소에서 조금 떨어진, 아가씨들 전용 숙소가 모인 장소였다.

"헤이젤님께서 사용하실 공간은 이곳입니다. 월로 자작가 영애와 동실을 사용하시게 됩니다."

설명에 의하면 또래 아가씨들을 위한 숙소를 따로 마련해 두었다고 했다. 부족한 객실은 임시로 나눠 사용하는 것이 전통이었다. 사냥터에 따라온 영애들은 미혼일 경우 가문, 연령대를 고려해 이런 식으로 또래들과 어울릴 기회를 얻게 된다.

"월로 자작가의 코린님이십니다."

"만나서 반가워요."

"하트퍼드 공작가의 헤이젤님이십니다."

"잘 부탁합니다."

공적으로 만난 귀족은 스스로 다가가 인사를 건네지 않는 것이 미덕이었다. 집사장에게 소개받을 때까지 참을성 있게 기다린 코린은 통성명을 나눈 뒤에야 헤이젤에게 다가왔다. 그녀는 화려한 금발을 허리까지 늘어뜨린 헤이젤의 얼굴을 호기심 강한 눈으로 훑어보며 물었다.

"공작가분이세요?"

"아, 저는 먼 사촌이에요."

"흐응, 그렇구나. 사냥 대회는 처음인가요?"

코린은 16, 17세 정도로 보이는 하얀 피부에 볼 주근깨가 귀여운 아가씨였다. 처음 나오는 공식 나들이가 설레는지 천막 문을 살짝 젖히고 밖을 구경했다.

"저는 왕궁 행사는 처음이거든요. 엄청난 분들이 오시는 곳에 초대받아서 설레어 여행 일주일 전부터 짐을 쌌답니다. 헤이젤의 짐은 언제…… 어머. 홀가분하네요."

"네. 이박 삼일 일정이라 그리 많이 필요하지는."

"나머지는 하인들이 가져오려나 보죠?"

"아뇨. 이게 전부예요."

가벼운 여행 가방 하나를 든 헤이젤을 바라본 코린이 이해할 수 없다는 표정을 지었다.

"사흘간 사용할 물건인데 이게 전부라고요?"

코린이 놀라는 이유를 몰라 멍하니 고개를 끄덕이던 헤이젤은 뒤늦게 텐트 안에 쌓여 있는 그녀의 물건들을 보게 되었다.

"이렇게나……."

2인용 텐트로 준비된 공간이 이미 그녀 한 사람의 짐으로 가득 찰 정도로 쌓여 있었다. 이래서는 두 사람은커녕 그녀 혼자 지내기에도 좁아터질 지경이었다. 두 사람은 서로의 짐을 보며 각기 다른 의미로 경악했다.

"이게 뭐야, 직계가 아니라더니 아예 귀족이 아닌 건가? 감히 나를 뭐로 보고 이런 데 넣은 거지? 여기 담당자를 만나봐야겠어."

코린의 혼잣말을 들은 헤이젤이 흠칫 입술을 깨물었다. 왕족이 주최하는 행사인 만큼 만반의 준비를 해오는 것이 관례일지도 모른다. 지난번 다회에 참석했을 때도 그리 짐이 많지 않았던 헤이젤은 그래서는 안 되는 것이었다는 걸 뒤늦게 깨닫게 되었다.

'워렌이 괜찮다고 해서 정말 마음 놓고 있었는데.'

그 말만 믿고 왕족들에게 결례를 범한 건 아닐까 걱정되었다. 헤이젤이 과거에 대해 고민하는 동안 코린은 왕실 집사장을 불러 강한 어조로 거처를 바꿔달라고 요청했다.

"바꿔 드릴 수는 있습니다만, 등급을 낮춰서 들어가셔야 할 겁니다."

"그게 무슨 소리예요? 지금보다 더 낮출 곳이 어디 있다고? 우리 집안 취급이 왜 이따위…… 아니. 이럴 게 아니라 아버님을 뵈야겠어요."

"자작님이 직접 오셔도 어쩔 수 없습니다. 더 위로 올라가실 곳은 없습니다."

"그러니까, 왜 내가 이렇게 낮은 취급을 받아야 하느냐고요."

화가 나 따지던 코린은 무언가 떠오른 듯 다시 물었다.

"잠깐. 어느 집안 아가씨라고 했죠?"

"하트퍼드 공작가이십니다."

"하트퍼드면 그 쫄딱 망했다는."

하트퍼드가의 이름을 몇 번 반복하던 코린은 집사장에게 굳이 새로운 방으로 안내할 필요가 없다고 알렸다.

"바꾸지 않으시겠다는 말씀이신지요?"

"그래요. 마음이 바뀌었어요. 다시 방을 바꾸려면 다들 힘들 테니 제가 양보하죠. 이만 가봐도 좋아요."

"알겠습니다. 이해해 주셔서 감사합니다."

아가씨의 변덕에 일절 토를 달지 않고 고개를 숙인 시종장은 그대로 자리를 떴다. 코린은 자신이 낮은 랭크의 숙소에 안내되었다고 생각하고 있었다. 그러나 만일 그게 아니라면, 제 곁의 남루한 아가씨가 정말 공작가의 핏줄이라는 말이 된다.

화를 누그러뜨리고 헤이젤을 바라본 코린은 그 말이 맞을지도 모른다고 생각했다. 상대는 비록 행색은 평범해도 수수함으로는 가릴 수 없는 기품과 미모를 가진 아가씨였다. 소파에 앉아 있는 미녀의 자세는 흠잡을 곳 없이 완벽했다. 코린은 헤이젤의 우윳빛처럼 뽀얗고 깨끗한 피부에 감탄하며 생각했다. 수수하긴 해도 정말 고귀한 아가씨인 것 같다고.

"헤이젤이라고 했죠?"

"아, 네."

"하트퍼드 공작 저택이 낡아 무너져 가는 폐가라던데, 정말인가요? 하인도 없고?"

"……없어요."

"세상에. 불쌍하게도. 하인이 없다니 저로서는 그 불편함을 감히 상상하기도 힘드네요. 하지만 공작님이 그리 재능 있는 분이라는 소문이니 그런 문제쯤은 금방 해결될 거라 생각해요. 그건 그렇고, 먼 길 오셨을 텐데 시장하지 않으세요? 간단한 다과라도 함께하며 서로 알아 나가는 것도 좋을 것 같아요."

갑자기 태도를 바꾼 코린의 모습에 이번에는 헤이젤이 놀랄 차례였다. 대체 뭐가 어떻게 된 건지. 방을 바꾼다는 말을 꺼냈을 때는 자신이 마음에 들지 않았나 보다 싶었는데 갑자기 돌변하더니 십년 사귄 단짝처럼 달라붙었다.

"공작님이 진귀한 인형들을 만드는 취미가 있으시다는 말을 들었어요. 그 이야기를 좀 들려주세요."

"아, 인형 말인가요."

"그 취미가 그렇게 비싼 가격에 거래된다면서요? 얼마나 잘 만들면 그럴까. 저도 인형 정말 좋아하거든요. 나중에 꼭 구경해 보고 싶네요. 인형에 대해서도 궁금하고, 공작님에 대해서도 듣고 싶어요. 독신이라고 들었는데 아직 연인이 없으신 건가요?"

헤이젤이 아는 워렌은 공작이 직책이 아닌, 인형을 만드는 평범한 남자였다. 낡은 저택에서 세상을 등지고 고요히 작업을 이어 나가는 인형사. 그러나 귀족 영애들 사이에서는 그렇게 보이지 않는 것 같았다. 워렌은 값비싼 인형을 만드는 고상한 '취미'가 있는 공작님이고, 그 작품은 예술품으로 높은 가치를 인정받아 부수입이 쏠쏠한 정도로 이해하고 있는 듯싶었다.

워렌은 인정하지 않겠지만 그는 이번 사냥 대회의 주역이었다. 이곳에 모인 사람들의 시선은 전부 독신인 그에게 쏠려 있었다. 아직 가진 것 없는 젊은 공작의 호감을 사둘 절호의 기회라고 생각하고 모인 사람들이 상당수 존재할 터였다. 그가 맡게 될 시계탑 보수는 막대한 자금이 투자되는 국가적인 규모의 사업이다. 누구든 워렌이 지금은 가난해도 몇 년 안에 빚 정도는 금세 해결할 만큼의 재산을 축적할 것이라는 추측을 하기 어렵지 않았다.

전도유망한 젊은 공작을 향한 사람들의 러브콜은 이제 막 시작되었을 뿐이었다.

"그 사람에게 연인은…… 없어요."

"어머. 정말이죠?"

이야기를 나눠본 결과 코린은 인형에 그다지 관심이 없는 눈치였다. 뛰어난 장인이 만든 글라스 안구가 얼마나 돔이 깊고 잘 만들어졌는지 바라보는 사람 쪽으로 시선이 따라올 정도라는 이야기를 열심히 들려주던 헤이젤은 상대 아가씨의 반응이 영 신통치 않자 머쓱한 표정으로 화제를 돌려야 했다.

코린의 주 관심사는 인형보다 젊은 공작님 쪽이었다. 코린은 워렌과 혹시 있을지 모를 그 주변의 여성들에 대해 집중적으로 질문했다. 헤이젤이 기대에 부응하는 대답을 하지 못하자 노골적으로 실망한 표정을 지었다. 그녀는 헤이젤이 일부러 정보를 공유하지 않는다고 생각하는 것 같았다.

'솔직히 대답해도 믿어주지를 않네…….'

헤이젤은 난감했다. 연인이 있던가를 생각하기 전에 워렌이 평소 만나는 사람 중 연애 대상에 들어갈 만한 사람이 과연 있기나

하던가를 떠올려 보면 대충 답이 나왔다. 저택을 자유롭게 드나들 수 있는 여성은 헤이젤과 카리나, 이사벨 정도가 전부. 그의 입으로 직접 카리나는 아니라고 했고, 이사벨은 너무 어리고. 그렇다면 남은 건 자신뿐인데…….

'함께 미래를 그려보기는 했지만 꼭 그런 의미로 말한 게 아닐 수도 있고.'

좋아한다는 말은 들었다. 하지만 그게 전부였다. 게다가 자신은 살아 있는 사람이 아니다. 그가 만든 인형의 몸을 빌려 잠시 곁에 있는 상황일 뿐이라 연인 같은 단어가 어울릴 만한 자격이 없다고 생각되었다.

'이 몸이 정말 내 것이었다면.'

그럼 용기를 내서 고백이라도 해볼 수 있었을까. 아니면 인형이 아니니 저택에 머물 이유가 없다며 나가라는 말을 들을까.

'한 번쯤 말해보고 싶어.'

당신을 좋아한다고. 솔직하게 말해도 좋을지 모르겠지만 말이다.

"아이참, 헤이젤, 듣고 있어요?"

"네?"

"공작님 숙소가 어디인지 궁금하다니까요."

"아, 워렌은 금색 휘장이 둘린 떡갈나무 옆 숙소예요."

장소를 알려주자 눈을 빛낸 코린이 헤이젤 곁으로 다가와 배시시 웃었다.

"그래요? 할 일도 없는데 잠시 나갔다 올까 봐요. 안내해 주지 않을래요?"

"……워렌의 숙소에요?"

"가족을 보러 가는 건데 안 될 건 또 뭔가요? 우리, 주변 구경도 할 겸 산책하고 오자고요."

팔짱까지 끼어오며 애교를 부리는 모습에 헤이젤이 쓴웃음을 지으며 고개를 끄덕였다. 격분하던 그녀가 갑자기 숙소를 바꾸지 않겠다고 선언한 건 아마도 이 때문인 것 같았다. 얼른 다녀오자며 자리에서 일어나자 코린이 깜짝 놀라 헤이젤을 잡았다.

"지금요? 어마, 부끄럽게! 이대로 나갈 수는 없잖아요. 하녀를 부를 테니 잠시만 기다려 줘요."

코린의 부름에 텐트 근처에서 대기하던 하녀가 들어와 부산하게 머리를 매만지고 쌓여 있는 짐 더미 안에서 부채며 실크 구두를 꺼내기 시작했다.

"코린. 어제 비가 왔는지 땅이 질어요. 예쁜 구두가 금방 더러워질 거예요."

"괜찮아요. 공작님을 뵈러 가는데 이 정도 준비도 안 하고 어떻게 나가요. 아이참, 헤이젤도. 첫인상이 중요하다니까요."

꼼꼼하게 화장까지 고친 코린은 시녀를 대동하고서 텐트를 나섰다. 귀족 아가씨들이 밖에 나가기가 이렇게 힘든 것이라는 걸 새삼 깨달은 헤이젤은 그제야 아서가 제게 양산을 사준 이유를 알 것 같기도 했다.

'직접 보고 놀랐어. 외출은 준비가 오래 걸리는 거구나. 그때 모자만 덜렁 들고 뛰어나온 걸 보고 얼마나 기가 막혔을까.'

안쓰러움에 뭐라도 사주고 싶었을 게 뻔하다는 생각이 들자 괜스레 부끄러워졌다. 하긴 되돌아보면 예전에 부모님과 함께 살 당시에는 자신도 외출할 때는 꽤 시간이 오래 걸렸던 것 같다는 생각이 들기도 했다. 하트퍼드 저택에서 지나치게 편하게 지내다 보니 이렇게 되어버렸지만.

"저기예요."

"세상에, 사람들이 벌써 모여 있네."

워렌의 숙소 앞에는 이미 많은 사람이 모여 대화를 나누고 있었다. 그와 사업 상담을 하고 싶은 귀족들이나 코린처럼 독신 공작님의 눈에 띄고 싶어 다가온 아가씨들이 대부분이었다. 남자들은 곁에 선 사람과 서로 이야기를 나누는 편이었지만 영애들은 약속이라도 한 듯 입을 다물고 서로를 힐끔대고 있을 뿐이었다. 팽팽하게 긴장된 분위기가 멀리서부터도 느껴졌다.

"아이, 뭐야. 벌써 사람들이 이렇게 많아. 저어, 헤이젤. 공작님께 인사할 수 있도록 좀 도와주실 거죠?"

"네?"

"당신은 친척이니까 그의 텐트에 들어갈 수 있잖아요. 그리 힘든 부탁은 아니에요."

"아……."

당돌한 요구에 당황한 헤이젤이 잠시 말을 잇지 못했다. 이러려고 같이 가자고 했구나! 눈치 없이 같이 나서는 게 아니었다며 뒤늦게 후회했지만 인제 와서 무를 수도 없었다.

'워렌이 낯선 사람을 반길 리가 없는데, 거절하는 게 좋을까?'

싫어하는 걸 알면서 이렇게 불쑥 누군가를 데려가도 괜찮은지를 생각하다가 점차 자신의 망설임이 그것 때문이 아니라는 걸 깨닫게 되었다.

'그가 괜찮은지가 문제가 아니라, 내가.'

소개하고 싶지 않다는 기분이 드는 게 문제였다. 이토록 많은 아가씨가 워렌을 만나기 위해 기다리고 있을 거라고는 짐작도 하지 못했다. 공주님의 선견지명에 헤이젤은 다시 감탄했다. 그의 숙소에 자신이 그대로 묵었다면 일이 커질 뻔했다.

나오기를 잘했다는 생각이 드는 한편, 아쉽다는 생각이 들기도 했다. 자신이 워렌의 숙소에 머물렀다면 어땠을까. 그의 곁에 누군가가 있다는 걸 알면 저들은 뭐라 했을까. 보란 듯이 그의 텐트로 들어가는 모습을 보이고 싶다는 생각을 하다가 재빨리 고개를 흔들고 정신을 바로 차렸다. 이런 일이 생기지 않도록 공주님이 미리 신경을 써주셨는데 그 배려를 무용지물로 만들면 안 된다고 마음을 다잡았다.

헤이젤은 스스로가 이리 심술궂은 성격인지 몰랐다. 아가씨 한 명 소개하는 게 뭐 그리 대수라고 이토록 초조하게 속을 끓이는 건지.

"이미 방문객이 있는 것 같은데……."

헤이젤이 말을 흐리자, 인파로 꽉 막혀 있는 입구를 바라보던 코린이 아쉽다는 듯 고개를 끄덕였다.

"막 도착한 상태라 그런지 상당히 붐비네요. 일정이 사흘이나 되니 틈이 생기겠지요? 그래도 가능한 한 빨리 소개를 해주면 좋겠는데, 오늘 저녁에라도."

"……알아볼게요."

"고마워요, 헤이젤. 당신과 친구가 되어 기뻐요."

친구. 예상외로 어색하게 느껴지는 단어를 읊조리고 있자니 코린이 가까이 다가와 헤이젤의 손을 움켜잡았다. 곱게 정돈된 머리카락이며 정성스러운 화장을 한 예쁜 얼굴을 마주하며 헤이젤이 겸연쩍은 미소를 지었다.

"아! 여기 있었어, 헤이젤!"

"이사벨?"

자신을 부르는 소리에 고개를 들어보니 텐트에서 조금 떨어진 곳에서 붉은 곱슬머리의 귀여운 소녀가 헤이젤을 바라보며 심통난 얼굴을 하고 있었다. 그 뒤에는 카리나 역시 소녀를 향해 손을 흔들었다.

"이사벨도 온 거야?"

"데리러 왔어. 가자!"

"가다니, 어딜?"

"내 텐트로 옮길 거야, 가서 짐 가져오자. 너랑 동실을 쓰기 싫다고 어디의 누군가가 시종장까지 불러내서 하트퍼드 가문을 욕보였다던데?"

곁에 서서 무슨 일인지를 지켜보던 코린이 흠칫 놀라 어깨를 떨었다. 이사벨은 조금 전 소동이 이미 소문났다고 전했다.

"이렇게 좁은 곳에서는 말을 조심해야지. 네가 그런 취급받을 필요 전혀 없거든? 자작가 주제에 공작가 아가씨랑 같은 방을 쓰게 된 걸 감사해도 모자랄 판에. 귀염 좀 받고 자랐다고 세상 무서운 줄 모르고 날뛰네."

"이사벨, 그런 말을 하면 못써."

아무리 아이가 하는 말이라도 지나치게 결례가 아닌가 싶어 카리나를 바라보았지만, 그녀 역시 팔짱을 낀 채 이사벨을 내버려두었다. 코린은 헤이젤 때와는 달리, 이사벨이 하는 말에 제대로 대꾸하지 못한 채 곁에서 입술만 깨물고 있을 뿐이었다. 반박이 없는 걸 보니 아무래도 짚이는 바가 있는 모양이었다.

"너 정도면 최소한 나 정도 집안 아가씨랑 어울려야지. 자, 어서 우리 텐트로 가자."

"어, 어…… 이사벨?"

"빨리 와. 당장 입어볼 옷도 있어. 워렌 그 눈치 없는 남자가 티 드레스도 제대로 안 챙겨줬을 게 뻔하잖아? 그래서 우리가 다 준비해 왔지."

이사벨은 대답도 듣지 않은 채 헤이젤을 끌고 자신의 숙소로 향하기 시작했다.

"아, 속상해. 걔 뭐야? 제까짓 게 감히 헤이젤이랑 함께 있기 싫다고 말했다며?"

"카리나 씨. 우리 이렇게 숙소 멋대로 바꿔도 되는 거예요?"

"당연하지. 왜 그런 걸 신경 써?"

아이를 나무랄 줄 알았던 카리나마저 헤이젤이 있어야 할 곳은 그런 비좁은 장소가 아니라며 차갑게 웃었다.

"워렌에게도 말했어. 아무리 객실이 모자란다지만 저런 풋내 나는 애송이랑 방을 나눠 쓰게 하다니 말이 안 되잖아."

"……그런 거야?"

"당연하지! 게다가 걔, 건방져. 감히 공작가 아가씨를 하녀 부리듯 오라 가라 제멋대로 굴고. 밖에 나가자고 한 것도 그 계집애지?"

"어떻게 알았어?"

"헤이젤 찾으러 갔더니 객실이 텅 비어 있더라고. 두 사람이 함께 워렌의 숙소 앞에서 들어가지도 못하고 서 있는 거 보면 뻔하잖아."

"뻔한 거였구나……."

영문을 몰랐던 헤이젤은 뒤늦게 반성했다. 이사벨도 아는 사실을 자신은 왜 알지 못했을까.

"헤이젤은 말이지, 공작가 아가씨라는 자각이 좀 있어야 해."

"……그건."

"자작 영애 따위에게 우습게 보이는 일이 있어서는 안 된다고. 걱정하지 마. 앞으로 헤이젤은 내가 지킬 거야. 못되게 구는 것들은 가만 안 둬."

원래도 헤이젤을 잘 따르던 이사벨은 여행지에서의 사고 이후 아예 친언니처럼 그녀를 싸고돌았다. 누구든 감히 허튼짓하면 혼쭐을 내주겠다며 자신의 아버지나 할 만한 대사를 읊조린 아이는 헤이젤에게 짐도 이미 자신의 숙소로 옮겨두었다고 덧붙였다.

"정말 워렌도 이 사실을 아는 거 맞죠?"

"응, 그럼. 알, 아니 알던가? 워낙 정신이 없었어야 말이지. 뭐 좀 나중에 알아도 상관없잖아? 워렌도 무척 바쁜 것 같더라고~"

"아직 말 안 한 거 아녜요?"

"걱정하지 마, 숨 좀 돌리고 알려줘도 돼. 궁금하면 알아서 찾아오겠지."

"카리나?"

이사벨을 말려야 할 위치의 카리나마저 뭐가 그리 즐거운지 활짝 웃어가며 헤이젤의 등을 밀었다. 아무래도 이들 사이에 워렌은 먹이사슬의 맨 밑바닥에 존재하는 미생물 정도의 비중인 듯싶었다. 사악한 미소를 짓는 모녀의 뒤를 불안한 표정으로 따라간 헤이젤은 숙소 내부를 보고 다시 놀랐다.

"보통은 기본으로 준비된 숙소에 각자 알아서 장식을 더 추가하거나 바꾸거나 하거든."

워렌의 숙소가 '기본형'이었다면 이곳은 이미 개조를 마친 궁전과도 같았다. 우아한 레이스를 둘러 색조를 통일시킨 널찍한 숙소 안에는 카리나가 미리 준비한 헤이젤용 침대와 옷가지 상자가 준비되어 있었다.

왕족과 가장 가까운 위치에 설 수 있는 것이 공작가의 사람들이다. 애송이 영애 정도가 하트퍼드가 아가씨를 소홀하게 대한 것도 모자라 하인 다루듯 누구를 소개하라는 말을 건넬 처지가 아니라고 카리나가 설명했다. 헤이젤은 몰랐다 쳐도 코린은 그 사실을 잘 알면서도 이용하려 했으니 괘씸한 거라는 말을 덧붙였다.

"어쨌든 이제 나랑 같이 있어. 엄마도 허락해 주셨으니까!"

"카리나, 정말 괜찮아요?"

"무슨 소리야? 우린 처음부터 널 데려오려고 했어. 워낙 손님이 많다 보니 요청이 제대로 전달되지 않은 모양이더라고. 결국 우리가 직접 찾으러 나서야 했지. 아, 그리고 아까 짐 빼면서 슬쩍 들여다봤는데, 그 욕심쟁이 아가씨가 가져온 짐 때문에 어차피 둘이 사용하기는 무리 같아 보이던데 뭘."

이사벨을 나무랄 줄 알았던 카리나마저 한술 더 떠서 그런 창고 같은 곳에서는 도저히 하루도 버티지 못할 거라는 독설을 내뱉었다. 공간 문제는 차치하고서라도 헤이젤 역시, 카리나 모녀와 함께 있게 되어 다행이라고 생각했다. 워렌과 떨어져 있는 사이 혹시라도 몸에 무슨 문제가 생기면 사정을 아는 카리나가 빠른 조처를 해줄 수 있을 테니까.

"그 여자애. 워렌 소개해 달라고 졸랐지?"

"어떻게 아셨어요?"

"방 바꿔달라고 떼쓰다가 네가 공작가 아가씨라는 걸 알고 태세 전환한 거 보면 딱 보이잖아. 곁에 두면 쓸모 있을 거라고 계산한 걸 테지. 평소의 워렌이라면 걔 원하는 대로 만나게 해주고 정면에서 무시당하는 모습을 즐겁게 지켜보자고 말해주고 싶지만."

흉흉한 말을 아무렇지도 않게 읊은 카리나는 고개를 저었다.

"그 사람 요즘 뭘 잘못 먹은 것 같단 말이지."

"무슨 뜻이에요?"

"워렌이 변했어. 이전보다 다정해졌거든."

"그래요?"

전 잘 모르겠는데요, 라고 헤이젤이 중얼거렸다. 그녀가 아는 한 워렌은 처음부터 다정했다. 물론 처음에는 조금, 아주 조금 무섭기는 했어도 딱히 험하게 대한 적도, 함부로 말한 적도 없었다.

"워렌 원래 다정한데……."

"아이고."

카리나가 벌레 씹은 얼굴로 헤이젤을 바라보았다.

"그건 네가 그 사람의 무관심을 받아보지 못해서 그래."

남에게 관심 없는 하트퍼드 공작은 차갑고 예의 없기로 소문난 신사였다. 성격 강한 카리나조차, 처음 일 관계로 소개를 받았을 때는 재수 없어서 다 때려치우고 싶을 정도였다고 했다.

"시건방진 표정으로 사람의 정수리를 노려보지! 초면에 인상만 잔뜩 쓰고 말도 짧고! 처음에는 내가 여자라서 우습게 보는 거 아닌가 싶어 화가 치밀었다니까."

그러다 결국 낯가림이 심하고 남에게 관심이 없어서 저런다는 걸 알게 되어 끊임없이 다가가 지금 수준의 교류가 가능하게 되었다고 했다.

"와…… 정말 고생 많으셨군요."

"그럼, 말도 마. 헤이젤에게 하는 거 백분의 일 정도만이라도 내게 하면 좋겠어!"

"죄송해요."

"어머, 그걸 왜 헤이젤이 사과하는데?"

요는 최근 워렌의 분위기가 부드러워진 모습을 보고 사람들이 들러붙는 중이라고 했다. 가시 돋고 찬바람 쌩쌩 불던 때도 그 분위기가 좋다며 다가가려던 사람들이 있었는데, 요즘은 평범하게 상냥해서 온 도시 영애들이 곁에 가고 싶어서 몸이 달았단다. 듬직한 데다 진지한 인상을 주는 공작님이 가끔 미소를 지을 때 그를 바라보던 아가씨들의 부채질에 가속이 붙는다나 뭐라나.

"아직 미혼의 공작인 데다가 최근 사업 운도 좋아 돈줄 들어왔다 싶으니 탐내는 사람이 늘어난 거지. 그러니 헤이젤도 정신 바짝 차려."

"네. 이제 소개해 달라고 해도 쉽게 약속하지 않을게요."

"아니, 그거 말고."

휴양지 분위기를 한층 돋우는 커다란 라탄 의자에 앉은 카리나가 헤이젤의 말을 정정해 주었다.

"누가 채가지 않게 조심하라고."

"예에?"

"보면 알아. 너희 그날 이후로 아무 진전도 없지? 둘 다 아주 물러 터졌어."

남이 끼어들 여지를 주면 안 된다고 카리나는 열변했다. 틈을 보이면 뺏기니 조심하라고. 갑작스러운 일침에 소녀는 곤란한 표정을 지었다.

'좋아하는 건 맞지만, 대체 뭘 어떻게 해야 하죠?'

인형 안에 갇힌 영혼일 뿐인 자신은 워렌에게 줄 수 있는 게 아무것도 없었다. 그를 도와줄 세력도 재산도 없거니와 결혼은 차치하고 언약 정도도 주고받을 수 없다. 그저 곁에서 지켜보는 것이 전부일 뿐인데 빼앗긴다는 말이 가당키나 할까.

'좋아하는 마음만으로는 이룰 수 없는 것도 있잖아요.'

카리나가 이 말을 듣는다면 시도해 보지도 않고 부정적인 생각부터 한다고 화를 낼지 몰라도 헤이젤은 워렌의 앞길을 막는 일만큼은 하고 싶지 않았다. 카리나의 설명처럼 워렌은 이제부터가 시작이었다. 그가 작품을 인정받는 예술가로 자리를 잡기까지 그리 멀지 않았다. 워렌이 유명해질수록 하트퍼드 저택에서 둘이서 지내는 오붓한 생활은 불가능하게 될 거라는 걸 알고 있었다. 자신이 하트퍼드가의 혈연이 아니라는 사실은 늦든 빠르든 밝혀질 테고 그때가 되면.

'어디로 가야 할까.'

워렌은 함께 하트퍼드가를 재건하고 싶다고 말했지만, 정확히 말하자면 그건 헤이젤이 아니라 그의 부인이 될 사람이 채워야 할 자리였다. 그 순간이 올 때까지 시간이 얼마나 남았을까. 소녀는 곧 다가올 막막한 미래에 불안감을 감출 수 없었다.

✱

오후 사냥을 한차례 다녀온 첫날과 달리 두 번째 날부터는 본격적인 사냥이 시작되었다. 남자들은 해가 떨어질 때까지 들과 숲을 다니며 사냥을 했고, 총소리는 종일 끊이지 않고 사냥터에서 멀리 떨어진 귀부인들의 숙소까지 들려왔다. 사냥을 그리 내켜 하지 않는 워렌은 우울한 얼굴로 사냥터로 나갈 준비를 하는 중이었다. 사냥도 싫지만 지위 높은 사람에게 아부하는 가식적인 귀족 무리와 얼굴을 맞대고 하루를 보내는 것 역시 끔찍했다.

"실수하는 척하고 제일 마음에 안 드는 누군가 하나를 빗맞게 하면 다시는 안 부르지 않을까?"
"큰일 날 소리 마세요!"

여행 준비를 귀찮아하던 워렌이 흘린 말에 헤이젤이 펄쩍 뛰었다. 정확하게 맞추지 않고 살짝 빗나가게 쏘면 아무 문제없다고 덧붙이고 반응을 지켜보자 꽝꽝 얼어붙은 채 엄청난 속도로 눈만 깜박대기 시작했다. 곧이어 파닥파닥, 어쩔 줄 모르며 팔만 광속으로 저어대는 걸 보니 아무래도 무슨 말로 말려야 할지 당장 생각이 나지 않는 모양이었다.

"푸핫!"
"워렌? 지금 웃을 때가…… 아!"
"하하하하!"
"절 놀린 거죠? 너무해, 전 진짜 쏘려는 줄 알고 긴장했다고요!"

겁에 질렸던 표정은 금세 사라지고 안도 반 토라짐 반이 섞인 귀여운 투덜거림이 이어져 한참 웃었던 기억이 났다. 워렌은 가죽 장갑을 끼며 중얼거렸다.
"솔직히 정말 시도해 보고 싶은 마음도 없는 건 아니지만, 정말 실천했다가는 헤이젤이 절망할 테니 참기로 하고……. 아예 빈손이면 영감들이 또 시끄러울 테니 뭐라도 하나 잡고 대충 빠져나와야겠군."

헤이젤을 다른 숙소로 보내자마자 자작가 아가씨가 시비를 걸었다는 소리가 들리지 않나, 도착하자마자 불쾌한 소식이 이어졌다. 어제는 쉴 틈을 주지 않고 사람이 찾아오는 통에 꼼짝 못 하고 숙소에 갇혀 있었으나 오늘까지 떨어져 있을 생각은 없었다.

'이렇게 내내 떨어져 지낼 거였다면 아예 함께 올 생각을 하지 않았을 텐데.'

사람들의 시선 따위를 대체 왜 걱정해야 한단 말인가. 관계가 애매하다는 이유라면 약혼녀라고 공표하면 되는 거였다. 누가 뭐라든 상관없으니 다시 데려와야겠다고 생각한 워렌은 공주가 쓸데없는 짓을 했다고 투덜거리면서 사냥용 장화를 신었다.

✺

남자들이 사냥을 떠난 동안 숙녀들은 준비된 연극을 보거나 차를 마시며 담소를 나누는 하루를 보내게 되었다.

"오전 사냥이 끝난 모양이네요. 다들 돌아와요."

누군가가 외쳤다. 사냥을 갔던 사람들이 점심 휴식을 위해 돌아오고 있었다.

이사벨과 함께 책을 읽던 헤이젤은 돌아오는 사람들 무리에서 워렌을 찾았다. 다른 이들보다 체격과 키가 큰 워렌은 헌팅캡이니 재킷 등으로 한껏 모양을 낸 남자들에 비해 수수한 차림인데도 쉽게 눈에 띄었다.

"워렌!"

반가움에 다가가던 헤이젤은 워렌의 손에 들린 물건을 보고 흠칫 놀라 발걸음을 멈췄다.

"헤이젤?"

어제 숙소에서 헤어진 후 내내 얼굴을 보지 못했던 워렌은 반가운 표정으로 달려갔다. 아니, 정확하게는 그녀의 곁으로 가려고 했다. 그러나 헤이젤은 그를 보자 정색을 하며 뒷걸음질 치기 시작했다. 영문을 모르는 워렌은 큰 보폭으로 성큼성큼 그녀에게 다가갔고, 소녀는 그럴수록 당황하며 거리를 벌리기에 바빴다.

울상을 짓던 헤이젤은 결국 도저히 못 견디겠다는 듯 잰걸음으로 그 자리에서 도망쳐 버렸다.

"헤이젤, 대체 왜……?"

"공작님. 사냥하신 여우는 이곳에 놓아주십시오. 조금 뒤 사냥터 여신으로 뽑힌 영애분이 전리품을 축하할 예정입니다."

"아, 망할. 이게 문제였군."

워렌은 그제야 자신이 조금 전 사냥한 여우를 손에 쥔 채였다는 걸 깨달았다. 헤이젤은 아마도 죽은 동물을 보고 놀라 도망간 듯싶었다. 그는 짜증이 가득 담긴 시선으로 사냥감을 노려보았다. 원치도 않는 사냥에 끌려가 오전 내내 시달린 결과가 이런 거라니. 대체 이걸 왜 잡았나 한숨만 나왔다.

곁에 있는 하인에게 던지듯 여우를 건넨 뒤 그는 헤이젤을 찾기 위해 주변을 살폈다. 하지만 그가 찾는 반짝이는 금발의 아가씨는 이미 인파 속 어디론가 사라진 뒤였다.

"되는 일이 없네."

"뇌조는 머리를 위쪽으로 잡은 채로 건네주시면 감사하겠습니다. 그것이 사냥감에 대한 마지막 예의입니다."

여우를 받아간 사냥터지기가 다른 귀족들의 들꿩을 인도받으며 말했다. 사냥터에서 죽은 동물에 대한 예우를 잊지 않는 전통은 아직 이어지고 있었다. 바구니에 새가 담기는 모습을 멍하니 지켜보던 워렌은 작게 혀를 찼다. 그녀가 이렇게 싫어할 줄 알았으면 아무것도 잡지 않을 걸 그랬다.

“어머나. 공작님은 여우를 잡아오셨군요.”

“오렌지빛 털이 통통하니 아주 탐스러워요.”

헤이젤의 뒤를 쫓아가려던 워렌은 몇 걸음도 채 가지 못해 사냥감 구경을 나온 아가씨들에게 둘러싸였다. 그들은 사냥 전리품을 구경하는 척하며 그에게 몇 마디라도 더 말을 건네기 위해 바짝 달라붙었다.

영애들은 탄성을 지르며 남자들이 사냥해 온 동물들을 둘러보았다. 그들은 이전에도 사냥 대회에 참석한 경험이 있는지 한 곳에 쌓여 있는 동물 사체나 피 웅덩이를 보아도 놀라거나 비명을 지르지 않았다. 어쩌면 그들에게도 안타까움에 눈물을 흘렸던 과거가 있을지도 모르지만 이제는 어떤 사냥감이 잡혔는지 호기심을 가지고 구경 나올 정도로 담담해진 눈치였다. 호기심에 가득 찬 그녀들은 누가 더 많이, 혹은 큰 동물을 잡았는지 구경하며 이야기꽃을 피우는 데 정신이 없었다.

오전 사냥의 우승자는 아름다운 수사슴을 사냥한 국왕이었다. 풍요로운 가을을 상징하는 여신 역으로 뽑힌 선택받은 아가씨가 국왕에게 다가가 월계수 왕관을 바치며 키스를 건넸다. 명예로운 우승자가 미소로 손을 흔들자 의식을 구경하러 모인 사람들이 왕의 이름을 연호하며 환호성을 질렀다. 그다음이 워렌의 차례. 어쩌다 왕 다음으로 큰 동물을 사냥한 그는 꼼짝 못 하고 잡혀 행사에 참석해야 했다.

헤이젤은 이사벨과 함께 그 모습을 구경하러 나왔다. 관중들 사이에서 소녀를 발견한 워렌은 그녀를 향해 미소를 지었고, 그 모습을 본 아가씨들은 제각각 그 시선이 자신을 위한 것이었다며 들떠 소란을 피우기 시작했다.

"워렌 인기 많네."

여기저기서 탄성이 터지는 아가씨들을 바라보며 카리나가 웃었다. '너희가 아무리 애써봐도 저 남자는 이미 꽉 잡힌 몸이거든?' 하며 여유를 보이는 그녀와 달리 헤이젤은 착잡한 얼굴로 주변을 바라보았다. 워렌을 향해 관심을 나타내는 영애 중에는 그와 잘 어울리는 신분의 아가씨도 있을 것이다. 지금은 인형인 자신과 함께 있는 것이 더 편하다 생각할지 몰라도 공작 신분으로 끝까지 독신을 지키기는 힘들다. 저 중에 괜찮은 아가씨를 만나는 것이 더 좋을지도 모르는데 제가 그걸 막고 있는 건 아닐까.

'방해물이 되고 싶지는 않은데.'

헤이젤이 고민에 빠진 사이 누군가가 곁에서 말을 걸었다.

"안녕하세요, 이렇게 불쑥 말을 건네는 건 예의가 아니란 걸 알고 있습니다만……."

"네?"

처음 보는 얼굴이었다. 말끔한 정장을 입은 안경 낀 젊은 신사는 헤이젤에게 첫눈에 반했다며 가능하면 누군가에게 소개를 받아 정식으로 통성명하고 싶다는 말을 건네왔다.

"아름다운 아가씨의 성함도 몰라서 얼마나 찾았는지 모릅니다. 혹시 시간 되시면 저에게 시간을 좀 나눠주지 않으시겠습니까? 이렇게 서서 이야기 할 게 아니라 함께 차라도……."

"저어, 차는 좀 곤란……."

헤이젤이 주춤대며 물러나는 모습을 수줍음 때문이라 생각한 청년은 재빨리 자신의 신분을 밝히며 겁먹지 말아달라고 부탁했다. 그가 말을 건네는 것을 본 다른 청년들 역시 질세라 곁으로 다가와 인사를 건네기 시작했다.

"여기 계셨군요. 한참 찾았습니다."

"아, 부디. 제게도 기회를 주십시오!"

"설마 이런 간절한 요청을 거절하시는 건 아니겠지요?"

"저는, 그게…… 네에?"

순식간에 몰려든 청년들 사이에서 헤이젤이 당황하기 시작했다.

"어머나, 여기도 인기가 많네."

"카리나, 그런 소리 말고 좀 도와주……!"

청년들의 애정 공세에 당황한 헤이젤이 도움을 요청해 봐도 카리나는 '무슨 소리야. 이럴 때 인기를 마음껏 누려봐'라며 등을 떠밀었다.

시상식은 이제 다음 단계로 진행되고 있었다. 올해의 여신으로 뽑힌 영애는 워렌에게도 월계수 관을 씌워주고 축복의 키스를 건넸다. 또래 중에서도 아름답기로 소문난 처녀의 입맞춤을 받고도 표정 하나 흐트러지지 않는 워렌을 보며 사람들은 그의 침착함에 감탄했다. 워렌의 성격을 잘 아는 카리나만이 그 무뚝뚝한 표정을 보며 '아, 지금 당이 부족한 얼굴을 하고 있어'라는, 가장 진실에 가까운 답을 떠올리는 중이었다.

월계수 관을 머리에 쓰는 바보 같은 행사를 빨리 마치고 헤이젤의 곁으로 가고 싶던 워렌은 멀리 떨어진 그녀 곁으로 몰려드는 청년 무리를 바라보며 미간을 찌푸렸다.

"뭐야, 저 애송이들은."

"네?"

"……아가씨에게 한 말이 아닙니다."

아까부터 제 곁에 바짝 붙어 서 있던 여신 역의 아가씨는 워렌의 분위기가 갑자기 살벌해지자 놀란 표정을 지었다. 당장에라도 자리를 박차고 뛰쳐나가고 싶어 부글부글 끓는 속도 모르고 주변에서는 잘 어울리는 한 쌍이라며 두 선남선녀를 칭찬했고, 영애 역시 싫지 않았는지 그에게 딱 붙은 채 볼을 붉히며 수줍게 웃었다.

그러는 사이 남자들에게 포위된 헤이젤이 어디론가 사라지자 워렌의 심사는 불편하기 이루 말할 수 없었다.

'다 때려치우고 돌아가 버릴까.'

사람들은 워렌이 열불 나는 속을 어쩌지 못해 이를 갈고 있는지도 모르고 수상이 끝난 후에도 주변에 몰려들어 여우 사냥과 곁에 있는 미녀에 대한 찬사를 이어갔다. 이제는 자신이 그의 곁에 있는 것이 당연하다는 듯 우아한 미소를 짓는 아가씨를 보며 워렌은 밀려오는 짜증을 참기 위해 최선을 다해야 했다. 결국 그는 오후 사냥이 다시 시작되기 전까지 헤이젤을 다시 만나지 못했다.

✺

워렌이 공식 행사에 묶여 있는 동안 헤이젤은 에드나에게 붙들려 사교 파티에 참석했다. 그녀가 있으면 젊은 신사들의 다회 참여율이 부쩍 늘어날 거라 호언장담하던 공주의 말대로 다회는 성황리에 진행되었다.

"워렌의 인기가 상당하지 않나요?"

하고많은 사람 중 어째서인지 하필 헤이젤의 곁에 앉은 공주가 속삭였다. 공주님이라면 좀 더 상석에서 귀한 분들과 고상한 이야기를 나눠야 하는 게 아닐까 하고 생각하던 헤이젤은 하트퍼드 가문이야말로 그 '상석'에 앉을 위치라는 걸 깨닫고 고통받았다. 사교 모임이라면 정색하며 싫어하던 워렌의 마음을 이제 이해할 수 있을 것 같았다. 그 역시 지금 저처럼 가시방석일 거라며 멋대로 공감대를 형성하는 정도가 헤이젤의 유일한 위안이자 정신적 도피처였다.

"어제만 해도 족히 열 명은 그의 텐트에 숨어들었다지 뭐예요. 요즘 아가씨들은 대담하기도 하지."

"열…… 숨어든다고요?"

깜짝 놀란 헤이젤에게 공주가 윙크를 했다.

"내쫓아도 내쫓아도 자꾸 들어오는 터라 화가 난 공작의 항의로 나중에는 공작 텐트 앞에 불침번을 세워두고 쫓아야 할 정도였어요. 간밤에는 빗방울도 떨어져 꽤 추웠잖아요? 그래도 굴하지 않고 얇은 침의 바람으로 밖에서 얼쩡거렸다나 봐요. 어느 영애였는지 얼굴을 봤어야 했는데, 아쉬워라."

뭐가 그리 재미나는지 장난꾸러기처럼 눈을 접고 웃던 에드나는 코린과의 일에 대해서도 이미 알고 있었다.

"자작가 영애도 욕심이 났던 모양이지요."

"정말 모르시는 것이 없네요."

감탄과 질림이 적당히 섞인 표정으로 헤이젤이 탄식했다. 당사자인 자신도 코린도 입을 다물고 있는데 대체 누가 퍼뜨린 걸까. 그 의문을 눈치챈 공주의 미소가 짙어졌다.

"이런 일들은 다 귀에 들어오기 마련이랍니다."

공주는 코린이 한 일을 워렌도 알고 있다고 귀띔했다. 숙소를 바꾼 이후로 워렌을 만나지 못했던 헤이젤은 그 말에 더 놀랐다.

"아무도 보지 않는 것 같으면서도, 모든 이들이 보고 있는 곳이 사교계지요. 그 영애는 경솔한 행동을 한 걸 두고두고 후회하게 될 거예요."

"그렇게까지 심한 일을 한 건 아니라고 생각했어요."

"제 신분을 벗어난 행동을 했으니 말이 안 나올 수가 없겠지요. 안 그래도 워렌을 노리는 영애들이 많은 곳이니 이때라며 자작가의 교육이 부족했다는 흉도 쏟아질 테고요."

즉, 라이벌을 쳐 내기 위한 본보기로 희생될 거라는 말이었다. 헤이젤은 코린이 불쌍하다고 생각했다. 호감 가는 이성에 대해 호기심을 느끼는 건 어린 아가씨가 품을 수 있는 자연스러운 감정이 아니던가. 한 번의 실수조차도 용서받지 못하다니, 사교계가 무서운 곳이라는 걸 새삼 깨닫게 된다. 불안한 듯 스커트를 만지작거리던 헤이젤은 조심스럽게 에드나를 바라보았다.

"뭔가 하고 싶은 말이 있나요?"

"네. 왜 제게 이리 잘해주시나 싶어서요."

"어머. 그런 걸 물을 줄은."

자신 같은 애송이는 그냥 두었다면 지금쯤 이미 보이지 않는 날카로운 발톱과 이빨에 찢겨 형체도 보존하기 힘들었을 터였는데 에드나 공주가 미리 손을 써준 덕분에 무탈하게 버틸 수 있었다는 걸 깨달았다. 고맙기는 한데 혹 지금까지의 배려가 전혀 다른 의도를 숨기고 놀라게 하려는 것이라면 사양하고 싶었다. 이 상황에서 갑작스러운 반전까지 생기면 견디기 힘들 것 같아 솔직한 대답을 부탁하자 에드나가 의외라는 얼굴을 했다.

"워렌이 데려온 아가씨잖아요. 그거면 되는 거예요."

"저는 가진 것도 없고, 워렌에게는 어울리지……."

"넉넉하고 좋은 집안 아가씨가 지금의 워렌이 좋다고 나섰다면 오히려 경계했을지도 몰라요. 저 사람이 정치적으로 묶일 상대를 짝으로 찾는 게 아니라는 걸 아는 이상."

배경을 보지 않고 고른 아가씨일 테니 괜찮다고 하면서도 '이렇게나 심각하게 미모를 밝힌다는 사실은 몰랐지만요'라며 새침하게 놀리는 것을 잊지 않았다.

"그는 어린 나이에 공작이 되어서 정치적 배경도 없었고, 재산도 없다 보니 지금까지는 어느 정도 세간의 눈에서 벗어나 살아도 눈에 띄지 않았어요. 하지만 이제는 주목도가 다를 거예요. 좋은 신랑감으로 인식한 사람들이 눈독을 들이기 시작했거든요."

괴팍하고 사납다는 소문이 무성하던 하트퍼드 공작을 직접 만나본 사람들은 자신들의 예상이 틀린 것을 확인했다. 결혼 적령기 아가씨들의 마음을 뒤흔들 만한 준수한 외모에 점잖고 부드러운 태도까지. 날카로운 첫인상은 이제 남자다운 매력으로 받아들여졌고 젊은 나이에 국가사업을 맡게 되었다는 소문까지 나자, 사람을 꺼리는 성격은 콧대 높고 도도한, 귀족다운 성격이라는 말로 바뀌어 까다로운 공작님을 손에 넣고자 도전 정신에 불타는 아가씨들이 늘었다고 했다.

"순진한 아가씨에게 무슨 겁을 그렇게 잔뜩 주시는 겁니까, 공주님?"

헤이젤이 점점 말수가 줄어들며 창백하게 질려가고 있을 때, 누군가가 두 사람의 뒤에서 도움의 손길을 뻗어왔다.

"아, 또 당신인가요, 아서. 겁을 주기는 뭘 줬다고 그래요. 당신이야말로 이 아가씨는 이미 임자 있는 몸이니 포기하고 다른 꽃을 좇으시면 어떤가 싶은데."

"아직 약혼도 하지 않은 분에게 임자라니 이상한 표현이군요. 보세요, 공주님 앞이라 긴장한 나머지 차에 손도 대지 못하고 있지 않습니까."

"어머, 그러네요. 헤이젤, 차가 입에 맞지 않았어요? 다른 종류로 내라고 할까요?"

"아니어요. 저기, 제가 지금 살짝 속이 좋지 않아서. 죄송합니다."

"사과받자고 물은 게 아니랍니다. 그렇군요. 의사를 불러야 하나……."

자리에서 펄쩍 뛴 헤이젤이 그럴 정도로 심각한 건 아니라고 공주를 말렸다. 이 위기를 어떻게 빠져나가야 할지 고민하는 사이, 아서가 공주에게 가벼운 시비를 걸었다.

"말씀하시는 걸 들어보니, 공주님은 공작 편을 들기로 정하셨나 보죠?"

"훔쳐 듣기는 좋지 않아요, 아서. 그리고 잘 어울리는 선남선녀를 응원하는 건 당연하지 않나요?"

"어울릴지 안 어울릴지는 제게도 기회를 줘보시죠. 저랑도 이렇게 잘 어울리지 않습니까."

"저런. 생각보다 세게 나오네요."

헤이젤의 어깨에 손을 얹은 아서가 한마디도 지지 않고 대꾸하자 공주가 의외라는 듯 눈을 흘겼다.

"이제부터 그 '기회'를 다지려고 하니, 부디 아가씨를 모셔 가는 결례를 용서하시길."

"주인이 없는 틈을 타 정원의 꽃을 꺾으려 하다니 생각보다 용기 있는 행동을 하는군요."

"그 장미는 아직 하트퍼드 정원에 뿌리를 내리지 않았다고 생각하거든요."

"흥미로운 표현이네요."

공주 역시 마냥 헤이젤 곁에 머물 수는 없었다. 기분 전환도 할 겸 산책이라도 하라며 자리를 뜨는 걸 허락받은 아서는 헤이젤의 팔을 잡고 시야가 탁 트인 넓은 산책로로 나섰다.

"여기에서 다시 볼 줄은 몰랐어요. 사냥은 안 가도 되는 거예요?"

"상급 귀족들은 거의 초대장을 받으니까 헤이젤도 올 것 같아 참석한다고 했지. 사냥은 빠졌어. 어차피 폐하도 내가 자진해서 몸에 흙을 묻힐 거라는 생각은 안 하실 거고."

국왕도 포기할 정도라니, 어떻게 보면 엄청난 사람일지도 모른다는 생각이 들었다. 헤이젤의 생각을 읽었는지 아서가 웃었다.

"내가 정치적, 사교적인 야망이 없다는 뜻이야. 실크 스카프를 풀러 폐하 구두에 묻은 진흙을 닦아드리고 점수를 따는 아첨 같은 건 기대하기 힘들다는 사실을 이미 아신다는 의미지."

귀족에게 사냥은 계절 스포츠이기도 했지만, 두터운 친분을 쌓는 교류의 장이기도 했다. 아서는 사회적 지위에 대한 갈망이 없는 터라 그런 일에서 일찌감치 손을 뗐다고 설명했다.

"궁중 암투 같은 건 내 적성이 아니야. 그렇게까지 해서 이루고 싶은 것도 없고."

자신은 그저 아름다운 것을 즐기며 편하게 사는 인생이 목표라는 나름 알찬 계획을 세우고 마음 가는 대로 살고 있다며 웃었다.

"그건 그렇고, 정말이었나 보네."

"뭐가요?"

"친해지지 않으면 같이 차를 마시지 않는다는 말. 설마 공주님 앞에서까지 그럴 줄은 몰랐는데."

"아……."

안 먹는 게 아니라 못 먹는 거지만. 몇 모금 정도는 실수로 넘겨도 오토마타 내부에 저장할 장소가 있으니 큰 문제가 되지 않을 거라는 설명을 들은 적이 있었다. 위기의 순간이 오면 그냥 마시라고 워렌이 말해준 덕에 정 사정이 좋지 않으면 한두 모금 정도 홀짝일 각오를 하고 있던 터라 아서의 지적에 헤이젤은 오히려 머쓱해졌다.

"나를 밀어내려고 지어낸 말인가 했는데 아니어서 안심했어."

처음 시작은 그 말대로이긴 한데, 뒤늦게 부정하기도 뭐해서 애매하게 웃었다. 사냥터에서 멀리 떨어진 산책로에는 천천히 걸으며 경치를 구경하는 사람들과 잔디밭에 천을 깔고 피크닉을 즐기는 사람들로 북적였다. 아서 말대로 이번 사냥은 사교적인 목적이 주인 사람들만 참가한 듯, 남아 있는 신사들의 수도 만만치 않았다. 워렌의 경우 이번 행사의 주역이라 빠질 수 없었던 것 같았다.

"지치지 않았으면 조금 더 걸어볼까? 하고 싶은 말도 있고."

"여기서는 힘든 이야기인가요?"

"조용한 곳에서 이야기하고 싶어. 여기는 너무 보는 눈이 많잖아."

지나치게 멀리 가는 건 원치 않는다고 말하려던 헤이젤은 아서의 비장한 표정을 보고서 고개를 끄덕였다. 나쁜 장난을 치려는 눈치는 아닌 듯싶어 허락하고도 대체 무슨 이야기를 하려고 이러는지 내심 걱정이 되었다.

2.
어떤 일이 있더라도

헤이젤과 아서가 산책하는 동안 워렌은 오후의 사냥에까지 끌려갔다. 사냥 그까짓 거 몇 시간 정도 꾹 참고 따라가 금붕어처럼 입만 뻐금대다 오라는 카리나의 조언에도 인내심의 한계에 다다른 그는 결국 시답잖은 핑계를 대고 사냥꾼 무리에서 뛰쳐나왔다.

찬바람이 불기 시작한 가을 날씨인데도 종일 움직인 탓에 더웠던 워렌은 사냥 조끼를 벗어 던졌다. 작업실에서 하듯 셔츠 앞 단추를 여러 개 풀어내 답답하던 목을 편하게 하자 잔 근육이 돋보이는 탄탄한 가슴이 드러났다. 가을바람에 셔츠가 상체의 실루엣을 따라 곡선을 그려낼 때마다 그를 곁눈질하던 아가씨들 사이에서 즐거운 비명이 터졌다.

워렌은 갑작스러운 환호의 물결에 질겁했다. 파닥파닥, 그를 둘러싸고 분주하게 움직이는 부채들 사이에서 흔들리는 눈동자로 주변을 둘러본 그는 어째서인지 한기가 들어 젖혀두었던 옷깃을 다시 여몄다. 아쉬움이 묻어난 탄식이 다시 터졌다. 먹이를 노리는 맹수의 살기라고 할까, 무기가 될 만한 것이라고는 바람에 날아갈 것만 같은 가녀린 깃털 부채밖에 없는 이곳이 숲보다 더 살벌한 사냥터 같다는 생각을 하며 그는 헤이젤이 묵고 있다는 아가씨들의 숙소 쪽으로 방향을 틀었다.

"여기 없다고?"

"예, 저는 모르지만 저희 아가씨라면 아실 것 같습니다. 부디 들어오시지요."

코린의 하녀가 헤이젤의 부재를 알리며 워렌을 잡았다. 어쩔 수 없이 따라 들어간 숙소에는 긴 소파에 힘없이 몸을 기대고 있던 코린이 놀란 얼굴로 매무새를 다듬는 중이었다.

"쉬시는데 죄송합니다. 제 일행이 어디로 갔는지 혹시 아시는지요."

"하, 하트퍼드 공작님. 안녕하세요. 저, 저는 코린 윌로라고 합니다."

"윌로 자작님 댁 따님이시군요. 아버님은 오전에 뵈었습니다. 헤이젤이 옮긴 숙소 위치를 듣고 싶습니다만."

"저, 몸이 좀 좋지 않아 이런 차림으로. 앉으세요, 바로 차를 내오겠습니다."

"……아닙니다."

입구에서 들어가기를 거부한 워렌이 재차 헤이젤의 위치를 물었다. 코린이 어떻게든 그를 머물게 하려 들수록 워렌의 분위기는 점점 험악해졌다.

"코린 양. 혹시 모르시는 거라면 그냥 가겠습니다."

싸늘하게 가라앉은 반응을 접한 코린은 결국 워렌을 잡지 못했다. 어른스럽고 다정할 거라 막연히 상상하던 공작이 예상보다도 더 크고 위압적인 분위기를 풍기자 안 그래도 상심해 있던 어린 영애는 겁까지 집어먹었다. 속상함에 눈가가 발그레해졌다. 이성의 동정심을 일으키고도 남을 만한 가련한 모습이지만 워렌은 그런 건 안중에도 없다는 태도로 답변을 요구하는 게 전부였다.

자신의 힘으로는 공작님을 머물게 할 수 없다는 사실을 깨달은 코린은 모든 것을 포기한 채 순순히 알고 있는 사실을 털어놓았다. 헤이젤이 아는 사람을 따라갔다는 말에 카리나를 떠올린 그는 뒤도 돌아보지 않고 월로 영애의 숙소를 떠났다.

"대체 어디로 간 거야?"

카리나의 숙소를 찾아갔을 땐 이미 다들 어디론가 외출한 상태였다. 다시 헛걸음한 워렌은 물어물어 헤이젤이 조금 전까지 공주와 다회를 즐기고 있었다는 말을 들었다. 가는 곳마다 아가씨들이 붙들고 인사를 건네는 통에 도통 속도를 내기 어려워지자 워렌은 차츰 신경이 날카로워졌다. 뒤늦게 다회 장소로 찾아가 보았지만 그곳에는 에드나 공주만 남아 그를 반길 뿐이었다.

"오후 사냥은 참가하지 않으셨나 봐요. 아가씨들의 환호성이 들리기에 무슨 일인가 했더니, 매력적인 공작님의 등장이네요."

"헤이젤이 여기 있다는 말을 듣고 왔습니다."

"그래요? 그러고 보니 여기 있었던 것 같기도 한데, 지금은 없네요. 그것보다도 공작, 지쳐 보입니다. 잠시 차라도 한잔하면서 숨 좀 돌리시지요."

"어디로 갔습니까."

"어머. 뭐가 그리 급하지요? 친구랑 차도 마시지 못할 정도로 중요한 일이라도 있나요?"

공주가 요염한 미소를 지으며 워렌을 바라보았다. 이전부터 에드나를 알아온 그는 이 미소의 의미를 잘 알고 있었다. 결코 헤이젤의 행방을 순순히 알려주지 않겠다는 무언의 표시였다.

"……에드나."

이틀간 시달릴 대로 시달린 워렌에게 인내심은 그리 많이 남아있지 않았다. 이 모든 시련의 시작, 아니 원흉이 그녀 아니던가. 낮은 목소리로 그가 경고하자 예쁜 호선을 그리던 입술이 삐죽였다.

"아. 재미없어. 공작, 그거 알아요? 당신은 정말 여자 마음도 모르고, 재미도 없어요."

"공주님께 재미를 드릴 수 있는 사람은 저 말고도 많을 걸로 압니다."

"말은 참 얄밉게 잘하네요."

샐쭉하게 그를 흘겨본 에드나는 한참 뜸을 들이다 '잠시 산책하러 갔다'고 하며 묘한 웃음을 지었다. 토라졌는지 재차 물어도 자세한 설명을 삼간 채 '아가씨에게도 자유를 누릴 권리가 있어요'라고 말하는 게 전부였다. 집착은 사랑이 아니라는 둥 집요한 남자는 인기가 없다는 둥 쓸데없는 말만 늘어놓더니 살살 웃으며 도망가 버렸다.

이번만큼은 확실히 헤이젤을 찾을 수 있을 거라 믿었던 워렌은 탄식했다. 산책이라니. 이 자리에 모인 귀족과 그 시종들을 거두기 위해 정신없이 세워진 숙소 텐트만큼이나 넓은 평원에서 산책 간 사람을 어떻게 찾는단 말인가. 찾아야 할 방향조차 알 수 없는 상황에 놓이자 깊은 한숨이 나왔다. 이렇게 될 줄 알았다면 그녀를 놓아주는 게 아니었다.

'숙소를 옮기게 그냥 두는 게 아니었는데.'

헤이젤을 위해서라는, 당시에는 꽤 설득력 있던 주장에 어물쩍 그녀를 빼앗겼다가 지금 이 꼴이라니. 한순간의 판단 실수로 고생하고 있다고 생각하니 화가 치밀었다. 소리를 질러 헤이젤을 부르면 만날 수 있을까. 아가씨들이 갈 만한 장소 대부분을 둘러보아도 그녀의 모습은 보이지 않았다.

점차 안 좋은 방향으로 상승 곡선을 타기 시작한 망상을 간신히 억누른 그는 이제 숲 안으로도 들어가 봐야 할지를 고민하기 시작했다. 큰 기대 없이 평야를 지나 숲으로 들어가자 떨어진 낙엽에 발이 푹푹 빠지기 시작했다. 그는 헤이젤이 이런 걷기 불편한 곳까지 굳이 찾아들어 올 리가 없다고 생각했다. 인적 드문 숲으로 들어갈수록 새벽녘에 내린 이슬에 젖은 낙엽 냄새가 은은하게 주변을 맴돌았다.

아무래도 이 방향은 아닐 것 같다는 생각에 몸을 돌려 나가려던 순간, 나무가 빽빽한 숲 안쪽에서 작은 이야기 소리가 들려왔다. 솔잎 사이를 흐르는 부드럽고 나긋한 목소리. 대화를 나누는 이들 중 한 명은 그가 찾던 사람이 분명했다. 반가움에 이름을 부르려던 워렌은 흠칫 걸음을 멈추고 숨을 죽였다. 그녀 곁에 또 한 사람이 있었다.

"앞으로 공작 곁은 더 복잡해질 거야. 눈독 들이는 아가씨들이 많은 만큼 헤이젤이 꽤 시달리게 될걸. 어제 일만 해도 그래. 자작가 영애가 함부로 굴었다지?"

"당신도 알고 있었어요?"

"모를 거라 생각했어? 이곳에 모인 사람들은 지금 하트퍼드 공작에 관련된 이야기라면 없는 말도 기꺼이 지어낼걸."

"그렇게까지……."

"다들 예상보다 더 심하게 몰려들 거야. 각오하든가, 아니면."

거기까지 말한 아서가 잠시 입을 다물고 헤이젤을 응시했다. 애틋함이 담긴 시선이 한참 동안 소녀의 맑은 푸른 눈을 들여다보았다.

"전에 그 남자와 연인 사이가 아니고 그저 얹혀 지낸다고 했던 말, 정말이야?"

"……네."

자신이 워렌을 어떻게 생각하는 것과는 상관없이 그의 저택에서 신세를 지고 있는 건 사실이었다. 그런데 왜 그걸 인정하는 게 이렇게나 힘이 드는지 모를 지경이었다. 최대한 덤덤하게 그 말에 고개를 끄덕이려 해도 마음대로 되지 않는다.

"그럼, 그곳을 나와서 지낼 만한 다른 장소가 있으면 옮길 수 있겠어?"

의외의 말에 놀란 헤이젤이 아서를 바라보았다. 평소 같은 짓궂은 장난이겠거니 생각하던 그녀는 예상외의 진지한 분위기에 압도되어 말을 잇지 못했다. 당황하는 소녀를 지켜본 아서는 '내가 지금까지 그리 신뢰를 주지 못했다는 건 잘 알고 있어'라며 안타까운 표정을 지었다. 샴페인색을 닮은 수려한 눈동자가 우울한 빛을 띠었다.

"나에게 와. 귀찮은 일 생기지 않도록 전부 책임질게. 지금처럼 낡은 저택에서 하인도 없이 힘들게 살지 않아도 되도록 해줄 테니까."

"……그게, 무슨 말이에요?"

"첫인상이 좋지 않았다는 건 나도 인정해. 지금이라도 그걸 바꿀 수만 있다면 뭐든 할 수 있을 정도야. 나쁜 장난이었고 충분히 반성하고 있어. 그러니 부디 내게도 기회를 주지 않겠어?"

아서는 이것이 갑작스러운 충동이 아니라고 설명했다. 기회가 되면 말하려고 준비하고 있었다고.

"나는 어떤 희생이라도 감수할 수 있어. 너만 내게 와준다면."

"왜 갑자기 이런 말을 꺼내는 거예요?"

긴장했는지 간간이 마른침을 삼키며 설명하는 아서는 그간 헤이젤이 알던 가볍고 경솔해 보이는 남자와 사뭇 달랐다. 간절함이 담긴 시선에 소녀가 대체 왜 이렇게까지 하는지를 물었다.

"헤이젤. 나는 지금 네게 프러포즈하는 거야. 이대로 당신을 놓치는 게 내 인생 최대의 후회가 될 것 같아서."

낯선 단어에 헤이젤이 헉 하고 숨을 들이켰다. 놀라움을 감추지 못하고 방금 들은 단어를 다시 읊어보았다. 프러포즈. 아서가 자신에게 청혼한다고? 무언가 잘못 들은 건 아닐까. 딱 벌어진 입으로 진의를 확인하기 위해 아서를 바라보자 그도 멋쩍은지 헛기침을 했다.

"헤이젤을 만나기 전에는 결혼 같은 건 생각해 본 적도 없었고 독신 생활이 내게 가장 이상적인 인생일 거라고 막연하게 생각하고 있었어. 그러나 이제는 나를 바꾸고 주변을 바꾸더라도 당신을 잡고 싶어. 이렇게 간절해 본 적은 처음이야. 지금 이 기회를 놓치면 평생 후회할 거라는 걸 알아."

언제부터인가 아서가 진지한 감정으로 자신을 보고 있었다는 걸 헤이젤도 어렴풋이 눈치채고 있었다. 그가 변한 건 화재 사건이 있던 즈음부터였다. 이전처럼 껄렁한 장난을 치지도, 화려한 말로 속이려 들지 않고 서툴지만 솔직한 모습으로 다가오고자 노력하는 걸 알게 되었다.

"마을에서 봤던 아가씨에게는 따로 좋아하는 사람이 있다고 솔직하게 고백하고 그날 헤어졌어. 앞으로는 그런 일 두 번 다시 없을 거야."

이전 같으면 대충 웃는 얼굴로 둘러댔을 법한 상황에서 아서는 진심 어린 사과를 건넸다. 렉시의 마음에 대답해 줄 수 없게 되었다는 말에 그녀는 화를 냈지만, 곧이어 솔직하게 말해줘서 다행이라는 말을 들었다고 했다.

"청혼이 너무 갑작스럽다는 건 알아. 평소의 태도를 버리고 나니 어떻게 마음을 표현하면 좋을지 모르겠어. 이렇게 스스로가 한심하게 느껴진 적은 처음이야. 빠른 답변을 강요하지 않을 테니 잘 생각해 보고 내게로 와줘. 천천히 헤이젤이 원하는 만큼 시간을 들여서 바뀌고, 다가갈 테니."

"……진심이군요."

"태어나서 이렇게 진지해 본 적이 없을 정도야."

아서는 멋쩍게 웃으며 헤이젤의 손을 잡았다.

"느껴져?"

그의 손은 긴장한 나머지 잘게 떨리고 있었다.

"저는 당신의 마음을 받아줄 수 없어요."

"당장 답해주지 않아도 돼. 얼마든지 기다릴 수 있어."

"그러기엔 당신이 너무 아까워요."

헤이젤이 그의 손을 감싸며 말했다.

"걱정해 줘서 고마워요. 그리고 미안해요."

"오래 기다리게 할 것 같아서 미안해서 거절하는 거야?"

"……저도 당신의 마음을 알아요. 그래서 거절하는 거예요. 옆에서 지켜보는 건 말처럼 쉬운 일이 아니잖아요."

애처로운 시선으로 헤이젤을 바라보던 아서가 망설이다 물었다. 그 목소리에는 안타까움이 묻어 있었다.

"그 사람도 그걸 알아?"

꽤 의미심장한 말이라고 생각했다. 워렌은 과연, 헤이젤의 마음을 어디까지 눈치채고 있으려나. 그 점은 그녀도 궁금했다. 소녀에게 워렌은 늘 상대하기 어려운 어른이었다. 그가 해주는 말을 어떻게 받아들이면 좋을지 조심스러운 만큼 그 속을 읽기 힘든 사람이었다. 그의 '좋아한다'라는 말의 깊이를 가늠하기 어려웠다. 그건 대체 얼마큼의 무게를 담은 고백이었을까.

그러나 그런 건 어떠해도 상관없었다. 답변을 곰곰이 생각하던 헤이젤은 고개를 흔들었다.

"아뇨. 몰라도 상관없어요."

"그런데도 내게는 와주지 않을 거고? 난 헤이젤만 곁에 있어준다면 그걸로 만족할 수 있어."

"당신이 힘들 걸 알면서도? 그건 제가 못 할 것 같아요."

"그래서 이렇게 매몰차게 차는 건 괜찮고?"

"아서."

헤이젤이 짐짓 엄한 어투로 그를 나무랐다. 그런 뜻이 아니라고 말하려고 하는 소녀를 향해 그가 씁쓸하게 웃었다. 금방이라도 무너져 내릴 것 같은 위태로움이 담겨 있는 가슴 아픈 미소였다.

"잊지는 않았구나."

"네?"

"내 이름 말이야. 한 번도 안 불러주고 이대로 작별인 건가 했어."

정말 한 번도 안 불렀던가? 그러고 보니 그의 앞에서 이름을 담았던 기억이 없었다. 이렇게 기뻐해 줄 줄 알았다면 이름 같은 건 진작 불러주었을 텐데. 그런 생각을 하던 소녀는 뒤늦게 깨달은 사실에 흠칫 놀라 아서의 얼굴을 올려다보았다.

'이대로 작별인 건가 했어.'

그는 이미 답을 알고 있었다. 미련이 남아 다시 잡아보는 것일 뿐. 헤이젤은 안타까움과 미안함에 복잡해지는 마음을 누르며 잡고 있던 손을 제 쪽으로 당겼다. 힘없이 비틀거리며 한 걸음 가까이 다가온 온 아서를 바라보던 헤이젤은 망설이다 그의 볼에 입맞춤했다.

"당신이 진심이어서, 저도 거짓 없이 말해야 했어요."

그러니 너무 가슴 아파하지 말아주세요, 라고 속삭이자 아서가 길게 탄식했다.

"혹시 내가 너무 서둘렀다거나, 그런 건."

"당신 탓이 아니에요."

고개를 젓는 헤이젤을 아쉬운 듯 눈에 담던 그는 결국 고개를 끄덕였다.

"먼저 가. 나는 여기 남아서…… 정리 좀 하고 갈게. 이런 얼굴로 사람들 앞에 나설 수는 없을 것 같으니까."

받아들이기 힘든 듯 마른세수하는 아서를 정말 혼자 두어도 괜찮을까 걱정이 되었다. 그러나 청혼을 거절한 상대와 어색하게 같이 돌아가는 것도 어딘가 이상하기는 했다. 결국 헤이젤은 그의 부탁대로 먼저 숲을 빠져나왔다. 걸으면서도 괜찮을지 걱정되어 자꾸 뒤를 돌아보면서.

어떻게, 상처를 주지 않고 더 좋게 거절할 말은 없었을까. 자신이 카리나나 공주님만큼 성숙한 숙녀였다면 더 부드럽게 말할 방법을 알고 있지 않았을까 싶어 아쉬웠다. 떨어지지 않는 발걸음을 어떻게든 옮겨가며 다시 한 번 뒤를 돌아보려는 순간, 누군가가 헤이젤의 팔을 거칠게 움켜쥐고 나무 그림자 뒤로 잡아당겼다.

"꺄악!"

"헤이젤, 나야."

깜짝 놀라 비명을 지른 헤이젤은 자신을 붙잡은 사람의 얼굴을 확인하고 다시 목소리를 높였다.

"워렌? 사냥 간 거 아니었어요?"

"중간에 빠져나왔어."

"폐하 앞에서요? 그러다 큰일 나는 거 아닌가요?"

"……지금 나한테 이것보다 더 큰일은 없어."

"네?"

헤이젤이 어리둥절한 얼굴로 워렌을 바라보았다. 미간의 주름이 평소보다도 더 진하게 잡혀 보이는 건 기분 탓일지도 모르겠다. 사냥터에서 무슨 안 좋은 일이라도 있었나. 저 주름을 어떻게 펴야 할지 심각하게 고민하고 있으려니 무섭게 굳어진 얼굴로 워렌이 물었다.

"저택을 나가고 싶어?"

사나운 목소리로 추궁받은 헤이젤이 눈을 크게 떴다. 워렌이 불쾌한 이유가 다른 게 아니라 아서와의 대화를 들었기 때문이라는 걸 깨달았다. 주변 기온이 갑자기 뚝 떨어지는 것 같은 오한이 드는 건 확실히 기분 탓이겠지만.

"설마, 들었어요?"

"일부러 엿들으려던 건 아니었어."

고의는 아니었다. 우연히 귀에 들어온 대화는 어쩔 수 없다며 그가 애써 자기 합리화했다. 헤이젤은 그 말을 듣고 한동안 말이 없었다. 무언가 말하려 오물거리던 입을 꾹 다물고 발끝을 내려다보는 모습에 워렌은 심장이 철렁했다. 소녀는 대답을 망설이며 구두 끝에 걸린 젖은 낙엽을 바라보았다. 요 며칠 시달렸다고 설마 정말로 아서를 따라가겠다고 하는 건 아닐 테지. 대답을 들을 수 없자 속에서 불이 일었다.

지금 상황에 화가 나는 건 워렌도 마찬가지였다. 거의 벗다시피 얇은 의상을 입고 한밤중에 숙소로 쳐들어오는 철부지 아가씨들도 골치 아팠고, 제 주인이 긴히 모시고 오랬다며 워렌이 동행해 줄 때까지 달라붙어 생떼를 부리는 하인들도 한둘이 아니었다. 이 상황은 확실히 정상이 아니었고, 헤이젤이 질려 하는 것도 이해가 갔다. 그러나 이해할 수 있다고 해서 그녀가 떠난다는 말을 순순히 받아들일 수 있다는 건 아니었다. 그는 사냥터에 오는 것을 승낙했던 자신을 저주했다.

"가지 마."

헤이젤은 불안한 시선을 던지는 워렌을 올려다보았다. 자신보다 한참 더 크고, 강하고, 세상 두려울 것 없을 것 같은 남자가 이토록 위태롭게 보이는 이유는 대체 무얼까. 살얼음판 위에 서 있는 것 같은 표정을 짓던 그는 그녀의 침묵을 오해했는지 한 번 더, 강한 어조로 말했다.

"내 곁에 있어. 아무 데도 가지 말고. 귀찮은 건 내가 다 정리할 테니 걱정하지 마. 네가 원치 않으면 지금 당장에라도 여길 떠날 거야. 번거로운 시계탑 같은 건 맡지 않을 거니까."

"워렌, 전 그런 걸 바라는 게-"

"난, 너만 있어주면 돼."

떠난다는 말이 나오기 전에 서둘러 속에 담았던 말을 쏟아냈다. 그녀를 설득할 만한 논리적인 표현 같은 건 지금 정신으로는 불가능했다. 사실 대답이 무엇이든 상관없었다. 만에 하나 그녀가 떠나겠다는 말을 꺼내더라도 자신은 이대로 놓아주지 않을 테니. 최후의 수단으로 가두는 한이 있더라도 절대 다른 곳에 보내지 않을 생각이었다.

한참 망설이던 헤이젤이 작은 목소리로 말했다.

"들었으면 아시잖아요. 제가 뭐라고 대답했는지."

"……다시 한 번 말해줘."

"거절했어요. 아무리 그래도 아서에게 신세를 질 수는."

"부담되지 않았다면 나갔을 것처럼 말하지 마!"

여지를 남기는 대답에 워렌이 버럭 소리를 질렀다. 그러고는 곧 미안했는지 소녀의 팔을 잡았다. 사과하는 목소리에 힘이 없었다. 그는 헤이젤이 시선을 피하는 모습마저 불안한지 바짝 말라오는 입술을 핥았다.

아서는 늘 말쑥한 모습에 세련된 인상을 주는 신사였다. 여성들 마음을 이해하고 그들과의 대화를 즐기는, 워렌과는 정반대인 다정한 타입이다. 이번에 거절했다 하더라도 그녀가 다시 흔들리지 않는다는 보장이 어디 있는가? 아서가 진심이었다는 건 워렌도 느낄 수 있었다. 상대가 위선을 떨며 접근할 때는 무시할 수 있었다. 헤이젤이라면 가식적인 유혹에 흔들리지 않을 거라는 묘한 확신이 있었으니까. 하지만 최근은 어떻던가. 남자는 쓰고 있던 가면을 벗어 던지고 있는 그대로의 진솔함으로 그녀에게 부딪쳐 왔다.

그 서툰 고백이 그녀를 흔들 수 있다는 걸 알아서 초조했다. 워렌은 그녀를 누군가에게 빼앗길까 두려워하는 자신에게 혐오감이 일었다. 그런데도 헤이젤 곁에 사람이 몰릴 때마다 불안한 마음을 억누를 수가 없었다.

그 모든 건 그녀에게 자신이 어떤 존재인지가 명확하지 않아 생기는 조바심이었다. 좋아한다는 고백에도 소녀는 확실한 대답을 돌려주지 않았다. 말갛게 웃으며 고마워할지언정 그 어떤 약속도 해주지 않았다. 만일 그녀가 거절할 구실을 찾고 있던 거였다면? 차츰 번져 가는 불안이 워렌의 얼굴을 점점 더 굳게 만들었다.

헤이젤은 초조한 기색을 보이는 워렌을 바라보았다. 이 사람이 이런 표정을 지을 줄 알다니. 안절부절못하며 자신에게서 시선을 떼지 못하는 모습을 지켜보자니 짐짓 심술이 일었다. 자신은 사냥터에 온 내내 마음이 편치 않았는데 워렌은 겨우 아서를 만난 것 정도로 하늘이 무너진 것 같은 얼굴로 추궁하는 게 괘씸했다. 심통이 난 김에 일부러 삐뚜름히 물었다.

"혹시, 질투하세요?"

"……아, 니."

흑, 잠시 숨을 들이켜는 소리가 들리나 싶더니 억눌린 대답이 들려왔다. 반사적으로 아니라고 답을 하고 자신도 놀랐는지 눈동자가 사정없이 흔들리고 있었다.

"그렇구나. 저는 말이죠, 이곳에 온 내내 마음이 편치 않았어요. 세상 사람들이 전부 워렌과 친해지려고 하는데 더는 제가 아는 분이 아닌 것 같았거든요. 이대로 인기가 계속되면 워렌이 입방아에 오르지 않도록 저택에서 나와야 하는 게 아닐까 진지하게 고민하고 있던 참이었어요."

"대체 그런 쓸데없는 걱정을 왜-"
"게다가 나 없을 때."
헤이젤은 워렌의 말을 자르고 샐쭉 노려보았다. 그 눈초리에 평소에 느낄 수 없던 원망이 담겨 있다는 걸 깨달은 워렌이 눈을 크게 떴다. 소녀는 한 걸음 앞으로 다가가 곱지 않은 시선으로 얼굴을 들이댔다. 손을 들어 그의 뺨에 묻은 화장품을 싹싹 지우기 시작했다.
"이런 거나 묻히고 돌아다니고……."
"어, 어? 뭐?"
사냥 대회가 끝나고 상으로 키스 받은 흔적을 미처 지우지 못했다는 걸 눈치챈 워렌이 당황으로 얼굴을 붉혔다. 헤이젤은 그가 나무 뒤에서 모습을 나타냈을 때 볼에 붉은 입술 자국을 자랑처럼 묻히고 있는 걸 보고 이미 기분이 상한 상태였다. 이래놓고 누가 누구를 나무라는 건지. 그래놓고 질투가 아니라고 부정하기까지 하는 그가 괘씸해 평소라면 입 밖으로 내지 않았을 원망을 콕 집어 속상한 마음을 전했다.
커다란 손바닥으로 이미 지워진 흔적을 몇 번이고 다시 문지르며 변명하려던 그는 순간 무언가 깨달은 듯 입을 벌렸다.
"헤이젤. 혹시 질투하는 거야?"
믿을 수 없다는 얼굴로 그렇게 말하는 남자가 얄밉기도 하고 원망스럽기도 하고. 이 사람은 왜 이렇게 둔할까. 소녀는 더 말해줄 생각이 없었다.
"아뇨. 워렌이 해주지 않으니까, 저도 안 해요."
헤이젤은 바보 같은 표정을 지으며 자신을 바라보는 남자를 버려두고 씩씩하게 걸음을 옮겼다. 누구 좋아하라고 질투 같은 걸 해줄까 보냐.

제 곁을 스쳐 지나가는 소녀를 넋 나간 모습으로 바라보던 워렌의 눈에 날카로운 빛이 돌아왔다. 놀라서 벌어졌던 입꼬리가 슬쩍 말려 올라갔다. 그는 뒤도 안 보고 힘차게 걸어가는 헤이젤을 재빨리 따라가 팔을 낚아챘다. 놓으라는 말이 나오기 전에 한 발 먼저 그녀를 끌어안고 아무도 보지 못하는 커다란 전나무 밑으로 숨었다.

"뭘 하려-, 워……."

자신의 등으로 그녀를 감춘 워렌은 양손으로 작은 얼굴을 감싸서 입맞춤했다. 뾰족한 헤이젤의 대꾸는 거친 숨결에 그대로 흡수되어 사라졌다. 도망칠 공간을 조금도 허용하지 않겠다는 그의 넓은 어깨가, 단단한 팔이 허둥대는 헤이젤을 강하게 감싸 안았다. 뜨거운 입맞춤으로 열기를 띠기 시작한 워렌의 눈이 소녀를 밧줄처럼 옭아맸다. 어디에도 보내지 않겠다고, 아무에게도 주지 않겠다고 몸으로 말한다. 겹친 입술 사이로 새어 나오는 흐트러진 거친 숨결이 사랑스러웠다.

'아.'

헤이젤은 긴 금빛 속눈썹 너머로 보이는 회색 눈동자를 바라보며 생각했다.

'이 사람의 체온을 느낄 수 있다면 얼마나 좋을까.'

사람의 욕심은 늘어만 간다. 워렌 곁에 있을 수만 있다면 좋겠다던 작은 희망은 어느 순간 그 불씨를 키워 그가 자신에게서 시선을 떼지 못하는 것에 기쁨을 느끼고, 이제는 더 많은 것을 원한다. 지나친 욕심을 부려서는 안 된다고 체념하는 동안 소녀가 다른 생각을 하고 있다고 생각한 워렌이 강한 목소리로 다그쳤다.

"다른 생각 하지 마. 난 널 어디에도 보내지 않을 거니까, 그렇게 알고."

건의도, 상의도 아닌 통보였다. 지금까지 이런 억지를 부리는 워렌을 본 적이 없었던 헤이젤은 내심 기가 찼으나 이것도 다 속이 타서 하는 소리라는 거 역시 알고 있었다.

"이게 질투하는 게 아니라고요?"

"……아니야."

흥, 하며 가득 불만을 담은 부정이 뒤따르자 소녀가 키득키득 웃었다.

"그래요. 그런 거로 해요."

헤이젤의 화사한 미소를 홀린 듯 바라보던 워렌이 다시 한 번 입술이 겹쳤다. 이번에는 천천히, 부드럽게. 그 달콤한 감촉에 빠져든 워렌은 이게 꿈인지 현실인지 구분하기 힘들었다. 정신없이 소녀의 허리를 당겨 안았다. 장난스러운 키스를 한 적은 이미 몇 번이나 있었지만 연인다운 입맞춤은 이번이 처음이다. 그녀가 제 품 안에 있다는 만족감에 전율이 흘렀다.

떨어지기 아쉬워 몇 번이나 각도를 바꿔 입술을 겹치던 워렌은 내심 탄식했다. 언제 이렇게 자란 걸까. 아서의 프러포즈를 거절하는 모습을 보며, 어린 소녀로만 알았던 제 아가씨가 생각보다 어른이라는 걸 깨달았다. 이 모습 그대로 자신의 품에 남아 있으면 좋겠다는 마음과 한층 성숙해진 헤이젤을 보고 싶다는 마음이 복잡하게 교차했다.

어느 쪽이든 이제 놓아주는 일만은 없을 거라고, 수줍음과 열기가 섞여 몽롱하게 흐려진 소녀의 눈동자를 바라보며 그가 결심했다.

"하트퍼드 저택으로 돌아가요."

부드러운 속삭임이 들려왔다. 더없이 달콤한, 맑은 목소리가 그의 어두운 불꽃을 가라앉혔다.

"그래, 가야지. 우리들의 집으로."

얼마 전까지만 해도 그 넓은 저택에서 혼자 사는 생활에 익숙하던 워렌은 이제 더는 그때로 돌아갈 수 없다는 걸 깨닫게 되었다. 헤이젤이 없는 삶은 상상하기 힘들었다. 저택은 이제 그녀가 있어야만 완벽해지는 공간이 되었다.

숲에서 나온 두 사람은 손을 잡고 워렌의 숙소까지 걸었다. 그를 알아본 사람들은 상대 아가씨가 누구인지 유심히 바라보며 수군댔다. 사촌인가 아닌가, 워렌과 헤이젤의 사이를 추측하는 소리가 귀에 들어왔다. 노골적인 호기심과 질투가 느껴져 슬그머니 손을 놓으려 하니 워렌이 더 강하게 힘을 줘 손을 잡아왔다. 공작의 상대가 헤이젤임을 알아본 청년들 사이에서는 강한 탄식이 흐르기도 했다.

"그 여우, 죽었어요?"

"뭐라도 하나 잡아야 늙은이들에게서 해방될 것 같았거든. 헤이젤이 그렇게 싫어할 줄 알았으면 안 잡는 건데."

"싫다기보다는 불쌍해서……."

헤이젤은 오락으로 동물을 사냥하는 풍습을 그다지 탐탁지 않아 했다. 다른 건전한 스포츠도 많을 텐데 굳이 무언가를 죽여가며 즐거워야 하는 거냐며 울상을 짓는 소녀를 난감한 표정으로 바라보던 워렌은 무언가 생각하더니 '저 여우로 오토마타를 만들어줄까?'라고 물어왔다.

"오토마타요?"

"그래. 정장 조끼 주머니에서 외눈 안경을 꺼내 눈에 끼우는, 지적인 여우 신사로 말이야. 두 발로 걷고 신문도 읽는."

"그런 것도 가능해요?"

"물론, 가능하지. 못 할 것 같아?"

자신만만한 얼굴로 그가 대답했다. 신사다운 풍모를 자랑하는 오토마타로 만들어주면 어떻겠냐는 제안에 헤이젤은 잠시 고민에 빠졌다. 뾰족한 코 위에 동그란 안경을 얹는단다. 보슬거리는 오렌지색 털 속에 숨겨진 정밀한 태엽과 기계들. 수염을 쫑긋거리며 움직이는 여우라니 얼마나 멋질까. 그러나 한참을 망설이던 그녀는 결국 고개를 저었다.

"귀여울 것 같지만, 그래도 됐어요. 볼 때마다 그 아이가 사냥당했던 모습이 떠오를 것 같아서요."

"그런가."

상심한 아가씨를 달래는 일에 재주가 없는 남자는 깊은 한숨을 쉬었다. 이미 저지른 잘못을 어찌 수습해야 좋을지 몰라 어깨가 축 처진 워렌을 보며 헤이젤은 작게 미소 지었다.

"어쩔 수 없었잖아요. 이해해요."

"그래."

워렌의 숙소에 놓인 안락의자에 몸을 기대고 있던 헤이젤은 문득 무언가 떠오르는 것이 있었다. 왜 그걸 지금껏 잊고 있었지? 벌떡 몸을 일으킨 소녀가 차를 따르던 워렌에게 물었다.

"그러고 보니 파비오 씨가 계보도에 관해 이야기했는데, 그게 뭐예요?"

"그걸 제 입으로 꺼냈어? 그 촐싹대는 입이 어지간히도 생색내고 싶었나 보군."

어처구니없다는 듯 쓴웃음을 지은 워렌은 카리나가 가져온 하트퍼드가의 계보도 일을 최대한 간단하게 설명했다.

"헤젤리나……."

이름을 들은 헤이젤이 눈을 깜박였다. 제 이름과 닮기는 했는데, 그렇게 불렸느냐고 물어보면 어딘가 낯선 것 같기도 하고, 어색한 기분이 들기도 했다. 정말 그게 제 이름이었을까?

"가장 비슷한 이름은 그거였는데 그녀는 형제 중 가장 장수했어. 슬하에 자식도 있었고."

"그렇구나. 행복한 인생이었나 보네요."

"그것까지는 몰라도 그렇지, 나빠 보이지는 않더군."

"다행이다."

어쩐지 상관없는 남 이야기를 하는 기분으로 헤이젤이 중얼거렸다. 헤젤리나라는 사람이 정말 자신인지 기억나지 않는 이상 어쩔 수 없었다. 그래도 무탈하게 건강히 살았다는 말에 어딘가 안도했다. 과거의 자신이 자동차 사고의 충격을 무사히 견뎌내고 행복한 가족도 이룬 것 같아 무거운 짐을 덜어낸 기분이 들었다. 해를 넘기며 사고의 충격도 옅어져 결국에는 이겨내지 않았을까. 그게 가능한 어른으로 성장했다고 생각하면 마음이 가벼워지는 기분이었다.

"그럼, 아버지는요? 후에 어떻게 되었어요?"

"어…… 그것까지는."

갑작스럽게 다른 사람의 기록을 물어오자 워렌이 당황했다. 자신은 헤젤리나와 관련된 부분만 구멍이 뚫어질 정도로 들여다보았지 다른 이에 관해서는 일말의 관심도 두지 않았었다.

"모르는구나……."

크게 실망하는 눈치에 워렌이 당황했다. 계보도를 받은 즉시 보여줄걸 그랬다는 후회가 일었다. 이렇게 도중에 들킬 바에는 뭐 하러 애써 완벽한 정보가 모일 때까지 기다렸다가 알려주려 했던 건지.

"집에 돌아가서 확인해 보면 돼. 내일이면 확인 가능하니까 조금만 참아."

"네."

헤이젤은 자신이 무난한 생을 살았다는 말을 들으니 안심이 되는 한편, 허탈한 기분도 들었다.

'정말 죽었구나.'

꿈에서 아버지와 나누던 대화가 너무 생생해 어쩌면 살아 있을지도 모른다는 생각을 했다. 제가 살아 있을 가능성에 작은 기대를 걸었다. 살아 있다면 어떻게든 워렌을 다시 만나 마음을 고백할 수도 있을 거라는 꿈을 꾸었으나 현실은 냉정했다. 자신은 이미 죽었고 사랑하는 가족도 이제는 곁에 없었다.

"정말 갈 곳이 없는 거네요, 저."

침울한 얼굴로 죽음을 받아들인 헤이젤이 한숨을 내쉬었다. 일말의 가능성까지 빼앗기고 나니 슬프기보다도 허탈했다.

"갈 곳이 없긴 왜 없어. 너는 내 곁에 있으면 돼."

풀 죽은 모습을 안타깝게 지켜보던 워렌이 헤이젤의 손을 잡으며 말했다.

"평생 내 곁에 있어 줘."

"당신이 결혼하고, 아이를 갖고."

"너를 두고 결혼 같은 거 안 해. 그런 생각한 적도 없고. 대체 누구랑 함께하라는 거야. 아이도 필요 없고."

워렌은 소녀의 말을 하나하나 수정했다. 헤이젤이 불안감을 느낄 이유가 없었다. 지금 상황에 대한 두려움은 헤이젤보다도 워렌이 더 강하게 느끼고 있다는 걸 그녀는 눈치채지 못했다.

"……워렌이 죽고 나서도 제가 인형 안에 남아 있으면 어쩌죠?"

그렇게라도 평생 그의 곁에 있을 수 있다면. 평생을 충분히 사랑하고 사랑받으면, 어쩌면 그 기억을 안고 고독한 미래를 혼자 버틸 수 있지 않을까. 헤이젤은 막막했다. 돌아갈 곳이 없는 자신에게는 워렌이 전부인데, 그와 함께 늙는 것도 죽는 것도 마음대로 못 하는 인형 몸에 들어와 버렸다.

"그거야말로 내가 바라는 바야. 먼저 떠나기라도 하면 용서하지 않을 테니까. 난 남겨지는 것도 버려지는 것도 더는 참을 수 없어."

"저만 남는 건 괜찮고요?"

아이처럼 억지를 부리는 워렌을 보며 헤이젤이 입술을 삐죽 내밀자 그가 웃었다.

"무슨 소리야. 널 두고 그냥 갈 것 같아? 내가 떠날 땐 잊지 않고 널 데려갈 거야. 그때 가서 삶에 미련이 생겼다며 남겠다고 거부해도 소용없어. 헤이젤이야말로, 내가 죽어서까지 거머리처럼 달라붙어도 견딜 수 있겠어?"

평소 무심한 만큼 한 번 소유욕을 갖게 되면 그 반향이 엄청나다고 설명한 그는 자신의 집착은 그녀가 상상할 수 있는 것보다 더 지독할 거라고 선언했다. 그는 홀로 남아 쓸쓸해질 걱정보다 숨 막히게 얽매여 올 자신에 대해 먼저 걱정해야 할 거라며 경고했다. 상상도 해본 적 없는 워렌의 선언에 헤이젤은 떨리는 목소리로 물었다.

"정말? 저 계속 곁에 있어도 돼요?"

"지금 그걸 걱정하는 거야? 말했잖아. 나중에 마음이 바뀌어도 도망갈 수 없다니까. 각오하라고."

워렌은 믿을 수 없다는 듯 자신을 바라보는 헤이젤에게 약속했다. 흔들림 없는 눈동자로 절대 자신을 떠날 수 없을 거라고 장담했다. 그래도 소녀가 불안함을 느낀다면 몇 번이고 영혼에 새겨질 정도로 반복해서 들려주겠다고 호언장담했다.

그 말을 듣고야 얼어 있던 예쁜 얼굴이 조금씩 풀렸다. 강하고 다정한 워렌에 비해 자신은 얼마나 겁쟁이고 망설임이 많은지. 그러나 그가 곁에 있어준다면 조금 더 강해질 수 있을 것 같았다. 이 사람과 함께라면 사고의 공포도 홀로 남겨질 외로움도 전부, 이겨낼 수 있을 것 같았다.

"아무 데도 가지 않아요."

워렌의 큰 손을 제 뺨에 가져다 대며 소녀가 눈을 감았다.

이 손은 아마도, 따뜻하리라.

✺

사냥 대회가 끝나고 저택으로 돌아온 시간은 해가 진 후였다. 집에 돌아온 기쁨에 젖어 현관문으로 뛰어 들어가려는 헤이젤을 워렌이 말렸다.

"왜요?"

"잠시 이것만 보고 들어가."

소녀의 손을 잡고 세워둔 차까지 돌아간 워렌은 소녀의 허리를 덥석 안아 보닛 위에 앉혔다.

"꺄악!"

"거기가 특석이야."

자동차 위에 앉아 무슨 일인가 하고 살피는 헤이젤을 귀여운 듯 바라보던 워렌이 그녀의 입술에 살짝 키스했다. 촉, 가벼운 마찰음이 들리자 소녀가 화들짝 놀랐다. 그 모습에 미소를 지은 그가 시간을 확인하고 창가를 가리켰다.

"지금부터야."

"아!"

반짝. 3층 거실에 불이 켜지고 곧이어 2층 복도에도 불이 들어왔다. 거대한 저택의 곳곳에 작은 전등이 켜지나 싶더니 빈 저택에 밤을 알리는 커튼이 자동으로 내려왔다. 부지런한 헤이젤의 손에 일찌감치 겨울나기 준비를 마친 저택에는 창마다 이중 커튼이 걸려 있었다. 낮 동안에는 얇은 모슬린 커튼 한 장이 직사광선을 가리고 밤이 되면 도톰한 모직 커튼이 하나 더, 차가운 겨울 공기를 차단하도록 준비되었다.

잠시 후, 커튼 사이를 뚫고 비치는 불빛 사이로 인영이 어리기 시작했다.

"움직여요!"

그들이 집을 비운 사이, 마리오네트 인형들은 충실하게 저택을 지켰다. 얼핏얼핏 지나가는 그림자가 정말로 저택 내부에 사람이 사는 것 같은 인상을 주었다.

"다시 봐도 대단하네요."

첫날 워렌이 보여준 장면은 헤이젤을 위한 특별극이었는지 지금 눈에 들어오는 장면은 연인들의 왈츠 같은 화려한 장면이 아닌 일상에 한층 더 신경 쓴 구성이었다.

"정말 사람들이 지내는 것 같아요. 이 정도면 함부로 들어올 생각은 못 하겠어요."

"그랬다면 다행이고. 아무도 안 찾아오는 게 가장 이상적이지만."

차에 기대서 함께 인형 그림자를 바라보던 워렌이 나른하게 웃었다. 사냥 대회에서 시달릴 대로 시달린 뒤 운전까지 한 탓에 얼굴에 피곤이 묻어나고 있었다. 보닛에서 폴짝 뛰어내린 헤이젤은 워렌의 등을 밀었다.

"어서 들어가 씻고 푹 쉬어요. 뒷정리는 제게 맡기시고요."

"어, 어. 잠깐, 알았다고!"

'어서, 어서요!' 재촉하는 헤이젤에게 떠밀려 허둥지둥 저택 안으로 들어간 워렌은 이어지는 잔소리에 뭐라 말을 하려다 반짝반짝 쏟아지는 미소를 접하고 어쩔 수 없다는 듯 고개를 끄덕였다. 자신은 이 작은 소녀에게 정말 약하다는 걸 새삼 깨달으면서.

✺

두 사람이 저택을 비운 사흘간, 저택이 비어 있다는 걸 아는 르네는 공방 안에서 들려오는 소리에 촉각을 곤두세웠다. 혹시라도 아이슬리 무리가 무언가 저지른다면 저택이 비어 있는 시기가 가장 위험하다고 생각했기 때문이었다. 아버지에게 야단맞은 건 개의치 않고 삼인방을 주시하는 르네의 모습은 예전의 소심한 그와는 사뭇 달랐다.

그러나 그런 르네의 긴장을 아는지 모르는지 선배들은 유유자

적하게 시간을 보내며 별 볼 일 없는 이야기만 주고받았다. 아무래도 당장은 아무 일도 저지르지 않을 생각인가 보다 하고 안도하려던 차, 심상치 않은 대화가 귀에 들어왔다.

"어제 가봤다는데 생각보다 사람이 북적여서 손도 못 쓰고 돌아왔다고 하더군."

"뭐야? 다 낡아서 텅 비어 있다며."

"나도 그렇게 들었는데 하필 가는 날이 장날이라고 방문객들이 있었던 모양이야."

"북적대면 그 틈에 섞여 들어갈 것이지, 하여간 능력 없는 것들이 핑계도 많아."

"이번에는 우리도 함께 가는 게 어때? 놈들에게 그냥 맡기기도 뭐하다고. 뭘 빼돌릴지 알 수 없잖아."

"그러는 게 낫겠지? 또 실패하면 착수금 뱉어내라고 해야겠어."

"질질 끌지 말고 오늘 밤으로 날을 정하자."

대체 무슨 소리를 하는 걸까. 좋지 않은 모의라는 건 알겠는데, 주어가 빠져 있어 짐작하기가 힘들었다. 그들이라고 종일 나쁜 일만 꾸미는 건 아닐 테니 어쩌면 르네가 과잉 반응을 보이는 것일지도 모른다. 르네는 자신에게 환멸을 느끼는 중이었다. 어쩌면 아버지 말대로 그저 세 남자가 마음에 안 들어 만사 꼬투리를 잡고 싶은 것일지도 몰랐다.

'차라리 그랬으면 좋겠는데.'

오후 내내 '오늘 밤', '빼돌린다'라는 단어가 마음에 걸렸던 르네는 자정이 넘어 하트퍼드 저택 근처를 어슬렁거렸다. 미련을 버리지 못하고 여기까지 온 게 정말 잘한 일인지 확신이 없었다. 오늘 하룻밤 정도 멀리서 지켜보고 아무 일 없으면 자신이 정말로 선배들을 오해했던 것을 인정하고 솔직하게 잘못을 빌기로 마음을 먹었다.

제법 쌀쌀해진 밤을 새우기 위해 착실하게 두꺼운 겉옷에 모포까지 준비하고 저택이 잘 내려다보이는 야트막한 언덕 위에 자리를 잡은 르네는 자정이 한참 넘도록 아무 일도 일어나지 않자 마음을 놓기 시작했다.

'역시 내가 선배들을 잘못 생각하고 있었나 봐. 아버지 말대로 쉽게 남을 의심하는 버릇을 고쳐야겠어.'

그는 졸린 눈을 비비며 반성했다. 조금만 더 지켜보다가 동이 트기 전에 떠나자고 생각한 르네는 흘러내린 모포를 다시 어깨 위로 추어올렸다. 궂은 날씨와 습기를 머금은 바람에 귀가 시렸다. 요 며칠 비가 오더니 곧 기온이 크게 떨어질 것 같았다. 잠도 깰 겸 챙겨 온 빵을 꺼내 한입 크게 물려던 찰나, 어두운 정원 안에서 움직이는 그림자를 발견한 그는 깜짝 놀랐다.

"잘못 봤나?"

어둠에 섞여 꿈틀대는 무언가를 본 듯한 기분에 덮고 있던 모포를 던지고 벌떡 일어났다. 그것은 잘못 본 것도, 눈의 착각도 아니었다. 조용하게 어둠이 내려앉은 하트퍼드가 정원을 지나다니는 인영이 있었다.

"넷…… 다섯?"

머릿수를 세어보던 르네가 놀라 비명을 질렀다. 황급히 입을 막고 주변을 둘러보았으나 다행히 거리가 있던 탓에 침입자들이 듣지 못한 것 같았다. 아니, 르네의 작은 비명 같은 건 가까이 있어도 듣지 못했을 터였다. 남자들은 한밤중에 남의 정원에서 다투고 있었으니까.

'뭘 하는 거지?'

조심해야 한다고 생각하면서도 그들의 대화를 엿듣기 위해 조금씩 가까이 다가갔다. 이럴 때 관리되지 않은 정원에 불빛이 하나 없는 것을 다행스럽게 생각하는 건 불청객들만이 아니었다.

"보안이 어떤지도 알아보지 않고 왔다고?"

"지난번에는 사람이 많아서 뭘 할 수가 없었다니까!"

"어떻게 할 거야? 무슨 수용소처럼 철망이 줄줄이 내려져 있는데!"

"부엌이 나무문이었어."

"그래서 뭐? 이 창문들을 좀 보라고! 거기는 안 잠겨 있을 것 같아?"

"이봐, 끝까지 들어. 문 반대편에 불을 내서 집안사람들 주의를 분산시키고 그 틈에 훔치자고. 부엌에서 멀리 떨어진 곳에 불이 나면 한동안은 이쪽에 신경 못 쓸 거 아니야!"

같은 편이라 생각되던 침입자들은 두 그룹으로 나뉘어 있는 것 같았다. 서로 이해관계가 다른 듯 자기주장을 굽히지 않고 팽팽하게 대치했다.

"그런 요란한 방법 말고는 없는 거야? 문도 하나 못 따는 병신들이 말은 잘하네. 전문가를 데려왔어야 했어!"

"우리가 그 전문가라니까! 여기 저택이 이상한 거야! 듣도 보도 못한 방식으로 문을 걸어놨어. 일반적으로 사용되는 자물쇠는 하나도 없다고!"

한쪽은 문을 열라 성화였고, 나머지 한쪽은 열불을 내며 그게 왜 불가능한지를 설명 중이었다. 저택에 침입하는 방법을 찾지 못해 다투고 있다는 걸 깨달은 르네는 초조하게 주변을 살폈다. 하트퍼드 저택에 자주 드나드는 르네는 이 저택이 허술한 겉보기와는 달리 밤이 되면 요새화된다는 걸 알고 있었다. 헤이젤이 오고 나서 한층 보안이 강화된 탓에 안에서 열어주지 않는 이상 들어갈 방도가 없는 곳이었다. 난감하기는 워렌에게 상황을 알려야 하는 르네 역시 마찬가지였다.

'어떻게 하지?'

남자들의 목소리로 판단하기에 다섯 명 중 셋은 그가 아는 목소리였다. 아이슬리, 데렉, 폴. 공방 선배 셋은 르네가 우려한 대로 인형을 훔칠 계획을 세우고 있었다.

'예상이 맞아서 기쁘다거나 그렇지는 않아.'

오히려 착잡했다. 같은 공방 선배들이 좀도둑질을 넘어 이제 방화까지 서슴지 않는다니. 지금 그가 나서면 말릴 수 있기는커녕 그들에게 잡혀 문을 열도록 강요받을 것이 뻔한 상황이었다. 몸을 숨긴 채 워렌을 도울 방법을 궁리하는 사이 펑! 하고 무언가 터지는 소리가 들렸다.

"야! 입구에 너무 가깝게 던졌잖아!"

기름을 부은 병에 불을 붙여 깨진 창 안으로 밀어 넣었는지, 거실 안에서 연속으로 유리병이 터지는 소리가 들렸다.

"이때야, 뒷문을 부수고 들어가!"

도끼를 든 남자 둘이 뒷문을 향해 달려들었다.

'말려야 해!'

불타는 하트퍼드 저택을 바라보며 당황하던 르네는 쿵! 쿵! 하는 도끼 소리에 이어 헤이젤의 것으로 들리는 비명을 듣고야 머리에 찬물을 끼얹은 것처럼 정신이 번쩍 들었다.

"헤이젤-!"

✺

침대에 걸터앉아 책을 읽던 헤이젤은 유리가 깨지는 소리를 듣고 밖으로 뛰어나왔다. 굉음의 근원지를 찾아 주변을 둘러보던 소녀는 곧 거실 한쪽 구석, 책장이 있는 곳에서 연기와 함께 불꽃이 일어나는 걸 발견하고 무언가 잘못되었음을 깨달았다.

"워렌! 일어나세요, 불이 났어요!"

비명을 지른 헤이젤은 방에 놓인 물 주전자를 들고 거실로 달려 나갔다. 그사이에 불꽃이 옮겨 붙었는지 여러 곳에서 동시에 불길이 치솟는 것을 발견한 그녀는 우선 가장 가까이에 있는 작은 불씨를 향해 달려갔다. 그녀가 주전자에 담긴 물을 전부 쏟아 끄고 있을 때, 부엌문이 부서지는 소리와 함께 남자들이 뛰어 들어왔다.

"인형은 2층에 있어. 빨리 움직여!"

깜짝 놀란 헤이젤이 벽에 몸을 숨겼다. 거대한 저택 내부에서 우왕좌왕하던 남자들은 중앙 계단을 발견하자 우르르 그쪽을 향해 달려가기 시작했다.

콰당, 콰당 하고 방문을 여는 소리가 여러 차례 들리고 '여기다!' 하고 외치는 소리가 뒤를 이었다. 와장창! 저택을 울리는 큰 파열음이 쇼룸 진열장이 박살 나는 소리라는 걸 깨달은 헤이젤은 심장이 철렁했다.

'어쩌지, 인형을 훔치러 왔나 봐.'

문득 이전에 있던 침입 사건이 기억났다. 설마 그들이 다시 찾아온 걸까. 아서와 파비오를 떠올렸던 소녀는 재빨리 고개를 저었다. 조금 전 남자들의 얼굴은 보지 못했지만, 이번 도둑들은 아서와 관련이 없을 것이라는 생각이 들었다. 그는 자신이 거절당한 것에 앙심을 품고 복수를 생각할 만큼 나쁜 사람이 아니었다. 불을 질러 누군가에게 해를 입힐 행동을 할 타입은 더더욱 아니었고.

'아서가 아니라면, 대체 누가 인형을 노리는 거지?'

이미 유명해질 대로 유명해진 하트퍼드가의 인형이라면 이제 원하는 사람이 꽤 많을 터였다. 워렌이 왕가에서 주최한 사냥 대회의 주역이었다는 소문까지 돌았다면 분명 눈독을 들일 만한 가치는 있었다. 하지만 그런 것치고는 침입 방법이 상당히 엉성했다.

'들어오는 방법을 찾지 못해 불을 낸 건가.'

헤이젤이 벽에 몸을 숨기고 있는 동안에도 불길은 점점 달아올랐다. 거침없이 타오르는 불 소리에 발이 땅에 달라붙는 기분이 들었다. 호텔에서의 화재가 떠올랐다. 그때는 달랐다. 연기가 자욱했으나 당장 눈앞에 구해야 할 사람이 있었고 불길이 시야에 직접 들어온 적도 없었다. 그래서 괜찮았다. 움직일 수 있었다.

'연기에 영향을 받지 않으니 괜찮을 거라는 확신까지 있었어.'

그러나 지금은 달랐다. 눈앞에서 너울대고 있는 새빨간 불길을 바라보는 헤이젤은 겁에 질려 꼼짝도 할 수 없었다. 팔다리에 족쇄를 채운 듯 움직일 수가 없었다.

"헤이젤!"

그녀를 현실로 돌아오게 한 사람은 워렌이었다. 거실을 가득 메운 매캐한 연기에 눈을 찡그리며 나오던 그는 벽에 붙어 굳어 있는 소녀를 발견하고 놀라 소리쳤다.

"뭘 멍하니 서 있는 거야, 어서 밖으로 나가!"

"아, 워렌! 인형을 훔치러 온 사람들이 있어요."

"인형? 그런 일로 불까지……. 자, 어서 피해!"

현관까지 소녀를 끌고 간 워렌은 문밖으로 그녀를 내쫓은 다음 다시 건물 안으로 들어가려 했다.

"워렌? 어쩌려고요?"

"위험할지 모르니 총을 가져와야겠어. 그리고 불을 끌 만한 것도 찾아야."

그 순간, 부엌문 밖에서 싸우는 소리가 들리기 시작했다. 2층에 올라가 물건을 훔치는 사람들뿐만이 아니라 외부에 남아 기다리는 사람까지 있는 모양이었다. 몸을 숨기고 있던 그들에게 예상치 않은 일이 생긴 듯 당황이 묻어나는 비명이 이어졌다.

"뭐야, 이 자식! 어디서 나타난 거야?"

"설마 벌써 눈치챈 건가? 으악! 위험해!"

아래위에서 들려오는 소란에 험상궂은 얼굴이 된 워렌이 헤이젤의 어깨를 잡고 말했다.

"이대로 온실 쪽에 가서 숨어 있어. 일이 다 해결될 때까지 절대로 나오면 안 돼."

"워렌!"

"내 말 명심해. 꼼짝 말고 그곳에서 내가 부르러 갈 때까지 기다려."

말하는 사이에도 불길은 점점 거세졌다. 불은 기름이 쏟아진 바닥을 타고 삽시간에 번졌다. 싸움 소리가 커진 뒤뜰 쪽으로 달려간 워렌은 거기서 삽을 휘두르며 괴한들과 싸우는 르네를 발견하고 놀랐다.

"르네?"

"워렌! 이 사람들이 불을 질렀습니다!"

"나도 알아. 넌 여기서 대체 뭘 하는 거야!"

"저도 들어가서 워렌을 깨우려고! 아, 이미 나오셨으니 제가 들어갈 필요는 없지만. 그래도!"

르네는 말하는 동안에도 눈을 질끈 감고 붕붕 삽을 휘둘러 댔다. 적이고 아군이고 구분 없이 내두르는 통에 맞지 않으려면 그에게서 멀찌감치 떨어져야 했다.

"망보기인가."

뒤뜰에 남아 있던 두 남자를 노려보며 중얼거린 워렌은 르네가 한 명에게 집중적으로 삽자루를 휘두르는 동안 나머지 하나에 달려들어 순식간에 쓰러뜨렸다. 필사적으로 덤비는 르네에게 등을 얻어맞고 비틀거리던 남자는 워렌이 배를 걷어차 바닥에 엎은 뒤 해치웠다.

"저기 놓인 끈을 가져와."

"네!"

르네가 건네준 정원용 노끈으로 두 사람을 나무에 묶은 워렌은 안에 몇 명이 있는지 아느냐고 물었다.

"총 다섯인데 둘을 잡았으니."

"셋 남았군. 너 대체 이걸 어떻게 알고……. 아니 그건 나중에 묻기로 하고 안에 있는 놈들보다도 불을 먼저 잡아야겠는데."

"헤이젤은 무사합니까?"

"온실에 있을 거야. 그렇지. 르네, 헤이젤을 데리고 가까운 이웃집으로 가. 사람들의 도움이 필요해."

"아뇨, 저도 여기 남겠습니다."

"이 밤에 헤이젤만 혼자 보낼 수도 없잖아. 얼른!"

워렌은 침입자들이 내려오기 전에 다시 실내로 들어가 리볼버를 찾아오겠다고 했다. 세 명을 혼자 상대하려면 그 방법밖에 없다고 르네를 몰아세웠다.

"알겠습니다. 가능한 한 빨리 돌아올게요!"

싸움에 그다지 도움이 되지 못한다는 걸 아는 르네는 시키는 대로 뒤뜰을 가로질러 온실 쪽으로 달렸다. 그는 온실 입구에서 서성이는 헤이젤을 발견하고 얼굴이 밝아졌다.

"헤이젤! 여깁니다!"

"르네? 대체 어떻게 알고 온 거예요?"

"긴 이야기는 나중에 하고, 여기서 가장 가까운 곳이 어디지요? 사람을 불러서 불을 꺼야 해요."

"아, 예. 저기, 잠깐만요. 워렌은 어떻게 되었어요?"

"저택 안에 들어간 사람들을 상대하고 있어요. 이럴 시간이 없어요, 빨리!"

"한두 명이 아닌 것 같던데, 안 돼요. 워렌을 두고는 못 가요!"

"헤이젤, 당신이 여기 남아 있으면 그도 신경 쓰여서 제대로 싸우지 못합니다!"

"아……."

르네가 헤이젤의 손을 잡고 엄하게 말하자 울 것 같은 표정을 짓던 소녀는 어쩔 수 없다는 듯 그를 따라 정문을 향해 움직이기 시작했다. 정원을 거의 다 지나온 참이었다. 그녀는 갑자기 무언가를 떠올린 듯 손을 뿌리치며 소리쳤다.

"역시 안 되겠어요!"

"헤이젤?"

"미안해요, 르네. 저 다시 돌아가 봐야 해요. 그걸 찾아와야 하거든요."

"그거라니, 무슨 소리를 하는 겁니까? 잠깐 기다려요! 헤이젤!"

르네의 만류에도 헤이젤은 뒤돌아보는 일 없이 달렸다. 밤이슬을 머금은 화단을 스칠 때마다 풀잎 끝에 고여 있던 물방울이 튀어 올라 스커트에 얼룩으로 번졌다. 불길은 이제 저택 밖에서도 확인할 수 있을 만큼 크게 치솟았다. 불을 다시 본 순간 다리가 얼어붙을 것 같았다. 새카만 밤을 태우던 자동차의 환영이 눈앞을 어지럽게 흔들며 그 공포 속으로 소녀를 잡아당기고 있었다. 그때 지르던 비명이 다시금 들려오는 것만 같았다.

'……지금은 이럴 때가 아니야!'

강해지겠다고 각오하지 않았던가. 지금 주저앉아서는 안 됐다. 공포에 잠식되어 혼미해지는 정신을 추스른 헤이젤은 현관문을 박차고 들어갔다. 소녀가 향한 곳은 2층이었다. 한달음에 계단을 오른 소녀는 갑자기 들려온 귀를 찢을 듯한 총성에 깜짝 놀라 주변을 둘러보았다.

'무슨 일이 난 거지?'

워렌이 괜찮은지 걱정되어 속이 울렁거렸다. 당장에라도 살피러 가고 싶지만 그녀에게는 먼저 해야 할 일이 있었다. 헤이젤은 부디 르네가 늦지 않게 워렌을 도울 수 있기를 기도하며 복도 끝까지 일직선으로 뛰었다.

타앙-!

워렌이 남자들을 붙잡은 건 그들이 부엌문을 채 빠져나가기 직전이었다. 갑작스러운 총소리에 소스라치게 놀란 누군가가 어깨에 메고 있던 커다란 보따리 하나를 바닥에 떨어뜨렸다. 그걸 본 아이슬리가 '떨어지면 깨진다고 말했잖아!'라며 마치 제 물건을 망가뜨린 양 크게 화를 냈다.

"어차피 저놈 하나잖아. 얼른 해치우고 가자고!"

사나운 기세로 격려하지만 워렌의 손에 총이 들려 있는 걸 본 남자들은 누구도 먼저 달려들 생각을 하지 못했다.

"그렇게 생각하면 네가 먼저 덤벼보든가!"

워렌이 낮게 으르렁대자 아이슬리가 짜증 가득한 얼굴로 곁에 있는 남자를 바라보았다.

"이런 일을 하라고 너희에게 돈을 준 거 아니야!"

"개수작 마! 도둑질한다고 했지 사람을 해친다는 말은 없었어!"

"시키지도 않은 불까지 질러놓고 인제 와서 딴소리하긴!"

탕—!

"시끄러워. 세부 조율은 감옥에서 느긋하게 해."

워렌에게서 틈이 보이지 않자 자신들이 불리하다고 생각했는지 남자 중 누군가가 떨어진 보따리를 잽싸게 워렌 쪽으로 집어 던졌다.

"튀어!"

워렌이 짐 더미를 피하느라 잠시 틈을 보인 순간, 그 말을 신호로 세 명이 뿔뿔이 흩어지기 시작했다. 그중 하나의 뒤를 쫓은 워렌이 등에 둘러멘 주머니째 낚아채 바닥에 쓰러뜨리고 명치를 걷어찼다. 남자가 쓰러진 채 고통에 신음하는 동안 워렌은 재빨리 다른 사람의 뒤를 쫓기 시작했다. 워렌이 엄청난 속도로 달려들자 겁에 질린 두 번째 도둑은 비명과 함께 손에 쥐고 있던 보따리를 집어 던지고 도망치기 시작했다.

"쳇, 병신들이."

밖에 나오면 지원군이 있을 거라 생각하던 아이슬리는 아무도 도우러 오지 않자 제 계획이 틀렸음을 직감했다. 망보는 이들은 저 덩치 큰 사내 손에 이미 포획된 듯싶었다. 다섯 중 비교적 힘이 없고 체구가 왜소한 둘을 밖에다 세워두었으니 집주인의 상대가 되지 못했을 게 뻔했다.

그는 제가 챙겨 온 주머니를 바라보았다. 나눠 담았지만 이 정도면 한몫 크게 챙길 수 있을 양이었다. 이 무거운 걸 가지고는 멀리 가지 못한다. 이곳에서 마을까지는 일직선 길이라 보따리를 메고 도망가다가는 십중팔구 잡힐 테고 그렇다고 지금 와서 이걸 전부 버리고 가는 것도 용납할 수 없었다.

'어떻게 손에 넣은 건데.'

그는 우거진 수풀 속에 몸을 숨겼다. 집주인이 제 동료들을 처리하는 동안, 이대로 몸을 숨긴 뒤 적당한 틈을 타 슬쩍 마을 반대편으로 도망치기로 마음먹었다. 바로 잡히느니 먼 길을 돌아가는 것이 더 나은 선택임이 틀림없었다.

'쓸모없는 자식들, 돈만 비싸게 받아 처먹고.'

아이슬리는 자신이 더럽게도 운이 없다고 생각했다. 그의 의뢰에 세상에 못 따는 문이 없다는 날고 기는 기술자로 선별해 보낸다더니 정작 나타난 놈들은 다 낡아 빠진 저택 창문 하나 못 열고 빌빌대다 변명만 늘어놓는 쓰레기뿐이었다. 할 줄 아는 게 없으면 몸이라도 제대로 쓰는 놈들을 보내주던가. 조직원 주제에 주먹 한 번 휘둘러 보지도 못하고 잡혀 버린 놈들이 한심했다. 워렌의 싸움 실력을 모르는 아이슬리는 지금 상황을 단지 재수가 없었던 것으로 생각하고 남자들의 실력만 한껏 탓했다.

워렌이 밧줄로 동료들을 묶는 걸 숨어서 지켜보며 욕지거리를 하고 있으려니 어디선가 다급하게 외치는 귀에 익은 목소리가 들려왔다.

"워렌-!"

르네의 목소리였다. 아이슬리는 눈을 크게 뜨고 목소리가 나는 쪽을 바라보았다.

'르네? 대체 이 시간에 왜 저놈이 여기에 있는 거지?'

혹시 잘못 들은 걸까 싶었지만 곧이어 그을음을 잔뜩 묻힌 르네가 쓰러져 축 늘어진 여자를 안아 들고 뛰어왔다.

'저 여자는……!'

거리에서 폴의 사타구니를 걷어찼던 앙큼하기 짝이 없던 계집애. 자신도 잘 아는 아름다운 얼굴이 의식을 잃은 채 르네의 품에 안겨 있었다.

✺

잡은 손을 뿌리치고 저택으로 뛰어든 헤이젤을 보고 르네는 잠시 무엇을 먼저 해야 할지를 망설였다. 이대로 이웃집으로 뛰어가 화재에 대해 알리고 도움을 받아야 하는지, 그렇지 않으면 헤이젤을 따라가 다시 끌고 나와야 하는지.

머리로는 한시라도 빨리 사람들에게 알리는 게 옳다고 판단하고 있으면서도 마음은 그렇지 않았다. 헤이젤의 뒤를 따라가야 할 것만 같았다. 워렌이 맡긴 임무는 하나가 아니다. 둘이었다. 그 중 하나만 골라야 한다면 그는 당연하게도.

"……저도 정말 모르겠단 말입니다!"

버럭 소리를 지른 르네는 방향을 돌려 다시 헤이젤이 사라진 쪽으로 달려가기 시작했다.

계단을 뛰어오른 헤이젤은 복도 끝, 한때 기도실이었다는 방을 향해 전력 질주했다. 아마도 이 불은 도움의 손길이 도착하기 전 저택 대부분을 태울 거였고 원하는 것을 찾을 기회는 지금이 아니면 두 번 다시 돌아오지 않을 터였다. 기도실 문을 열어젖힌 그녀는 책장으로 뛰어가 익숙한 표지를 찾았다.

"어디지? 어디다가 뒀더라, 빨리 나와줘, 제발……."

불이 번지는 속도가 심상치 않다는 걸 깨달은 헤이젤이 가장 먼저 떠올린 것은 워렌의 가족 앨범이었다. 부모님에 관한 추억이 담겨 있는 단 한 권의 책자. 그가 부모님을 추억할 수 있는 유일한 유품이기도 했다. 이것만큼은 지켜주고 싶었다. 헤이젤은 르네가 잡아준 손을 뿌리치고 언덕 아래에서 불타던 자동차의 공포까지 애써 잊어가며 가족 앨범을 찾으러 저택 안으로 다시 돌아온 것이다.

"여기 있다!"

눈에 익은 책등을 확인한 소녀는 앨범을 품에 안고 다시 복도로 뛰쳐나왔다. 불길은 이미 아래층을 잠식하고 서서히 위를 향해 올라오고 있었다. 가능한 불 쪽에 시선을 두지 않으려 애쓰며 왔던 길을 돌아 나오던 헤이젤은 자신이 사용했던 중앙 계단이 이미 불에 타 무너져 내린 것을 보고 절망했다.

'내려갈 계단이 없어!'

고풍스럽던 나무 계단은 이미 녹아내린 것처럼 사라졌고 그 자리를 메운 건 기세 좋게 헤이젤 쪽으로 다가오는 붉은 기운이었다. 불을 보자 두려운 기억이 다시 떠올랐다. 도망칠 수 없던 갑갑한 공간, 움직이지 않던 어머니와 불길에 싸여 검은 연기가 자욱하던 자동차. 화르르하며 불꽃이 타오르는 소리가 가까이 들려

올수록 사고 당시의 일이 점점 더 선명하게 떠올랐다. 뜨거운 열기 속에서 엄마를 부르며 울던 작은 여자아이의 기억이.

'무서워……!'

자칫 그 기억에 다시 먹혀 버릴까 두려워진 헤이젤은 공포를 떨치기 위해 부지런히 움직였다. 그녀는 넘실대는 불길을 피해 다른 계단으로 향했다. 하트퍼드 저택의 전체 계단은 세 개였다. 주 계단인 두 개는 주인과 손님이 드나드는 곳이고 건물 옆쪽에 하인들 용으로 만들어진 좁고 볼품없이 작은, 실용성 하나만을 위해 만들어진 계단이 하나 더 숨겨져 있었다.

어떻게든 이 앨범을 무사히 밖으로 가져가고 싶었던 헤이젤은 그 작은 계단에 모든 기대를 걸었다. 그곳이라면 아직 불길이 닿지 않을 만한 위치이기도 했고 초라한 돌계단이기에 무너질 위험도 없었다. 그녀가 예상한 대로, 하인용 계단은 연기만 가득 차 있을 뿐 아직 무사했다.

빠르게 아래로 내려간 헤이젤은 그제야 문에 쇠사슬과 자물쇠가 걸려 있는 것을 발견하고 울상을 지었다. 사용하지 않는 문이라 아예 잠가둔 모양이었다. 아무리 힘껏 문을 흔들어보아도 꼼짝도 하지 않자 눈앞이 막막했다. 넋이 나간 듯 멍하니 닫혀 있는 문만 바라보던 그녀는 간신히 남은 정신을 추슬러 다음 가능성을 찾았다.

"이제 나갈 만한 곳이라고는……!"

내려왔던 계단을 다시 뛰어 올라간 헤이젤은 이제 마지막 남은 기회를 향해 달렸다. 저택의 내부 구조를 모르는 사람이라면 지금쯤 공황 상태에 빠지고도 남을 시점이었지만 그동안 건물 구석구석을 쑤시고 돌아다닌 헤이젤은 이동 경로를 눈 감고서도 찾을 수 있었다. 그녀가 연기에 영향을 받을 일은 없으니 불이 앞을 가로막지만 않는다면 아직 방법이 남아 있었다.

소녀의 바람대로 반대편 계단은 멀쩡한 상태였다. 하지만 그것도 얼마 가지 못할 예정이었다. 계단 아래는 이미 화염에 휩싸여 이전의 흔적을 찾을 수 없을 정도로 용암처럼 타고 있었으니 불이 계단을 타고 올라오는 건 시간문제였다. 흔들리는 화염을 내려다보던 헤이젤은 현기증을 느꼈다. 팔다리가 이상하리만치 뜻하는 대로 움직여 주질 않는 기분이 들었다. 이곳에서 벗어나고 싶다는 충동, 도망치고 싶다는 절박함에 심장이 터질 것만 같았다.

'이제 어디로 가야 하지?'

두려웠다. 가구가 무너지는 큰 소리가 나며 불기둥이 치솟을 때마다 놀란 나머지 다리가 휘청일 지경이었다. 이 계단을 내려간다 해도 저 불길을 뚫고 밖으로 나갈 수 있을까. 곰곰이 가능성을 짚어보던 헤이젤이 고개를 흔들었다. 아무리 '신부'가 그녀의 의지대로 움직여 준다 해도 불가능한 이야기였다.

오토마타의 내외부를 이룬 섬세한 부품들이 저 불길을 뚫고 나가기 전에 녹아 망가질 수 있었다. '신부'가 고장 날 것을 뻔히 알면서 모험을 시도해 볼 수는 없었다. 그리고 무엇보다도, 지금 저택의 정원에는 워렌 외에도 사람들이 있었다. 자신이 인형이라는 걸 알려서는 안 됐다. 그래, 밖에는 르네도 있지 않은가.

르네를 떠올린 헤이젤은 망설였다. 마음 착한 르네는 아마도 저 때문에 도움을 요청하러 떠나지 못하고 다시 돌아왔을 터였다. 자신이 인형이라는 사실을 그에게 이런 최악의 방법으로 알려서는 안 될 것 같았다. 그렇다면 대체 어떻게 해야 할까. 방도를 찾지 못한 소녀는 초조함에 입술을 깨물었다.

"헤이젤, 헤이젤-!"

계단 앞을 우왕좌왕하던 헤이젤이 목이 터져라 그녀를 찾는 르네의 목소리를 들은 건 바로 그즈음이었다. 소녀는 억지로 몸을 움직여 계단이 아닌 창가로 달려갔다. 정원을 맴돌며 정신없이 뛰어다니는 르네를 향해 소리쳤다.

"르네, 여기예요!"

"아, 세상에. 무사해서 정말 다행입니다."

르네는 화재 초반에 헤이젤을 따라 건물 안으로 들어갔었다. 그녀가 어디로 갔는지 알지 못하던 그는 아직 불길이 닿지 않는 곳을 전부 훑어본 뒤 입구가 무너져 내리기 직전에 다시 밖으로 뛰쳐나왔다. 건물 주변을 맴돌며 헤이젤의 행방을 찾던 차에 기적처럼 2층 창가에서 그녀를 발견한 그는 나지막이 감사 기도를 읊조렸다.

위를 올려다본 르네가 헤이젤이 있는 곳을 확인하더니 비장한 표정으로 외쳤다.

"뛰어내려요, 헤이젤! 받아줄 테니!"

"무리예요!"

"선택의 여지가 없습니다. 이 정도 높이면 괜찮아요, 안심하고 뛰어내리세요!"

하트퍼드 저택은 오래된 성의 구조로 지어져 있어서 층마다 높이가 상당한 편이었다. 2층이라고 해도 우습게 보기 힘든 높이였으나 르네 말이 맞았다. 지금은 달리 방도가 없었다.

화르르르!

등 뒤에서 태피스트리가 불타는 소리가 들리자 헤이젤은 어깨를 움츠렸다. 무서웠다. 타오르는 혀가 등을 핥는 기분이 들어 섬뜩했다. 가슴이 답답해지고 조금만 더 있다가는 이대로 화염 속에 갇히게 될 것만 같았다.

"망설일 시간이 없어요. 어서 뛰어요!"

재촉하는 외침에 간신히 손을 창문에 올렸다. 떨리는 손가락이 안전 고리를 제대로 풀지 못하고 미끄러지자 초조해진 르네가 계속 격려했다.

"모, 못 하겠어요."

"끝까지 포기하지 마세요!"

커다란 창틀에 몸을 기대고 고리를 푸는 일에 집중하는 동안에도 불길은 점점 헤이젤의 등 뒤로 다가왔다. 덜컹, 여러 번의 시도 끝에 간신히 고리를 풀자 창문이 묵직한 소리를 내며 열렸다. 찬바람이 훅 실내로 밀려 들어왔다. 실내에 새 공기가 유입되자 치솟은 불길이 한층 더 강한 기세를 올리며 달아오르기 시작했다.

엄청난 소리에 뒤를 돌아본 헤이젤은 바로 뒤까지 추격해 온 불꽃을 보고 비명을 질렀다.

"싫어어어어!"

"헤이젤, 어서!"

화르륵! 뜨거운 기운이 스커트 끝자락을 스치고 지나갔다. 놀라 있는 힘껏 몸을 뒤로 피한 헤이젤은 허공에서 비틀거렸다. 무게 중심이 뒤로 기운 순간 창틀을 잡았던 손을 놓친 그녀는 그대로 창밖으로 떨어져 내렸다.

"……꺄악!"

창가 모서리까지 번진 불길이 자신을 움켜잡기라도 할 것처럼 매섭게 할퀴는 광경을 눈을 크게 뜨고 바라본 헤이젤은 이것이 꿈이기를 바랐다. 잡히면 돌아오지 못할 것 같은 공포에, 불길에서 멀어지기 위해 필사적으로 몸을 멀리했다. 그때, 언젠가 자신이 선물한 박하사탕을 신중하게 고르던 워렌의 모습이 떠올랐다. 시간이 조용하고 부드럽게 흘러가던 그때 그 순간이 떠오르니 두려움이 사라지고 혼란스러운 마음이 차츰 가라앉았다.

부디 눈을 뜨면, 이 모든 것이 꿈이기를. 아무 일도 없던 평온한 일상으로 돌아가 주기를.

사탕을 고르는 소소한 일로 고민할 수 있는 나날을 그리워하며 공중에 뜬 짧은 순간, 하늘에 소원을 빈 헤이젤은 자신의 볼에 작은 물방울이 떨어져 맺히는 것을 눈에 담았다. 비가 내리고 있었다.

'워렌.'

소녀는 자신이 위험하다는 것을 깨달았다. 그래서 품 안의 앨범이 망가지지 않도록 양팔로 더 꼭 껴안으며 '그 사람'에게 속삭였다.

'한순간도 빠짐없이 소중했어요.'

미치도록 그가 보고 싶다고 생각한 것이 그녀의 마지막 기억이었다.

"헤이젤-!"

르네는 2층에서 떨어져 내린 소녀를 몸으로 받아냈다. 낙하 위치를 정확하게 가늠하지 못해 왔다 갔다 갈피를 잡지 못하던 그는 결국 제 몸을 쿠션 삼아 소녀를 받았다. 그러자 훗날 그 말을 들은 의사는 그것이 천만다행이었다고, 추락하는 사람을 향해 손을 내밀었다면 팔뼈가 전부 으스러져 남아나지 않았을 거라고 설명해 주었다. 떨어지는 헤이젤과 충돌한 충격에 고통 가득한 신음성을 터뜨리며 한동안 바닥을 구르던 르네는 간신히 정신을 추스르고 소녀의 안전을 확인했다.

"헤이…… 젤, 괜찮습니까? 다친 데는 없어요?"

고통으로 갈라진 목소리가 거칠었다. 대답이 돌아오지 않자 못 들은 건가 싶어 다시 불러보았다. 그러나 아무리 기다려도 쓰러져 있는 헤이젤에게서는 대답이 돌아오지 않았다. 그녀가 미동도 하지 않자 간담이 서늘해진 르네는 다시 이름을 불러보았다.

"어디 잘못 부딪친 겁니까? 많이 아픈가요? 대답 좀 해보세요!"

몇 번을 불러도 대꾸가 없자, 르네는 속이 탔다. 이대로 있으면 안 되겠다 싶어 욱신거려 가눌 수 없는 몸에 힘을 주었다. 가능한 고통이 짧도록 숨을 크게 들이마시고 단번에 힘을 실어 반동을 사용해 상체를 일으켰다.

"으윽……!"

말로 표현하기 힘든 통증이 가슴을 타고 온몸의 신경을 칼로 찌르는 것처럼 쑤셔왔다. 아무래도 이곳저곳 뼈가 나간 것 같았다. 그러나 아프다고 이대로 마냥 주저앉아 있어도 되는 상황이 아니었다. 그는 이를 악물고 몸을 일으켜 헤이젤이 있는 곳까지 기어갔다.

"헤이젤? 제 말이 들립니까? 의식을 잃은 건가? 떨어지면서 머리를 다쳤다던가……. 빨리 의사에게 보여야, 기다리세요. 당장 병원에 데려갈 테니."

정신 나간 사람처럼 혼잣말과 대화를 섞으며 횡설수설하던 르네는 쓰러져 있는 헤이젤의 어깨를 안고 무릎 밑에 손을 넣어 안아 들었다. 우드득, 몸을 일으키는 순간 알 수 없는 소리와 함께 격통이 밀려왔다.

"커헉!"

숨조차 제대로 쉬어지지 않는 강렬한 통증에 그가 앓는 소리를 냈다. 뺨을 타고 식은땀이 뚝뚝 흘렀다.

"윽. 조금만…… 참아요."

르네는 어금니를 꽉 물고 숨을 삼켰다. 그녀에게 한 말이지만 자신에게 들려주는 말이기도 했다. 어지러운 머리로 헤이젤의 얼굴을 들여다보던 그는 무언가 잘못되었다는 기분에 인상을 썼다. 뭐가 잘못된 것일까. 이상한 점을 찾기 위해 뚫어지게 바라보던 그는 눈을 감은 하얀 얼굴이 지나치게 낯설다는 사실을 깨달았다. 제 품에 있는 사람은 분명 헤이젤인데도 모르는 이를 바라보는 기분이 들었다. 그 사실에 너무 놀란 나머지 폐를 찌르는 것 같은 고통까지 잠시 둔해질 정도였다.

"대체 무슨…… 어떻게?"

추락한 충격으로 시력에 문제가 생긴 건 아닐까. 아니면 헛것이 보이는 걸까. 르네는 제 눈을 비비고 다시 소녀를 바라보았다. 이건 대체 어떻게 된 거지. 그의 이성은 분명 지금 상황이 이상하다는 신호를 보내고 있었다. 있어서는 안 되는 일이라고.

"분명히 창가에서 대화도 하고, 뛰어내리는 것도 봤는데……?"

지금 눈앞에 쓰러진 사람은 헤이젤이 아니었다. 그녀의 모습을 한 다른, 아니, 그보다도 지금 이 모습은 사람이 아니라, 이건.

믿을 수 없는 사실에 르네의 눈은 더는 커질 수 없을 정도로 크게 열렸다.

툭, 투둑.

무언가가 머리 위로 떨어지는 기척에 화들짝 놀란 르네가 위를 올려다보았다. 며칠 전부터 하늘이 무겁다 싶더니 비가 내렸다.

르네는 멍하니 빗방울이 떨어지는 허공을 바라보다가 다시 헤이젤을, 아니 제 팔에 안긴 인형에게로 시선을 옮겼다. 몇 번을 봐도, 아무리 살펴봐도 인형이었다. 정교하고 아름답게 만들어진, 아마도 워렌 하트퍼트의 숨겨진 걸작품이 분명할.

스러져 가는 달빛을 받은 헤이젤, 아니 인형의 얼굴은 하얀 진주처럼 빛났다. 머리와 옷이 탄 흔적도 검은 그을음도 그의 품에 안겨 있는 인형의 아름다움을 전부 감추지는 못했다.

후둑, 후두둑.

믿을 수 없는 상황에 넋을 놓고 있는 사이에도 빗방울은 굵어지고 있었다. 떨어지는 차가운 비를 맞자 혼란스럽던 정신이 조금씩 돌아왔다.

"이럴 때가 아니지!"

르네는 헤이젤을 들쳐 안았다. 다친 몸으로 그녀를 안고 움직이려니 상체에 타는 것 같은 고통이 느껴졌으나 지금은 그런 걸 따질 때가 아니었다. 그는 소녀를 안고 워렌을 향해 급하게 달리기 시작했다.

"워렌-!"

❋

침입자들을 밧줄로 묶어놓은 뒤 머릿수를 세어본 워렌은 한 명이 도망간 사실을 뒤늦게 깨달았다.

"나도 실력이 녹슬었군. 까짓 조무래기, 남기지 말고 전부 잡았어야 했는데."

손에 묻은 먼지를 털면서 나무에 묶어둔 네 명을 노려보던 그는 차가운 물방울이 목덜미 사이로 떨어지는 것을 느끼고 흠칫 놀라 머리를 털었다.

"또 비가 오려나."

워렌은 불타는 저택을 지켜보며 착잡한 표정을 지었다. 크고 낡고 불편한 장소. 과거의 전통과 역사만 무거운 짐처럼 남아 산 자의 숨통을 조르던 괴물. 그것이 하트퍼드 당주인 워렌의 감상이었다.

원치 않던 애물단지였던 데다 이것을 상속받기 위해 정든 고향 집까지 팔았어야 했던 터라 처음에는 그저 화가 나고 귀찮기만 했다. 최악으로 치닫던 첫인상은 시간이 흐르면서 천천히 바뀌었다. 그는 낡은 건물을 보수해서 새로이 삶의 터전을 다듬었다. 저택은 이제 그에게 없어서는 안 될 장소가 되었다. 그는 이곳에서 인형을 만들고, 쇼룸을 열고, 헤이젤을 만났다.

낡은 저택 구석구석에 하트퍼드 인형의 역사와 헤이젤과 연관된 추억들이 가득 차 있었다. 소중한 순간들이 재로 변해가는 모습을 지켜보는 것이 편할 리 없었다.

"아직 빚도 다 못 갚았는데, 이 망할 자식들이!"

워렌은 끓어오르는 분노를 참지 못하고 침입자 중 한 명을 걷어찼다. 그의 발길질에 이미 기절한 사내의 몸이 크게 꿈틀거린 뒤 축 처졌다. 체포된 침입자들 모두 흠씬 두들겨 맞아 정신을 차리지 못하고 있었는데도 다시 모든 것을 잃은 그의 화는 쉽게 누그러지지 않았다.

거친 손동작으로 머리카락을 쓸어 넘긴 워렌은 앞으로의 일을 생각하며 혀를 찼다. 역사적으로 중요한 유물은 건물뿐만이 아니다. 집안 대대로 내려오던 물건들이며 워렌의 인형과 작업실 역시 불에 타버려 손해가 막심했다. 그나마 다행이라면 화재로 인한 인명 피해가 없다는 것 정도였다.

'르네는 헤이젤을 데리고 무사히 마을에 갔으려나.'

예상치 못한 절박한 목소리가 들려온 것은 천천히 그 무게를 더해가는 빗방울들을 바라보며 그가 혼잣말을 중얼거리던 때였다.

"워렌-!"

뒤를 돌아본 워렌은 자신을 향해 달려오는 르네를 발견하고 표정이 굳었다. 예상치 않았던 사람의 등장에 작은 혼란이 일었다. 르네가 왜 아직 이곳에 남아 있는 건지 영문을 알 수 없던 그는 인상을 찌푸리며 상대를 노려보았다. 뭔가 크게 잘못된 것이 틀림없다는 예감이 가슴 한편에 싸하게 내려앉기 시작했다.

당황한 듯 허겁지겁 다가오는 르네의 팔에 누군가가 안겨 있었다. 멀리서 봐도 누구 것인지 한눈에 알아볼 수 있는 연한 물색 드레스가 흔들리는 대로 바람을 타고 정신없이 나부꼈다. 등줄기에 차가운 칼날이 박힌다는 게 이런 기분일까. 그는 결코 있어서는 안 될 사고가 벌어졌다는 것을 본능적으로 직감했다.

"르네! 대체 왜 여기 있는 거야!"

워렌은, 제 말을 듣지 않은 르네를 무섭게 다그쳤다. 멀리서 볼 때는 눈치챌 수 없었지만 르네 역시 전신에 먼지며 흙을 뒤집어쓴 재투성이 상태로 어떻게 된 건지 다리까지 절고 있었다. 가까이 다가온 그의 모습은 더 비참했다. 팔이며 이마에도 쓸린 상처가 가득했다. 워렌은 이미 안전한 곳으로 피신했어야 하는 사람이 어째서 이런 엉망인 꼴로 제 앞에 나타난 건지 이해할 수 없었다.

"워렌, 헤이젤이 이상합니다!"

불호령을 듣고도 눈 하나 꿈쩍 않은 르네가 다급한 목소리로 외쳤다. 그의 품에는 축 늘어진 헤이젤이 안겨 있었다. 의식을 잃은 그 모습에 워렌의 얼굴이 차게 굳었다.

"무슨 일이 있었지?"

"중요한 걸 찾아야 한다더니 갑자기 다시 저택 안으로 뛰어들었어요. 다시 탈출하려 했을 때는 이미 입구가 화염에 휩싸여서, 창문을 통해 몸을 던졌습니다."

"뭐라고?"

다시 저택 안으로 돌아갔다? 이해할 수 없는 설명에 워렌은 의아함을 느꼈다. 분명히 밖에서 기다리라고, 르네를 따라가라고 했는데 그녀는 어째서 그런 행동을 한 것일까. 창백해진 그의 눈빛에 의아함과 불신이 강하게 서렸다. 르네에게서 소녀를 받아든 그는 조심스레 정원 잔디밭 위에 그녀를 뉘었다. 온통 검은 그을음이 묻은 상태의 헤이젤은 쓰러진 채 미동도 없었다. 창백한 안색으로 소녀의 상태를 살피는 워렌에게 르네가 달려들었다.

"숨을 쉬지 않습……, 아니. 그런 문제가 아니라! 대체 이게 말이 됩니까? 헤이젤은 대체 어디로 간 거죠? 이건, 인형이잖아요? 대체 이건 무슨 마법이죠?"

분명 창가에서 뛰어내릴 때까지만 해도 헤이젤이었던 그녀는 눈 깜짝할 사이 인형과 뒤바뀌었다. 르네는 이 어처구니없는 상황을 설명할 수 있는 답이 있지 않을까 기대하며 워렌을 찾아왔다. 진짜 헤이젤이 어디로 갔는지 그는 알고 있을 거라고 믿어 의심치 않으면서. 입을 다문 채 떨리는 손으로 인형을 보듬어 안는 워렌을 홀린 듯 바라보던 르네는 뒤늦게 무언가를 깨달은 듯 '설마!' 하고 소리를 질렀다.

"오토…… 마타였습니까?"

르네가 흔들리는 눈동자로 그에게 물었다. 애당초부터 답을 기대한 질문은 아니었다. 침통한 워렌의 표정이 이미 모든 것을 설명하고 있었지만 그걸 눈치채고도 진실을 받아들이기 힘들었던 르네가 굳이 다시 확인하고자 했을 뿐이었다. 정녕 사람의 힘으로 이런 기적 같은 오토마타를 만들 수 있는 거였을까. 완성작을 눈앞에 두고도 믿을 수 없었다. 그는 말을 잇지 못한 채 바닥에 눕혀진 소녀를 응시했다.

하지만 그녀의 얼굴을 보면 볼수록 기묘함이 사라지지 않았다. 저 딱딱하게 경직된 아름다운 얼굴에서는 자신이 아는 헤이젤의 모습을 이상할 정도로 찾기 힘들었다. 천진난만하던 표정, 따뜻한 웃음. 제 이름을 불러주던 다정한 목소리가 전부 이 얼굴에서 나왔다는 사실이 믿기 힘들 정도로 낯설었다.

헤이젤을 뚫어지게 바라보던 르네는 자신이 어째서 지금껏 그녀가 인형이라는 사실을 눈치채지 못했는지 도저히 이해할 수가 없었다. 지금 생각해 보면 그야말로 '인형 같은' 완벽한 외모의 소유자였다. 살아 있는 사람이라고 믿기 힘든 섬세한 조형의 그녀. 조각이라는 사실에 '역시'라는 소리가 나올 만한 완벽한 미모인 것은 차치한다 치더라도 그 자연스럽던 표정을 대체 어떻게 설명해야 좋을지.

르네의 뇌리에는 창가에 매달려 두려워하던 헤이젤의 모습이 생생하게 떠올랐다. 누가 감히 그 얼굴을 보며 오토마타에게 입력된 감정이었다고 말할 수 있을까. 그러나 지금 눈을 감고 누워 있는 그녀에게서는 바로 전까지 넘치던 빛나는 생기도, 인간미도 일절 느껴지지 않았다. 헤이젤은 그야말로 인형처럼, 고요하게 눈을 감고 누워 있을 뿐이었다.

'어떻게 여태 모를 수가 있었지?'

가슴과 옆구리의 통증을 눌러 참으며 워렌과 헤이젤을 번갈아 보던 르네는 온몸에 힘이 빠졌다. 망연자실한 상태로 바닥에 털썩 무릎을 꿇은 르네의 고개가 아래로 떨어졌다. 눈시울이 뜨거워져 시야가 뿌옇게 변하는 게 느껴졌다. 영문을 알 수 없는 눈물이 뺨을 타고 흘렀다. 그는 자신이 소중하게 여기던 무언가를 잃었다는 사실을 깨닫고 울었다.

그러는 동안에도 빗줄기는 점점 강해졌다. 이제 그의 얼굴을 적시는 것이 비인지 눈물인지 구분되지 않을 정도로.

워렌은 말없이 헤이젤을 바라보고 있었다. 인형인 것을 깨닫고 놀란 르네가 그에게 무언가를 외쳤지만 전혀 귀에 들어오지 않았다. 등 뒤에서 저택이 불타는 소리나 점차 강해지는 빗소리 역시 전부 그와는 상관없는 일처럼 까마득히 느껴졌다.

'다시 널 잃어야 하는 건가.'

네가 이번에 눈 뜨는 시기는 언제쯤일까. 하루, 이틀 아니면 사흘?

워렌은 그녀가 대체 무엇 때문에 이런 일을 벌였는지 이해할 수 없었다. 자신이 했던 행동을 되짚으며 혹 대처가 미흡했던 부분이 있었는지를 곱씹어보았다. 위험하니 온실로 피해 있으라고 분명히 말했었는데. 르네에게 헤이젤을 데리고 멀리 가도록 부탁했었다. 그런데도 그녀는 다시 불타는 건물 안으로 뛰어들었다. 무언가 중요한 것을 찾아야 한다면서.

그 중요한 것이란 대체……?

헤이젤이 무얼 찾고 있었는지 알아보기 위해 주변을 둘러보던 워렌은 소녀의 손에 들려 있는 물건을 발견하고 탄식했다. 눈에 익은 표지의 그것은 하트퍼드가 가족 앨범이었다. 헤이젤이 필사적으로 꺼내오고자 했던 물건이 자신을 위한 것이었다는 걸 깨닫는 순간 맥박이 소용돌이치듯 빨라지는 것이 느껴졌다. 언제부터인가 숨을 쉬기 힘들 정도로 가슴이 답답했다.

"……이거, 때문이었어?"

소녀는 정신을 잃은 상태에서도 앨범을 꼭 움켜쥐고 있었다. 무거운 쇠 창문을 열기 위해 필사적으로 긁어댄 손가락은 그을음으로 새카맸고 손톱 사이에 낀 검은 재들이 당시 상황의 절박함을 알려주었다. 창을 열지 못했다고 했던가. 화염에 대한 공포를 미처 극복하지 못한 헤이젤이 그 상황에서 얼마나 두려워했을지를 상상하면 미칠 것만 같았다.

도둑을 잡는 데 몰두하느라 지척에서 무슨 일이 일어났는지도 알지 못했다니. 그녀는 자신의 가족 앨범을 꺼내오려고 그 무서운 불길 속으로 홀연히 뛰어든 거였다. 잠시 얼어붙었다가 이내 미치기라도 한 것처럼 날뛰기 시작한 심장을 손으로 움켜쥐며 그가 중얼거렸다. 힘없는 입술이 가늘게 떨려왔다.

"……이까짓 사진 쪼가리가 대체 뭐라고, 너는."

간절하게 지키고 싶었던 단 하나마저도 그에게는 누릴 자격이 없다는 듯 무심하게, 잃어버린 과거는 그의 현재도 앗아갔다.

쏴아아아—

한두 방울씩 떨어지던 비는 이제 본격적으로 쏟아져 내렸다. 하트퍼드 저택을 감싸던 세찬 불길도 비에 젖으며 점차 그 기세를 잃어가기 시작했다.

어스름이 주변이 밝아오자 새벽일을 나가던 이웃 사람들이 솟

구치는 검은 연기를 발견하고 몰려왔다. 그때까지도 워렌은 비에 젖은 채 못 박힌 것처럼 하늘만 올려다보았다.

*

세간은 하트퍼드 저택의 방화 사건을 호외로 다룰 정도로 큰 관심을 보였다. 선대 공작의 안타까운 사망과 젊은 후계자가 저택과 작위를 상속하는 과정에서 등장한 대담한 여성 사기꾼의 이야기 같은 일련의 사건들은 사람들의 호기심을 충분히 충족시킬 만한 훌륭한 가십거리였다.

밖에 드러나는 일이 드물어 세간에 비교적 알려지지 않은 하트퍼드 공작에 대한 호기심은 워렌의 인형사로서의 재능과 명성에도 상당한 분량을 투자해 기사를 써 나가도록 부추겼다. 신문은 평론가들의 입을 빌려 '불운한 예술가'라든가 '천부적인 재능' 같은 수식어를 사용하며 독자들의 흥미를 유발하는 데 성공했다.

하트퍼드 저택은 거대한 문화 단체의 도움으로 복원을 지원받게 되었다. 비극적인 사고 내용과 역사적 가치를 인정받은 덕에 여러 곳에서 도움의 손길이 내밀어졌고, 건물 일부를 관광 자원화하여 일반 공개를 하게 한다는 조건으로 전문가들이 앞다퉈 수리에 대한 논의를 꺼내기 시작했다.

저택이 반 전소되면서 작업실마저 잃게 되자 인형 제작은 전면 중단되었다. 하트퍼드제 인형은 이미 시중에 나와 있는 수량 외에 구할 방도가 없게 되어 이제 컬렉터들 사이에서는 기존 거래가의 세 배가 넘는 금액으로 프리미엄을 얹어도 매물을 만나지 못한다는 앓는 소리가 터져 나왔다. 그리고 이 사실 역시 기사로 크게 다뤄져 인형을 직접 보지 못한 사람들의 환상에 불을 질렀다.

하트퍼드 공작의 일거수일투족이 기사로 다뤄지고 있는 동안, 정작 워렌 본인은 두문불출 자신의 영지 밖으로 모습을 드러내지 않았다.

"마음은 알겠지만 이제 좀 정신 차릴 때도 됐잖아. 일어나, 경찰서 가봐야지."

카리나가 전에 없이 다정한 목소리로 워렌을 다독였다. 저택에 불을 지른 침입자들의 진술을 토대로 사건을 파헤치던 경찰은 배후에 조직이 연관된 것을 밝혀냈다.

"파비오가 말하던 애송이가 그놈들이래. 세력을 불리려고 아무 일이나 다 맡다 보니 절도 의뢰도 받았나 보더라고. 인적 드문 건물이니 빈집털이라고 쉽게 생각했겠지."

부하를 시켜 의뢰인이 누구인지 알아본 파비오는 워렌에게 범인이 누구인지를 미리 경고하려 했다고 한다. 그러나 사냥 대회로 연락에 차질이 생긴 사이 일이 벌어진 것이다.

"파비오 말대로 새 조직은 머리 없는 오합지졸들이었어. 최근 떠들썩했던 연속 방화가 전부 그들 짓이 아닌가 하는 의혹이 있나 보더라. 별다른 일 없으면 그거 다 뒤집어쓰고 처벌받지 않을까."

"……음."

자기 일이 아닌 듯 무심하게 흘려들은 워렌은 시선을 창밖에 던졌다. 카리나는 그 모습이 답답해 그의 팔을 잡고 일으켜 세우려고 낑낑댔다.

"아, 반응이 그게 뭐야. 저택에 불 지른 게 어떤 놈들인지 안 궁금해? 가서 자세히 좀 들어보자고!"

"카리나, 난 별로……."

"혼자 이러고 있으면 나갈 기분은 영영 들지 않게 된다니까! 억지로라도 움직여야 해. 지금 네게는 기분 전환이 필요하다고!"

워렌은 팔을 잡아끄는 카리나를 암울한 얼굴로 바라보았다. 걱정해 주는 마음은 알겠지만 지금은 그 어떤 것도 내키지 않았다. 모든 것이 귀찮고 짜증 날 뿐이었다.

"헤이젤 걱정하는 거 알아. 전에도 이런 적 있었잖아. 괜찮아. 기다리면 다시 돌아올 거야."

"이번엔 너무 텀이 길어. 뭔가 잘못된 기분이 들어."

"이제 보름인가……. 걱정이 되는 마음은 알겠어. 그래도 일상을 버려서는 안 되는 거잖아. 그 아이가 돌아와서 보고 뭐라고 하겠어?"

"……정말 돌아올까."

그 말을 하는 동안에도 그의 시선은 의자에 앉아 있는 인형에게로 고정되어 있었다. 회를 거듭할수록 돌아오는 간격이 점점 길어지던 추세였다. 다시 돌아올 것이라는 카리나의 주장을 워렌은 쉽게 받아들이지 못했다. 그는 자신이 자리를 비운 동안 혹 무슨 일이 생길까 걱정되어 한시도 인형에서 눈을 떼지 않으려 했다.

헤이젤, 아니 '신부'는 다시 방 한편에 놓인 의자에 앉아 있었다. 인형을 침대에 눕혀두었던 열흘간 워렌이 잠도 안 자고 소파에 앉아 지키는 것을 본 카리나가 '제발 너희 둘 위치만이라도 바꿔라'라고 우겼던 탓이다.

"아- 같이 있으니 나까지 우울해지네. 알았어. 오늘은 나 혼자 병원에 다녀올 테니 내일은 반드시 경찰서에 가는 거야, 알았지?"

낙하하는 헤이젤을 몸으로 받아낸 충격에 이곳저곳을 다친 르네는 결국 병원에 입원했다. 흉골 골절로 내부 장기 손상이 염려

되어 정밀 검사를 받아야 한다는 결론이 내려졌다.

“병원 측에서 절대 안정을 취해야 하는 환자라고 밖에 나가지 못하게 한대. 워렌을 만나러 오지 못해서 미안하다고 하더라.”

“…….”

“본인은 계속 괜찮다고 나가겠다고 하는 모양이던데……. 많이 혼란스러운가 봐.”

이번 사건으로 헤이젤이 인형인 것을 알게 된 르네는 부상보다도 정신적 충격이 더 큰 상태였다. 그렇다고 고민을 상담한답시며 의사에게 ‘제가 알던 사람이 사실은 인형이었습니다’라고 솔직하게 털어놓을 수도 없는 상황이었다. 말을 꺼내는 순간 정신과 진료까지 추가될 것이 뻔하다 보니 아무에게도 고백하지 못하고 혼자 속만 끓이고 있다고 했다.

“내가 이미 알고 있었다는 사실에도 충격받은 것 같더라.”

카리나마저 알고 있던 사실을 자신이 몰랐다는 점에서 재차 쇼크를 받은 르네는 왜 말을 안 해줬느냐며 항의했다가 ‘너 인형 무서워하잖아’라는 반박이 돌아오자 그제야 입을 다물었다.

르네에게 헤이젤이 유령이었다는 사실까지는 밝히지 않았다. 소심한 그에게 이 이상 정신적인 충격은 주지 않는 것이 좋겠다는 카리나의 의견에 따라 ‘신부’는 잘 만들어진 진귀한 오토마타로 설명되었다. 나머지에 관해서는 헤이젤의 의식이 돌아오면 그때 다시 설명해도 충분할 터였다. 지금의 그는 그녀가 인형이었다는 사실만으로도 이미 충분한 타격을 받고 있었다.

“헤이젤은 어떻게 되었느냐고 묻길래 고장 나서 움직이지 않는 상태라고 말해뒀어.”

그렇게 말하는 카리나의 눈에도 아쉬움이 묻어났다. 헤이젤,

이 애는 대체 어디로 간 걸까. 워렌이 이리 애타게 기다리고 있으니 어서 돌아와 주었으면 좋으련만. 갑자기 모든 것을 잃은 남자는 곁에서 보기에도 지나치게 위태로웠다. 이대로라면 그 역시 얼마 못 버티고 망가져 버릴 것 같은 기분이 들었다.

"오늘은 이만 가볼게. 식사 꼭 챙겨서 먹고. 내일 와서 검사할 거니까 그리 알아."

세심하게 챙겨주는 카리나를 말없이 응시한 워렌은 그녀가 떠나자 다시 침대에 몸을 던진 채 눈을 감았다. 인적이 사라지고 세상 고요해지자 어디선가 헤이젤의 웃음소리가 들리는 것 같은 기분이 들었다. 서로가 나눈 마지막 대화가 뭐였더라. 마지막으로 웃는 모습을 본 게 언제였더라. 그런 중요한 하나하나가 도통 떠오르지 않았다. 그때만 하더라도, 몇 시간 뒤 이런 이별이 기다리고 있으리라고는 상상조차 하지 못했다.

이제 기억나는 것이라고는 온통 재투성이로 비에 젖어 바닥에 쓰러진 안쓰러운 모습뿐이다. 떠올리는 것만으로도 속이 뒤집힐 것 같았다. 왜 거기 누워 있는 거냐고 소리를 치고 싶어지는 탓에 잠들기는커녕 눈조차 감을 수 없었다. 그는 다시 눈을 뜨고 오토마톤을 바라보았다. 여전히 미동도 않는 그녀가 움직여 주기를 간절히 바라면서 헤이젤의 이름을 불러보지만 대답은 돌아오지 않았다. 길을 잃은 아이처럼 무력한 기분을 떨칠 수 없었다. 며칠 잠들지 못한 사이 안색은 창백해지고 신경은 한층 더 날카로워져서 누가 건들기만 해도 폭발할 수 있는 위태로운 상태라는 것을 그 자신도 잘 알고 있는 터라 될 수 있는 대로 사람들을 피했다. 누군가에게 상처를 주기 전에 피해야만 했다.

의자에 앉은 자세로 정지해 있는 '신부'의 무릎에는 낡은 과자 상자가 놓여 있었다. 헤이젤이 씨앗을 담아둔 상자였다. 화재 현장을 정리하던 중 온실에서 발견되었는데, 본관과 거리가 있었던 탓에 화마의 피해를 보지 않을 수 있었던 몇 안 되는 물건 중 하나였다.

"봄이 되면 씨앗을 심을 거예요."

언제였던가. 헤이젤이 눈을 반짝이며 말했었다. 그 말이 마치, 그러기 위해 자신은 봄까지 여기 반드시 있어야 한다고 선언하는 것 같아서 저절로 미소가 지어지던 기억이 났다. 싹이 트면 씨앗의 이름을 알아내겠다는 당찬 포부를 밝히던 모습이 어제 일처럼 떠오른다. 그녀가 돌아오지 않는 한, 어린 씨앗들은 저 작고 어두운 상자 안에서 영원히 빛을 보지 못한 채 싹을 틔울 희망을 다하게 될 터였다.

'……아직 꽃 이름도 알아내지 못했잖아.'

그러니 빨리 돌아와 주었으면 한다. 씨앗들이 전부 말라 죽어버리기 전에, 그리고 그 역시 버석대며 바스러지기 전에.

헤이젤이 쓰러진 후 며칠은 괜찮았다. 전에도 이런 적이 있었다며 버틸 수 있었다. 그렇게 나흘이 지나고 일주일, 열흘이 지나자 더는 자신을 설득할 말을 찾지 못한 워렌은 절망에 빠지기 시작했다.

'이번에도 잡아두지 못했어. 가지 말라는 말도 하지 못했지.'

오토마타의 몸을 떠난 헤이젤은 지금 대체 어디를 헤매고 있는 것일까. 가족과 보내는 꿈일랑 그만두고 어서 돌아와 주기를 바랐다.

'전보다 더 긴 꿈을 꾸는 건가. 아버지와 여행을 간다고 했지. 목적지를 듣지 못해 아쉬웠다고. 그럼 이번에는 그 여행을 떠난 걸까.'

여행이 끝나면 다시 돌아와 주려나. 얼마나 더 기다려야 헤이젤이 돌아오는지 알지 못하는 초조함에 워렌의 속은 새까맣게 타들어갔다.

✺

한 달에 한 번 있는 이사벨의 면회일. 파비오는 꼭두새벽부터 선물을 한아름 안고 카리나의 집으로 들이닥쳤다. 보통은 아이를 데리고 나가 공연을 보고 식사를 하는 일정을 선호하지만, 이번은 겨울 신상품을 가져왔다며 옷 갈아입히기 놀이에 푹 빠진 중이었다. 입어봐야 할 것이 뭐 이리 많으냐고 귀찮은 티를 내던 이사벨은 옷상자를 열어보고 입을 딱 다물었다.

아이가 마음에 드는 옷들을 우선으로 추려 쪼르르 옆방으로 달려간 사이, 파비오와 카리나는 차를 마시며 이야기를 나누었다. 그들의 최근 화제는 역시 하트퍼드 저택의 사고에 관련된 일이었다.

"곰같이 큰 남자가 식사도 깨작대고, 얼굴까지 퀭해서 아주 눈 뜨고 못 보겠다니까."

"사랑에 빠진 남자는 다 그래, 고통이 크거든."

"지랄한다."

제 가슴에도 이혼으로 인한 커다란 상처가 있다고 호소하던 파비오는 카리나가 동조해 주지 않자 투정 부리듯 볼을 부풀리고는 다른 이야기로 넘어갔다.

"우리 쪽에서도 알아봤는데 몇 년 전부터 날뛰던 연속 방화범들과 이번에 잡힌 녀석들이 같은 놈들임이 틀림없어. 불이 난 구역 대부분이 그놈들 활동 구역과 겹치고 애송이들이 조직 만든답시고 꼬여든 즈음부터 시작된 것도 그렇고. 아마 의뢰받은 일을 처리하면서 주변의 주의를 다른 곳으로 돌리거나 흔적을 지우기 위해 불을 지르는 것 같아."

세련되게 일하는 법을 모르는 놈들이 불부터 지르는 거라고, 멍청하기가 이를 데 없어 결국 꼬리를 잡혔다며 파비오가 비웃었다.

"하트퍼드 덕분에 내 손 안 더럽히고 처리하게 되어 기쁘지 뭐야. 아, 물론 저택이 전소된 건 안타까운 일이라고 생각해. 그런 유서 깊은 저택에 불을 낸 덕분에 놈들이 제 숨구멍을 스스로 막은 셈이 되었지만."

세간의 관심이 지나치게 쏠린 탓에 경찰 역시 긴장하며 사건을 조사하는 중이었다. 아무리 낡아 빠진 흉가라 해도 엄연한 공작가, 그것도 수백 년 된 역사적인 건물에 침입해 불을 지르다 잡혔으니 엄한 처벌이 예상되었다.

"인형 만드는 놈들이 의뢰했다던데? 같이 온 조직원들은 다 잡혔는데 의뢰한 놈 중 하나가 도망갔다더라. 민간인보다도 굼뜨다니 답 없는 놈들이야."

데렉과 폴은 현장에서 잡혔지만 아이슬리는 몸을 숨기는 데 성공했다. 도망치며 인형 역시 한 짐 챙긴 것으로 보이지만 지금 그것을 시장에 풀었다가는 꼬리가 잡히기 십상이라 기회를 노리며 잠적한 듯싶었다. 체포된 데렉과 폴은 이 모든 일을 전부 아이슬리가 주동했다며 그 자리에 없는 이를 주범으로 몰았다. 진실이 어찌 되었든 자백과 정보를 받은 경찰은 아이슬리의 숙소와 애인의 집 등을 감시하며 그가 나타날 만한 곳에서 매복 중이었다. 주동자인 그가 용의주도하게 몸을 숨기자 경찰의 수사가 무르다는 질책이 언론 여기저기서 쏟아져 민심이 곱지 않았다.

"본보기로 형량도 꽤 받게 될 거야. 조무래기들이 잘 알아보지도 않고 덥석 일을 물어서는 인생 망쳤지."

"넌 어부지리로 아주 속 시원하겠다."

"야, 말을 해도 어쩜 그러냐. 내가, 어? 원하는 대로 계보도도 찾아다 주고, 어? 늘 너를 위해 최선을 다하는데."

"어머나, 그렇게 들렸다면 미안해. 다시 말하지만 계보도는 정말 고마웠어."

"너. 상속이 어쩌고 하는 건 거짓말이고, 사실은 헤이젤이라는 그 여자애 찾는 거였지?"

"뭐?"

소파에 기대앉아 차를 마시던 카리나가 벌떡 몸을 일으켰다. 대체 이 둔하기 짝이 없는 남자가 어떻게 비밀을 알아차렸을까 싶어 휘둥그렇게 눈을 치뜨고 있자니 파비오의 느긋한 목소리가 이어졌다.

"카리나가 찾는 이름이 헤이젤이었잖아. 그런데 마침 그 집에 헤이젤이란 여자가 있었고. 집안 누군가의 숨겨둔 자식이라든가 그런 사이 아니야? 정식으로 집안에서 받아들여져 상속권이 있는지 서출인지를 알고 싶었던 거잖아?"

"……너란 애는……. 야, 아니거든?"

그럼 그렇지. 파비오가 헤이젤의 비밀을 알고 있을 리 만무했다. 공연한 기대를 했다며 카리나가 한숨을 쉬자 파비오가 따져 물었다.

"아니긴 뭐가 아니야!"

"내가 찾는 헤이젤은 선대…… 아니다. 대체 뭐 때문에 그렇게 생각했는지 들어나 보자."

"어? 정말 선조를 찾는 거였어?"

어리둥절한 표정이 천진난만한 소년 같이 해맑아 보이지만 이 순진한 용모에 속으면 안 된다는 걸 카리나는 잘 알고 있었다. 파비오는 속에는 구렁이가 열두 마리 정도 똬리를 틀고 있는 거대 조직의 보스였다. 자신의 본모습을 카리나나 이사벨에게는 절대 보여주지 않는 것도 이 남자의 무서운 면이었다.

"지난번에 그 여자가 그랬단 말이야. 어머니가 자동차 사고를 당했다고. 자동차가 일반 가정에 보급된 게 언제 적부터라고 생각해? 십 년 안팎이라고. 아무리 공작가라서 차가 있었다고 하더라도 그전에는 탈 만한 물건도 아니었던 데다가, 있어봤자 차고에 모셔둔 쓸데없이 비싼 과시용 고철에 불과했잖아. 웬만한 집안 아니면 무리라고. 그래서 난 귀족 집에서 숨겨 키운 자식인 줄만."

"……어라?"

자동차 사고를 당한 기억이 있다고? 처음 듣는 소리였다. 워렌은 이 사실을 알고 있었던 걸까? 초기 자동차는 부를 자랑하기 위한 액세서리에 가까웠다. 그걸 살 재력이 있다 해도 도로가 정비되고 사용이 일반화된 것은 카리나가 알기에도 최근 십여 년 안의 일이 확실했다.

"그러네. 나도 삼 년 전에 첫 번째 차를 샀으니까."

만일 파비오의 말이 맞다면 헤이젤은 사실 그리 오래된 유령이 아니었을지도 모른다. 그러고 보니, 같이 쇼핑을 나갔을 때 소녀의 의상 취향도 어린 나이대치고 지나치게 고급스러워서 그렇지 꽤 세련되었던 것 같은 기분이 들었다.

"완전 가까운 시대에 살았던 거잖아, 그럼?"

"뭐가?"

카리나의 혼잣말에 파비오가 무슨 뜻인지를 물었다. 그녀가 아무것도 아니라며 손을 휘휘 젓고는 급하게 차를 한 모금 마셨다.

'다른 각도로 찾아봤어야 하는 건데.'

뒤늦은 후회가 들었으나 인제 와서 다 무슨 상관일까. 헤이젤이 사라진 이상 살아생전 그녀의 자취를 찾을 이유는 없었다. 유령 소녀는 어디론가 훌쩍 떠나 버렸다. 왔던 것만큼이나 갑작스럽게 흔적도 없이.

"워렌만 불쌍하게 됐지 뭐야. 생각보다 더 타격이 심한 모양이던데……."

"아직도 그 남자 이야기야? 아, 그만 좀 해라!"

"넌 인정머리가 개미 뒷다리만큼도 없는 게 문제야."

"내가 인정이 없으면 저 많은 부하가 나를 따를 리 없잖아!"

"불량배에게 인기 있어서 어디다 쓰니!"

티격태격하는 사이, 드레스를 갈아입은 이사벨이 거실로 들어왔다.

"나 어때?"

옷 갈아입는 것치고는 시간이 좀 걸린다 싶었더니 어울리는 구두며 모자까지 꺼내 쓰고 나온 모양이었다.

"아, 내 아기 천사. 너무 사랑스럽구나. 그 옷은 너를 위해 만들어진 것이 틀림없어!"

파비오가 자리에서 일어나 양팔을 벌리며 과장된 감탄사를 터뜨렸다.
“그런 애매한 평가 말고. 엄마, 이거 어떤 것 같아?”
“하이웨이스트에 둘린 리본 색이랑 밑단 레이스 색이 절묘하네. 그 구두랑도 잘 어울려.”
“그렇지? 드레스를 보자마자 이 구두가 생각났어!”
“우리 딸이 날 닮아서 패션 감각이 아주 뛰어나요.”
통박에도 아랑곳없이 입에 침이 마르도록 딸 칭찬을 시작한 파비오는 이미 그 지겨운 하트퍼드와 관련된 일은 잊은 분위기였다.
“그것도 예쁘고 이거, 이것도 입어봐. 딱 두 벌 한정으로 만들었다길래 내게 넘기지 않으면 나머지 한 벌을 불에 태우겠다고 협박해서 구했지.”
“아, 진짜! 애 앞에서 그러지 좀 말라고!”
“돈은 줬어! 그냥 가져온 거 아니란 말이야!”
카리나가 그의 등을 매섭게 후려쳤다. 티격태격하는 두 사람을 물끄러미 바라보던 이사벨은 눈에 익은 장면이라는 양 어깨를 으쓱하더니 아무렇지도 않은 얼굴로 선물 상자 안을 뒤적거리기 시작했다.
“두 사람은 어째 변한 게 없네~”
아이는 부모 생각보다 훨씬 더, 빨리 성숙해지고 있었다.

✺

입원 기간은 한 달. 르네가 타박상이며 골절 등 이것저것을 치료받고 퇴원할 즈음에는 이미 계절은 한겨울이었다. 퇴원한 그가 가장 먼저 향한 곳은 르클레어 공방이었다. 그가 병원에 있던 동안 공방에는 많은 일이 있었다. 사건의 여파를 직격으로 맞은 탓인지 공방 분위기는 예전과 달리 상당히 침울했다.

"저 왔습니다."

공방의 수장, 르클레어의 사무실 문을 두들긴 르네가 인사를 하며 방으로 들어갔다.

"왔구나. 여기까지 오는데 어디 아픈 곳은 없었느냐."

"한 달이나 푹 쉬었는걸요. 괜찮습니다."

"그런 것치고는 안색이 그리 좋지 않구나."

"……아버지도요."

방화사건 범인이 밝혀진 후 르클레어 공방에는 한차례 시련이 몰아닥쳤다. 공방의 책임자 격인 세 명이 하트퍼드 인형을 훔친 것만으로도 부족해 저택에 불을 질렀다는 소문이 돌자 경쟁자를 제거하기 위해 르클레어 가문에서 주도적으로 명령한 것이 아닌가 하는 의혹이 일었기 때문이었다. 순식간에 땅으로 떨어진 평판에 공방은 당혹감을 감추지 못했고, 거래처 몇몇은 거래 중단을 요구하기도 했다.

"그래. 아니라고는 해도 매출은 이미 떨어질 대로 떨어졌고."

"시간을 두고 다시 오를 거예요. 너무 걱정하지 마세요."

상황을 수습한 건 피해자인 워렌이었다. 르클레어 공방은 이번 일과 상관없다는 것을 명백하게 표명한 뒤 르클레어의 후계자인 르네가 자신을 돕다가 크게 다쳐서 병원에 입원한 사실을 밝혀 두 제작사 사이에 오해는 없다고 깨끗하게 선을 그었다.

"하트퍼드 공작에게 미안하구나. 우리 때문에 전부 잃었는데 원망은커녕 편을 들어주고……. 정말 볼 낯이 없다."

"그 세 사람 탓이지 아버지 탓이 아닙니다."

"아니다. 사람 잘못 본 내 탓이지. 그런 녀석들에게 관리 감독을 맡기고 있었으니. 그리고 너에게도 미안했다. 미리 알려주려고 했는데 되레 야단을 쳤어. 수장의 아들이라고 엄하게 키워야 한다는 생각에 그만 지나쳤던 것 같구나."

"저도 정확한 증거가 없이 말씀드렸던 거라 믿기 힘든 건 당연합니다."

"그래도 네가 공작을 도운 덕분에 혐의에서 벗어날 수 있었어. 대체 어떻게 알고 거기에 갔던 거냐?"

"……우연히 들었습니다."

집요하게 쫓아다니면서 엿들었다고는 차마 말 못 하고 우물거리는 아들의 모습을 어떻게 생각했는지 르클레어는 더는 묻지 않겠다며 고개를 끄덕였다.

"아무리 우리 공방이 직접적인 관련이 없다고 해도 마음이 편치 않구나. 녀석들이 처벌받는 거야 당연한 일이고, 그 외에 우리 쪽에서도 뭔가 도울 만한 일은 없을까?"

"아, 그렇다면 작업실 재건을 도우면 어떨까요?"

"작업실을?"

"네, 저희 측에서 사용하는 물건 상당수가 워렌과 겹치니 도구며 재료 같은 걸 지원하면 좋을 것 같습니다."

현재 워렌은 불탄 저택 본채에서 조금 떨어진 별채를 사용하는 중이었다. 이곳은 원래, 저택의 하인들이 기숙사처럼 사용하기 위해 지어진 2층 건물이었다. 본관보다 작다고는 해도 워렌 혼자 지내기에는 넉넉한 크기라 본관 보수가 완료되기까지 그중 한 층을 작업실로 고쳐 사용하고 있었다.

"오오. 그렇군. 그가 어떤 물건을 쓰는지 평소 잘 알고 있을 테니 그걸 네게 맡기마. 그래, 그런 방법이 있었어."

작업실을 새로 짓는 데 들어가는 비용은 아끼지 않고 도울 테니 목록을 정리해 보라는 말을 한 르클레어는 그제야 조금 마음이 놓이는 표정을 지었다.

"힘든 일이 많이 있었지만 재능 있는 사람이니 앞으로 잘되길 빌 수밖에."

"워렌은 강한 사람이라 이겨낼 겁니다."

"그래. 너도 퇴원하자마자 이리로 왔으니 힘들겠구나. 오늘은 일찍 집에 가서 쉬어라."

"예. 아, 이건 지금 만드시는 건가요?"

르클레어는 서류 일 틈틈이 작은 몰드를 만지고 있었는지 책상 위에는 점토로 빚은 작은 헤드가 올려져 있었다.

"그래. 나도 천성이 기술자인지 서류만 보기는 도통 재미가 없어서 말이다."

심심할 때마다 만진다는 작은 헤드를 물끄러미 바라보던 르네가 '입술이 살짝 기울었네요'라고 말했다.

"안 그래도 콧방울이랑 입술을 고치려던 참이었…… 르네! 너 이제 인형을 봐도 아무렇지 않은 거냐?"

르네가 더없이 평범하게 인형을 바라보자 르클레어가 놀라 물었다.

"어, 예. 하하……. 그게, 어쩌다 보니 그렇게 되었어요. 익숙해졌다고 할까……."

"그 오랜 시간 동안 힘들어 하더니 드디어! 기적 같은 일이야. 노력을 많이 했구나, 르네. 정말 자랑스럽다."

"기적……."

르네는 아버지의 말을 반복해 중얼거렸다. 씁쓸한 미소가 입가를 맴돌았다.

기적은 자신이 아니라, 헤이젤이었다.

그의 페디오포비아는 그녀 덕분에 나았다고 해도 과언이 아니었다. 평생 인형을 마주하지 못할 거라 생각하던 르네는 불이 나던 밤, 그녀가 오토마타였다는 사실을 깨달은 후로는 이전만큼 인형이 두렵지 않게 느껴졌다. 인형들에게서 섬뜩한 기분을 느끼다가도 헤이젤 역시 인형이었다는 것을 떠올리면 거짓말처럼 마음이 편안해지는 기분이 들었다.

'그래서 그렇게 가까이 다가와서 마주 보아주고.'

인형을 친숙하게 느낄 수 있도록 먼저 다가와 말을 걸고 웃어주던 헤이젤. 그가 인형을 싫어한다는 말을 한 것에 상처를 받았을지도 모른다. 그런데도 이겨내자고 응원해 주던 그녀의 모습이 마치 어제의 일처럼 눈에 선했다.

'헤이젤이 인형이라는 걸 알게 된 다음부터 인형을 보는 시선이 바뀌게 된 것 같아.'

인형이 아직 거북하고 때때로 피하고 싶은 충동이 이는 건 사실이었다. 그러나 헤이젤과 같은 아이들이라고 생각하면 대체로 견딜 만했다. 아니, 가끔은 귀엽게 보이기까지 했다. 르네는 자신의 변화가 오랜 시간 그녀가 보여준 노력과 애정의 결과물이라고 생각했다.

'그 사고로 고장 났다고 했지.'

카리나는 헤이젤이 2층에서 뛰어내린 충격으로 작동을 멈췄다고 말했다. 워렌이 그녀를 다시 고칠 수 있을까. 르네는 그녀를 꼭 다시 보고 싶었다. 자신의 변화를 헤이젤에게 보이고 말해주고 싶었다. 자신은 이제 인형을 보는 것이 아무렇지도 않아졌다고, 전부 당신 덕분이라고.

'그러니 다시 만날 수 있기를 바랍니다.'

제 인생에 전환점을 심어준, 둘도 없이 소중한 오토마타 아가씨가 돌아오기를 간절히 빌었다. 아름다운 미소와 함께 그 나긋한 목소리로 다시 이름을 불러줄 날이 돌아오기를 바라며.

르클레어 공방을 나온 르네는 거리를 바라보았다. 병원에 입원한 한 달 동안, 세상은 이미 연말연시 축제 분위기가 무르익었다. 멍하니 바뀐 풍경을 바라보고 있자니 한겨울로 뚝 떨어진 기온에 하얀 입김이 새어 나왔다. 목덜미로 스며드는 칼바람에 목을 움츠린 르네는 온기가 새어 나가지 않도록 얼른 머플러를 여미고 발걸음을 재촉했다.

✺

그 사람을 생각하면 가슴이 저미는 기분이 들었다. 다정한 미소도 쓰다듬어 주던 커다란 손도 전부 그녀를 행복하게 했는데, 어째서 이렇게 슬퍼야 하는 걸까.

'아.'

소녀는 깨달았다. 그 남자가 바라보던 사람은 자신이 아니었다. 그는 금발의 푸른 눈이 아주 아름다운 미녀를 사랑하고 있었다. 그래서 가슴이 아픈 거였다. 자신을 봐주지 않았기에.

"아가. 왜 우는 거니, 어디 아픈 곳이라도 있느냐?"

낯익은 다정한 목소리가 소녀를 불렀다. 눈물을 닦아주는 따뜻한 손길에 헤이젤은 이제야말로 꿈과 현실의 경계에서 벗어났다. 시야 가득하게 저를 들여다보는 아버지의 모습이 보였다.

"……아빠."

그 한마디에 남자는 자리에서 벌떡 일어날 정도로 소스라치게 놀랐다.

"그래, 아빠다. 정신이 드니? 네 아비가 여기 있다! 오, 신이시여. 정말 감사합니다!"

그는 말을 걸어놓고도 대답이 돌아올 거라 생각하지 않았었는지 딸의 목소리를 듣고 감격했다. 호들갑을 떨며 신에게 기도를 올리더니 이제는 울 것 같은 표정으로 여린 손을 움켜잡았다.

"폐렴으로 지금껏 고열이 이어졌단다, 아가. 며칠 동안이나 의식이 없었어. 얼마나 걱정했는지 아니? 지금은 어떠냐. 여전히 몸이 아프니?"

헤이젤은 손가락 하나 까딱할 힘이 없고 제 몸이 아닌 것 같은 기분이 들던 게 그래서였다는 걸 깨달았다. 편도선이 부은 목이 따끔거렸다. 온몸이 나른하게 쑤시고 미열도 있지만 참을 수 없을 정도는 아니었다. 조금 자고 나면 나을 정도의 아픔이었다.

자고 난다면, 거기까지 생각한 헤이젤은 주변을 둘러보았다.

푹신한 담요, 화려한 이니셜이 수놓인 프릴 가득한 베개. 벨벳 휘장이 내려진 네 기둥 침대. 전부 그녀에게 익숙한 물건들이었다. 장소를 확인한 뒤 손을 들여다보았다. 핏줄이 보일 정도로 하얗고 마른 손가락. 침대 위에 늘어진 긴 갈색 머리. 새삼 이곳이 어디고 자신이 누구인지를 깨달았다.

"헤이젤?"

"……꿈을 꿨어요."

"꿈?"

소녀가 갈라지는 목소리로 꿈 내용을 들려주었다.

"동화에 나올 것 같은 낡은 성안에 인형들이 사는……, 사탕으로 만들어진 나라에 다녀왔어요."

"무척 예쁜 꿈을 꾸었구나. 귀여운 인형과 사탕으로 만들어진 나라라니."

"그리고 거기에는 무서운 야수도 살았어요."

"설마 무서운 꿈이었니?"

열을 내며 앓던 딸이 내내 악몽을 꾼 건가 걱정된 아버지가 근심 가득한 시선으로 바라보았다.

'악몽?'

헤이젤은 눈을 감고 기억을 더듬었다. 고풍스러운 찻잔과 달콤한 사탕들, 그리고 듣기 좋은 저음의 부드러운 목소리. 소녀는 입가에 작은 미소를 띠며 고개를 저었다.

"아뇨……. 전 그 야수가 좋았어요. 그의 성에서 영원히 함께 지내고 싶었을 정도로."

"그랬니? 아니! 잠깐만 딸아! 설마 그 야수가 수컷……, 아빠는 반대, 아니, 그런 의미는 아닐지 몰라도. 크흠, 어쨌거나!"

갑작스러운 대화에 당황한 아버지는 횡설수설 말을 더듬더니 후- 하고 심호흡을 한 번 하고는 다시 말을 이었다.

"……무서운 꿈이 아니라 다행이구나. 이 아빠는 네가 돌아와 줘서 기쁘단다."

"네……."

딸이 무사히 눈을 뜬 것이 기쁜 아버지는 들뜬 표정을 지었다. 멍하니 그 얼굴을 응시하던 헤이젤의 눈에 아버지 뒤로 펼쳐진 커다란 창문이 비쳤다. 창밖에 하얀 깃털 같은 조각들이 이리저리 흩날리고 있었다.

"눈이 내려요?"

"그래, 눈이다. 네가 깨어나서 기쁜 건 나만이 아닌 모양이다."

소녀의 시선을 따라 창밖을 바라본 아버지가 웃으며 말했다.

'이상하다. 비가 온 것 같았는데.'

가을을 적시는 촉촉한 빗방울이 방울방울 떨어지던 모습이 아직도 눈에 선했다. 그러나 창밖은 가을도 아니고 비가 내리지도 않았다. 비가 아니라 눈이었던가. 하늘거리며 공중을 유영하는 눈송이를 바라보던 헤이젤이 몸을 일으켰다. 저 눈을 만져 보고 싶다는 충동이 일었다.

"일어나려고? 얘야, 당장은 힘들 거다. 넌 아주 오랫동안 누워만 있었거든."

"더 가까이서 보고 싶어요."

"그렇구나. 그럼 아주 잠깐만이다. 밖은 몹시 춥단다."

아버지는 소녀를 안아 창가에 놓인 의자에 앉혀주었다. 바퀴가 달린 의자를 밀어 창 가까이 옮겨준 뒤 창문을 열어 쏟아지는 눈들을 직접 볼 수 있게 해주었다.

"담요를 무릎에 덮거라."

찬바람이 들지 않도록 모포를 덮어주며 그가 속삭였다. 헤이젤은 손을 들어보았다. 아버지 말대로 일어서기는커녕 한쪽 팔을 들기도 빠듯했지만 있는 힘을 다 끌어 모아 창밖으로 내밀었다.

손바닥에 떨어진 눈 조각은 닿는 순간 차가운 물방울로 변했다. 공기를 타고 갈팡질팡하던 눈송이가 제 손에 안착하는 걸 물끄러미 바라보던 헤이젤은 그 손을 꼭 쥐었다.

차가운 눈을 녹여 따뜻하게 해주고 싶었다. 누군가의 마음처럼.

"그래서, 그 꿈 이야기를 더 해주겠니?"

쥐고 있던 손을 펼쳐 안을 들여다본 헤이젤은 이제 흔적 없이 녹아버린 눈을 한참 바라보았다.

"꿈이요?"

"그래. 사탕과 인형이 나오는 멋진 꿈을 꾸었다고 했잖니."

"……이제 기억나지 않아요."

소녀가 아버지를 올려다보며 대답했다. 녹아버린 눈송이가 도르르 손바닥에서 흘러내렸다. 눈 구경에 흥미를 잃은 모습에 아버지는 딸을 다시 침대로 옮겨주었다. 부드러운 이불을 덮어준 뒤 좀 더 쉬라며 어깨를 토닥였다.

"원래 꿈이란 건 깨고 나면 잊히기 마련이지. 눈 좀 붙이거라, 주치의를 불러올 테니. 그도 네가 깨어났다는 소식을 들으면 무척 기뻐할 거다. 이 아빠는 이른 크리스마스 선물을 받은 것 같아 행복하구나."

'그렇구나. 눈이 내리고 있었어. 비가 오는 꿈을 꾸었던 모양이야.'

이슬방울이 치맛자락을 적시도록 젖은 낙엽을 밟으며 달리다니, 병으로 누워 있던 헤이젤에게는 도저히 불가능한 일이었다. 아버지와 대화를 주고받으며 소녀는 생각했다. 너무 오래 잠들었던 탓인지 꿈과 현실이 뒤죽박죽 머릿속에서 엉켜 있다고.

"참. 내가 너에게 사과해야 할 일이 있구나."

아버지는 미안한 표정으로 소녀가 아파서 누워 있던 한참 전에 실수로 인형을 망가뜨렸다고 설명했다.

"인형?"

"그래. 네가 가장 예뻐하던 비스크 인형 있잖니. 이름도 지어주었던."

"아…… 민트가 망가졌어요?"

헤이젤이 놀란 표정을 지었다. 민트. 소녀가 그 인형을 애지중지하는 건 저택 모두가 알았다. 민트는 어머니의 마지막 선물이었기 때문이었다.

"그래. 어떻게든 수리를 해보려고 했는데 복구할 수 없다고 해서……. 대신할 인형들을 수소문하며 찾아보았는데 아직 마땅한 걸 찾지 못했단다. 미안하다."

"망가졌구나……."

발그스름한 아기 볼이 사랑스럽던 민트. 어머니에 대한 추억이 떠올라 무척 좋아하는 인형이었다. 생각에 잠겨 있는 모습을 보고 초조해진 아버지가 열심히 딸을 달랬다.

"더 멋진 인형을 사주마. 구하기 힘들다는 인형을 점찍어뒀는데 인형사가 어찌나 시건방지게 구는지 내년에나 살 수 있다지 뭐냐."

"아이참. 그러지 않으셔도 괜찮아요. 제 나이에 무슨 인형이에요. 아쉽지만 어쩔 수 없죠."

"……정말 괜찮겠니?"

어머니의 유품을 망가뜨려 미안해하는 마음을 알기에 소녀는 더 열심히 고개를 저었다.

"정말이에요. 망가진 건 어쩔 수 없죠. 제게는 다른 유품도 많잖아요."

"우리 딸이 어느새 이렇게 어른이 되었어……."

갑자기 눈에 눈물이 맺힌 아버지가 딸의 여윈 손을 붙잡고 한참을 울먹였다. 예전부터 아버지는 딸과 죽은 부인 이야기가 나오면 어이없을 정도로 쉽게 울음을 터뜨리는 섬세한 남자였다. 헤이젤은 그런 아버지의 손을 꼭 잡아주었다. 가족 한정으로 고장 난 수도꼭지 같은 아버지를 보고 있자니 건조하고 메마르던 누군가가 문득 떠올랐다.

'누구더라.'

아버지와는 정반대로 힘든 일이 있어도 내색을 보이지 않던 사람이 있던 것 같은데 아무리 기억을 더듬어봐도 누구인지 떠올릴 수 없었다.

'그리 잘 알던 사람이 아니었나 봐.'

아니면 누군가에게 들은 이야기일지도 모른다. 두어 번 고개를 갸웃거리며 떠올려 보려던 소녀는 이내 포기하고 아직도 울고 있는 아버지를 바라보았다.

"미안하다. 어두운 방에서 불을 찾다가 떨어뜨려 버렸어."

그는 미련 가득하게 인형 이야기를 계속하고 있었다. 벽난로 위에 놓아둔 걸 모르고 램프를 찾다 떨어뜨렸다면서 어찌나 미안해하던지, 오히려 소녀가 달래야 할 정도였다.

'민트. 박하사탕처럼 상큼하고 예쁜 이름이었지.'

인형의 여름 드레스에 달린 민트색 실크 리본이 귀여워 지어준 이름이었다. 깨진 것은 아쉽지만, 그렇다고 다른 인형을 다시 사서 반드시 빈자리를 채워야 한다는 생각이 들 정도는 아니었다. 그래, 인형은 이제 졸업해도 될 나이가 아니던가.

마음을 가라앉힌 아버지는 이제 곁에서 차를 마시며 코를 풀었다. 그 모습을 미소로 지켜보던 헤이젤은 점점 졸음이 밀려오는 것을 느끼고 눈을 감았다. 몇 마디 이야기를 나눈 것뿐인데 무척 피로했다. 한숨 자고 난 뒤 이야기를 이어야겠다고 생각한 헤이젤은 곧 꿈도 꾸지 않는 깊은 잠에 빠졌다.

✺

깊은 밤. 살을 에는 찬바람이 부는 허허벌판을 잰걸음으로 걸어가는 남자가 있었다. 남자의 손에 들린 건 작은 손도끼와 커다란 자루 하나. 용도를 알 수 없는 여러 가지 물건을 들고 그가 향하는 곳은 한참 전 방화로 건물이 불타 버린 하트퍼드 공작저였다.

"공작인 줄 누가 알았느냐고, 엉? 이런 데서 없이 살면 그냥 별 볼 일 없는 몰락 귀족이겠거니 하는 거잖아. 다 낡은 건물에 불 좀 난 걸 가지고 매일같이 신문은 떠들어대고. 재수 없게 공개 수배까지 당하게 생겼으니, 원. 경찰이란 것들은 흉악범들은 잡을 생각도 않고 만만한 서민만 괴롭혀 대지. 내가 낸 세금 돌려내라 잡것들아, 퉤!"

욕을 하며 인적 없는 시골길을 걷던 아이슬리는 다시 하트퍼드 저택 앞에 와 있었다. 불탄 건물은 아직 잿더미 속에 흉물스럽게 방치되었다. 외벽이 돌로 지어진 덕분에 형태는 크게 망가지지 않았어도 검은 그을음이 건물 전반에 얼룩처럼 남아 있었다.

"고 앙큼한 것이 정말 인형이었단 말이지……."

인형을 훔치려다 들켜 도망쳐야 했던 날, 도주에 실패한 아이슬리는 정원에 숨어 동태를 살폈다. 워렌이 한눈을 파는 사이를 틈타 정원을 빠져나갈 생각으로 어두운 나무 그림자 속에 몸을 웅크리고 있던 그는 건물 반대편에서 르네가 달려오는 것을 발견하고 깜짝 놀랐다.

'저 샌님이 대체 여긴 왜 있는 거지?'

갑자기 튀어나온 르네 때문에 이도 저도 못하고 몸을 낮춘 아이슬리는 르네가 안고 온 것이 그 금발 미녀라는 걸 깨달았다. 처음에는 가스 중독으로 기절이라도 한 건가 싶었는데, 오고 가는 대화가 수상하기 그지없었다.

'오토마타? 그럼 저게 인형이라고?'

저택에 불이 난 상황에서 느긋하게 농담을 할 리도 없겠지만, 무엇보다도 경악을 금치 못하는 르네의 태도에서 그것이 사실이라는 걸 눈치챌 수 있었다.

'그 반응은 진짜였어. 정말 그녀이 오토마타였단 말이지.'

아이슬리는 지난번 마을에서 그녀를 만났을 때를 떠올렸다. 워렌이라는 남자가 만든 인형과 닮은 얼굴을 하고 있던 미녀. 그 완벽에 가까운 대칭을 한 아름다운 얼굴을 보며 의아해했던 순간을. 그제야 막연하던 의혹의 아귀가 맞아떨어진다는 것을 깨달았다. 그는 미동도 하지 않고 바닥에 쓰러져 있던 여자를 다시 바라보았다. 또한, 사람이 쓰러졌을 때의 반응과는 사뭇 다른 두 남자의 반응도 눈여겨보았다. 그리고는 깨달았다. 낡은 건물에 지나칠 정도로 보안이 철저했던 이유가 저 진귀한 오토마타를 보호하기 위해서였다는 것을.

"지금이면 방심하기 딱 좋을 때란 말이지. 철통 같은 보안도 쓸모없어진 이상, 허를 찌르려면 하루라도 빨리 움직이는 게 좋지."

아이슬리가 인형을 만든 건 아주 어릴 적부터였다. 덕분에 비스크 인형에 관해서는 둘째라면 서러울 정도로 지식이 풍부한 그조차도 맨눈으로 구분해 내지 못한 정밀한 오토마타였다.

"미친놈. 대체 뭘 어떻게 하면 그런 걸 만들어내는 거야?"

그것이 인형이라는 걸 깨닫고는 소름이 돋았다. 말도 하고 감정 표현 역시 자연스러운, 자신의 의지를 가진 것처럼 보이는 인형을 만드는 건 분명 신의 섭리를 거스르는 일임이 틀림없었다. 숨어 지내는 동안 그는 계속 그 인형에 관한 생각을 떨칠 수 없었다. 그 여자를 두 번이나 가까이서 보았는데도 눈치채지 못하다니. 사람의 능력으로 정말 그런 인형을 만들 수 있는 걸까?

그것은 사람이 건드려서는 안 되는 신성한 영역이라는 생각에 섬뜩한 오한이 드는 한편, 그걸 훔쳐 낼 수만 있다면 지금 그의 수중에 있는 작은 인형들과는 비교도 안 될 금액으로 팔 수 있으리라는 것 역시 쉽게 짐작할 수 있었다. 아니 돈보다도, 그는 그 오토마타를 다시 한 번 가까이서 보고 싶었다. 만져 보고 내부를 열어보고 싶었다. 금기의 기술을 접해보고 싶은 갈망이 그를 다시 이곳으로 오게끔 부추겼다.

"저걸 어떻게든 훔쳐야겠어. 살 사람은 좀 천천히 찾아도 되니까……."

핏발 선 눈으로 아이슬리가 중얼거렸다. 이번 일로 의뢰를 맡겼던 조직이 전부 체포되는 바람에 그는 지금 숨을 곳을 찾아다니기에도 벅찬 상태였다. 일단 인형과 함께 몸을 숨기고 사태가 진정될 즈음 판매 루트를 새로 찾아야겠다는 계획을 세웠다. 하트퍼드 공작은 지금 혼자 별채에서 지내고 있다고 들었다. 신문에서 그의 일거수일투족을 적나라하게 떠벌려 대는 바람에 아이슬리는 큰 고생 없이 정보를 모으며 때를 기다릴 수 있었다.

"제아무리 덩치 큰 놈이라도 기습당하면 어쩔 수 없을 테지."

손에 든 작은 손도끼를 힐긋 바라보며 그가 중얼거렸다. 손도끼뿐이 아니다. 워렌에게 권총이 있는 걸 알게 된 아이슬리는 그 역시 작은 총 한 자루를 구해 몸에 지니고 왔다.

"귀찮으니까 그냥 쏴버리고 시작할까."

이런 외진 곳에서 울리는 총성 같은 건 아무리 커도 어차피 들을 사람이 없었다. 시체는 날이 밝은 한참 뒤에야 발견될 테고 세간에서 다시 한바탕 떠들 즈음이면 자신은 이미 멀리 도망친 후일 것이다. 운만 따라주면 생각했던 것보다 더 빨리 인형을 팔아치우고 큰돈을 만질 수 있다는 생각에 흐뭇했다. 재킷 안쪽에 숨겨두었던 리볼버를 꺼낸 아이슬리는 장전 상태를 확인하고 기분 나쁜 미소를 지었다.

"그날 반항 없이 털려만 줬어도 목숨까지 내어줄 일은 없었을 것 아냐."

이도 저도 다 남의 탓으로 돌린 그는 하트퍼드가 정원으로 잠입했다. 새카맣게 타버린 건물이 우뚝 서 있는 하트퍼드가는 생기가 져 버린 지나치게 넓은 정원이 황량한 느낌을 더해주었다.

지금은 아무도 살지 않은 저택을 힐끔 곁눈질로 바라본 아이슬리는 나무 그림자 뒤에 숨어 별관으로 이동했다.

"쯧, 전등이 켜져 있는 걸 보니 잠들지 않은 모양이로군. 잘 때 해치우면 딱인데."

칠흑처럼 어두운 겨울밤을 밝히는 불빛이 2층 건물의 꼭대기에서 퍼져 나오고 있었다. 현재 워렌이 머무는 별관은 본관에서 꽤 거리가 떨어진 편이었다. 하인용으로 지어진 그 건물까지 가려면 본관을 돌아 온실 앞을 지나가야 했다.

"폐가가 한층 더 으스스해졌단 말이지."

불탄 자국이 선명한 돌 벽을 지나 온실 쪽으로 향하던 아이슬리는 순간 기묘한 것이 시야 끝을 스치고 지나가는 느낌에 발을 멈췄다.

"뭐야? 거기 누가 있어?"

아이슬리가 허세 섞인 거친 목소리로 빈 온실을 향해 외쳤다. 패기 없는 고함은 빈 정원을 한 바퀴 훑고 흩어지듯 사라졌다. 그의 외침에 돌아온 것은 바람에 나뭇가지가 흔들리는 소리뿐이었다.

환각이라 의심하기에는 찜찜한 느낌이 들었다. 짧은 순간이었어도 그는 방금 본 것을 꽤 선명하게 기억했다. 그것은 마치 물고기 꼬리가 흔들리는 것 같기도, 희뿌연 모슬린 커튼이 바람에 나부끼는 것 같기도 한 모양새였다. 섬뜩해진 그는 느리게 펄럭이는 하얀 그림자가 자신을 쫓아오는 건 아닌가 싶어 걸음을 멈추고 다시 주변을 돌아보았다.

"에이, 썅. 아무것도 없잖아!"

나쁜 짓을 할 생각에 긴장했는지 헛것을 보고 놀란 모양이었다. 아이슬리는 바람에 날아가는 낙엽 때문에 쓸데없이 놀란 것이 틀림없다며 굳은 몸을 이완시키고자 어깨와 목을 이리저리 움직였다.

"뭐가 나오더라도 내가 먼저 공격하면 돼."

남자는 도끼 손잡이를 강하게 움켜쥐며 음울하게 중얼거렸다. 여차하면 꺼낼 수 있도록 허리춤에 꽂아놓은 리볼버도 슬쩍 건드려 보았다. 이것만큼 마음을 든든하게 해주는 부적이 어디 있단 말인가. 이 정도로 무장했으니 세상 무서울 게 없었다.

'그것'이 다시 나타난 것은 아이슬리가 본의 아니게 샌님 같은 짓을 했다며 정원에 침을 뱉고 다시 별관을 향해 걷기 시작했을 때였다. 몇 걸음 떨어진 곳에 갑자기 나타난 그것은 그가 있는 방향으로 천천히 다가오기 시작했다.

"뭐, 뭐야 저건!"

온실 입구 쪽에서 나타난 그것은 분명 사람의 형태를 하고 있었다. 아니, 사람 그림자 같은 모습이라고 하는 것에 더 가까우리라. 흔들흔들. 커다란 물고기 지느러미처럼 쉼 없이 느리게 물결치는 그것은 하염없이 온실 안을 떠돌다가 놀라 발길을 멈춘 아이슬리를 발견했다. 그것이 그를 알아보았다고 느낀 건 다른 이유가 아니었다. 가던 방향을 틀어 천천히 그를 향해 다가오기 시작했기 때문에 알았다.

그림자로 가득 찬 정원은 온통 어두웠다. 빛이라고는 연하게 퍼진 창백한 달과 석조 건물 2층에서 흘러나오는 작은 전등 빛이 전부인, 지독하게 검고 추운 겨울밤이었다. 어둠 속에서 흐릿하게 움직이는 무언가는 기묘하게도 꽤 선명하게 시야를 자극했다. 당황해서 주위를 둘러본 그는 주변에 저 '무언가'가 원하는 물건이 있을지를 찾기 위해 둘러보았다. 부디 저 섬뜩한 존재가 자신을 향해 오고 있는 것이 아니기를 빌면서. 그러나 안타깝게도 텅 빈 정원에 그는 홀로 서 있었다.

"썩 꺼지지 못해!"

투명한 흔들림을 유지한 채 다가온 그 기묘한 물체는 가까이서 보니 여자의 형태를 한 것 같았다. 아니, 여자가 분명했다. 투명한 회색 드레스를 입고 긴 머리를 나부끼며 다가온 그녀는 흰 얼굴에 검은 구멍이 뚫린 것 같은 눈동자로 아이슬리를 응시하며 조용히 읊조렸다.

「여기 있었어.」

"흐아악!"

형체는 입을 움직이지도 않았는데 그 목소리를 전달했다. 직접 말하는 것도 아니었다. 여자가 하는 말은 채 소리가 되기 전 직접 머리를 울리며 선명하게 전달됐다.

"저, 저리 가지 못해!"

당황한 아이슬리가 쥐고 있던 도끼를 휘두르며 소리쳤다. 차가운 소리를 내며 허공을 가르는 새파란 도끼날을 보고도 동요하지 않은 '그것'은 일직선으로 그를 향해 다가왔다.

「줄곧 기다렸어. 부르러 온다고 했는데…….」

"꺼지라고 했잖아!"

협박이 먹히지 않자 다급해진 그가 도끼를 집어 던지고 총을 꺼내 들었다. 이 이상 다가오면 쏘겠다고 외쳐도 그녀에게는 위협이 되지 않았다. 여자는 천천히 팔을 들었다. 그녀가 움직일 때마다 회색빛 소맷자락이 바람에 나부끼듯 나풀대며 흔들렸다. 한 걸음 더 가까이 다가온 잿빛 손이 남자의 얼굴을 만지기 위해 허공으로 떠올랐다.

"저리 가란 말이야!"

투명한 손에서 뿜어져 나오는 냉기. 서늘한 손이 얼굴을 스친 순간 전신의 근육이 긴장으로 팽팽해졌다. 밀려드는 공포와 직면한 아이슬리는 뒷걸음질을 치며 방아쇠를 당겼다.

타앙—!

총알은 상대의 가슴 정중앙을 뚫고 지나갔다. 그러나 상처는커녕 눈썹 한 오라기 흔들리지 않은 그녀는 도망가는 아이슬리에게 시선을 맞춘 채 계속 다가왔다.

「너무 어두워……. 얼굴을 보여줘요.」

"으아아아아!"

다리 힘이 풀린 그는 바닥에 주저앉아 비명을 질렀다. 흐릿한 이목구비에 눈으로 추정되는 커다란 검은 구멍. 바람과는 전혀 상관없는 방향으로 이리저리 나부끼는 드레스와 긴 머리카락. 망가진 인형처럼 뚝뚝 끊기는 어색한 움직임. 같은 말을 끝없이 반복하며 다가오는 여자의 모습에 혼비백산한 아이슬리는 바닥을 기듯이 달려 도망치기 시작했다.

「기다려…….」

집요하게 뒤를 쫓던 유령은 그가 하트퍼드 정원을 지나 정문을 벗어나는 경계선 근처까지 따라왔다가 모습을 감췄다. 숨 막히던 추격은 멈추었으나 아이슬리는 혹시라도 그것이 다시 쫓아올까 두려웠는지 뒤도 보지 않고 전속력으로 저택에서 멀어졌다. 정적을 깨고 한밤중에 울린 총소리에 놀란 워렌이 밖으로 뛰어나와 주변을 둘러보았을 때는 황량한 겨울바람이 그곳에 남아 있던 인기척을 전부 지우고 사라진 뒤였다.

아이슬리의 체포 소식이 들려온 건 다음 날 오후경이었다.

워렌에게 연락을 시도하던 경찰은 그가 전화를 받지 않자 카리나를 통해 소식을 알렸다. 경찰의 추적을 피해 두 달여를 도망 다니던 아이슬리는 지난밤, 횡설수설하며 길을 걷다 취객과 부딪쳐 시비가 붙었다고 했다. 싸움 신고를 받고 출동한 경찰이 그들을 말리는 동안 그중 하나가 수배 중이던 범인이라는 것을 알게 되어 그대로 경찰서로 연행한 것이다.

흥분한 카리나가 한달음에 하트퍼드 저택으로 찾아온 건 그녀가 쥐었던 수화기의 온기가 미처 사라지기도 전이었다.

"이 소식을 전하러 날아왔다니까. 가자! 오늘은 정말 가서 그놈

면상에 대고 욕이라도 실컷 해주고 오는 거야!"

"혼자 다녀와."

"네 일인데 이렇게 무관심해서 어쩔 거야. 가서 예상 형량도 물어보고, 그간 밀린 정보도 싹 다 들어보자고. 어서 일어나!"

카리나는 꾸물대는 워렌이 보기 답답했는지 가라앉은 분위기를 띄우기 위해 평소보다 더 활기찬 목소리로 다가왔다.

"밖에 나간 김에 따뜻한 것도 좀 먹고 오자고. 잠은 제대로 자는 거야? 눈 밑이 아주 시커멓네. 이러다 헤이젤이 돌아오기도 전에 몸 상하겠어."

대꾸도 없이 차만 홀짝이는 워렌을 보며 카리나는 속 불이 끓어올랐다. 차라리 화를 내든지 울든지 뭐든 표현을 해주면 좋으련만 저 바보는 왜 저렇게 속으로만 삭여서 사람 속을 뒤집는 건지.

"아, 정말! 주변에 아무도 없다는 듯 굴지 좀 마. 아무리 상황이 좋지 않아도 널 도우려는 사람들이 있다고! 그들까지 버리지는 말란 말이야!"

카리나가 소리치자 초점 없던 워렌의 눈동자가 흔들렸다. 이전과는 달리, 그에게도 마음을 열고 다가와 주는 사람들이 있었다. 그리고 그 계기를 만들어준 것이 헤이젤이었다. 다시 소녀를 떠올리고 어두운 표정을 짓는 워렌을 바라보며 안쓰러운 한숨을 짓던 카리나는 창가로 가 커튼을 활짝 열었다.

"환기라도 해야 이놈의 방구석에 쌓인 우울한 기운이 사라지지!"

"……쯧."

좌악! 힘차게 커튼을 걷어내자 막아두었던 햇볕이 쏟아져 들어왔다. 카리나는 갑작스러운 빛에 눈을 찡그린 워렌이 불만스러운 표정을 짓는 것을 무시한 채 창문을 열었다. 살을 에는 듯 차가운 공기가 시원하게 느껴질 정도로 방 안의 공기는 무거웠다. 밀려들어온 바람이 한차례 실내를 훑고 신선한 새 공기가 채워지자 카리나가 한결 후련하다는 얼굴로 뒤를 돌아보았다.

"잠깐! 이거 다 뭐야?"

어쩐지 테이블 위가 지저분한 것 같더라니. 며칠 오지 않은 사이 이상한 것이 방 안에 놓여 있었다. 방이 어두웠을 때는 미처 존재를 몰랐던 오브제를 발견한 카리나가 소리를 질렀다.

"그 짧은 시간 동안 이걸 만들었다고?"

목제 테이블 위에 쌓인 공구와 잡다한 부스러기 사이에 미니어처 모형이 놓여 있었다. 두문불출하는 동안 그가 손에서 놓지 않고 있던 그 물건은 작게 줄여놓은 시계탑 모형이었다.

"방 안에 틀어박혀서 잠도 안 자고 뭘 하나 했더니……."

아직 만드는 도중인 듯 시계탑의 윗부분이 미완성인 상태였다. 탑 안에 들어갈 인형을 만드는지 인형들이 서는 발판이 먼저 준비되어 있었다.

"여기에 인형들이 서는 거야? 벌써 초안을 잡았어?"

"그냥 만지작거리던 것뿐이야."

워렌은 귀찮은 듯 고개를 흔들었다. 큰 의미는 없었다. 무심코 만들기 시작한 작은 부품에서 구상은 점점 구체화되었고 그것을 하나둘 만들다 보니 여기까지 오게 된 것일 뿐. 무엇을 해야겠다든가 하고 싶다든가 하는 계획은 처음부터 존재하지 않았다. 여기에 대해서는 더는 묻지 않았으면 했다.

"그래……. 벌써 여기까지 생각해 두었다니 대단하네."

미니어처에서 시선을 거둔 카리나는 워렌을 바라보았다. 헤이젤이 눈을 뜨지 않은 지 한 달이 훌쩍 넘었다. 초반에는 희망이 있었다. 늦어도 소녀가 돌아올 수 있다고 생각할 동안에는 다들 믿음을 가지고 기다렸다. 그러나 한 달이 지나고, 두 달이 되어가며 '신부'를 바라보는 워렌의 시선에 절망이 어리기 시작했다. 본인은 눈치채지 못하고 있을지 몰라도 워렌은 점점 카리나가 처음 만났을 당시의, 타인에게 벽을 세우던 예전의 그로 돌아가고 있었다.

'충격이 컸던 모양이야.'

헤이젤이 언제 돌아올지 모르는 상황에서 워렌이 계속 이런 상태로 지내는 것은 위험했다. 더 가라앉기 전에 구해주고 싶었으나 그 역할은 그녀로서는 역부족이었다.

'헤이젤, 대체 어디 있는 거니.'

그를 구할 수 있는 단 한 사람. 추락사고 이후 사라진 소녀의 유령은 그 이후 사람들의 앞에 나타나는 일이 없었다.

아니다. 누군가의 눈에 띄는 일이 정말 없었던가……?

"……세상에, 그러고 보니."

무언가 생각난 듯 중얼거리던 카리나가 워렌을 향해 달려들었다. 무표정하게 책상에 놓인 부품들을 바라보는 그에게 방금 떠오른 사실을 외쳤다.

"그 남자! 오늘 체포된 그 남자가 이상한 말을 했어!"

카리나의 카랑카랑한 목소리가 신경을 긁었는지 미간을 찌푸리던 워렌은 다음 한마디에 의자를 박차고 일어났다.

"남아 있는 인형을 훔치려고 저택에 숨어들었다가 유령을 보았다고……!"

체포된 아이슬리는 술에 취한 것처럼 횡설수설 떠들었다. 초반에 그가 하는 말을 꼼꼼히 받아 적던 경찰도 헛소리가 점차 도를 지나치자 화가 나 펜을 집어 던지고 기록을 포기한 바람에 보고서 내용이 엉망이었다고 했다. 아침에 출근한 경찰이 수화기를 통해 그걸 읽어주다가 망설이는 어조로 '취해서 떠든 내용이라 적다가 그만둔 모양입니다. 범인은 지쳤는지 잠이 들었는데 깨어나면 다시 제대로 심문하도록 하겠습니다'라며 엉망인 보고서 내용에 대해 사과했다.

경찰은 그가 숨김에 다시 찾아왔다가 헛것을 보고 놀라 도망가다가 잡혔다고 했지만 어쩌면 그건 잘못 본 것이 아닐 수도 있었다.

"잡혔을 당시부터 상태가 이상했다고 해서 대충 넘겨들었는데, 혹시 그거."

카리나가 기억을 더듬으며 이야기하는 동안, 쾅! 하는 소리가 들렸다. 큰 소리에 놀라 고개를 돌려보니 어느새 워렌은 벽에 걸어두었던 코트를 움켜쥐고 방 밖으로 뛰쳐나갔다.

"잠깐, 기다려! 나도 같이 가!"

정원을 가로질러 달려간 그가 자동차 시동을 걸자 눈을 크게 뜬 카리나가 소리를 지르며 따라가 뒷좌석 문을 열었다.

"분명 뭘 본 게 틀림없다고!"

흥분으로 가득 찬 그녀의 목소리는 시끄럽게 울리는 자동차의 엔진 소리와 섞여 메마른 정원에 작은 기대를 남기고 떠났다.

경찰서에 도착한 두 사람은 생각보다 복잡한 절차에 꽤 많은 시간을 허비했다.

"아니, 그냥 간단하게 뭐 하나 물어보면 되는 건데 이렇게까지 해야 하나요?"

“하트퍼드님이 지금까지 방문을 해주지 않으셨던 터라, 절차가 많이 밀려 있었습니다.”

“그러게 얼른 좀 다니랬지!”

철썩! 카리나가 소리가 나도록 워렌의 등을 후려치자 맞은편에 앉아 있던 경찰이 흠칫 놀라 그녀를 바라보았다. 그만 놀란 게 아니었다. 주변에 있던 사람들 모두 하트퍼드 공작을 때리는 간 큰 여성을 향해 서로 티 안 나는 눈짓을 주고받기에 여념이 없었다. 정작 맞은 사람은 아무런 반응이 없었지만.

“이런 걸 미리 해두지 않으니까 나까지 기다려야 하잖아. 얼른 여기 사인하고, 다음은 뭐예요? 머뭇거리지 말고 빨리 가져와요!”

붉은 입술을 한 박력 있는 미녀의 명령에 기합이 들어간 경찰들은 뒤늦게 정신을 차리고 밀린 일을 차곡차곡 그들 앞에 가져다 쌓았다. 한참 뒤, 서류 작업을 마친 워렌은 칼칼한 저음으로 ‘놈을 만나고 싶소’라는 마른 한마디를 뱉었다.

“범인은 발견 당시 권총도 소지하고 있었고 이곳에 와서도 한참 난동을 부렸던 탓에 독방에 격리해 두었습니다. 저를 따라오십시오.”

그리 멀지도 않은 곳을 안내하는 데 일부러 서장이 나섰다. 그의 얼굴에는 흐뭇함이 가득했다. 유서 깊은 공작가 저택에 절도 방화사건이 터진 뒤 두 달이 지나도록 범인을 잡지 못한 경찰은 무능력하다는 비난으로 언론의 뭇매를 맞고 있었다. 그런 상황에서 자신의 부하가 법망을 피해 도주하던 마지막 범인을 체포했으니 어찌 의기양양하지 않을 수 있겠는가. 다른 서의 간부들에게 이 소식이 퍼지면 다들 부러워할 것이 뻔했다. 어쩌면 이번 일로 동기들보다 승진에 한 발자국 더 앞설 수도 있었다.

"아이슬리 브라운, 일어나!"

캉! 카앙!

아직 잠들어 있는 범인을 깨우기 위해 경찰봉으로 철장을 두들기는 소리가 시끄럽게 구치소 안을 울렸다. 귀를 울리는 소음에 부스스 자리에서 일어난 아이슬리는 아직도 무언가에 홀린 사람처럼 멍한 얼굴을 하고 있었다. 그런 그에게 서장이 물었다.

"공작님이 직접 묻고 싶으신 것이 있다고 하니 똑바로 대답하도록."

머리를 긁적이며 순순히 고개를 끄덕인 아이슬리는 눈을 들어 워렌이 앞에 있는 걸 확인하고는 조금 놀란 표정을 지었다.

"……어젯밤, 저택에서 대체 뭘 본거지? 그 총성은 네가 쏜 것이 맞지?"

"뭐? 총도 쐈어?"

곁에서 카리나가 빽액 소리를 질렀다.

"세상에, 무장 강도였단 말이야? 워렌이 무사하기에 다행이지 자칫했다면!"

"카리나."

폭포수같이 쏟아지는 그녀의 비난을 자른 워렌이 다시 다그쳤다.

"뭘 봤는지 말해."

워렌은 서리가 몰아칠 것 같은 기세로 아이슬리를 노려보았다. 그 기운에 압도당한 범인이 더듬더듬, 제가 본 것을 설명했다.

"제, 제가 본 건, 그, 온실로 가던 길목에서, 물고기 지느러미, 아니 말갈기 같기도 한 것이 나풀대면서 다가오는, 연한 회색빛인데 투명해서……."

설명은 어젯밤과 크게 다를 것이 없었다. 겁에 질린 남자는 자고 일어나 맑은 정신에서도 같은 소리를 반복했다. 워렌 뒤에 있던 경찰들이 '아직도 저 헛소리를 하다니'라는 표정으로 끌끌 혀를 찼다.

"이 자식이! 어디서 미친놈 흉내를 내. 그렇다고 형량이 줄어들 줄 알아?"

듣다 못한 경찰 하나가 소리를 치며 철장을 때리자 아이슬리가 흠칫 놀라 몸을 둥글게 말았다. 갑자기 끼어들어 흐름을 망친 경찰을 험악한 얼굴로 바라본 워렌은 범인에게 계속 말할 것을 종용했다.

"계속해."

"사, 사람의 형태를 하고 있었습니다. 그, 머리를 풀어 헤쳤는데 바람이 부는 것과는 전혀 다른 방향으로 나부끼는 게 얼마나 무서운지 생각하기도 싫은 몰골이었습죠."

"더 자세하게!"

"그, 나풀거리는 잠옷을 입고 있는 여자, 예, 여자였습니다. 두 눈이 이렇게 퀭해서 시커먼데, 아주 무시무시한 모양새였습니다. 형태가 흐릿한 그것이 갑자기 저를 미친 듯이 쫓아오는데, 흐어."

"……그건 혹시, 어린 소녀의 유령이었나?"

"소, 소녀요? 아뇨. 아닙니다. 긴 드레스를 입은 젊은 여자였습니다. 소녀는 분명 아니었어요. 머리카락이 긴 성인 여자였습니다."

말로 다 표현하지 못할 정도로 무서운 여자 귀신이 온실에서부터 정원 끝까지 뒤를 쫓아왔다고 말했다. 제 목을 조르려 하기에 총을 쏘았지만 소용없었다고, 너무 겁이 나서 건물 안에는 들어가 보지도 못하고 그대로 도망쳤다고 그는 말했다.

"그럴 리, 없어."

"예?"

신음처럼 갈라지는 목소리로 워렌이 그 말을 부정했다. 그는 무슨 말을 하는 건가 싶어 잠시 몸을 앞으로 내민 아이슬리의 멱살을 쇠창살 안으로 넣은 손으로 움켜쥐고 무섭게 소리 질렀다.

"거짓말 마! 그럴 리 없다고-!"

"워렌!"

"공작 각하, 진정하십시오!"

갑작스러운 포효에 깜짝 놀란 경찰들과 카리나가 워렌을 진정시켰다. 작은 소동은 금세 수습되었다. 워렌이 꽉 잡고 있던 멱살을 놓아주자 아이슬리가 기침을 하며 뒤로 자빠져 나뒹굴었고 그 틈을 타 경찰들은 서둘러 공작을 다른 곳으로 안내했다. 상황을 지켜보던 카리나는 헤이젤의 실종 후 워렌이 보인 감정 중 지금이 가장 강렬했던 건 아니었을까 하는 생각이 들었다. 줄곧 억누른 채 담아두어 출렁이던 둑의 위험 수위를 얼핏 목격한 기분에 착잡함을 감출 수 없었다.

'정말 괜찮을까.'

그녀는 헤이젤의 행방보다도 당장 워렌의 상태가 더 마음에 걸렸다.

"보시다시피 제정신이 아니라 제대로 된 대답을 받기는 어려울 것 같습니다."

상황을 모르는 서장은 행여 범인의 헛소리에 공작님이 노할까 두려워 변명을 늘어놓았다. 그러나 워렌의 귀에는 그 말이 들어오지 않았다. 그가 중얼거린 것이라고는 고작 '……소녀가 아니었다고?'라는 들릴 듯 말 듯한 혼잣말이었다.

그가 본 것이 작은 소녀이기를, 화사한 드레스를 입은 양 갈래 머리의 헤이젤이기를 이곳에 오는 내내 얼마나 기도했던가. 혹시나 하며 몇 번을 물어도 아이슬리는 제가 본 것은 아이가 아니라고 답했다. 정황 설명에 횡설수설하는 중에도 그 부분만큼은 제법 확신에 차 대답했다.

워렌은 발밑이 꺼지는 기분이 들었다. 간절히 원하던 단 하나의 가능성에서 빗겨난 대답을 들은 그는 밀려드는 절망에 눈을 감았다. 범인이 본 유령이 헤이젤이 아니었다면 더는 이곳에 있을 이유가 없었다. 아이슬리에게 관심을 잃은 워렌은 뒤에서 서장이 뭐라고 계속 말 걸기를 시도하는 것을 무시하고 경찰서를 떠났다.

워렌은 아이슬리가 술에 취해 헛것을 보았거나 거짓말을 했다고 생각했다. 그러나 저택에 돌아와 온실 근처에 떨어진 손도끼를 발견했을 때 그 안에 남아 있던 마지막 희망이 부서져 사라지는 기분이 들었다. 그 남자는 정말 여기에서 무언가를 보았을지도 모른다. 자신은 보지 못했던 무언가를.

만일 그것을 제가 보았다면 뭐가 달랐을까. 확신은 없지만 그래도 기왕이면 자신의 눈으로 보고 확인하고 싶었다. 그걸 붙잡아 헤이젤이 있는 곳을 알려달라고 외치고 싶었다. 주변을 둘러보던 워렌은 인기척이 없는 황량한 온실을 바라보았다. 이곳에서 무언가를 보았다면, 정말 나타났다면.

"왜 저런 자식에게는 나타나고!"

와장창!

들고 있던 손도끼가 날아가며 온실 유리를 박살 냈다. 산산조각 난 유리가 날카로운 파열음을 내며 사방으로 흩어졌다. 바닥에 쏟아진 유리 조각을 바라보던 워렌이 아프도록 주먹을 꽉 쥐었다.

"넌 지금 어디 있는 건데……."

아이슬리가 목격한 것은 헤이젤이 아니었다. 이 젠장맞을 흉가에 이제 낯선 여자 유령까지 나타나 정원을 어슬렁거리고 있다는데 정작 있어야 할 헤이젤은 대체 어디서 무얼 하는 건지.

다시 그녀를 볼 수 있기를 빌었다. 그래서 못다 한 이야기를 들려줄 기회가 온다면, 그럴 수만 있다면. 미처 말로 표현되지 못했던 감정들이 바닥부터 서서히 그의 숨통을 조여왔다.

"……어떻게 해야 널 돌려받을 수 있을까."

이제 방황을 멈추고 돌아와 주기를 바랐다. 돌아와서 그의 고통을 끝내주기를 원했다.

워렌은 그 자리에 무너지듯 무릎을 꿇었다. 와작. 유리 파편이 깨지는 소리가 들렸지만 이미 메말라 버린 통감에 살을 베는 아픔은 전해지지 않았다. 소중한 것을 잃어버린 상처에 비하면 유리 조각 따위는 아무것도 아니라는 듯 워렌은 차가운 겨울바람에 몸이 얼어붙을 때까지 온실 근처를 머무르며 떠나지 못했다.

가시넝쿨로 뒤덮인 저택에 살던 야수는 다시, 열려 있던 성문을 닫았다. 온기가 떠나고 아무도 들어오지 못하게 된 얼어붙은 낡은 정원에 이제 더는 꽃이 피는 계절이 돌아오지 않게 되었다.

✺

"정말 가지 못했네……."

가만히 달력을 들여다보던 헤이젤은 붉은 펜을 들어 커다란 엑스 표를 그렸다.

아버지와의 여행 약속은 지켜지지 못했다. 고열에 시달렸던 헤이젤은 여행 당일까지 건강을 되찾지 못하고 침대에 얌전히 누워 있어야 했다. 간만의 여행을 기대했던 터라 실망했지만 주치의의 설명에 의하면 애초부터 실천 불가능한 계획이었다고 했다. 헤이젤은 처음 여행 이야기가 나왔을 때 경악하던 주치의의 반응을 떠올렸다.

"생각해 보십시오. 몇 년이나 병석에 누워 계시던 분이 크게 앓기까지 했습니다. 열이 좀 내렸다고 갑자기 여행이 가능할 것 같습니까? 체력을 회복하는 것만도 몇 개월은 족히 걸릴 상황입니다. 이 계획을 강행하신 아버님 잘못이 큽니다."

"그만큼 딸이랑 같이 기념일을 보내고 싶었던 거잖나!"

"그 결과를 보십시오. 기대가 컸던 만큼 실망하고 계시지 않습니까."

말싸움을 시작한 아버지와 주치의를 바라보며 영문을 몰라 하던 헤이젤은 곧 그 이유를 듣고 입을 다물 수가 없었다.

"제가 오 년이나 누워 있었다고요?"

뭔가 이상하다는 생각을 하긴 했다. 거울에서 본 얼굴이 영 낯설었다. 분명 자신의 얼굴이 맞는데도 전에 기억하던 동글동글한 아이는 어디론가 사라지고, 날렵한 볼 살이나 턱 선이 전체적인 얼굴선을 더 가늘고 여성스럽게 보이게 했다. 팔도 다리도 길고 늘씬했다. 크고 둥근 눈은 변함이 없어 또래보다 더 어려 보이기는 했어도 이제 어엿한 아가씨 분위기를 띠었다.

놀라운 것은 외모뿐만이 아니었다. 저택을 돌아다니다가 깨달은 사실인데, 사물을 보는 눈높이도 이전과 크게 바뀌었다. 생각 없이 움직이다가 가구 크기나 높이를 가늠하지 못해 부딪친 적이 한두 번이 아니었다. 의사는 헤이젤이 자동차 사고를 당한 충격으로 기억의 많은 부분을 잃었다고 설명했다.

"사고로 다리를 다쳐서 요양하는 동안, 어머니를 잃은 슬픔에 스스로 모든 걸 잊기를 원하셨던 거죠."

"정말요?"

"견디기 힘든 충격을 그렇게 다스리신 겁니다."

사고가 났던 열네 살 소녀의 여린 마음은 트라우마를 이겨낼 수 없었다. 악몽에 시달리며 고통받다 스스로 기억을 지워 잊기를 선택했다. 다 잊어버릴 정도로 간절했다.

"그래서 기억이 나지 않았구나."

길게 늘어뜨린 초콜릿색 머리카락을 내려다보며 헤이젤이 중얼거렸다. 오 년간 기억 지우기를 반복한 소녀는 이제 열아홉 아가씨가 되었다. 어떻게 시간이 흘렀는지 기억나지 않는다고 슬퍼하자 아버지도 주치의도 서둘러 '굳이 기억할 필요는 없다'고 위로해 주었다. 지난 오 년간 고생한 일들을 굳이 되살릴 필요는 없다는 뜻이었지만 소녀는 잊어서는 안 되는 중요한 기억마저도 그 사라진 기억 중에 섞여 있다는 기분에 안타까움을 떨치기 힘들었다.

"다행인 것은 이제 아가씨가 많이 안정되어 보인다는 점입니다."

"그래요?"

"지난 오 년간 실어증 증세까지 나타나 다들 걱정이 많았답니다. 그런데 갑자기 말을 하고 자리에서 일어나기까지 하셨으니 기적과도 같지요."

"……그렇게 심각했나요."

헤이젤은 지금까지 자신이 살아온 이야기를 들어도 별 감흥을 느낄 수 없었다. 큰 구멍으로 남아 있는 기억 중 드문드문 떠오르는 것들은 전부 침대에 누워 무언가를 바라본 것이 전부였다. 그 중에도 가장 선명하게 떠올려지는 것은 더운 여름날 창밖을 바라보던 순간이었다.

'정원사가 꽃을 심고 있었어. 땅을 갈고 땅에 남아 있는 돌이며 잔뿌리들을 걷어내고 꽃나무를 심었지.'

햇빛이 반짝이는 정원에서 가지치기하는 모습을 바라보며 자신도 밖으로 나가고 싶다고 생각했었다. 꽃을 심고, 가지를 다듬고, 물을 주는 일들이 해보고 싶었다. 기운이 없어 몇 발자국 걷지도 못하던 헤이젤에게는 휠체어에 앉아 정원 산책을 하는 게 전부였지만 가능하다면 자신도 함께 흙을 만지며 정원을 돌보고 싶다고 생각했다. 누워 있는 시간이 대부분이었던 그녀의 일과는 종일 정원을 내다보며 정원사를 관찰하는 것이 전부였다.

'그런데 이상하지. 구경만 했을 텐데 직접 해본 것 같은 기분이 들어.'

조용히 자신의 손을 들여다보던 헤이젤은 고개를 갸웃거렸다.

'장미 가시에 찔려본 적이 있는 것 같아. 작은 가위를 들고 가지를 정리하고, 나무를 탔어. 그리고.'

꽃씨를 모았다. 어떤 꽃인지 차마 이름까지는 알지 못해 그림을 그려서 작은 통에 담아두었다. 누군가에게 자랑하듯 보여주며 웃었던 것 같은데.

'그럴 리가 없지.'

의사 말로는 이렇게 스스로 돌아다니는 것도 몇 년 만이라고 했다. 어느 날 갑자기 멀쩡하게 말을 하기 시작하더니 걷고 움직이려고 운동을 하기 시작한 자체가 기적이라고.

"오 년 만에 사고 전으로 완벽히 돌아왔습니다. 그동안의 기억은 아마 되찾지 못하겠지만 두 달간 지켜본 결과 다시 이전 상황으로 돌아갈 가능성은 희박해 보입니다. 어떤 일을 계기로 극복해 내신 거라고 밖에는 생각하기 어려운데 대체, 무슨 일이 있었던 겁니까?"

"모르겠어요. 무슨 일이 있었나?"

헤이젤이야말로 누군가에게 아는 것 없느냐고 묻고 싶은 기분이었다. 그럴 만한 일이 있었을까? 아버지를 바라보며 대답을 기다려 보아도 그 역시 고개를 흔들 뿐이었다.

"계기가 무슨 상관이냐. 네가 이렇게 돌아왔는데! 여행을 가지 못하게 되어 정말 미안하다. 저 더럽게 깐깐한 주치의가 이 추위에 어딜 가느냐고 성화지 뭐니. 많이 먹고 살도 좀 찌우고, 건강을 되찾으면 내년에 다시 가자꾸나."

"정말요? 약속이에요."

"그래. 이 아빠는 요즘 너무 행복해서 하늘도 날 수 있을 것 같은 기분이 든단다."

오랫동안 침대에서만 생활하던 딸이 어느 날 입을 열더니 이전과 같은 건강을 되찾아가기 시작했다. 이번 일로 평생 운을 다 쓴 것같이 기쁘다는 아버지는 아예 한 달간 일을 접고 병원에 입원한 딸 곁에 달라붙어 지냈다. 받을 수 있는 모든 검사를 다 받고 약해진 다리 근육을 사용하는 재활 훈련까지 받은 뒤 퇴원한 헤이젤은 이제 제법 집 안을 돌아다닐 정도로 건강을 되찾았다.

"하지만 네가 청소한다고 먼지떨이를 집어 들었을 땐 심장이 떨어지는 줄 알았지."

오 년간 누워 있다가 기적처럼 일어난 딸이 거동할 수 있게 되자마자 청소를 한다고 걸레를 집은 모습을 보고 그는 충격으로 쓰러질 뻔했었다. 지금도 그 장면을 떠올리면 자다가도 벌떡 일어날 정도로 가슴이 뛴다며 부들부들 떨었다.

"갑자기 청소라니! 혹시 네가 누워 있는 동안 하녀들이 못되게 굴더냐? 말 못 한다고 괴롭혔어?"

"아이참. 아니라니까요. 괜한 사람 잡지 마세요. 그냥, 운동 겸 뭐라도 할까 생각했던 것뿐이에요."

아버지는 마음에 안 드는 가구가 있거나 청소가 부족하다 생각되는 곳이 있으면 당장 말하라고 성화를 부리며 딸에게서 먼지떨이를 빼앗아 멀리 던졌다. 애지중지 키운 딸이 갑자기 빨래며 유리창 닦는 일에 솔선수범 팔을 걷어붙이는 모습을 보며 그는 자신이 집을 비운 사이에 학대가 이루어졌던 건 아닌가 싶어 하인들을 감시했다고 했다.

그런 일까지 했느냐며 깜짝 놀란 헤이젤이 애먼 사람 의심하지 말라고 뜯어말린 후에야 겨우 그 의혹을 접을 수 있었다.

"하고많은 운동 중에 하필. 나이 찬 숙녀가 할 만한 일이 아니지 않니."

"그런가요? 제 나이 정도면 자기 일은 스스로 알아서……."

"그러니까 왜 그렇게 생각하느냐 말이다!"

아버지가 답답한 듯 가슴을 두들기며 목소리를 높였다.

헤이젤은 아쉬울 것 없는 환경에서 하인들의 시중을 받으며 살아왔다. 소녀가 사고를 당하기 전에도 그러했고, 자리에 누워 있던 지난 오 년간도 그 사실에는 변함이 없었다. 고귀한 아가씨로 손색없는 보살핌을 받고 자랐다.

그녀의 집안은 대대로 이어진 백작가의 후손이었고 작위 후계자가 아닌 아버지는 일찌감치 사업에 뛰어들어 성공한 수완가였다. 넘치는 재력으로 필요 이상 많은 하인이 헤이젤의 시중을 드는 것이 당연한 일상이었다. 그런데 정신을 되찾고 나서 바로 청소를 하겠다며 부서질 듯 약한 몸을 움직이려는 게 아닌가. 아버지로서는 주변을 의심하지 않고는 이해할 수 없는 상황이었다.

“농민도 아니고 네가 왜 일을 해! 건강도 아직 되찾지 못한 애가 그러다 탈이라도 나면 어쩌려고!”

길길이 뛰는 아버지의 반응에 더는 청소를 하겠다는 말을 꺼내지 않게 된 헤이젤이었지만, 그래도 가끔 복도에 놓인 물동이 같은 걸 보면 손가락이 근질대는 기분이 들었다.

“그러게요. 저도 이상하네요…….”

“하인들의 실수를 감싸려고 그러는 거라면 지금 당장, 사실대로 말하는 게 좋을 거다! 진실은 언제든 밝혀지기 나름이니까.”

“정말 기억에 없어요.”

기억을 잃었던 동안 무슨 일이 있었는지 알지 못했다. 만일 정말 괴롭힘이 있었다 하더라도 기억하지 못하는 이상 돌려줄 말이 없었다.

“그런 건 아니었을 거예요. 전 청소가 꽤 즐거운 일일 거라 생각해서…….”

“즐겁다고?”

어이없는 답변에 아버지도 주치의도 놀랐다. 몇 년 만에 정신을 되찾은 헤이젤은 아무리 봐도 열네 살 또래의 기억만을 가지고 있는 아가씨라고는 생각하기 어려울 만큼 성숙한 느낌이 들었다. 바뀐 건 분위기만이 아니었다. 말하는 투나 행동 역시, 그들이 기억하던 열네 살 소녀와는 많이 달랐다.

"의사 선생! 대체 침대에 누워 있기만 하던 애가 어디서 이런 걸 주워듣고 배운 거란 말이오!"

명확한 답을 찾지 못한 아버지가 이번에는 주치의를 붙들고 하소연을 시작했다.

"그걸 제가 어떻게 압니까? 흠, 그래도 다행이지 않습니까. 열아홉 처녀가 열네 살 아이처럼 철없이 구는 것보다는."

"그런가? 맞는 말이기는 한데 어떻게 아느냐니, 그거 의사가 할 말치고는 너무 무책임하지 않소? 으음…… 그래도 이건 좀, 뭐라지, 낯설다고나 할까."

낯설다는 아버지의 말이 헤이젤의 가슴에 와 박혔다. 아버지가 낯설어 한 모든 것들이 그녀에게는 당연한 일상처럼 다가왔다. 골동품의 먼지를 털고 현관을 쓸고 정원을 다듬는, 조용한 전원생활.

'어쩌면 나는 그런 걸 동경하는 걸지도 몰라.'

누워 있는 동안 많은 걸 해보고 싶었는지도 모른다. 지난 기억을 되찾을 수 없는 것은 아쉽지만 해보고 싶은 것이 있다면 이제부터 하면 된다.

"해보고 싶은 것들이 많아요."

삶에 의욕을 보이는 딸이 대견한 듯 아버지는 눈가를 훔쳤다. 주치의 역시 그 옆에서 고개를 끄덕이며 미소 지었다. 세상에는 잊어야 하는 고통스러운 일들만 가득한 게 아니라는 걸 알게 되었다. 트라우마를 어떻게 이겨냈느냐는 더는 중요하지 않았다. 시련이 지나갔다는 것만이 중요할 뿐.

헤이젤은 묻어두었던 아픈 과거를 딛고 드디어 세상을 바로 볼 수 있게 되었다.

⁕

"오늘이 개막식인데, 준비 다 된 거야? 워렌은 어디 있어?"

막바지 작업이 한창 중인 시계탑의 나선형 계단을 오르며 카리나가 소리쳤다. 공사 현장을 돌며 물어도 아는 사람이 없자 투덜거리며 탑을 오르는 중이었다.

옷 사이로 파고드는 차가운 겨울바람에 옷깃을 여민 그녀는 커다란 종이 둘 달린 탑의 꼭대기에서 자신이 찾던 사람을 발견했다. 워렌은 시계탑 가장 높은 담벼락 끝에 위태로운 자세로 앉아 있었다. 그는 먼지투성이의 꾀죄죄한 작업복을 입고 입에는 막대사탕을 하나 문 채로 무심하게 밑을 바라보는 중이었다.

아찔한 높이에서 내려다보이는 광장에는 추운 날씨에도 불구하고 많은 사람이 일찌감치 모여 개막식을 기다리고 있었다. 연인들은 구석에서 사랑을 속삭였고, 아이와 함께 구경 온 부모들의 손에는 선물이 들려 있었다.

"여기 있을 줄 알았어. 꼴이 그게 뭐니. 당장 내려가서 옷 갈아입고 오지 못해? 오늘 왕족분들도 행사에 참석하는 거 알고 있잖아!"

"귀찮아."

"아오! 귀찮은 것도 그 정도면 병이라는 거 알고 있어? 지휘관인 네가 이런 몰골이면 기껏 훌륭하게 만들어놓은 시계탑도 평가절하된단 말이야! 모두의 노력을 헛되이 하지 말라고!"

쏟아지는 잔소리에 인상을 찌푸린 워렌은 어쩔 수 없다는 듯 자리에서 일어나 탑 아래를 내려다보았다.

"카리나."

"왜?"

"여기서 떨어지면 즉사하겠지?"

아래를 내려다보며 담담하게 물어오는 질문에 카리나가 질겁을 하고 소리쳤다.

"그런 식으로 반항이야? 왜, 개막 기념 다이빙이라도 하시게? 재수 없는 소리 말고 당장 안으로 못 들어와?"

그녀는 화를 내면서도 내심 심장이 철렁하는 기분이었다. 워렌은 지난 일 년간 시계탑의 보수와 오토마타 제작에 제 몸 생각 안 하고 날밤을 바쳤다. 무언가에 홀린 사람처럼 쉬지 않고 일했던 이유는 아마도, 극한으로 몸을 괴롭혀 헤이젤에 대한 생각을 떠올릴 틈을 주지 않기 위해서였을 것이다.

그렇게 버텨온 그에게 시계탑 완공은 꽤 마음 복잡한 상황임이 틀림없었다. 이러다 정말 미련 없는 얼굴로 훌쩍 뛰어내릴까 겁이 난 카리나는 조심스레 워렌의 곁으로 다가가서 바짓단을 꽉 움켜쥐었다.

"안 뛰어."

"알았으니까 어서 내려와."

쓴웃음을 지은 워렌이 카리나가 있는 탑 안쪽으로 풀쩍 뛰었다. 눈에 띄게 안도한 표정이 된 카리나가 이제 우물쭈물하지 말고 가서 옷을 갈아입으라고 등을 떠밀었다. 심장 떨어지는 줄 알았다며 투덜대던 그녀는 마지못해 계단을 내려가던 워렌이 중얼거리는 소리를 미처 듣지 못했다.

"안 뛰어내려. 적어도 친구 앞에서는."

워렌은 광장으로 나와 뒤를 돌아보았다. 낡고 고장 나 있던 시계탑은 보수를 마치고 깔끔한 외형으로 거듭났다. 고풍스러운 옛 분위기를 남겨두어 탑 근처 다른 건축물과의 조화를 깨지 않는 선에서 행해진 재건축이었다. 워렌의 오토마타는 현대와 과거를 어우르는 어울림을 창조하는 과정에서 추가된 거였다.

"엄마, 저 문은 언제 열려요?"

거대한 시계 밑에 자리한 두 개의 화려한 문을 보며 지나가던 아이가 물었다.

"매일 열두 시마다 작동한다고 하더라. 오늘은 너무 늦었으니 내일 낮에 와서 보자꾸나. 그때도 인형들이 나올 거야."

"저도 모두와 함께 기다렸다가 보고 싶어요!"

"안 돼. 아이들에게는 너무 늦은 시간이야. 게다가 오늘은 연말이라 밤늦게까지 북적일 거란다. 너처럼 키 작은 꼬마는 인파에 가려서 하나도 보이지 않을걸."

"에이-"

"착하지. 내일 낮에 형이랑 다 같이 나오자. 파이도 먹으러 가고."

"정말?"

아이는 기뻐서 깡충깡충 뛰었다. 행여 잃어버릴까 서둘러 아이의 손을 잡은 어머니는 밖에서는 얌전히 굴어야 한다고 주의를 시키며 광장을 빠져나갔다.

그 모습을 물끄러미 바라보던 워렌은 다시 시계탑으로 시선을 옮겼다. 일 년을 고스란히 바쳐 완성한 작품이 광장 시계탑 안에서 세상에 공개될 순간을 기다리고 있었다. 가시넝쿨이 조각된 나무문에는 철제 장미꽃이 화려하게 피었다. 사람들은 저 아름다운 문 너머 무엇이 있을지 궁금해 이른 시간부터 광장에서 기다리며 이야기꽃을 피웠다.

'끝나지 않을 것 같은 작업이었는데.'

정신없이 일하다 보니 한 해가 훌쩍 지나고 어느덧 공개할 순간이 코앞으로 다가왔다. 굳게 닫혀 있는 시계탑 문 안에는 그가 심혈을 기울여 제작한 오토마타들이 잠들어 있었다. 그들은 하루 두 번, 세상으로 나와 작은 인형극을 선보이고 다시 시계탑 안으로 들어가도록 만들어졌다.

오늘은 한 해의 마지막 날. 신년을 맞이하는 행사가 저녁 늦게부터 새벽녘까지 이 광장에서 이어질 예정이었다. 왕족들이 참석해 새해가 밝았음을 선언하는 순간을 시민들과 함께 나눔과 동시에 새로 단장한 시계탑과 오토마타들을 선보이는 큰 이벤트가 준비되어 있었다.

'이 밤이 밝으면.'

일이 있을 때는 좋았다. 모든 걸 잊고 매달릴 것이 있었으니까. 그러나 모든 걸 완성한 지금 워렌은 살 이유를 찾지 못했다.

헤이젤이 눈을 뜨지 않게 된 지 반년이 지났을 때, 워렌은 '신부'를 상자에 넣어 헛간으로 옮겼다. 더는 헤이젤이 돌아오는 것을 기대하지 않겠다는 의지 표현이기도 했고, 그렇게 하지 않으면 정말 폐인이 될 거라는 주변의 성화 때문이기도 했다.

'해야 할 일이 있을 때는 편했지.'

약속을 지키기 위해 시계탑에 틀어박혀서 살다시피 하던 워렌은 다시 주어진 자유 앞에서 망연자실한 기분이 들었다. 그는 작업에 방해된다는 이유로 반년 이상 하트퍼드 저택을 떠나 있었다. 불에 타 텅 빈 건물로 다시 돌아갈 엄두가 나지 않았다. 지금 자신이 돌아갈 준비가 된 건지조차 알 수 없었다.

다듬지 않아 덥수룩하게 자란 머리카락을 귀찮은 듯 손으로 쓸어 올린 워렌은 땅이 꺼지도록 한숨을 쉬었다. 행사 시간까지 준비를 마치려면 지금이라도 숙소로 돌아가야 했다.

❋

정신이 돌아온 뒤 지난 일 년간, 헤이젤은 많은 노력을 했다. 체력을 기르기 위해 운동을 했고 쉽게 지치는 것을 예방하기 위해 열심히 먹었다. 그리고 오 년간 미뤄졌던, 아가씨로서의 기본 수양을 쌓는 데도 최선을 다했다.

사교계에서 부채를 사용하는 법이라든가 대화 중 은근하게 지식을 드러내는 법, 아가씨들 사이의 최신 유행 같은 것들을 틈틈이 익히는 딸을 보며 아버지는 당황했다.

"얘야, 왜 이렇게 열심히 배우는 거니? 사, 사교계는 그리 좋은 곳이 아니란다. 너는 그런 곳에 나가지 않아도 돼. 보통 영애들은 좋은 혼처를 찾기 위해 사교계에 모습을 드러낸다지만 너는, 내 예쁜 딸은 평생 아빠랑 같이 살면 되니까 그런 거 신경 쓸 필요가 전혀 없어요."

"혹시 몰라서요. 우연히 왕족들과 만나게 되더라도 기본 소양은 갖춰야 마음 편할 것 같아서요."

왕족이라는 말을 들은 아버지는 딸이 어째서 그런 구체적인 단어를 입에 담는 건지 알아내겠다는 듯 눈에 불을 켜며 달려들었다. 왕족에게 시집을 보내는 것을 성공한 결혼이라 생각하는 사람도 있을 테지만 그는 절대 그렇게 생각하지 않았다. 왕가의 일원이 되면 공적으로 참석해야 할 행사도 많고 반드시 해야만 하는 의무도 기하급수적으로 늘어난다. 건강이 좋지 않은 딸에게 그처럼 불리한 조건은 없었다. 그의 기준에 왕가란 귀찮기 그지없는 혼처 외에는 그 어떤 다른 의미도 되지 못했다.

"왕족? 그치들을 왜 만날 생각을 했니? 너 혹시 이 아버지가 싫어서 결혼으로 독립을 꿈꾼다거나…… 헉! 정말 그런 건가?"

"결혼 같은 거 생각 없…… 아빠! 진정하세요!"

"내 눈에 흙이 들어오지 않는 한 근본도 알 수 없는 말뼈다귀가 내 딸을 채가게 그냥 두지는 않을 거다! 왕족? 것도 속이 시커멓기는 다 똑같아! 상상만 해도 소름이 끼치는구나. 그런 일이 생길 경우 수단과 방법을 가리지 않고 반드시 놈을 처단……."

"아빠아?"

아버지의 도를 넘은 발언에 헤이젤은 깜짝 놀랐다. 예전에는 다정하지만 소심한 구석이 있던 부친이 어느새인가 위험하기 짝이 없는 사람이 되어 있었다. 대체 지난 오 년간 그에게 무슨 일이 있었던 걸까를 걱정하며 아버지를 말리는 사이에도 헤이젤은 기묘한 기시감을 느꼈다.

'아버지라기에는 말도 안 되게 괴팍하고 위험한 남자를 어디선가 본 적이 있는 것 같은데.'

생긴 건 말끔하고 점잖은 신사인 그 누군가의 아버지라는 사람 역시 입만 열면 수위가 아슬아슬한 말을 쏟아내곤 했다. 그게 대체 누구였는지를 기억해 내지 못한 헤이젤은 말없이 고개를 저었다. 그래도 우리 아빠가 그 남자보다 백만 배 정도 낫다고 중얼거리면서.

반듯한 외모에 집안이나 재산 하나 부족한 구석이 없는 헤이젤의 아버지는 청년 시절부터 인기가 많았다. 지적인 분위기나 우수에 젖은 듯한 눈매가 여성들의 호감을 사기 쉬웠던 그에게 눈독을 들인 아가씨들 역시 수도 없이 많았다. 여기저기서 쏟아지는 혼담을 전부 거절한 그는 주변에 보란 듯이 연애결혼을 선택했다.

헤이젤의 어머니는 그리 넉넉지 않은 서열 낮은 귀족 집안의 막내로 태어나 좋은 혼처를 만나기는 힘들 거라는 말을 들으며 자랐다고 했다. 다정하고 밝은 성격의 어머니에게 한눈에 반한 아버지는 운명적인 사랑을 고백했다. 양가 집안 차이가 너무 난다는 이유로 청혼을 거절당해도 포기하지 않고 집요하게 구애한 끝에 그녀의 허락을 받아낸 그는 결혼 후에도 세상 둘도 없을 애처가로 소문이 자자할 정도였다.

잉꼬부부 사이에서 헤이젤이 태어나 행복했던 것도 잠시, 그는 갑작스러운 자동차 사고로 사랑하는 부인과 사별하게 되었다. 지극히 부인을 아꼈던 그의 사정을 알면서도 안주인의 빈자리를 노리고 접근하는 여성은 여전히 많았다. 전부인과 사이에 자식이 있다고는 해도 후계자가 아닌 여자아이인 데다 몸이 약해 누워서 생활하는 것이 전부였다. 함께 살아도 마주칠 일이 적을 거라 헛된 희망을 품은 여성들 사이에서 재혼처로 꽤 인기가 높았던 듯싶었다.

그러나 쏟아지는 유혹에도 눈 하나 깜짝하지 않은 그는 하나밖에 없는 병약한 딸을 돌보는 데 모든 관심을 집중했다. 헤이젤이 쓰러진 뒤로는 직장과 집만 병행해 사교계에서도 모습을 보기 힘든 사람으로 소문이 자자할 정도였다.

"내가 그간 성실하게 일한 이유는 단 하나! 내 딸이 고생하지 않고 평생 지낼 수 있게 하기 위해서였단다. 그것도 이제 충분하니 슬슬 좀 쉬면서 너와 함께 지내려고 했는데.”

겨우 고생 끝 행복 시작의 순간인데 그걸 가로채려는 놈을 용서할 수 있겠느냐며 화를 냈다.

“아빠, 너무 걱정이 많으신 거 아니에요?”

헤이젤이 나른한 어조로 아버지를 달래니 그는 오히려 걱정되는 눈초리로 한숨을 쉬었다.

“큰일 났어. 내 딸은 너무 순진하고 착해. 나쁜 놈에게 걸릴까 봐 이 아빠는 걱정이 크단다.”

“에이. 저도 좋은 사람 구별은 할 줄 아는걸요.”

“아니다. 세상 밖에 얼마나 몹쓸 놈들이 많은데!”

“구분할 수 있어요. 저는 아빠처럼 다정한 사람이 좋거든요.”

“세상에! 내 병아리는 말을 해도 어쩌면 이렇게 예쁘게 하지?”

크게 감동하며 헤이젤을 껴안은 아버지는 귀여워 죽겠다는 듯 볼을 비벼대며 ‘우리 딸에게는 역시 아빠가 최고인 거지, 그렇지?’를 반복했다. 그런 아버지의 과한 반응에 헤이젤이 웃음을 터뜨렸다. 까르르 웃는 소리가 들리자 마음이 진정되는지 흥분을 가라앉힌 그가 다시 딸을 바라보며 눈시울을 붉혔다.

“네가 시집갈까 걱정을 할 만큼 건강해지는 날이 오다니, 아빠는 정말 감격스럽구나!”

오랫동안 병석에 누워 있던 딸이 갑자기 일어나는 기적을 겪은 그는 하루하루가 즐거웠다. 부인을 잃은 뒤 이제 딸도 잃는 건가 싶어 가슴 졸이던 나날에 안녕을 고한 그는 이제 표현력에도 한층 날개를 달고 있었다.

“그러네요. 이렇게 함께 여행도 오고.”

예전보다 살짝 괴팍해진 아버지가 가끔은 걱정스럽기도 했지만, 그래도 소녀는 행복했다. 되찾은 평온함이 소중했다.

"작년에 오지 못했던 건 아쉽지만 덕분에 올해는 재미있는 행사가 하나 더 있다고 하는구나."

"행사요? 저번에 본 점등식 말고도 또 있어요?"

"그래. 지금부터 거기 참석하려고 한단다. 옷은 단단히 입었니?"

"네."

성탄절 점등식 행사는 기대대로 화려했다. 크고 작은 전구들로 꾸며진 눈썰매와 사슴들이 겨울 밤거리를 다채롭게 밝혔고, 장식들은 도시 제일의 번화가에서도 가장 큰 구역 하나를 가득 채웠다. 가로등 위로 도로 양쪽을 가로지르는 철제 아치를 올려 트리를 연상시키는 오너먼트 모형을 연결해 두어 온 거리가 커다란 선물 상자가 된 것 같은 연출을 시도했다.

점등식은 해가 지고 난 뒤, 시장의 연설 후에 시작되었다. 헤이젤의 아버지는 거리 중앙에 자리한 호텔 스위트룸을 예약해 그녀가 편하게 구경할 수 있도록 배려해 주었다. 이 시기에 스위트룸은 인기가 좋아 일 년 전부터 예약해 둘 필요가 있었다고 했다.

캄캄한 밤하늘에 불이 들어오는 순간 헤이젤은 탄성을 질렀다. 제각기 다른 밝기의 전구로 그린 그림이 일제히 불을 밝혔다. 반짝이는 인공 불빛들이 도시 상공에 떠오르자 왜 이것을 보려고 먼 곳에서 사람들이 방문하는지 알 것 같았다. 소녀가 묵은 스위트룸의 테라스는 거리 광경을 구경하기 최고로 좋은 장소였다.

부녀는 호텔 로비를 걸으며 이야기를 나눴다. 건물 전체가 축제 분위기를 한껏 살린 세련된 실내장식으로 홀 전부가 반짝였다.

"마음에 들면 내년에도 오자꾸나. 실내장식은 여기만 한 곳이 없단다."

"호두까기 인형이랑 미슬토, 눈썰매에 솔방울 장식까지 다 너무 사랑스러워요."

"나는 프런트에 열쇠를 맡기고 올 테니 여기 잠시 기다리고 있거라."

"네. 다녀오세요."

아버지에게 가볍게 손을 흔든 소녀는 로비 한가운데에 놓인 커다란 리스(Wreath) 곁으로 다가갔다. 작은 조형물 하나도 놓치지 않겠다는 듯 자세히 들여다보는 그 얼굴에는 미소가 만개했다. 두리번거리며 모든 것을 흥미롭게 구경하던 헤이젤은 리스 한구석에 달린 희고 빨간 줄무늬의 캔디 케인(Candy Cane) 앞에서 발걸음이 딱 멈췄다. 시원하면서도 달콤한 페퍼민트 사탕의 옅은 향기를 맡자 어째서인지 눈물이 날 것만 같았다.

'왜 이러지?'

알 수 없는 그리움이 울컥 밀려들어 주체할 수 없을 만큼 슬픈 기분이 들었다. 눈물이 차올라 시야가 뿌옇게 바래기 시작했다. 이러다 자칫 잘못하면 울어버릴 것 같아 입술을 꼭 깨물며 사탕을 노려보고 있는 그녀에게 부딪친 사람이 있었다.

"아!"

"……실례."

비틀거리는 소녀의 어깨를 재빨리 부축해 준 사람은 검은 코트를 입은 키가 큰 남자였다. 바쁘게 발걸음을 서두르다가 미처 앞을 보지 못한 듯 당황한 눈치였다. 고저 없는 목소리로 그가 물었다.

"다친 곳은 없습니까."

헤이젤은 그제야 자신이 로비 중앙에서 길을 막은 채 넋을 놓고 있었다는 사실을 깨달았다. 흘러넘치는 눈물을 서둘러 훔쳐내자 어깨를 잡은 커다란 손에 힘이 들어갔다. 부딪친 충격에 울고 있다고 오해한 모양이었다.

아무 일도 없었는데 갑자기 눈물을 보여 지나가는 사람을 놀라게 하다니!

폐를 끼친 것이 부끄러워 그의 잘못이 아니라고 말하려던 그녀는 눈물 탓인지 목이 꽉 잠겨 소리가 나오지 않자 어찌할 바를 몰랐다. 괜찮다는 뜻으로 고개도 흔들고 손도 흔들어 보였건만 남자는 쉬이 떠나지를 않고 그녀의 상태를 살폈다. 목을 가다듬고 정말 아무 일도 아니라는 사과를 건네려던 헤이젤은 상대를 올려다보다가 숨을 삼켰다. 체구가 상당히 크고 위협적인 인상의 사내가 그녀를 내려다보았다.

눈이 마주친 순간 전기에 감전된 듯한 충격이 헤이젤의 등줄기를 훑고 지나갔다. 온몸의 솜털이 전부 일어서는 것 같은 감각에 펄쩍 뛰듯 그에게서 멀어졌다. 이건 대체 무슨 느낌이지? 헤이젤의 가녀린 몸은 이 충격을 공포라고 인식했는지 떨려오기 시작했다. 무섭다. 무서운데도 어째서인지 얽힌 시선을 거둘 수가 없었다.

어떻게 된 일인지 영문을 알 수 없어 당황하는 소녀를 보며 워렌은 인상을 구겼다. 사과를 건네도, 아픈 곳이 있느냐고 물어도 상대는 마임 놀이라도 하듯 손만 흔들 뿐 제대로 된 대답을 하지 않았다. 호텔 로비에 걸린 커다란 시계를 보며 초조한 듯 혀를 찬 그는 유리 파편 같은 날카로운 시선으로 상대를 훑어보았다. 애초에 가볍게 스친 것뿐이니 무슨 문제가 있을 리가 없었다. 수줍음이 많은 건지 제대로 된 말 한마디 못하고 재빨리 뒤로 물러난 아가씨에게 그는 '바빠서, 그럼 이만'이라는 한마디를 남기고는 뒤도 돌아보지 않고 쌩하니 자리를 떴다.

아버지가 돌아올 때까지 그 자세 그대로 멍하니 서서 눈만 깜박이던 헤이젤은 뒤늦게 자신이 떠나간 남자의 옷자락을 잡으려고 손을 뻗고 있었다는 사실을 깨달았다.

'왜?'

남자의 차가운 반응에 칼에 베인 것처럼 뜨겁고 아픈 기분이 들었다. 부딪친 충격에 이제야 놀란 걸까 하고 멍하니 떨리는 손을 응시하는 그녀를 아버지가 불렀다.

"헤이젤! 차 준비가 다 되었으니 가자꾸나."

"………지금 가요."

황급히 눈가를 닦은 헤이젤은 미련 가득한 시선으로 남자가 사라진 곳을 바라보다가 다시 종종걸음으로 아버지가 안내해 주는 승용차에 올라탔다.

"프런트에서 그러는데 점등식이 마음에 들었다면 오늘 밤에 있을 행사도 아주 재미있을 거라는구나."

"정말요? 저 그렇게 예쁜 건 처음 봤어요."

"네가 좋아해서 다행이구나. 오늘 밤 보게 될 시계탑도 상당히 아름다울 거라는 소문이 자자하단다."

"시계탑요?"

"자정에 종이 치면 오토마타들이 인형극을 할 거라는구나."

"……헉."

심장에 통증을 느낀 헤이젤이 가슴을 움켜쥐고 몸을 웅크렸다. 인형극이라는 말을 듣자 심장에 통증이 일었다. 갑자기 비틀거리는 딸을 부축한 아버지는 놀란 얼굴로 외쳤다.

"얘야, 어디 아프니? 이런, 식은땀 좀 봐. 안 되겠다. 그냥 돌아가……."

"아니에요, 저 괜찮아요."

"우리는 초대객이라 좌석이 배정되어 있기는 하다만, 네가 몸이 안 좋으면 굳이 갈 필요는 없단다. 그렇지 않아도 눈이 많이 내려 자리에 있어봤자 시야가 흐릴 것 같았거든. 이참에 그냥 돌아가는 건 어떻겠니?"

"……저, 이거 꼭 보고 싶어요."

"그렇다면 어쩔 수 없다만……. 힘들면 참지 말고 말해야 한다, 알았지?"

헤이젤은 창백한 얼굴로 고개를 끄덕였다. 아무리 힘들어도 이것만큼은 봐야 한다는 생각이 들었다. 도중에 쓰러지는 한이 있더라도 놓쳐서는 안 된다는 필사적인 기분이 들었다.

❋

오늘은 해를 마감하는 마지막 날이었다. 밤새 열릴 신년 파티 전에 광장에서 신년 맞이 이벤트가 있을 예정이었다. 그리고 그 이벤트의 주역은 재건축된 낡은 시계탑이었다. 한겨울, 왕족과 함께하는 이벤트 좌석은 야외에 마련되어 있었다. 새벽부터 내리는 눈을 피하고자 귀빈석에는 텐트를 대신할 휘장이 드리워져 있었고 좌석 통로마다 개별 화로가 놓여 추위를 타는 손님들을 고려한 배려가 돋보였다.

그러나 남들보다 배는 몸이 약한 헤이젤에게는 이마저도 견디기 힘들었다. 광장에 도착해서도 계속해서 몸을 떠는 딸을 본 아버지는 어쩔 줄 모르다가 추가로 모피와 따뜻한 코코아를 가져오도록 주문하기 위해 급히 자리에서 일어났다.

"오토마타."

자리에 홀로 남은 헤이젤은 시릴 정도로 하얗게 쌓여가는 눈을 바라보며 그 말을 되풀이해 중얼거렸다. 낯선 단어인데 어째서 그리운 느낌이 드는 걸까. 시계탑에서 오토마타를 볼 수 있다는 이야기를 듣는 순간 무슨 일이 있더라도 꼭 그걸 봐야 한다는 알 수 없는 확신이 그녀를 지배했다. 게다가 이 가슴의 통증과 떨림 역시, 저 시계탑과 관련이 있는 것임이 틀림없었다.

소녀가 시계탑의 문이 열리기를 기다리는 사이 왕족 누군가의 연설이 시작되었다. 백여 년 전 벼락을 맞아 흉물스럽게 방치되어 있던 시계탑을 재건축하며 현대적인 오토마타 기능을 추가하게 되었다는 내용이었다. 거리 미관을 다듬고 이로 인해 많은 관광객이 유치되어 도시 경제에 도움이 될 것이라는 희망적인 예측을 한참 떠들던 그는 이번 재건축의 총지휘관 임무를 충실히 완수한 하트퍼드 공작의 이름을 불렀다.

호명되어 자리에서 일어난 남자는 검은 정장을 입은 키가 큰 사람이었다. 그가 단상 앞으로 천천히 나아가 왕족이 수여하는 공로 훈장을 가슴에 다는 순간, 광장에 모여 있던 사람들 사이에서 환호와 함께 우레와 같은 박수가 터졌다. 영예로운 훈장을 받고도 시종일관 덤덤함을 유지하던 그는 이제 오토마타를 작동하기 위해 시계탑 안으로 훌쩍 사라졌다.

'생각보다 젊은 사람이네.'

오토마타 명장이라는 말에 머리가 하얗게 센 나이 많은 기술자를 떠올렸던 헤이젤이 제 상상과 다른 모습에 의외라는 듯 중얼거렸다. 거리가 멀어 제대로 보이지는 않았으나 예술가답지 않게 체격도 좋아 보였다.

무슨 일이 있었을까. 그는 훈장을 받고도 그리 기뻐하는 것으로 보이지 않았다.

헤이젤은 남자가 시계탑을 향해 걸어가는 모습을 지켜보며 코트 깃을 여몄다. 밖에 너무 오래 나와 있었던지 다시 몸이 떨리기 시작했다. 장갑을 낀 손을 살짝 비비며 입김을 불었다. 작은 화로가 곁에 있어도 체온이 떨어지는 걸 막을 수 없는 강한 추위였다.

남자가 탑 안으로 들어간 뒤, 새해의 시작을 알리는 카운트다운이 시작되었다. 왕실 음악대의 경쾌한 선율이 시작되자 사람들은 시계가 12시를 가리키는 걸 기다렸다. 초침이 정확하게 12시를 가리키는 순간, 고조되었던 음악대의 음악이 멎었다. 이 순간을 숨죽여 기다려 온 사람들의 귀에 열두 번의 종소리가 커다랗게 울렸다. 짙어지는 눈발에도 아랑곳하지 않고 광장에 모여 있던 사람들은 흥분된 얼굴로 환호성을 질렀다.

"새해가 밝았다!"

"우와아아!"

사랑하는 사람들과 포옹하며 신년 인사를 나누던 사람들은 광장을 울리는 종소리에 이어 시계탑 위 장미 장식이 달린 문이 움직이자 잠시 대화를 중단하고 탑으로 시선을 고정했다.

천천히 열린 문에서 끝이 살짝 휘어진 작은 레일이 튀어나왔다. 그 레일은 오토마타가 이동할 수 있도록 준비된 발판이었다. 시계탑 안에 준비된 오르골 여러 대가 동시에 울려 곡을 연주하기 시작하자 그 뒤를 이어 오토마타들이 천천히 그 모습을 드러냈다.

"저것 좀 봐!"

처음 등장한 것은 하얀 토끼였다. 줄무늬 멜빵바지를 입은 토끼가 두 발로 서서 음악에 맞춰 팔짝팔짝 뛰며 춤을 추었다. 토끼가 앞으로 나오자 바로 주황색 여우가 등장했다. 헤이젤은 그 여우를 본 순간 벼락을 맞은 사람처럼 자리에서 벌떡 일어났다.

'정장 조끼 주머니에서 외눈 안경을 꺼내 쓰는 여우 신사……!'

연한 오렌지색의 보슬거리는 털을 가진 여우가 토끼의 뒤를 따라 느긋한 발걸음으로 걸어 나왔다. 그는 맵시 있게 팔꿈치에 지팡이까지 끼고 있었다. 손수건을 꺼내 안경알을 닦은 뒤 코에 걸고는 케인에 몸을 기대며 다리를 꼬았다. 그는 토끼가 깡충거리는 모습을 미소로 바라보는 듯했다. 섬세한 동물들의 움직임에 광장 안 사람들 목소리는 흥분으로 웅성대기 시작했다.

"진짜 여우 같아! 박제로 만든 오토마타인가?"

"토끼 좀 봐, 귀엽기도 하지."

"이게 아까 그 공작이라는 사람이 만든 거야?"

이상한 말이지만 헤이젤은 자신이 저 인형에 대해 알고 있다고 생각했다. 이런 걸 기시감이라고 하던가. 세상에 첫 공개가 되는 게 분명한 인형들에게서 익숙한 그리움이 들다니 말도 안 되는 소리일 테지만 자신은 분명히 이 인형들을 알고 있었다.

흩날리는 눈송이가 텐트 사이로 들어와 시야를 가렸다. 조바심이 일었다. 이대로는 안 된다. 더 가까이서 보아야 한다는 생각에 그녀는 자리를 박차고 뛰어나갔다.

"아유, 밀지 좀 마요!"

"아가씨! 앞을 보고 걸어!"

"아, 죄송합니다!"

정신없이 시계탑을 향해 달려가던 헤이젤은 연속해서 사람들과 부딪쳤다. 비틀거리며 사람들 사이를 헤쳐 나가는 중에도 시선은 오토마타들에게서 떨어질 줄 몰랐다. 체력이 없어 쉽게 지치는 탓에 이미 숨이 턱까지 차올랐지만 힘든 걸 느낄 틈 역시 없었다. 가슴이 터질 것같이 뛰는 이유는 아마도 몸이 힘들기 때문만은 아닐 것이다.

여우가 등장한 후 각각의 문에서 한 쌍의 남녀가 나타났다. 동물에 이어 인영이 비치자 기대감에 부풀었던 관중들 사이에 놀라움이 섞인 감탄이 터져 나왔다. 장미 문 사이에서 등장한 이들은 연한 살구색 드레스를 입은 아가씨와 검은 망토를 쓴 괴물이었다.

"저게 뭐지?"

사랑스러운 동물들을 앞세워 귀여운 분위기를 연출하나 싶더니 갑자기 긴장감이 넘치는 장면으로 전환되었다. 남자의 형태를 한 괴물은 검은 망토 위로 불쑥 솟은 귀와 망토 뒤에 달린 꼬리로 늑대를 닮은 사나운 야수라는 것을 짐작할 수 있었다. 아가씨는 그를 보고 두려운 듯 한 걸음 뒤로 물러났고, 토끼와 여우도 귀를 뒤로 젖힌 채 겁을 먹었다.

괴물이 천천히 팔을 들자 그와 함께 검은 망토가 넓게 펼쳐졌다. 그가 공격하려는 행동을 취한 것으로 이해한 관객들이 짧은 비명과 함께 숨을 삼키며 그 모습을 바라보았다. 그러나 망토 속에 숨겨진 손이 들고 있던 것은 붉은 장미꽃이었다. 망설이던 야수는 꽃을 아가씨에게 내밀었고 놀란 듯 그와 꽃을 번갈아 보던 아가씨는 각오한 듯 조심스럽게 그 꽃을 받아 들었다.

"저거 사람이지? 인형 아니지?"

"사람이라고 하기에는 너무 작지 않아?"

"그래? 멀어서 크기는 잘 모르겠는데?"

관중에서 작은 동요가 일었다. 아무리 신기하다 해도 토끼와 여우까지는 확실히 인형이라고 인식할 수 있었다. 그런 그들도 두 남녀가 등장한 후부터는 혼란스러워하기 시작했다.

향기를 맡는 동작을 하며 이리저리 꽃을 감상한 아가씨는 괴물에게 가까이 다가가기 시작했다. 깜짝 놀란 야수가 검은 망토 속으로 몸을 숨기려 하자 처녀는 그런 그의 손을 잡아 얼굴을 자신 쪽으로 향하게 했다. 둘은 긴장한 상태로 서로를 마주 보았고, 곧이어 아가씨 쪽에서 발돋움하여 그의 볼에 입맞춤해 주었다.

"와아아아!"

두근거리며 상황을 지켜보던 관중들 사이에서 박수가 터져 나왔다. 장미를 건넨 괴물의 마음이 전해진 것을 기뻐하던 사람들은 키스를 받은 야수의 망토가 접혀 사라지자 더 큰 환호성을 질렀다. 검은 망토와 후드 밑에서 나타난 건 사나운 동물의 얼굴을 한 괴물이 아닌 탄탄한 체격의 젊은 청년이었기 때문이었다.

"아가씨가 마법을 풀어준 건가 봐."

"두 사람 참 잘 어울려!"

인형극이라고 해봐야 허락된 시간은 고작 일 분 남짓이다. 짧은 시간이 주어진 한 편의 극은 광장에 모인 사람들의 상상을 초월할 정도로 높은 완성도를 선보였다.

"오토마타라는 건 거짓말 아냐? 누가 대신 연기하는 거 같은데."

"그렇다기엔 저 여우랑 토끼는 확실히 인형 같거든. 동물이 저럴 수가 없잖아."

"그럼 저게 전부 인형이라고? 정말로?"

청년의 손을 잡은 오토마타 아가씨가 동물들을 향해 꽃을 자랑하자 여우가 안경을 추어올리며 감탄했고 토끼는 기쁜 듯 박수를 쳤다. 젊은 남녀는 행복한 얼굴로 서로를 바라보다가 다시 장미 장식이 달린 문 안으로 사라졌다.

"세상에!"

"이런 수준의 시계탑 인형극이 가능할 줄 몰랐는걸!"

"나, 가족들에게도 보여주고 싶어졌어."

행복한 연인과 숲 속 친구들의 등장은 눈으로 보고도 믿기 어려울 정도로 정교하게 연출되었다. 그 짧은 시간 안에 내용이 있는 한 편의 내용을 만들어 완성한 인형사를 향해 격찬이 쏟아졌다.

"저런 걸 정말 사람 손으로 만들 수 있는 거야?"

"굉장하다……."

"보고도 믿을 수가 없네. 낮에 와서 자세히 봐야 할 것 같아."

"이건 정말 멀리서도 보러 올 가치가 있겠어!"

오토마타들이 전부 장미 문 안으로 사라지자 커다란 박수갈채가 쏟아졌다. 탄성을 지르는 이들 모두, 이 시계탑이 명실공히 도시의 명물이 되리라는 것을 확신했다. 방금 본 것을 흥분된 어조로 이야기하는 사람, 한 번 더 보고 싶다는 아쉬움을 토로하며 재공연을 해달라고 외치는 사람도 있었다. 광장에 모인 사람들이 떠들썩하게 시계탑의 오토마타에 대해 떠드는 사이 이번에는 시계탑 반대편에서 폭죽이 터졌다.

"폭죽 행사가 시작됐다!"

"신년 축하 폭죽이야!"

하늘을 밝히는 폭죽의 화려함에 이끌린 사람들이 하나둘, 광장을 떠나기 시작했다. 폭죽 소리를 신호로 밤을 새우는 신년 파티가 시작되었다. 소수의 사람은 아직도 시계탑 오토마타의 여운에 젖어 광장에 남았으나, 관중 대부분은 폭죽 구경에 좋은 자리를 선점하기 위해 빠른 걸음으로 몰려간 뒤였다.

그사이, 추운 날씨에 이어지는 야외 행사에 얼어붙은 몸을 달래줄 뜨거운 버터 럼과 에그노그를 파는 노천 상인이 특수를 누렸다.

"……아."

헤이젤은 광장에 남아 있는 몇 안 되는 사람 중 한 명이었다. 시계탑을 올려다보는 소녀는 울고 있었다. 망토를 쓴 괴물이 등장하는 순간 뇌리에 떠오른 낯선 광경이 지독하게 낯설면서도 그리워서 눈물을 참을 수가 없었다.

검은 옷을 입은 커다란 남자가 맑은 하늘 위로 펄럭이는 새하얀 빨래들과 곱게 단풍이 든 홍차색의 나뭇잎들 사이에서 웃고 있었다. 장미 나무가 가득한 정원 안에서 그를 바라보던 자신은 아마도 행복하지 않았을까. 오랫동안 집을 떠나본 적 없는 헤이젤에게는 낯선 광경임이 틀림없는 그 소박한 시골 생활이 너무도 그립게 느껴지는 바람에 터진 눈물이 마를 새가 없었다.

폭죽을 보러 자리를 뜨던 사람들은 시계탑을 보며 홀로 울고 있는 귀족 아가씨를 발견하고 손가락질했다. 누군가는 걱정되어 괜찮은지를 물었고 다른 누군가는 젊은 아가씨에게 추파를 던져보려 주변을 맴돌았지만 그 어느 것도 헤이젤의 귀까지는 닿지 못했다.

'돌아가고 싶어. 어디인지도 모르는 그곳이 가슴 저밀 정도로 그리워.'

인형극을 본 순간부터 그녀는 자신이 무언가 중요한 것을 잃었으며 그것을 무척이나 그리워한다는 사실을 깨달았다. 마음에 생긴 큰 구멍은 빈 조각을 찾지 않으면 영원히 메워지지 않을 거라는 확신이 들었다.

'나는 대체 뭘 찾아야 하는 거지?'

자신이 잃어버린 것이 무엇인지 모르는 헤이젤은 하염없이 시계탑을 바라보며 울어야 했다.

✺

시계탑의 오토마타를 작동시킨 워렌은 탑 뒤쪽에 달린 작은 문을 통해 조용히 밖으로 빠져나왔다. 광장을 가득 메운 사람들의 시선이 일제히 한곳을 향하고 있어서 아무도 그가 나온 사실을 눈치채지 못했다. 관객들은 토끼가 팔짝거릴 때는 입을 크게 벌리며 감탄하고 괴물이 꽃을 꺼내 들 때 숨을 삼켰다. 마법에 홀린 듯 오토마타들을 바라보며 작은 디테일 하나 놓치지 않겠다는 듯 열심히 바라보았다.

공연이 끝나자 커다란 박수가 터져 나왔다. 오토마타들이 한 치의 실수 없이 완벽하게 작동한다는 사실을 확인한 워렌은 미련 없는 표정으로 시계탑에서 등을 돌렸다.

차가운 새벽 공기가 소매 틈을 타고 흘러들어 체온을 훔쳐 갔다. 새해 첫날. 추위를 그리 타지 않는 그에게도 스산함이 느껴지는 날씨였다. 그러나 혹한에도 광장은 인파로 넘쳐 났다. 장갑이며 털모자로 무장한 사람들은 추위에 아랑곳없다는 얼굴로 축제를 만끽했다. 워렌은 화기애애하게 곁을 스쳐 가는 사람들을 멍하니 바라보았다. 삶의 열정이 느껴지는 그들이 부럽다는 생각이 문득 들었다. 저렇게 의욕 넘치는 순간을 보낸 적이 언제였던가. 헤이젤이 곁에 있는 동안에는 당연하게 여겨지던 일들이 이제는 무척 낯설게만 느껴졌다.

시계탑 재건축이 완료되었으니 이제 자신이 할 일은 끝나 버렸다. 목표를 완수한 그는 다시 텅 비어 껍질만 남은 상태로 돌아왔다. 이곳 역시 더는 자신이 필요치 않았다. 갈 곳 없고 쓸모없는 존재가 된 기분은 매서운 바람처럼 그의 심장을 얼어붙게 했다.

광장에 멈춰 선 워렌은 차게 식은 손가락을 코트 주머니에 쑤셔 넣었다. 바스락. 손가락 끝에 서늘한 종이의 질감이 느껴졌다. 주머니 속에 무엇이 들었는지를 아는 그는 손끝으로 그 메마른 모서리를 훑어보았다.

빳빳한 사각봉투 안에 담긴 한 장의 편지.

언제부터인가 그가 주머니에 넣고 다니기 시작한 물건이었다. 시계탑을 보수하는 동안 일주일만 더, 하루만 더, 를 주문처럼 읊으며 버틸 때도 틈만 나면 주머니 속 봉투의 감촉을 확인하곤 했다.

'산이든 바다든, 이제 자유롭게 갈 수 있어.'

주머니 속의 유서는 이미 모퉁이가 닳아 종이가 거칠게 해져 있었다. 맡은 일만 끝나면 미련 없이 사라져도 괜찮을 것 같아 전부터 줄곧 품에 넣어두었다. 언제든 훌쩍 떠날 수 있도록.

'어디로 가야 할까.'

개막식은 탑 바로 앞에 있는 오페라 하우스에서 왕족들 주최로 열리는 큰 신년 파티로 이어졌고 행사에 참석했던 손님들은 이미 그쪽으로 옮긴 지 오래였다. 주요 귀빈인 워렌 역시 초대를 받았지만 시끄러운 파티장에 얼굴을 내밀 생각은 처음부터 없었다.

정처 없이 거리를 걷기 시작한 워렌은 몇 걸음 앞에 누군가가 서 있는 것을 보았다.

고급스러운 진청색 벨벳 케이프 코트를 입은 긴 초콜릿색 머리의 아가씨였다. 살을 에는 추위에 털목도리까지 단단하게 챙겨 입었지만 그것으로도 부족한지 가느다란 몸은 연신 떨렸다. 곁을 스쳐 지나가던 그가 한 번 더 뒤를 돌아본 이유는 단순했다. 그녀가 북적대는 축제 분위기와는 어울리지 않는 눈물을 보였기 때문이었다.

소리 죽여 흐느끼는 가련한 모습은 보는 사람마저 슬픈 기분이 들게 했다. 어지간히 애타는 사연이 담긴 모습에 워렌만 아니라 다른 행인들 역시 힐끔대며 지나갔다. 그녀는 실연을 당했거나, 인파에 휩쓸려 중요한 물건을 잃었을지도 모른다. 시계탑을 올려보며 울고 있으니 어쩌면 약속 상대에게 바람을 맞았을 수도 있지 않을까. 안타까움이 일었지만 그가 관여할 일은 아니었다.

워렌은 측은하게 바라보던 시선을 거두고 텅 비어가는 광장으로 향해 아무렇게나 발길 닿는 대로 걷기 시작했다. 모두가 들떠 있는 축제 시즌이 아니던가. 장소에 어울리지 않는 사람은 자신 혼자로 충분하니 그녀는 부디 눈물을 거둘 수 있게 되기를 바랄 뿐이었다.

"헤이젤-! 어디 있니, 헤이젤-!"

날카로운 찬바람과 함께 누군가를 애타게 찾는 목소리가 들렸다. 지나가는 소리에 쿵, 심장이 크게 울렸다.

'헤이젤.'

그리운 이름이 들리자 워렌은 무심코 발을 멈췄다. 오랫동안 불러보지 못했던, 사랑스러운 이의 이름이 광장 어딘가에서 불렸다. 갈증에 미쳐 버릴 것만 같은 이름이었다. 이름을 들은 것만으로도, 시야에 흐릿하게 안개가 일었다. 밀려드는 그리움에 먹먹해진 그는 소리가 들리는 곳을 눈으로 찾았다.

그때, 그의 앞에서 울고 있던 아가씨가 그 목소리에 반응하듯 천천히 고개를 들었다. 커다란 눈망울을 가득 채운 눈물을 방울방울 떨어뜨리며 주변을 둘러보았다. 목소리의 주인이 찾는 사람이 어쩌면 그녀일지도 모른다는 생각에 멍하니 그녀를 지켜보던 워렌이 그 눈동자를 들여다보며 무심코 중얼거렸다.

"헤이젤……?"

한참 울던 소녀는 아버지가 부르는 소리를 듣고 정신을 차렸다. 말없이 뛰쳐나왔으니 걱정하실 것이 틀림없었다. 자신의 위치를 알리기 위해 주변을 살피자 곁을 지나던 남자가 믿을 수 없다는 목소리로 제 이름을 따라 불렀다.

'헤이젤'이라고.

단지 그 한마디였는데.

그 목소리가, 그 목소리에 담긴 걱정이 그녀를 흔들었다.

고개를 돌려 바라본 곳에는 검은 코트를 입은 키가 큰 남자가 자신을 내려다보고 있었다. 차가운 인상의 덩치가 큰, 눈매 사나운 남자였다. 밤새 내린 눈으로 사방이 온통 새하얗게 물들어 버린 광장에서 새카만 코트를 걸친 남자는 시릴 정도로 눈에 거슬렸다.

"우리가 처음 만난 건, 그 새하얀 방."

노래하듯 머릿속을 울리는 목소리는 분명 자신 것이었다. 무언가에 홀린 듯 주변에 쌓인 흰 눈을 바라보던 헤이젤은 천천히 고개를 들어 남자의 얼굴을 올려다보았다.

'그때' 역시, 지금처럼 주변이 온통 희게 물들어 있었지 않았던가. 눈처럼 하얀 공간에서 유난히 이질감을 주는 검은 옷을 입고 자신을 노려보던 그 남자는.

"쯧, 쫓아내도 매일같이 오는군."

거기까지 떠올린 헤이젤은 심장이 터질 듯이 뛰는 것을 느꼈다. 통증이 느껴지는 가슴을 움켜쥐고 남자를 바라보았다. 미간을 구긴 채 자신을 응시하는, 황폐한 분노가 섞인 눈동자에서 눈을 뗄 수가 없었다. 그의 머리는 덥수룩했고 이전보다 초췌하게 마른 얼굴이 버석한 날카로움을 더했다. 훨씬 거칠고 피곤함에 젖은 모습이었지만 알아볼 수 있었다. 그가 누구인지를.

동그랗게 떠졌던 눈이 평소보다 두 배쯤 더 커져서 그를 담았다. 불쌍할 정도로 창백해진 속눈썹이 바르르 떨리고 흘려낸 눈물이 새롭게 차올랐다.

"……워, 렌……."

워렌은 벼락을 맞은 것 같은 충격을 느꼈다. 기억에 없는 낯선 아가씨가 숨을 헐떡이며 힘겹게 토해낸 한마디는 신기하게도 자신의 이름이었다. 그는 저도 모르게 숨을 멈추고 괴상한 것을 관찰하듯 상대를 바라보았다. 그녀의 한마디로 어둠에 물들어 있던 세상에 점차 빛이 돌아오는 것 같은 저릿한 감동이 일었다. 이것이 정녕 착각이란 말인지.

조금 더, 저 목소리를 들어야 했다. 그 끝에, 무언가가 그를 기다리고 있었다. 잃어버렸던 세상을 되찾을 수 있을지도 모른다는 기대에 가슴이 벅차올랐다. 그는 비틀거리며 그녀를 향해 걸음을 내디뎠다. 충격은 곧 떨림으로 이어졌다. 그는 정신을 집중하기 위해 주먹을 꽉 움켜쥔 채 그녀를 바라보았다. 차게 언 뼈마디가 하얗게 변하고 손바닥을 누르는 손톱의 아릿하게 저린 감각이 이것이 꿈이 아닌 현실이라 말했다.

그는 이 아가씨가 어째서 자신의 이름을 알고 있는지 의문을 갖지 않았다. 광장에 있었던 사람이라면 자신이 훈장을 받는 모습을 봤거나 누군가가 읊조리는 이름을 들어 알고 있을 가능성도 있었다. 그러나 그는 그 모든 가능성을 부인했다.

그녀는 알고 있었다. 자신이 누구인지를.

그는 자신을 부르는 목소리에 대답하지 않았다. 귀에 거슬리는 이 기분의 원인을 찾기 위해 온 신경을 집중시켰다. 귀에 거슬려? 그렇지 않았다. 그 목소리는 평생 들었던 어떤 것보다도 보드랍고 따뜻했다.

그 역시 알고 있었다. 소녀가 누구인지를.

처음 그녀를 알아본 것은 목소리였다. 결코 잊을 수 없는 그 목소리가 낯선 이의 입을 통해 들려오는 기묘함. 차게 식었던 머리로 피가 쏠리고 멀미가 쏟아지듯 속이 울렁거려 눈을 감았다. 얼어붙었던 피가 서서히 녹아내려 온몸의 감각이 되살아났다. 전신이 환희로 비명을 질렀다. 터질 듯이 펄떡이는 심장이, 따끔거리는 위가 이것이 꿈이 아니라고 말했다.

잘못 들은 것이 아니다. 그가 그녀의 목소리를 착각할 리 없었다. 그리움에 놓지 못하고 매일 밤 환청처럼 반복되던 그 사랑스러운 목소리를 잊을 리 없었다. 워렌은 사시나무처럼 몸을 떨면서 자신을 올려다보는 아가씨를 바라보았다. 이것이 꿈이라면 부디 지금 죽을 수 있기를 진정을 다해 빌며 다시 한 번 그녀의 이름을 불렀다. 이번에는 의문 따위가 아닌 확신을 담은 어조로.

"헤이젤."

오랫동안 불러보지 못했던 이름은 피를 쏟을 듯 식도를 불태우고 간신히 소리가 되었다. 깊은 곳에 담아두고 차마 꺼내지 못하던 그 이름을 꽉 다문 어금니까지 끌어 올리는 데도 많은 용기가 필요했다. 그 짧은 단어를 읊조리는 동안 턱이 덜덜 떨려왔다.

대체 그동안 어떻게 이 사람을 잊고 있었을까.

헤이젤의 눈에서 흘러넘친 눈물이 다시 볼을 적셨다. 가득 흐려진 시야 탓에 그가 보이지 않자 짜증이 일었다. 눈물은 이제 헤이젤의 볼을 타고 턱 선에 머물렀다가 구두 끝으로 뚝뚝 소리를 내며 떨어졌다.

"워렌-!"

미처 대답을 듣기도 전에 헤이젤은 그에게 달려가 몸을 던졌다. 모직 코트의 차갑게 언 감촉이 소녀의 뺨을 간질였다. 그의 품을 감도는 알싸한 박하 향이 코끝에 닿는 순간 소녀는 자신이 무엇을 잊고 있었는지를 깨달았다.

"헤이젤."

"흐어엉……."

워렌은 품 안으로 뛰어 들어온 소녀를 흔들리는 눈으로 바라보았다. 긴 초콜릿색 머리카락, '신부'보다 훨씬 작고 마른 체구의 아직 앳된 티가 가시지 않은 낯선 아가씨였다. 그러나 모습은 달라도 헤이젤이 틀림없었다. 그 목소리의 온기가 그의 감이 틀리지 않았음을 확신시켜 주었다.

"헤이젤이지?"

대답을 대신해 또다시 들려오는 흐느낌. 온몸으로 매달려 온 소녀의 그리운 목소리에 심장이 터질 것 같았다. 그 통곡조차 사랑스러웠다. 떨리는 가슴으로 애틋한 이름을 부른 워렌은 얼굴을 더 자세히 보기 위해 그녀의 뺨을 감싸 올렸다. 소녀의 떨림이 그대로 그에게로 전해졌다. 아니, 어쩌면 처음부터 떨고 있던 것은 그였을지도 몰랐다.

처음 바라보는 헤이젤의 눈동자는 옅은 올리브색이었다. 창백하게 마른 얼굴에 인상적일 만큼 큰 눈이 그를 올려다보았다.

그는 몸을 숙여 쉴 새 없이 흘러나오는 눈물을 입술로 닦아주었다. 그 생경한 느낌에 흠칫 놀란 헤이젤이 허억, 하는 작은 신음을 흘렸다. 차게 언 소녀의 볼이 자신의 입술로 온기를 되찾을 때까지 그는 몇 번이고 천천히 눈물을 핥았다.

워렌은 홍조가 번지는 작은 얼굴을 홀린 듯 바라보았다. 볼을 타고 흐르는 눈물, 서늘한 피부 밑으로 느껴지는 미온이 서서히 번져 귀 끝까지 붉어지는 모습까지. 그녀가 살아 있기에 경험할 수 있는 모든 것들.

이 모습을 얼마나 그리워했던가.

"보고 싶었어."

소녀를 꼭 껴안은 채 그가 속삭였다. 더는 놓치지 않겠다는 듯 주저 없이 입술을 덮었다. 그는 헤이젤을 통해서만 호흡을 연명할 수 있는 물고기였다. 성급하게 그녀의 숨을 빼앗고 나서야 자신이 살아 있음을 실감했다.

습기 찬 눈동자는 여전히 눈물로 앞이 보이지 않는지 빠른 속도로 깜박였다.

"흐으으으."

워렌은 속에서 폭발하는 감정을 다스리기 위해 눈을 감았다. 사랑하는 연인의 달콤한 울음소리에 가슴이 뜨거워졌다. 스스로 감당하기 어려울 만큼 날뛰는 환희가 이것이 자신에게 주어진 마지막 기적이라는 걸 알았다. 서럽게 우는 헤이젤에게 다시 부드럽게 입을 맞춘 워렌은 그의 작은 아가씨가 다시는 어디에도 날아가지 못하도록 하겠다고 결심했다.

그는 헤이젤을 단단히 품에 안은 채 시계탑을 바라보았다. 붉어진 눈시울에 탑은 흐린 윤곽만 어스름히 비쳤다. 자신이 전부 포기했다면, 연말까지 오토마타를 완성하지 못했다면 그녀를 다시 만날 수 없었으리라.

재회한 연인들의 사이를 시기하듯 이제는 텅 비어버린 광장에 강한 돌풍이 불었다.

휘이잉—

바람이 크게 울며 그의 코트 자락을 세게 날렸다. 그는 불면 사라질까 더 강하게 소녀를 품에 안았다. 나부끼는 코트의 주머니 속에서 종이 스치는 소리가 사각대며 들려왔다. 그 소리를 들으며 그가 옅게 미소 지었다.

그는 자신이 이 기회를 두 번 다시 놓치지 않으리라는 걸 알고 있었다.

주머니 속에 접힌 봉투는 이제 더는 필요치 않았다.

에필로그

"워렌, 잠깐…… 헉."

길어지는 입맞춤에 소녀의 턱이 파르르 떨렸다. 잠시라도 멀어지려는 입술이 원망스러워 다시 쫓아가 물어뜯듯 겹치니 할딱대며 숨을 몰아쉬던 소녀가 감전이라도 된 것처럼 다시 몸을 떨었다.

"헤이젤. 이럴 때 숨은 코로 쉬는 거야."

"하, 아……."

워렌이 잠시 입술을 떼고 설명하니 소녀가 얼굴을 찡그린 채 울상을 지었다. 설명은 쉬워도 뜻대로 되지 않는다고 말하고 싶은지 밭은 숨을 내뱉으며 원망스럽게 올려다보았다. 아무래도, 입맞춤 내내 숨을 참고 있었던 듯싶었다. 무언가 말을 하려는 듯 보였지만 그보다는 호흡이 더 급했는지 연신 어깨를 들썩이며 고갈된 산소를 폐에 공급하기 바빴다.

"어떻게…… 대체 이게 어떻게 된 일이지?"

"여행…… 하아, 으로."

호흡 부족으로 툭툭 끊어지는 답변에 그가 알 수 없다는 표정을 짓자, 소녀가 다시 설명했다.

"눈을 떴는데, 워렌, 기억…… 사라져서."

그를 찾지 못했다. 하트퍼드가를 떠올리지 못했다. 지난 일 년간 사라진 기억을 아쉬워하면서도 그 이유를 알지 못했다.

"돌아가지 못……."

자조 섞인 한마디에 다시 설움이 밀려드는지 헤이젤의 입술이 떨려왔다. 워렌을 잊고 있었다니 믿을 수가 없었다. 몇 번이나 의식을 잃을 때마다 묵묵히 곁을 지켜주던 그를 잊고, 이번에도 기다리게 하다니. 어둠 속에서 그녀가 눈 뜨기를 기다리던 워렌이 지난 일 년간 어떤 마음으로 속을 태웠을지 헤이젤은 감히 짐작조차 할 수 없었다.

"너무 오래 걸려서 미안해요."

고통을 잊기 위해 지워 버린 기억은 소녀의 소중한 것마저 함께 지워 버렸다. 두 번 다시 이런 일이 있어서는 안 됐다.

"……돌아왔으니 됐어."

워렌의 머리에 그녀를 잃고 방황하던 지난 시간이 주마등처럼 스치고 지나갔다. 숨 막히던 하루하루의 절망이 떠올라 감정에 북받친 목소리는 평소보다 더 낮고 무겁게 들렸다. 자신이 어떤 기분으로 살았는지 헤이젤이 알 필요 없었다. 돌아온 것만으로도 충분했다.

"집으로 돌아가자."

"네."

고개를 끄덕이자 맺혀 있던 눈물이 방울방울 떨어졌다. 눈썹을 구기고 그걸 바라본 워렌은 손으로 젖은 눈가를 닦아주었다. 다시 입맞춤하기 위해 그가 몸을 숙이는 찰나, 뒤에서 벼락같은 노성이 떨어지며 누군가가 달려왔다.

"이야아아아아. 내 딸에게서 떨어져, 이 불한당!"

누군가가 몸을 던져 들이받은 타격에 잠시 비틀거린 워렌은 재빨리 중심을 잡고 뒤를 돌아보았다. 연인과의 감격스러운 재회를 방해받은 워렌이 험악한 목소리로 외쳤다.

"뭐야?"

"뭐야? 뭐야아? 지금 누가 할 말을 하는 거냐! 다, 당장 그 손을 놓지 못해? 어딜 감히!"

"아빠?"

남자의 멱살을 잡은 워렌이 헤이젤의 비명을 듣고 멈칫했다.

"아빠라고?"

"내, 내려놓지 못해!"

대롱대롱 매달린 신사를 얌전히 내려놓은 워렌은 떨떠름한 표정으로 그의 정장 깃을 매만져 주었다.

"헤이젤의 아버님……."

"남의 딸을 납치해 추행하려던 것뿐만 아니라, 폭력까지……!"

"아빠, 그런 게 아니에요!"

"아니긴 뭐가 아니야! 이 시커먼 산도적 같은 놈 때문에 네가 이렇게 펑펑 울고 있는데!"

파르르 떨며 남자를 바라본 아버지는 뒤늦게 상대를 알아보고 소리 질렀다.

"아니, 당신은 그 왕재수 인형사?"

"아빠? 워렌을 알아요?"

"워……? 헤이젤, 그를 어떻게 아는 거냐?"

"……잉그리드 씨."

"어? 워렌도 우리 아빠를 알고 있어요?"

세 사람의 사이에 어색한 공기가 흘렀다. 헤이젤은 놀란 나머지 눈물이 쏙 들어갔다.

"너 대체 이 사람이랑 무슨, 아니, 얘야, 지금 납치당하려던 거 아니었니?"

"아, 그런 거 아니라니까요."

쪼르르 워렌 곁으로 돌아간 헤이젤을 보며 아버지는 눈에 핏발을 세웠다.

"아가. 위험하니 이리로 오너라. 불량배는 아닐지 몰라도 그 양반, 내가 인형 하나 팔아달라 그렇게 애원했는데도 눈 하나 깜짝 안 하는 냉혈한이란다."

"예에? 워렌이요?"

"……아."

그가 무슨 소리를 하는지 눈치챈 워렌이 겸연쩍은 표정으로 시선을 돌렸다. 전시회 내내 갤러리에 찾아와 인형을 팔아달라고 하던 남자가 헤이젤의 아버지였다니. 딸을 위해 사고 싶다고 조르던 것은 진심이었는지 원망의 앙금이 깊어 보였다.

"그 인형이 헤이젤에게 줄 거였습니까."

"은근슬쩍 친한 척 남의 딸 이름 함부로 부르지 말아주겠나!"

발끈한 아버지가 딸의 팔을 잡아 워렌에게서 멀리 떨어뜨리려 하자 놓칠세라 워렌이 나머지 팔을 움켜쥐었다. 두 남자 사이에서 오도 가도 못하게 된 헤이젤이 작은 비명을 질렀다.

"인형이라면 얼마든지 드리겠습니다. 원하시는 만큼, 평생."

"인제 와서? 됐소! 그리고 내 딸애는 이제 다 큰 처녀라 인형 같은 건 더는 필요 없다지 뭐요!"

그 말에 워렌이 눈을 크게 뜨고 헤이젤을 바라보았다.

"정말 인형이 필요 없다고 했어?"

"어, 그러기는 했지만, 워렌의 인형이라면……."

"필요 없다니까! 그러니 이제 당신에게 볼일 없단 말이오! 내 딸은 엄청나게 몸이 약한 데다가 아프기까지 하니 당장 숙소로 돌아가야 합니다. 어서 놓으시죠!"

그 말을 들은 워렌이 인상을 쓰며 헤이젤에게 물었다.

"많이 아픈가?"

"예? 아, 그래도 많이 좋아졌어요……."

이전보다 훨씬 건강해진 헤이젤은 오히려 워렌의 얼굴이 상한 게 신경 쓰여 아까부터 안절부절못하던 상태였다. 전과 달리 홀쭉하니 마른 티가 나는 데다 눈도 더 깊어진 터라 어디 몸이 좋지 않은 건지를 물으려던 차였다. 그런 그가 오히려 제 건강 얘기가 나오자 눈에 핏발을 세우며 물어와서 소녀는 당황했다.

"쯧."

가볍게 혀를 찬 워렌이 아버지가 말리기 전에 재빨리 헤이젤을 안아 들었다.

"꺄악!"

"어디 묵으십니까."

"스타우드 호텔…… 잠깐. 이보시오! 왜 댁이 당연하다는 듯 내 딸을 안고 가는 거요?"

"같은 곳에 묵으니 모셔다드리려고 합니다."

"뭐라고? 이게 대체 무슨 소리야?"

"워렌, 저 혼자 걸어갈 수 있어요."

"쓸데없는 소리 마. 몇 층인지나 말해."

"헤이젤? 모르는 남자에게 괜히 상냥할 필요 없거든? 이보게, 당장 내려놓지 못하나!"

"……스위트룸이에요."

잉그리드 씨, 즉 아버지의 설교와 잔소리는 객실로 올라갈 때까지 속사포처럼 쏟아졌다. 눈 하나 깜짝 않고 객실까지 밀고 들어간 워렌은 헤이젤을 보며 작은 소리로 화를 냈다.

"지나치게 가벼워."

"이제 돌려주시오!"

아버지가 그의 팔에서 딸을 빼앗았다. 헤이젤이 소파에 앉는 걸 지켜본 워렌은 재빨리 옆자리를 차지하고 앉아 손을 잡았다.

"뭐 필요한 건 없고?"

"허어억, 애먼 처녀 손은 왜 잡는 거요!"

격분하는 목소리가 곁에서 들리든 말든, 워렌의 관심사는 헤이젤뿐이었다. 하얗고 가느다란 손가락을 만지작거리며 노려보던 그가 조용히 혼잣말했다.

"허전하군."

"네?"

"반지를 사야겠어. 아니, 날이 밝는 대로 같이 가면 되겠네."

"갑자기 무슨 소리예요?"

영문을 알 수 없는 대화가 이어지자 소녀가 놀란 눈으로 그를 바라보았다. 왜 갑자기 반지 이야기를 하는 건지 알 수가 없었다.

"영원을 의미한다니 다이아몬드가 낫겠지. 얼마나 큰 걸 원해? 큰 건 거추장스러우니 예식용 말고도 일상용으로 하나 더 주문해야 하나."

"워렌?"

"내 거라는 증표로 이 손가락에 반지를 끼울 거야. 위험한 놈들이 쓸데없이 넘보지 못하도록 아예 열 손가락에 다 끼우는 것도 좋을 테고."

"가장 위험한 건 당신이야! 성스러운 결혼반지를 끼우는 손가락에 지금 누구 멋대로 뭘 어쩐다는 거요!"

헤이젤은 워렌이 만지작거리는 손가락을 물끄러미 내려다보다가 뒤늦게 그 말의 의미를 깨닫고 볼을 붉혔다. 그가 허전하다 말한 비어 있는 손가락에는 지금 그의 큰 손이 반지보다 더 단단하게 얽혀 있었다.

"경비를 불러 내쫓기 전에 얼른 나가시오. 점잖게 말로 타이르는 건 이게 마지막일 테니 그리 알고!"

영문을 알 수 없는 사내의 난입에 화가 난 아버지는 호텔 관리자를 불러 쫓아내겠다고 협박했다. 워렌은 꿈쩍도 하지 않을 기세였지만 이대로 밤을 새울 수도 없다는 걸 깨달은 헤이젤이 그를 다독이며 속삭였다.

"워렌. 밤이 늦었으니 내일 다시 봐요."

"보긴 뭘 또 봐!"

워렌은 잡은 손을 한참 바라보더니 주인 잃은 강아지, 아니 대형견 같은 눈망울로 중얼거렸다.

"……떨어지고 싶지 않아."

두 번 다시 만나지 못할 거라 생각되던 연인과의 재회였다. 아쉬움이 너무 강해 차마 이 손을 놓을 수 없었다. 행여 눈을 떼면 다시 잃어버릴까 두려운 마음을 이해한 헤이젤이 달래듯 손을 마주 잡아주었다.

"이제 그럴 일 없을 거잖아요."

"대체 그게 무슨 말이니, 얘야!"

거품을 무는 아버지를 무시하고 환하게 웃는 소녀를 보고 워렌이 고개를 끄덕였다.

"알았어. 객실을 옆으로 옮기도록 하지."

"성수기라는데 남은 방이 있을까요?"

"없으면 만들게 하면 돼."

아무 문제도 없다는 투로 대답한 워렌이 기가 막혀 아버지가 끼어들었다.

"여기는 일 년 전부터 예약해야 하는 곳이란 말이오!"

"하트퍼드 공작가 요청이라면 들어줄 겁니다. 저는 상관없다지만 아버님은 제가 밤새 호텔 복도에 버티고 서서 지키는 건 내키지 않으실 거 아닙니까. 그럼, 바로 알아보고 오겠습니다."

"아, 이, 어처구니없는, 아버님? 아버니임? 내가 왜 댁에게 그렇게 불려야 하는데! 그리고 호텔 복도에는 대체 왜, 누구 맘대로!"

"이제는 놓지 않을 겁니다."

헤이젤의 뺨을 쓰다듬은 워렌이 미소를 지었다. 당장 프런트로 달려가는 워렌을 소녀가 행복한 얼굴로 배웅했다. 영문을 모르고 난감해하던 아버지가 딸을 붙잡고 물었다.

"헤이젤. 저 남자가 대체 왜 이러는 거냐?"

미친 것 같은 덩치 큰 남자도, 그리고 당연하다는 듯 몸을 기대고 안겨 있는 딸도 낯설기가 그지없던 아버지는 이 어이없는 상황을 이해하고자 소녀에게 물었다.

"그야, 제가 좋아서지요."

더없이 화사한 미소로 소녀가 답했다. 아버지는 넋 나간 얼굴로 딸을 바라보았다. 저 남자도 이상하지만 딸 역시 만만치 않았다. 저녁에 먹었던 훌륭한 만찬에 무슨 문제라도 있었나. 뭔가가 잘못된 건 확실한데 그 이유를 알 수 없으니 미치고 팔짝 뛸 노릇이었다.

"얘는 만난 지 얼마 되지도 않은 남자의 어디를 믿고 이렇게 당당한 건데!"

그는 무언가에 홀린 것 같은 기분이 들었다.

"내가 자리를 비운 게 삼십 분도 채 안 되는데 그게 말이 된다고 생각하니?"

"사실 저희가 만난 건 그것보다 살짝 더 긴 시간이었거든요."

활짝 꽃이 핀 듯 화사한 얼굴을 한 헤이젤이 아버지의 손을 잡으며 곱게 웃었다.

"아빠. 들려드릴 이야기가 있어요. 아주 예전부터 꾸어왔던 제 꿈 이야기예요."

소녀는 이제 다시 자신에게로 돌아온, 한때 잃어버릴 뻔했던 소중한 꿈 이야기를 아버지에게 들려줄 준비가 되어 있었다.

사탕과 인형이 가득한 낡고 아름다운 장미 성과 그곳에 사는 다정한 야수에 대해서 말이다.

〈The End〉

외전

외전 1.
잉그리드 씨의 고뇌

헤이젤의 아버지, 잉그리드는 머리를 감싸 쥐고 앉아 깊은 한숨을 내쉬었다. 갑자기 나타난 산도적 같은 사내가 불면 날아갈까 쥐면 사라질까 애처로운 제 꽃 같은 딸에게 거머리처럼 찰싹 달라붙어서 떨어질 생각을 않고 있는 현 상황에 대한 불만을 노골적으로 표시하면서.

"어제 딸아이에게서 자초지종을 설명 들었네."

"아. 예."

"설명했다고 해서 이해한다는 뜻은 아닐세. 그냥 한번 들어봤어. 그게 다야."

"네."

"도저히 믿기 힘든 일이지만 두 사람이 미리 말을 맞춘 게 아니라면 겹치는 부분도 많고."

"못 믿으시겠다면 만들어볼까요."

"뭘 말인가."

"진실을 가려내는 기계 말입니다."

"……그런 게 가능하단 말인가?"

"심장박동이나 혈압의 변화 같은 걸 측정하는 기계로 데이터를 뽑으면 될 것 같습니다만."

"허어. 그런 신기한 물건을 만들 수 있단 말인가? 아니 이게 아니라!"

그는 워렌의 화술에 말려든 것이 분하다는 듯 테이블을 손바닥으로 쾅쾅 두들겼다.

"조사를 받아야 하는 당사자가 만든 기계를 나더러 믿으란 말인가!"

"그것도 그렇군요."

워렌이 무심하게 고개를 끄덕였다. 다른 이가 보기에 떠드는 건 일방적으로 아버지 쪽이고 워렌은 아주 필요할 때만 입을 열고 있었지만, 헤이젤은 알고 있었다. 저렇게 보여도 워렌이 지금 매우 성실하게 응대하는 중이라는 걸. 그는 아버지가 하는 시답잖은 말 하나하나에 고개를 끄덕이며 대꾸하는 중이었는데 미묘하게 말이 짧아서 그런지 그 점이 더 상대의 화를 부르는 효과를 내고 있었다.

"무엇보다도 거기, 내 딸은 좀 내려놓고 얘기합세!"

"전 이대로도 괜찮습니다."

"애가 불편하지 않은가!"

"제 무릎에 앉아 있는 편이 덜 추울 겁니다."

"그런 문제라면 내 무릎에 앉히면 되지! 춥다니 대체 호텔 특실을 뭐라고 생각하는 건가!"

헤이젤을 무릎에 앉힌 채 능숙한 자세로 차를 마시던 워렌이 가볍게 어깨를 들썩였다. 소녀는 곤란한 얼굴로 두 사람을 번갈아 바라보았다.

그녀가 세상에서 가장 사랑하는 두 사람은 얼굴만 맞대면 으르렁대며 사사건건 트집을 잡고 말싸움을 했다. 행여 헤이젤이 다시 사라질까 두려워 새벽 내내 밖에서 보초를 서다시피 하던 워렌은 날이 밝자마자 반지를 사러 가겠다며 들이닥쳤고 아버지가 그걸 막아서는 중이었다.

"워렌, 저 정말 안 무거워요? 불편하지 않아요?"

실랑이가 벌어지는 몇 시간이고 안고 있자 걱정된 소녀 역시 내려놓을 것을 권했지만, 그는 세상에 둘도 없는 상쾌한 얼굴로 '새털처럼 가벼워'라고 답하고는 행여 빼앗길까 걱정되는지 안은 팔에 힘을 주었다.

"애 아비 앞에서 이게 무슨 추태란 말인가! 당장 내려놓으시게!"

"그럼 반지를 사러 다녀오도록 허락해 주십시오."

"안 된다니까! 모르는 사람이 주는 패물을 왜 받아!"

끝없는 반복에 헤이젤은 작게 한숨을 쉬었다. 이러다가는 아침은커녕 점심도 얻어먹지 못할 것 같아 결국 두 사람의 대화에 끼어들었다.

"워렌. 그런 곳에 쓸데없는 낭비하면 안 되잖아요. 일단 빚 먼저 갚고……."

"뭐? 빚도 있어?"

아버지의 목소리가 충격으로 뒤집혔다. 어느 모로 보나 눈에 차지 않는데 조건마저 최악이다.

"하트퍼드, 하트퍼드……. 그렇군! 신문에서 보았소. 저택이 전소하여 빈털터리가 되었다던데. 거기에 빚도 있다니, 얼굴도 두껍지. 무슨 고생을 시키려고 감히 내 딸을 탐내나? 이 뻔뻔한!"

"아빠, 말이 너무 심한 거 아니에요?"

"난 내 딸을 빚쟁이에게 줄 생각은 없네! 혹시 우리 애 재산을 노린 거라면 당장……."

"빚은 이제 없습니다."

"예?"

툭 던진 대답에 이번에는 헤이젤도 놀랐다. 상속세가 상당 금액 남아 있다는 설명을 들었던 것 같은데, 언제 다 갚았단 말인지.

"시계탑 재건축 공사 대금으로 빚을 다 갚고도 남았습니다. 그런 걱정은 하지 않으셔도 됩니다."

"……과연. 공주님이 그리신 큰 그림이 이런 거였군요."

순수한 감탄이 터졌다. 시장이니 국왕이 참가하는 사냥 대회니 일을 크게 벌였던 이유를 알 것 같았다. 서로 악우라 평하는 사이이지만 공주가 워렌을 돕고 싶어 하는 마음만큼은 진심이었다.

"갚았구나. 다행이다……."

"빚을 다 갚았다 해도 어차피 빈털터리. 이제 묵을 곳도 변변치 않다고 들었네만. 그런 시시한 남자는 볼일 없네!"

"저도 어젯밤에 그 일에 대해 고민해 봤습니다. 아버님과 헤이젤은 지금 디난의 본가에서 지내시는 것 같으니 저도 그쪽에 저택을 얻도록 하겠습니다."

"하트퍼드 저택은? 자네 영지는 어쩌고!"

"그건 복구공사에 개입한 단체 중 원하는 이들을 두고 경매에 붙이겠습니다. 원한다면 박물관으로 개조하든가 하라고 하고 임대하면 됩니다."

한마디도 지지 않고 따박따박 대답하는 모양새가 마음에 들지 않았다. 아니, 제대로 대답을 못 했으면 그건 그대로 우유부단함을 꼬투리 삼아 매섭게 몰아붙였을 터였지만.

"걱정하시는 것만큼 미래가 없는 놈은 아닙니다. 따님을 고생시킬 일은 없습니다."

게다가 오만하기까지 하다. 누가 공작가 아니랄까 봐 사람을 내려 보는 듯한 시선도 불만스럽기 그지없었다.

"그건 당연한 일 아닌가? 내 딸을 데려가 놓고 고생시킨다는 건 말도 안 되는……."

분개하던 아버지가 갑자기 입을 다물었다. 그는 잠시 생각에 잠기더니 고개를 몇 번 갸웃거렸다. 곧이어 그의 입에 좋지 않은 미소가 걸리며 전신에서 음산한 기운이 뿜어져 나오기 시작했다.

"그래…… 너였구나……."

"아빠?"

크크크, 목을 울리며 웃는 그의 눈빛에 살기가 감돌았다. 영문을 모르고 저를 부르는 딸을 측은하게 바라본 아버지는 다시 워렌을 향한 적의를 불태웠다.

"이제 상황이 이해가 가기 시작했네. 혼란스럽던 상황이 바로 정리되었어. 자네, 내가 기묘한 이야기를 하나 들려줄 테니 들어보려는가?"

"……무슨 이야기입니까."

"대충 설명은 들었겠지만, 내 딸은 말일세. 지난 오 년간 아파서 누워 있었다네. 그러던 어떤 날 기적처럼 자리에서 일어났지. 그 기쁨은 이루 말할 수 없었어."

한마디도 놓치지 않고 듣겠다는 진지한 태도의 워렌과 달리,

헤이젤은 불길한 예감이 스멀스멀 드는 것을 떨칠 수 없었다.
“그런데 곱게만 키운 내 딸이 회복하자마자 자리에서 일어나 물걸레를 손에 쥐고 바닥을 닦으려고 하지 뭐겠나. 있을 수가 없는 일이지. 큰 충격을 받은 나는 그걸 하인들의 실수로 생각해 애먼 사람들에게 화풀이했는데 말일세.”
단어 하나하나에 힘을 주며 상황을 설명하는 아버지의 안광이 위험할 정도로 빛났다.
“네놈이 내 딸에게 청소를 시켰던 거였어……!”
흠칫. 그녀를 안고 있는 팔에 힘이 들어갔다. 헤이젤은 생각지도 못했던 폭탄 발언에 말문이 막혀 입을 벙긋거렸다. 아버지가 그걸 지금 이 순간에 떠올릴 줄은!
그는 자신이 알고 있는 하트퍼드 저택 크기와 규모에 관해 늘어놓으며 하인 하나 없이 자신의 딸을 부려먹은 악덕한 누군가에 대한 저주를 퍼부었다.
“아, 물론 내가 그 꿈 이야기를 진심으로 믿는다는 건 아니네. 하지만 상상하는 것만으로도 괘씸해서 말일세. 혈압이, 어이쿠.”
헤이젤은 아버지의 추측과 망상으로 점철된 피해 의식이 극한으로 치달을 때까지 오류를 정정하지 않는 워렌을 이해할 수 없었다. 자신이 피로나 고통을 모르는 인형의 몸에 들어가 있었다는 점에 관해 제대로 설명하면 해결되는 게 아닌가. 대체 왜 입을 다물고 싫은 소리를 듣고 있는가 싶어 그를 올려다보았다.
“워렌?”
쉽게 오해를 풀어줄 것으로 기대했던 당사자는 그럴 여유가 없는지 창백하게 질린 얼굴로 눈을 크게 뜨고 있었다. ‘귀한 남의 딸을 하녀 취급’이니 ‘제 편할 대로 부려먹고 무슨 낯짝으로 다시 찾아와' 같은 구절이 나올 때마다 새삼스레 놀라 뻣뻣하게 굳어지는 근육이 그의 품에 안겨 있는 헤이젤에게는 감출 수 없이 전부 전해졌다.

"원흉이 눈앞에 있다니, 이렇게 기쁠 데가 없다는 말이지. 하하하. 게다가 주제도 모르고 뭐? 내 딸을 달라고?"

소녀는 겨우 그런 일로 시비를 거는 아버지도, 반박 한마디 못하고 죽을죄를 지은 듯 진땀만 흘리는 워렌도 이해할 수 없었다.

"결혼? 어림도 없지, 아암. 작위를 휘두르면 솔깃할 줄 알았나 본데 천만에. 내가 왕족 다음으로 꺼리는 혼처가 공작이야. 그거 반 왕족 아닌가. 호감도 완전 최하위권."

"……."

"아, 자네 그거 아나? 아픈 애가 무리하면서 갑자기 쓸데없는 왕족 상대의 예의범절을 공부하겠다고 나섰단 말이지. 순진한 우리 딸 홀려서 좋을 대로 부려먹다가 자격 운운하면서 교양이 부족하다며 모질게 구박이라도 한 거 아닌가?"

"아빠? 제가 언제 그런 말 했어요?"

"아가, 말 안 해도 이 아빠는 다 안단다……."

으드득, 어금니까지 갈며 분개하는 아버지의 의도적인 곡해 설명으로 워렌은 천하에 둘도 없을 망나니로 표현되고 있었다. 헤이젤의 입장에서는 전혀 말도 안 되는 누명이지만 시간이 지날수록 워렌은 점점 더 말수가 적어지며 안색이 희게 탈색되었다. 과거를 떠올리던 그는 어딘가 마음에 걸리는 부분이 하나나 둘, 어쩌면 좀 더 있는 건지 이마에 슬쩍 식은땀까지 배이는 눈치였다.

당돌하게 들이대던 청년이 말대꾸를 멈추자 아버지는 이때라고 싶을 정도로 마음의 앙금을 탈탈 털어내는 데 집중했다. 그는 확실히, 전에 없이 풍부해진 상상력과 감수성을 사용해 장래 사윗감 후보의 여린 마음을 조각조각 가루로 밟아 부수며 분노를 표현하는 데 여념이 없었다.

"그런 고로, 내 딸을 달라는 소리는 못 들은 거로 하겠네."

"……그건 안 됩니다."

"되고 안 되고는 내가 정하네만."

"아빠아!"

딸에게 섭섭함을 느낀 아버지가 입을 삐죽였다. 제가 대체 언제 저 산도적 같은 남자를 알았다고 아비를 향해 저리 눈을 흘겨 뜬단 말인가. 이것도 저것도 다 저 덩치 크고 눈매 곱지 않은 젊은 공작 탓이라는 결론이 내려졌다.

"공작가에 딸을 보낼 생각은 없네. 거기는 후계자가 필요한 자리인데 헤이젤처럼 몸이 약한 아이는 더더욱 적합하지 않지. 부디 다른 건강하고 무탈한 영애를 찾아봐 주기를 바라네."

후계자라는 단어를 들은 워렌이 성급히 그의 말을 잘랐다.

"아이는 필요 없습니다. 처음부터 생각도 하지 않고 있었습니다."

"후손은 어쩌고?"

"사촌 중 누군가가 저처럼 억지로 물려받겠지요. 제 알 바 아닙니다."

"나중에 말 바꾸는 건 아니고?"

"예전에도 아이는 필요 없다고, 저는 그녀만으로 충분하다고 말한 적 있습니다. 헤이젤에게 직접 물어보십시오."

"뭐야? 그런 망측한 이야기를 이미 나눴단 말인가?"

깜짝 놀란 아버지가 설마, 하며 작은 신음을 흘리더니 곧이어

부들부들 손을 떨었다.

"그럴 리는 없겠지만, 그, 헤이젤이 하트퍼드가에서 신세를 질 동안…… 파렴치하고 부도덕한 실수는 없었기를 바라네."

있다면 넌 죽은 목숨이라는 지옥의 외침이 들리는 기분이 들었다.

"부도덕?"

말의 의미를 이해하지 못한 헤이젤이 고개를 갸웃거리자 아버지는 그제야 딸이 함께 있다는 걸 깨달은 사람처럼 펄쩍 뛰며 옆방에 가 있을 것을 명했다.

"저도 여기 있으면 안 돼요?"

"지, 지금부터 나눌 이야기는 몹시 긴밀한, 그, 내용 여하에 따라서는 결코 살려둘 수 없는, 내가 호신용 무기를 어디다……, 아니다. 어쨌거나 너는 나가서 먼저 식사를 하고 오도록 해라."

"에이……, 아빠랑 같이 먹으려고 했는데."

"크윽. 귀엽지만 오늘은 안 된다!"

손으로 훠이훠이 딸을 내몬 아버지는 문이 닫히는 소리를 확인한 뒤 다시 무시무시한 표정으로 워렌을 노려보았다.

"공작가의 명예를 걸고 허튼짓은 하지 않았다고 맹세하게! 지금! 당장!"

"허튼짓이라면……."

"저 귀여운 애가 변태적일 만큼 아름다운 인형에 들어갔다니 집주인으로서 이런저런 핑계를 대며 수작질해 보지 않았느냐 이 말일세!"

"저를 뭐로 보시는 겁니까!"

뜻밖의 의혹에 워렌이 화를 냈다. 다른 건 몰라도 헤이젤의 명예를 위해서라도 이 부분만큼은 명확하게 해야 한다는 생각이 들었다. 버럭 화를 낸 워렌의 박력에 놀란 아버지가 흠칫 몸을 뒤로 뺐다. 그러자 워렌은 민망한 듯 다시 목을 가다듬고 설명했다.

"……언성을 높일 생각은 없었습니다. 맹세코 따님에게 수치심을 일으킬 만한 행동은 전혀."

"전혀? 티끌만큼도?"

"……예."

워렌의 눈동자가 살짝 흔들렸다. 물론 키스는 했지만. 그것도 여러 번, 생각해 보면 가끔 격하게. 그래도 뭐, 눈앞의 의혹에 비하면 그 정도는 귀엽지 않으냐고 자신을 타이르며 의연한 표정을 유지하려 애썼다.

"흐음."

어딘가 석연치는 않았지만 워렌이 거짓말로 위기를 피할 만큼 융통성 있는 타입이 아니라고 생각한 아버지는 고민에 잠겼다. 그가 팔짱을 끼고 믿을지 말지를 판단하는 동안 눈치를 보던 워렌은 깨달았다. 지금 헤이젤을 지켜내기 위해서 가장 중요한 사실은 앞으로 다가올 이름 모를 청년들을 견제하는 것이 아닌, 눈앞의 난공불락을 무너뜨리는 게 먼저라는 걸.

"아버님은 사업가이시지 않습니까."

"그렇네만."

"이 기회에 제가 운영하는 인형 회사의 경영에 대한 고견을 들을 수 있겠습니까?"

"내 조언을……?"

지금 하트퍼드 인형의 가치는 이전보다 한참 더 뛰어오른 상태였다. 그리고 아버지 역시 그 사실을 잘 알고 있었다. 아무리 딸의 일 때문에 관심 없는 시늉을 해보아도 사업가로서 호기심이 아예 없다고 하기는 힘들었다. 냉담한 척하면서도 솔깃해진 마음을 감추지 못하고 들썩거리는 모습을 확인한 워렌이 입가에 옅은 미소를 띠었다.

"존경할 만한 사업가분께 여쭤볼 기회가 생겨서 정말 다행이라고 생각합니다."

며칠 밤을 새워서라도, 이쪽이 먼저다.

그가 귀여운 연인을 손에 넣기 위해서라면 그 어떤 수단과 방법을 가리지 않을 각오가 되어 있다는 사실을 눈치채지 못한 건 오히려 상대편이었다.

외전 2.
카리나의 사정

"다시 생각해도 기묘하네."

책상 위를 두들기는 손가락은 무심결에 리듬을 타고 있었다. 결코 정숙한 숙녀가 할 만한 태도는 아니지만 카리나의 움직임에는 가벼움과 함께 적당한 우아함 역시 배어 있었다.

"탑 공사가 끝나면 덮어놓고 끌고 가서 우울증 치료를 받게 해야 하는 게 아닐까 싶었는데, 요즘 이상하단 말이지. 코빼기도 보이지를 않아."

정신과 진료 전문 병원과 경치 좋은 요양처까지 알아보고 있었던 카리나는 최근 워렌의 행동에 의문을 가지고 있었다. 그녀가 새해 행사 이후 한동안 연락이 끊겼던 그를 발견한 것은 다른 곳도 아닌 백화점 입구에서였다. 리본이 달린 작은 봉투와 예의 사탕 상자를 품에 안고 있던 그는 카리나를 만나서 매우 당황한 눈치였다. 손에 든 물건을 뒤로 숨기는가 싶더니 몇 마디 나누지도 않았는데 서둘러 도망가는 게 아닌가. 앞으로의 일정에 대해 상의하고 싶었던 그녀는 그의 그런 태도에 의아함을 느낄 수밖에 없었다.

"예전이라면 뭐랄까 좀 더, 귀찮아 해도 저렇게 도망가지는 않았을 텐데."

그것뿐인가. 인상이 완전히 변했다. 예전보다 혈색도 많이 좋아져 보였고. 이거야 뭐, 힘든 일정이 끝나 피로에서 회복했다고 생각할 수도 있었으나 그것 외에도.

"그렇게 잔소리를 해도 자르지 않던 머리를 말끔하게 정리하고 옷도 새로 산 것 같단 말이지. 무엇보다도 그 손에 들려 있던 그거. 내 눈이 틀리지 않는다면 디자인 주얼리로 소문난 고급 상표의 포장이었어."

부지런히 혼잣말하며 생각을 정리하던 그녀는 따닥따닥 소리를 내며 움직이던 손가락을 멈추고 비장한 표정으로 한마디를 추가했다.

"그거 여성용 브랜드라고!"

설마 그 인형에게 줄 건 아닐 테고. 이전 같으면 그것도 의심해 봤을 테지만 인형을 상자에 보관한 지 몇 달이 지난 사실을 아는 터라 새삼 그걸 다시 꺼냈을 것 같지도 않았다. 본인이 쓸 일도 없을 물건을 소중하게 들고 있던 이유가 대체 뭐였을까. 조각이 맞지 않는 퍼즐을 바라보는 기분에 카리나의 입에서 낮은 신음이 흘렀다.

엄청나게 궁금한데 대체 이 호기심을 어떻게 잠재워야 할까, 아니 잠재울 필요가 있을까? 눈을 가늘게 뜨고 허공을 응시하던 그녀는 자리에서 벌떡 일어나 전화기 앞으로 달려갔다. 평소에 하등 쓸모없는 전남편의 용도는 이런 곳에 있지 않겠냐는 마음의 외침을 들으면서.

"아무래도 알아봐야겠어. 워렌이 갑자기 변한 이유를!"

즉, 뒷조사하겠다는 뜻이었다.

✺

의뢰한 지 일주일 후, 그녀는 파비오의 호출을 받고 번화가에 나왔다. 그녀는 전남편의 멱살이라도 잡을 듯 재차 확인하는 중이었다.

"정말이야? 워렌이 이런 곳을 다닌다고?"

과한 반응을 보아서는 어디 음습한 퇴폐 유흥업소라도 와 있는 것 같지만 실상 그들이 만난 장소는 고급 호텔의 라운지 카페였다. 황금빛 일색의 으리으리한 외관뿐만이 아니라 유명 파티시에의 시그니처 케이크와 세련된 디자인의 페이스트리로 유명한 이곳은 사방을 금칠한 분위기만큼이나 가격도 상당해 매일같이 들르기보다는 특별한 날에 찾는 용도라는 것이 대중적인 인식이었다.

워렌과 세련된 살롱이라니. 지독히도 안 어울리는 조합이었다.

"그렇다니까. 창가 쪽 지정 좌석. 오늘도 2시에 예약해 두었어."

"그 게으른 남자가 예약까지?"

하늘이 무너진 것 같은 표정으로 카리나가 소리쳤다. 워렌이 단 걸 좋아한다는 건 알고 있었지만 그건 금연을 위해 사탕을 무는 정도지 이렇게 본격적인 디저트 탐방에 빠질 사람은 아니었다. 예약씩이나 해가며 최고급 디저트 가게에 들르는 워렌의 모습을 상상해 본 그녀는 고개를 저었다.

"우울할 때 단 걸 먹으면 기분이 좋아지기는 한데 말이지, 굳이 이런 곳이 아니어도 되는 거 아니야?"

"쉬, 목소리가 너무 커. 우리는 지금 밀회, 아니 그걸 뭐라고 하지. 밀렵, 아니, 그…… 숨어서 하는 거 말이야."

"밀행."

"어, 그거. 그러니까 그만 좀 두리번거리고 소리 좀 낮춰."

"알았어."

카리나가 고분고분하게 말을 따르자 파비오의 입꼬리가 올라갔다.

"왜 또 그런 얼굴인데?"

"간만에 내가 하자는 대로 해주니까 좋아서. 우리 옛날로 돌아가 데이트하는 것 같아서 가슴이 설레."

"예전으로 돌아가면 절대로 너랑 안 만날 거야."

"아 또 그렇게 분위기 깬다!"

"우리 사이에 언제 그런 게 존재했다고 분위기 타령이야?"

"쉿-!"

티격태격하고 있는 사이, 가게 문이 열리고 워렌이 안으로 들어왔다. 두 사람은 급히 메뉴판을 펼쳐 얼굴을 가린 채 그 모습을 지켜보았다.

"당장 죽을 것 같다더니 말끔한데?"

"그러게."

"야, 여자도 데려왔어."

"말도 안 돼!"

저게 어디 마음에 병이 생긴 사람이냐고 묻는 파비오의 종알거림을 무시한 채 카리나는 눈을 크게 뜨고 워렌의 동행인을 바라보았다. 워렌의 맞은편에 앉은 사람은 초콜릿색 머리를 리본으로 묶은 가녀린 체격의 아가씨였다. 인상적일 정도로 커다란 눈에 달걀형의 얼굴. 나이를 가늠하기 힘든 동안이었다.

"못 보던 아가씨인데, 누구지?"

"그러게. 나도 본 적이 없어."

적지 않은 파티와 무도회에 참석했던 두 사람이 모를 정도라면 어쩌면 귀족이 아닌 향반 계급, 혹은 타국 출신일지도 몰랐다.

"지금 저 이름 모를 아가씨 신분이 중요한 게 아니잖아. 워렌의 맞은편에 앉아 있는 이유에 대해 집중하자고."

"하지만 이름도 신분도 모르면 우리가 할 수 있는 게 없잖아?"

"입고 있는 옷으로 파악해 봐! 워렌과의 관계! 왜 여기에 있는지 등등을 낱낱이 살피란 말이야!"

"……재미없어."

평소 남에게 큰 흥미가 없는 파비오는 카리나의 관심을 독차지하지 못하게 되자 실망한 듯 찻잔을 집어 들었다. 카리나의 나지막한 비명이 들린 건 그가 끝에 자수정이 박힌 앤틱 포크로 프랜지페인(Frangipane)을 넣어 바삭하게 구운 타르트를 작게 부수고 있을 때였다.

"저건!"

"쉿, 조용히 하라고 했잖아. 대체 뭔데 그래?"

"저거 봐. 저 아가씨 손가락에 끼워진 반지!"

"반지?"

이렇게 멀리 떨어져서 잘도 반지 같은 걸 알아보네, 라고 중얼거리며 그가 눈을 가늘게 떴다.

"반지를 낀 것 같긴 한데, 잘 안 보여."

"저거야, 저거. 워렌이 며칠 전에 백화점에서 산 반지."

"야. 넌 걔가 어디서 뭘 사는지도 확인해? 그 관심 내게도 좀 줘봐라!"

어이없는 질문에 카리나가 시끄럽다며 손사래를 쳤다.

"백화점에서 만났단 말이야. 안 어울리게 품에 꼭 안고 다니더니만 설마 저 아가씨 주려고 샀나?"

"저 인간이 그럴 인물이냐. 게다가 뭐냐, 그 금발 글래머 아가씨랑 헤어진 지 얼마 되지도 않았는데."

"……그러게나 말이다."

헤이젤이 사라진 이유를 대충 둘러댔던 카리나는 이럴 때마다 말문이 막혔다. 파비오에게 인형이니 영혼이니 설명해 봤자 비웃음만 살 게 뻔하다는 걸 알기에 두 사람이 헤어졌다고 설명했던 것이 화근이라면 화근이지만, 이 부분은 어떻게든 애써 넘어가려는 카리나였다.

"화려한 금발 미녀를 만나던 사람이 갑자기 저런 얌전한 아가씨로 취향이 바뀌는 건 너무 극단적이잖아. 달라도 지나치게 다른 타입이라고."

"그거야…… 아니다."

애초에 워렌이 만든 인형이었으니 어쩔 수 없던 거였고 어쩌면 그는 저런 맑고 상냥해 보이는 아가씨 쪽이 더 취향일 수도 있지 않겠냐는 생각을 하며 카리나는 소녀를 노려보았다.

"아무리 그래도 그렇지! 못 잊어서 당장에라도 죽을 것처럼 갖은 청승을 다 떨어놓고 태세 전환이 너무 빠르다는 생각 안 들어? 헤이젤이 불쌍하지도 않아?"

"나도 그렇게 생각해. 금발 쪽이 훨씬 예뻤어."

"저 꼴 좀 보라지. 좋아 죽는구나, 죽어. 어유, 쟤가 웃는데 왜 이렇게 화가 나지?"

"야, 근데 그거 금발이 저놈 찬 거 맞지?"

"뭐?"

"아냐?"

잠시 당황하던 카리나가 다시 한 번 워렌을 쏘아본 뒤 입을 열었다.

"맞아. 헤이젤이 찼어."

"그 아가씨 더 부자 찾아서 떠났나 보네."

"……왜 모든 사고를 그리 속물근성 기반으로 판단하는 건데."

"생각해 봐. 세상 다 가질 수 있는 그 미모로 굳이 저런 남자를 만날 필요가 있어?"

"것도 틀린 말은 아니구나. 너 좋을 대로 생각해라."

그녀는 워렌에게 깊은 배신감을 느끼는 중이었다. 그를 위해 항변할 필요를 느끼지 못한 카리나가 마음대로 하라며 끄덕였다. 헤이젤이 사라진 지 이미 일 년이 넘었다. 슬슬 충격에서 벗어나 주길 진심으로 바라고 있었지만 그렇다고 이렇게 갑자기 낯선 아가씨와 시시덕거리는 꼴을 보고 싶었다는 뜻은 아니었다. 모든 건 때와 시기, 흐름이 있지 않은가!

"지조 없는 놈."

새빨갛게 칠한 입술을 자근자근 깨물며 카리나가 투덜거렸다. 소녀의 찻잔에 설탕을 직접 넣고 저어주는 워렌의 다정한 모습에 배신감을 느낀 걸 보면 자신은 어지간히도 헤이젤을 예뻐했던 것 같았다.

그는 유명한 케이크를 앞에 두고도 자신이 먹는 것보다 소녀를 지켜보는 데 더 정신이 없었다. 아가씨가 디저트를 한 입 베어 물고 기쁜 듯 미소를 짓자 그 얼굴을 눈이 부신 것처럼 바라보다가, 입가에 손가락을 가져가 살짝 털어주기도 했다.

"헤이젤이 있을 때보다 얼굴이 더 좋아 보이는 것 같아서 기분 나빠."

사실 워렌이 누구를 만나서 사랑에 빠지든 자신이 상관할 일이 아니라는 건 그녀도 알았다. 알면서도 은근히 심통이 났다. 저 행복에 겨운 모습을 보자니 그렇게 가버린 헤이젤이 불쌍하다는 생각이 드는 건 어쩔 수 없지 않은가. 워렌만이 아니라 상대 아가씨 역시 어지간히도 그에게 빠져 있는 눈치였다. 워렌이 챙겨주는 걸 당연하게 받아들이는 태도가 마치 오랜 시간을 알고 호흡을 맞춰온 연인들 같아 보였다.

"쉽게 마음을 주는 사람이 아니라고 생각했는데, 내가 잘못 알았나 봐. 완전 바람둥이네."

얼마 전까지 사는 의욕을 내던진 사람처럼 굴던 워렌이 다시 마음의 온기를 찾았다면 분명 친구로서 축하해 줘야 할 일이기는 할 터였다. 소중한 지인 하나를 잃고 나머지 하나마저 잃는 것보다는 분명 지금이 나은 상황임은 틀림없었다. 그러나 불만이 마음 한가득 피어오른다. 네가 어떻게 헤이젤을 이렇게 빨리 잊을 수 있느냐는, 작년 일 년 동안 생각하던 것과는 정반대의 서운함이 밀려들었다.

"대체 언제 만난 거지? 얼마 전까지 세상 다 산 폐인처럼 탑 수리만 하고 있었단 말이야. 저런 달콤한 분위기를 만들 만한 상황이 아니었다고!"

투덜대며 두 사람을 지켜보는 카리나의 곁에서 파비오가 뜬금

없는 소리를 꺼냈다.

"너도 저 보석 좋아해?"

"뭐? 반지? 당연하잖아. 저기 예물 전용 브랜드라 비싸. 맞아, 것도 그래. 이제 막 빚 다 갚았다고 비싼 장신구며 고급 레스토랑에서 물 쓰듯 낭비하는 것도 너무하지 않아?"

"자기 돈 어디다 쓰든 본인 맘이겠지?"

"너 이럴 때만 상식에 맞는 말 하지 마."

"저 가게, 갖고 싶어?"

"보석이면 사양 않…… 뭐? 가게?"

"응. 저기 오너가 도박을 참 좋아해. 네가 원한다면 잘 구워삶아 가산탕진 하게 만들어서 차지할 수도 있을 것 같은데."

보석도 아니고 가게. 그것도 정당한 가격을 치르기는커녕 속임수 도박으로 손에 넣겠다는 선언을 대낮에 당당하게 내뱉는 파비오의 정강이를 앞코가 뾰족한 힐로 걷어찬 카리나가 한숨을 푹 내쉬었다.

"아이고, 이 진상아!"

"아야, 왜? 저런 반지 한두 개보다는 가게 통째로 주겠다는데!"

보아하니 워렌이 반지를 사서 선물했다는 사실을 부러워한 줄 알고 은근히 경쟁심을 불태운 눈치였다. 제대로 된 상식은 없는데 쓸데없이 눈치만 출중한 인간은 이럴 때 문제였다. 자기 딴에는 로맨틱한 발상이라고 생각하고 있을 테니 쉽게 포기하지 않을 터. 이걸 말리려면 또 며칠이 걸리려나 싶어 눈앞이 캄캄했다.

그녀가 바라는 건 다정하고 어른스러운 남편이었는데 어쩌다 이런 철부지 괴짜에게 걸렸는지 모를 지경이었다. 누군가 새로운 사람을 사귀어볼까 해도 귀신같이 눈치채고 방해해 대는 통에 이혼하고도 아직 싱글이 된 즐거움은 제대로 누려보지도 못했다.

그래, 남의 연애 문제에 끼어들어 이래라저래라 할 상황이 아니었다. 제 코가 석 자인데 남의 걱정을 할 때인가. 카리나는 이사벨의 부친이 사행성 도박 사기로 경찰서를 드나들기 전에 말려야 한다는 결심을 하며 잠시 행복한 커플에게서는 관심을 끊기로 했다. 부디 아직 일을 저지르기 전이기만을 빌어본다.

심호흡을 크게 한 카리나가 파비오를 향해 입을 열었다.

"……넌 그래서 안 되는 거야."

카페 저편의 행복한 커플은 그녀의 고민 같은 건 눈치도 채지 못하고 있으리라.

남의 연애도 자신의 연애도, 도통 쉬운 것이 없었다.

외전 3.
맞은편 자리

워렌이 헤이젤을 안내한 장소는 입구부터 눈이 부신 호텔 라운지였다. 바닥 전체를 검은 대리석으로 깔고, 천장에 수도 없이 많은 수의 크리스털 샹들리에를 달아 눈이 부실 정도로 번쩍이게 장식한 인테리어는 발을 내딛기도 망설여질 정도로 호화로웠다. 연회장일 거라 생각했던 홀이 다과와 차를 서비스하는 카페라는 설명을 들은 소녀는 놀라 벌어진 입을 다물지 못했다.

흐드러지게 꽃으로 장식된 홀에 들어서자 버터의 고소함과 초콜릿의 달착지근한 향이 꽃향기와 함께 공기 중을 은은하게 맴돌았다. 입구 바로 앞부터 펼쳐진 테이블 위에는 돔 형식의 유리 스탠드 안에 담긴 디저트가 붉은 카펫 길을 따라 나란히 줄 서 있는 장관이 연출되었다.

"이게 전부 다 케이크예요?"

진열대에 놓인 디저트의 종류 백여 가지 외에도 따로 주문할 수 있는 메뉴가 그만큼 더 있다는 말에 헤이젤은 믿을 수 없다는 표정으로 워렌을 바라보았다. 이야말로 과자로 만든 나라에 온 기분이었다. 도저히 하루에 전부 맛볼 수 없는 양의 다채로운 다과를 앞에 두고 소녀는 일생일대의 고민을 해야만 했다. 심각한 얼굴로 부지런히 진열대 앞을 왔다 갔다 하자 워렌이 다독였다.

"한 입씩 먹고 남기면 되니까 원하는 만큼 골라."

"그러기에는 너무 아까운걸요."

디저트 천국에 와서 해서는 안 될 불경한 발언이라며 종알거린 헤이젤은 결국, 심사숙고 끝에 워렌의 몫까지 케이크 세 조각을 주문했다. 메뉴를 살피는 진중한 헤이젤의 모습에, 워렌은 참고 있던 웃음을 터뜨렸다.

"푸하핫!"

"워렌? 왜 웃는 건데요?"

"아니, 지난번 반지 고르러 갔을 때보다 더 진지한 것 같아서."

놀리듯 웃은 워렌이 얼마 전 반지를 주문하기 위해 보석상을 찾았던 일을 회상했다. 완성된 반지를 찾아오는 날에는 그 혼자 갔지만 고르러 갈 때는 두 사람이 함께였다.

그는 세련된 상점 안에서 본 헤이젤의 길 잃은 아기 양 같은 황망한 표정을 여태 잊을 수 없었다. 소녀는 셀 수 없이 다양한 반지들 틈에 끼어 감히 눈을 어디에 둬야 좋을지 모르는 사람처럼 헤매며 떠돌아다녔다. 평소 보석을 좋아하거나 잘 아는 것도 아니었고, 가격대도 짐작할 수 없었다.

익숙하지 않은 공간에서 중요한 선택을 해야 하는 사람들이 그러하듯 그녀는 조금 의기소침하기조차 한 얼굴로 꼼꼼하게 둘러보았다. 보석상은 고가의 가게답게 가격 표시가 일절 없었다. 소녀는 대체 왜 금액이 적혀 있지 않은 건지 영문을 몰라 속으로 애를 태웠다고 했다. 어쩌려고 이렇게까지 불친절한 걸까 하며 원망하던 그녀는 이곳이 금액에 상관없는 재력가 손님들만 드나드는 장소라는 것 역시 알지 못했다.

원래대로라면 헤이젤도 아버지를 따라 이런 장소를 마음껏 드나들었을 신분이건만 최근까지 병석에 누워 있던 터라 영 그럴 기회가 없었다. 아마 시간이 조금 더 주어졌다면 그녀도 이런 쇼핑에 곤란함을 느끼지는 않았을 터였다. 준비되지 않은 갑작스러운 방문에 자격이 있는 것과는 별개로 상당한 심적 부담을 느끼는 듯싶었다.

헤이젤의 속은 안 봐도 뻔했다. 생에 단 한 번뿐인 약혼반지를 고르는 중대사라고 생각하고 있으니 긴장이 될 수밖에. 반지가 뭔가, 귀걸이며 목걸이 같은 보석들도 아낌없이 사주겠다는 말을 누누이 해보았지만 이미 들리지 않는 눈치였다. 보석 전문가들이 포진해 있는 곳이니만큼 눈치껏 물어보며 조언을 얻어도 좋으련만 헤이젤은 고집스럽게 혼자 골라보겠다며 사람을 물렸다. 고객이 원하는 대로 시간을 들여도 초조해하거나 짜증을 내지 않도록 교육받은 점원들은 그녀가 원하는 대로 저 멀리에서 부름이 있을 때까지 차분하게 대기했다.

나중에 굳이 전문가를 물렸던 이유를 물으니 가격도 적어놓지 않는 가게를 어떻게 믿을 수 있겠느냐고 되물어왔다. 어리바리하게 굴다가 의도적으로 비싼 물건을 사게 될 것 같아서였다고 설명해 워렌이 배를 잡고 웃게 했다. 그런 이유로 부러 점원들을 멀리하며 반지를 돌아보던 그녀가 지치다 못해 거의 울상이 되어갈 즈음, 이리저리 움직이던 발걸음이 어느 한구석에서 딱 멈췄다.

"마음에 드는 반지를 찾았어?"

소녀가 한자리에 머무는 시간이 길어지자 워렌이 다가가 물었다. 한참 눈을 깜빡이던 헤이젤이 진열장 좌측에 놓인 반지 하나를 손가락으로 가리켰다. 돔 형식으로 깎인 작은 크리스털 상자 안에 들어 있는 물건이었다.

"저거 어때요?"

"난 좋아."

"워렌, 전 진지해요. 잘 보고 생각해 주세요."

"난 헤이젤이 좋으면 다 좋아."

무책임하다 싶은 즉답이 돌아오자 헤이젤이 입술을 오므렸다. 점점 부풀어 오르는 소녀의 볼을 보며 웃던 워렌이 제 아가씨를 더 토라지게 하면 안 될 것 같아 그녀의 시선이 닿았던 반지를 자세히 바라보았다. 그건 커다란 보석들 사이에서 꽤 아담해 보이는, 거의 둥글다 싶게 커팅된 정사각형의 분홍색 보석 반지였다.

"이게 마음에 드는 거지?"

워렌이 대기하던 점원에게 손짓하자 한달음에 달려와 반지를 꺼내 보여주었다.

"고르신 것은 핑크 다이아몬드입니다. 반지 둘레는 원하시는 대로 조절이 된답니다."

헤이젤이 고른 반지는 고운 분홍빛 다이아몬드가 정중앙에 들어 있고 그 주변으로 작은 화이트 다이아몬드 스무 개가 중앙의 보석을 감싸면서 퍼져 있는 디자인이었다. 연분홍 꽃송이 같은 반지는 일반적인 다이아몬드 반지와 달리 전체적으로 아기자기하고 귀여운 인상을 주었다. 고아하고 품격 있다기보다는 사랑스럽고 친밀한 느낌이 강했다.

"이거 보석도 그리 크지 않고, 마음에 들어요."

"일부러 작은 보석을 고른 건 아니고?"

소녀의 배려를 읽은 워렌이 묻자 헤이젤이 아니라고 고개를 흔들었다.

"아직 너무 어른스러운 반지는 부담스러워서 그래요, 정말이에요."

믿어달라 올려다보는 눈이 너무 간절해서 그는 쓴웃음을 지었다. 그녀가 원하는 것이 저 동그란 분홍색 반지라면, 그건 그대로 좋지 않은가. 어른스러운 반지는 어울릴 때 다시 사면 될 터였다.

"그래. 잘 어울릴 것 같으니 저걸로 하지."

"정말 괜찮겠어요?"

"말했잖아. 헤이젤 마음에 든다면 그걸로 좋아."

처음부터 그가 내건 조건은 단 하나, 보석이 다이아몬드일 것. 애초에 디자인은 그녀가 원하는 대로 무엇이든 상관없었다. 그리고 이건 비밀이지만, 인형을 만들 때 종종 진귀한 보석을 사용하던 그는 소녀보다 훨씬 더 보석에 대해 잘 알고 있었다. 그래서 그녀가 고른 반지를 보고 단번에 허락했다.

워렌의 미소가 짙어졌다. 부러 작은 것을 고르면 조금쯤 억지를 쓰더라도 제 마음에 차는 것으로 바꾸게 할 생각이었는데 자신의 아가씨는 생각보다도 더 취향이 좋은 듯싶어 만족스러웠다. 그에게 부담이 덜 갈 것이라고 필사적으로 골라낸 저 동글동글한 분홍 반지는 아마도 이 보석상 안에서 가장 비싼 반지 중 하나일 테니까. 유색 다이아몬드는 그 희귀성으로 일반 다이아몬드보다 몇 배나 더 비싸다는 사실을 모르는 사람은 이 상점 안에서 헤이젤이 유일했다.

✺

잠시 생각에 잠겨 있던 워렌은 헤이젤이 부르는 소리에 고개를 들었다. 그는 소녀의 사랑스러운 손가락에 끼워져 있는 분홍색 보석 반지에서 황급히 눈을 뗐다.

“워렌, 찻잎은 무얼로 하시겠어요?”

“다즐링.”

“후후, 그럴 줄 알았어요.”

차 맛에 까다로운 워렌이 가장 즐겨 마시는 차는 부드러운 다즐링이었다. 헤이젤 역시 다즐링을 좋아하지만 두 사람이 선호하는 다즐링 종류에서 미묘한 차이가 있었다. 워렌이 캐슬턴산을 좋아한다면 헤이젤은 마가렛호프산을 좋아했다. 그래서 두 사람이 차를 마실 때는 하루 건너씩 상대가 좋아하는 차를 마셨다.

“오늘은 캐슬턴 마시는 날이네요. 저도 달콤한 디저트에는 캐슬턴이 더 어울린다고 생각해요.”

“원한다면 다른 차를 마셔도 좋아.”

“워렌과 같은 것이 좋아요.”

웨이터가 곁으로 다가오자 소녀가 캐슬턴 종류도 고를 수 있는지를 물었다.

“캐슬턴은 오텀널과 퍼스트 플러쉬를 보유하고 있습니다.”

“아, 그러면 오텀널로 부탁할게요.”

확실히 차 종류도 디저트만큼이나 다양하게 갖춰져 있는 듯싶었다. 워렌이 좋아하는 오텀널이 있어 다행이라고 기뻐한 헤이젤은 만족스러운 얼굴로 주문을 마쳤다.

"오전에 다녀온 박물관은 어땠어?"

"정말 재미있었어요. 너무 신기하지 뭐예요!"

운명적으로 워렌과 재회한 헤이젤은 내친김에 잠시 머무르며 온 도시를 훑는 관광을 즐기는 중이었다. 탑을 보수하던 지난 일 년간 이곳에 나와 살았던 워렌은 도시 지리에 밝았고, 덕분에 그녀는 현지인급 안내를 받으며 이곳저곳을 즐겼다.

오늘은 거대한 저택을 개인 소장품으로 가득 채운 박물관에 다녀온 길이었다. 괴짜 갑부 귀족의 여흥으로 수집된 골동품과 미술품은 물론 공룡의 뼈나 암모나이트 화석, 포르말린에 담긴 희귀한 동물의 사체처럼 전혀 어울리지 않는 구성이 저택 내부에 빼곡히 들어차 있어서 다음 방에는 뭐가 있을지 몰라 두근두근 했다고 눈을 빛냈다.

"재미있었다니 다행이네."

"수집품으로 박물관을 열다니, 생각지도 못한 경험이었어요. 워렌도 나중에 인형 박물관을 하나…… 에취."

콩콩, 대화가 끊어지고 작은 기침 소리가 나자 워렌의 미간이 구겨졌다. 그들이 재회했던 날 걸린 감기가 아직도 나을 기미를 보이지 않았다. 헤이젤은 그가 예상했던 것보다 더 몸이 약해서 그를 불안하게 만들곤 했다.

"약 가져왔어? 오늘은 여기까지만 하고 돌아가자. 날이 아직 추워."

"이 정도 기침은 괜찮아요. 많이 나아졌는걸요. 정말이에요."

타는 듯한 가슴도 끊이지 않던 기침도 안정되어 이제는 밖을 돌아다녀도 쉽게 열이 오르지 않았다. 워렌의 병간호가 지극해서 금세 나았다고 아무리 설명해도 그는 구겨진 이마를 쉽게 펴지 못했다.

"아픈 건 절대 숨기지 마."

"네에."

이마에 손을 올려 체온을 확인하고 볼을 쓰다듬는 손길이 깨지는 물건이라도 다루는 양 조심스러웠다. 소녀는 그 손에 얼굴을 기대며 작게 미소 지었다. 더 놀고 싶은 마음에 아픈 걸 숨겼다가는 곧장 집으로 돌려보낼 거라는, 아버지나 할 법한 잔소리가 따라왔다. 헤이젤과 재회한 그는 눈을 떼면 어디론가 사라지는 게 아닐까 하는 불안한 얼굴로 그녀 곁을 맴돌았다. 소녀와 다시 만난 것이 꿈이 아니라는 걸 충분히 인식한 다음에도 약하디약한 그녀의 건강 상태를 보고는 하늘이라도 무너질 것처럼 굴었다.

평소 워렌이 무심 담백한 성격의 사람이라고 생각하던 그녀는 재회한 다음 변한 그의 반응에 한동안 적응하지 못할 지경이었다.

워렌이 이것저것 챙겨대는 사이 주문한 케이크와 차가 서빙되었다. 마침내 그의 걱정에서 해방될 기회를 맞이한 소녀는 이때라며 포크를 움켜쥐고 디저트로 화제를 바꿨다.

"플레이팅이 정말 아름답네요."

"감사합니다. 야생 베리와 식용 금가루를 사용해 새해를 맞이하는 기대와 설렘을 담아보았습니다. 여기 타르트는 크림치즈를 넣은 도우를 사용해서 바삭한 식감을 최대한 살려……."

하트퍼드 공작이 내점했다는 소식에 수석 파티시에가 주방에서 뛰쳐나와 디저트에 관해 설명하기 시작했다. 가게의 평판이 달린 일이다. 유명인인 그를 단골로 잡을 수 있기를 바라며 온갖 서비스가 쏟아졌다. 원한다면 다른 디저트도 샘플러를 내오겠다는 말에 테이블에 있는 것도 다 먹을 수 있을지나 모르겠다며 극구 사양해야 했다.

파티시에의 이야기를 즐겁게 경청하던 헤이젤은 무심코 상대의 어깨 너머로 던진 시선 끝에서 익숙한 얼굴을 발견하고 깜짝 놀란 나머지 딸꾹질을 시작했다.

"히끅!"

"헤이젤?"

놀란 워렌이 소녀의 안색을 살피자, 딸꾹질을 참느라 입을 막은 소녀가 손가락을 들어 카리나와 파비오가 있는 테이블을 가리켰다.

"어, 어, 어떻게."

헤이젤의 테이블에서 사선으로 자리를 잡은 그들은 조각된 대리석 기둥에 가려 사각에 숨어 있는 위치에 앉아 있었다. 차와 케이크를 앞에 두고도 먹을 생각은 도통 없는지 무언가에 대해 열을 내며 토론 중이었다. 그들 사이를 생각하면 예의 말다툼 중일지도 몰랐다. 입씨름하느라 주변을 둘러볼 틈이 없던 그들보다 먼저 발견한 건 운이 좋았지만, 이 일을 대체 어쩌면 좋을지.

슬쩍 펴졌나 싶던 워렌의 이마 골이 재차 깊어졌다.

"카리나 씨뿐만 아니라 파비오 씨까지 함께 있어요. 저, 우리 들키면 어쩌죠?"

"들키면 뭐, 어쩔 수 없지. 어차피 카리나에게는 오래 숨길 생각도 없었고. 계속 비밀리에 지내는 것도 불가능할 테니."

"솔직하게 전부 다 털어놓아요?"

"……많이 이상할까?"

"그럼요. 아주 많이 이상할 거예요!"

카리나가 헤이젤이 인형에 깃든 영혼이었다는 사실을 아는 유일한 지인이었다고는 하지만 그런 그녀라도 '그 유령이 사실은 저였어요'라고 말한다고 순순하게 '아, 그러셨구나!' 하고 넘어가 줄 리 없었다. 당사자도 설명하기 힘든 말을 과연 누가 믿어준단 말인가.

재회의 기쁨을 누리는 데 정신이 팔린 나머지 아직 주변 사람들에게 뭐라고 설명해야 할지 정리해 보지 못했던 두 사람은 긴장된 표정으로 서로를 마주 보았다. 이 상황은 지나치게 갑작스러웠다.

"무언가 열심히 토론…… 아니 싸우고 있는 것으로 보였는데 혹시 이대로 그냥 우리를 못 보고 지나칠 확률은……."

"우리가 입구 쪽에 앉아 있으니 아마 힘들겠지. 이거 곤란한데."

최악의 상황을 떠올리며 긴장한 두 사람이 시선을 마주하는데 저 멀리 앉아 있던 카리나가 갑자기 '더는 도저히 못 참겠어!'라고 외치며 자리를 박차고 일어났다. 그리고는 워렌이 앉아 있는 테이블을 향해 일직선으로 다가오기 시작했다.

"이리로…… 오는데요."

"그렇군……."

못 본 게 아니라 자신들보다 한참 먼저 발견했던 것 같았다. 두 사람 사이에 무거운 한숨이 터진 순간, 테이블에 다다른 카리나가 워렌을 보며 활짝 웃었다.

"어머나, 이런 곳에서 보네. 우리 얘기 좀 할까?"

"……엄청난 등장이군, 카리나. 여기는 잉그리드 양."

"안녕하세요. 그의 직장 동료랍니다. 워렌, 동행한 아가씨가 불편하실 테니 우리 테이블 쪽으로 잠시 와줄 수 있어?"

평소 목소리보다 더 매끄럽고 화사한 음성에 두 사람은 카리나가 이만저만 화난 게 아니라는 걸 확신했다. 그녀는 힐끔 헤이젤의 손가락에 끼워진 반지를 노려보았다. 이글대는 눈빛에 부쩍 불편한 기색을 감추지 못하던 워렌이 이 난관은 절대 피할 수 없다는 사실을 깨닫고 무겁게 고개를 끄덕였다.

"헤이젤, 잠시 다녀올 동안…… 먼저 먹고 있어."

이 상황에 목구멍으로 뭐가 넘어갈 수가 있으려나. 테이블 밑에 손을 감춘 채 눈만 데굴데굴 굴리던 소녀는 안타까운 표정으로 그를 바라보았다. 농번기 새벽에 일하러 끌려가는 소가 저럴까. 싫은 티를 부쩍 내는 워렌을 돕기 위해 뭐라도 해야 하는 게 아닌가 하고 고민하는데 그의 말을 들은 카리나가 눈꼬리를 매섭게 치켜세우더니 사납기 그지없는 목소리로 소리를 빽 질렀다.

"이 아가씨 이름이 헤이젤이야? 야, 이 남자야! 미쳤어! 엉? 네가 진짜 정신이 나갔지?"

눌러 참다 폭발한 것 같은 비명에 실내 안 신사 숙녀의 시선이 전부 그녀에게 꽂혔다. 고상한 자리에 어울리지 않는 숙녀의 행동은 비난받아 마땅했지만 지금 그녀에게 주변의 시선 따위는 아무래도 좋았다.

있는 힘껏 분통을 터뜨리는 모습에 당황한 파비오가 서둘러 자리에서 일어나는 모습이 보였다. 일반적으로 공공장소에서 난동을 피우는 쪽은 자신이지, 카리나 쪽이 아니었기에 충격이 컸던 모양이었다.

매서운 손목 스냅을 사용해 팡팡 등을 때려가며 '이름이 같다고 만나? 어? 돌았니?'라고 퍼부어대는 카리나의 눈빛이 살벌하기 그지없었다.

"저, 저어."

보다 못한 헤이젤이 끼어들려고 하자, 카리나가 그녀를 향해 고개를 돌리고 진지한 표정으로 충고했다.

"아가씨는 내게 감사해야 해요. 이 미친놈이 미쳐서 이러는 거라고 양해해 주시고. 악의는 없는데 좀 아프거든요. 아직 피해당한 거 없죠? 혹 데이트 중에 금발 가발을 써달라는 요청도 하던가요?"

"가발이요? 아니요. 그런 일은."

"다행이네요. 더 돌기 전에 꼬리를 잡아서. 와, 그런데 목소리도 닮았어. 대체 이런 사람은 어떻게 찾은 거야? 야, 아무리 힘들었어도 그렇지 이건 범죄⋯⋯ 이리 당장 나와. 얘기 좀 해. 안 그래도 내가 병원 잡아놨거든?"

영락없는 환자 취급이었다. 아무래도 카리나는 헤이젤을 잊지 못한 그가 이름만 같은 아가씨를 꾀어서 대리 만족을 느끼는 것으로 오해한 듯싶었다. 이 얼마나 엄청난 상상력이란 말인가. 생각도 해보지 못한 의혹 앞에 말을 잃은 워렌이 눈만 껌벅거리는 동안, 도저히 더는 지켜볼 수 없게 된 헤이젤이 카리나의 소맷자락을 움켜쥐었다.

"카리나, 저예요."

"말리지 말⋯⋯ 누구라고요?"

워렌과 헤이젤이 동시에 침묵했다. 이 난관을 벗어나는 지름길은 도망이 아니라 고백일지도 모른다. 카리나는 낯선 영애가 어떻게 제 이름을 아는 건지 의아했다. 워렌이 언급한 적이 있었을지도 모른다는 생각도 잠깐 들었지만 뭔가 틀렸다는 기분이 들어 다시 한 번 맞은편에 앉은 아가씨의 얼굴을 찬찬히 뜯어보았다.

제 이름을 입에 담았을 때부터 이상하다 싶었는데, 자신을 올려다보며 쑥스럽게 미소 짓는 모습이 어딘가 익숙했다. 잡고 있던 멱살을 놓으면서 저절로 '설마'라는 혼잣말이 튀어나왔다.

"이게 뭐래? 설명 좀 해줘."

당황한 카리나가 워렌에게 도움을 청했다. 조금 전까지 매섭게 등을 후려치던 기세는 어디로 사라지고 불안한 표정으로 헤이젤을 훑어보며 자신이 놓친 무언가를 찾기 위해 필사적인 모습이었다.

"카리나. 그, 천천히 정식으로 소개하려고 했는데, 그녀가……."

"진짜야?"

워렌이 작게 고개를 끄덕이는 걸 본 카리나가 숨을 들이켰다. 꺼져 들어가는 목소리로 '미친, 세상에!'라고 중얼거린 것도 같았다. 당황한 것도 잠시, 바람처럼 달려든 그녀는 자신보다 한참 작은 체구의 아가씨를 있는 힘껏 껴안았다.

"찾았는데 왜 연락을 안 해, 이 바보야!"

기뻐하는 건지 화를 내는 건지, 아니면 슬픈 건지도 알 수 없는 표정으로 카리나의 얼굴이 일그러졌다. 그러다 결국 엉엉 울음을 터뜨렸다. 그녀는 화장이 망가지는 것도 개의치 않고 어린아이처럼 펑펑 울었다.

"이게 어떻게 된 상황인지 설명 좀 듣고 싶은데?"

카리나의 뒤를 따라온 파비오가 한심하다는 듯 셋을 바라보았다. 이미 카페 안 시선은 전부 그들에게 집중된 상태였다. 그는 이 지나치게 격정적이고 세련되지 못한 삼각관계에 발을 담그고 싶지 않은지 최대한 몸을 사리는 표정이었다.

"이혼할 때도 안 울던 부인의 눈물을 지금 보는 건 묘한 기분이야. 나야 뭐 별 상관이 없지만 아직 미혼이신 공작님에게 괜한 소문이라도 나면 좀 그렇지 않겠어? 장소를 옮기자."

미련 가득한 시선으로 입에 대보지도 못한 케이크를 눈에 담은 소녀는 지금이 이럴 때가 아니라는 걸 알았다. 아쉬운 다음을 기약하며 고개를 끄덕였다. 화장이 지워지는 것도 신경 쓰지 않고 흐느껴 우는 카리나를 다독여 가며 차에 올랐다.

"야 이 나쁜 자식아아아아-"

차에 오르자마자 다시 워렌의 멱살을 움켜쥔 카리나가 불을 뿜었다. 울며 생각해 보니 아무래도 열이 받는가 싶었다.

"어떻게 이걸 숨겨? 걱정하는 거 알면서 이래?"

"……미안. 정리되면 말하려고 했는데."

"언제? 한 달 뒤? 아니면 둘이 약혼한 뒤? 살림 차린 뒤?"

노려보는 시선에 워렌이 백화점에서 반지 사는 걸 들키는 게 아니었다며 투덜댔다. 그런 둘을 지켜보며 안절부절못하는 헤이젤과는 달리 파비오가 눈을 가늘게 뜨며 가시 돋친 목소리로 말했다.

"계속해. 마누라가 다른 남자 패는 거 구경하는 것도 재미있네."

"아…… 너는 왜 따라왔니, 또."

"나랑 데이트 중이었잖아."

"데이트는 개뿔……."

원래 목적은 미행이었다는 말을 가까스로 삼킨 채 카리나가 파비오를 노려보았다. 그의 안내로 워렌의 뒤를 밟았으니 지금 와서 돌아가라 말할 수도 없고, 상황 설명은 듣고 싶지만 곁에 그를 끼고서는 제대로 대화를 이어 나갈 수가 없었다.

"알았어. 내가 오후에 찾아갈 테니까, 숙소 알려줘."

간신히 호흡을 고르고 마음을 진정시킨 카리나가 조심스럽게 헤이젤을 바라보았다. 낯선 아가씨인데도 이것이 그 아이라고 생각하니 사랑스럽기 그지없었다.

“돌아와 줘서 정말 고맙다.”

팔을 벌려 소녀를 꼭 안아준 카리나가 딱 한마디만을 더 남기고 차에서 내렸다.

“너희 오늘 일찍 잘 생각은 하지도 마라.”

마스카라가 처참하게 번진 귀신 같은 얼굴로 사형선고보다 더 무서운 말을 남기고.

✺

잉그리드 씨는 고민이 많았다.

기적처럼 병석에서 일어난 딸에게는 어째서인지 남자가 달라붙어 있었고, 놈은 아버지의 넘치는 재력으로도 함부로 떼어낼 수 없는 지위를 갖춘 남자였다.

“뭘 어떻게 하면 이런 일이 생기지?”

그야말로 동화 같은 이야기였다. ‘사교 모임에 나가서 만났어요’라고 했어도 내키지 않았을 터인데 딸아이는 지난 오 년간 아파서 집 밖에 단 한 발자국도 나간 적이 없었다. 남자를 만날 틈이 없었는데 대체 저 시커먼 남자가 어떻게 접근했단 말이던가. 아니, 그라면 남자가 붙을 만한 파렴치한 사교 모임에는 딸을 얼씬도 하지 못하게 했을 테지만 말이다.

눈꼴이 시긴 하지만 공작이라는 젊은 청년은 헤이젤에게 홀딱 반해 있었고, 딸 역시 싫은 눈치는 아니었다. 젊은 남녀 두 사람이 서로 좋다는데 아버지라는 사람이 반대만 할 수도 없는 터라 지켜보는 중이지만 내심 속이 불편했다. 그 역시 딸이 평생 독신으로 외롭게 지내기를 원하는 건 아니었다. 적령기가 된 처녀가 세간의 시선을 의식해 등을 떠밀리는 억지 결혼을 말리겠다는 뜻이지, 저렇게 헤어지기 아쉬워하는 커플을 떼어놓을 생각은 없었다.

그러나 딸이 눈을 뜬 지 얼마 되지도 않아 남자가 생기다 보니 아무래도 자신이 뒤로 밀려난 지금 상황이 마음에 들지 않는다. 아니, 솔직히 속상하고 배가 아팠다. 아이가 회복하고 겨우 일 년 될까 말까 한 시간을 품에 끼고 있었을 뿐이었는데 망할 공작이 나타나 반세기 동안 헤어졌던 연인처럼 극적으로 굴며 딸을 독차지하려는 게 아닌가.

눈치 없는 놈. 한 삼 년, 아니 삼십 년 후에나 찾아올 것이지! 일 년 가지고는 턱도 없이 부족하단 말이다!

고로 아버지는 섭섭했다. 그리고 무료했다.

"은퇴하려고 했는데 일이나 좀 더 해야 하나……."

이도 저도 전부 그 덩치 크고 인상 사나운 사내 탓이라며 투덜대며 힐끔 옆을 노려보았다. 무릎을 꿇고 제 딸의 구두를 벗겨주는 공작은 딸의 준비된 몸종 같았다. 공작 작위를 가지고 거만하지도 않고, 귀족이지만 조건 하나 없이 헤이젤을 머리 위에 모시고 지내고 있었다.

'저리 설설 기지만 않았어도 쫓아내고 문전박대하는 건데!'

그나마 제 딸에게 잘하니 봐주는 중이라며 그가 중얼거렸다. 그러나 이건 어디까지나 사윗감 후보 정도로는 고려해 보겠다는 뜻일 뿐 그 이상의 의미는 아니라는 걸 확실히 해야 할 듯싶었다.

"흥. 이걸로 허락을 받았다고 생각하면 큰코다칠 거야."

그깟 반지 좀 끼게 해줬다고 해서 결혼을 허락했다는 것으로 받아들이면 오산이다. 이 정도로는 턱없이 부족했다. 아버지로서 헤이젤이 큰 사랑을 받고 있는지, 또 앞으로도 사랑받을 것인지에 대한 확신이 더 필요했다.

✺

헤이젤은 최근 한참 토라져 보이는 아버지의 눈치를 보고 있었다. 딸과의 오붓한 시간을 꿈꾸며 온 여행지에서 워렌에 대한 기억을 되찾은 소녀는 연인과의 재회가 기쁜 나머지 사실상 아버지를 방치 중이었다. 그녀가 미안해하고 있다는 걸 깨달은 워렌은 잠시 이것이 점수를 딸 기회라는 생각을 했다.

"보자는 이유가 뭔가?"

상대가 아침저녁으로 얼굴을 마주하면서도 굳이 거리감이 느껴지는 말로 첫마디를 열지만 워렌은 그런 것에는 신경도 쓰지 않는 덤덤한 얼굴로 물었다.

"어머님 사진을 가지고 계십니까?"

"어머님이라니, 자네 어머님을 내가 어찌 안단 말인가."

"헤이젤의 어머님 사진을 좀 빌려주셨으면 합니다."

"우리 부인 사진을? 자네가 왜?"

"비스크 인형을 한번 만들어볼까 하고요."

"인형을?"

생각지도 않은 말에 눈을 크게 뜬 아버지는 호기심이 이는지 의자를 당겨 앉았다.

"예. 아무래도 헤이젤이 아직 어머님을 그리워하는 것 같아서 곁에 두고 추억할 수 있도록 작은 인형으로 만들어보려고 합니다."

"헤이젤, 이."

"네, 따님을 위해서."

"흐으음……."

사별한 지 오래된 부인을 닮은 인형이라는 말에 잠시 눈을 빛낸 그가 애써 '크흠. 그래. 딸애가 제 엄마를 지극히도 사랑했지'라고 고개를 주억거리자 워렌의 미소가 더 깊어졌다.

"저택에 두고 보면서 옛날이야기도 좀 해주시고 하면 좋을 것 같습니다."

"그, 그거 아주 좋은 생각이군!"

점차 상기되는 표정을 감추지 못하고 아버지가 물었다.

"언제쯤 완성이 되나?"

"작업에 들어가면 빨라도 한 달 정도 걸립니다. 그동안 헤이젤을 외롭게 혼자 두지 않는 시간을 고려한다면 좀 더 오래 걸릴 수도 있습니다만."

"그건 걱정하지 말게. 내가 있지 않은가. 그 애가 적적할 일은 없을 거야. 자네는 한 달이고 일 년이고 원하는 대로 시간을 마음껏 들여서 최상의 작품을 만들어주게나."

"바쁘신 아버님께 너무 힘든 부탁을 하는 게 아닌가 걱정입니다."

"나를 뭐로 보는 건가. 그 정도는 마음껏 놀 수 있어. 시간 조율 정도는 능숙하다네."

"역시 뭐든지 완벽하시군요."

두 사람이 독대한다는 말에 걱정되어 몰래 엿듣던 헤이젤은 워렌의 변화에 혀를 내둘렀다. 그가 누군가에게 저리 살갑게 구하는 모습을 본 적도 없는 데다가, 치켜세우는 실력 역시 예사롭지 않았다. 마치 먹이를 노리며 그림자를 드리우는 늑대 같은 느낌이었다.

"굉장하다……."

워렌이 헤이젤을 놓치지 않기 위해서라면 뭐든 하겠다는 일념으로 뛰어든 것을 모르는 그녀는 그의 변화가 놀랍기만 했다. 그것도 그렇고, 제게 인형 선물이라니.

"나한테는 이미 줬는데?"

뭘 또 준다는 말인가 싶어 고개가 갸웃거려졌다.

재회의 기념으로 '신부'를 작게 줄인 것 같은 비스크 인형을 선물 받았던 헤이젤은 지금 그가 말하는 인형이 자신을 위한 것이 아니라는 걸 눈치챘다. 얼마 전 그리도 좋아하던 '신부'의 축소 버전을 선물 받고 얼마나 기뻐했던가. 그러니 지금 또 인형 이야기가 나오는 건 다른 목적이 있다고 쉽게 짐작할 수 있었다. 어머니를 닮은 인형은 아버지를 위한 선물일 테지만 부러 헤이젤 핑계를 대 경계심을 누그러뜨리려는 행동이라는 걸.

아버지를 꽤 제대로 파악하고 접근한다는 생각이 들었다.

그렇지만 인형 하나 완성하는 데 보름 이상이나 걸린다는 말도 금시초문이었다. 물론 틀을 만들고 다듬고 말리는 등의 기본적으로 걸리는 시간이 있기는 해도 전시회 준비를 하던 그가 얼마나 손이 빨랐는지를 본 적이 있는 헤이젤로서는 이 역시 의미심장한 부분이었다.

'대체 워렌이 무슨 생각을 하는 거지?'

무슨 일로 자리를 비우려고 하는 걸까. 혹시 재회의 기쁨은 이 정도면 되었다며 다시 하트퍼드가로 돌아갈 생각을 하는 건 아닌가 걱정이 됐다. 물론 언젠가는 돌아가야 한다지만 그래도 지금은 조금 더 곁에 있어주었으면 싶었다.

"그럼 아버님. 어머님이 평소 어떤 의상을 즐겨 입으셨는지 조언을 좀 주시겠습니까?"

"오, 그렇군. 그런 건 내가 가장 잘 알지. 가만 보자. 그녀는 연한 푸른색 옷이 잘 어울렸어……."

보석은 이게 잘 어울리고 머리 장식은 이게 좋겠다며 기억나는 대로 사진을 꺼내 들고 즐거워하는 아버지의 모습을 본 헤이젤은 어쩔 수 없다고 웃으며 서재의 문을 조용히 닫았다.

✺

워렌은 대외적으로 인형 제작을 핑계로 자리를 비웠다. 인형 하나를 한 달씩이나 붙잡을 리 없다는 헤이젤의 예상대로 그에게는 비밀리에 해치워야 할 일들이 있었다. 그것도 그녀가 알지 못하도록 조용하게.

밀린 일 처리로 바쁜 중에도 귀여운 연인의 얼굴을 보기 위해서 틈틈이 찾아가 데이트를 하곤 했는데, 최근 들어 상황이 예전과 같지 않다는 사실을 깨닫게 되는 일이 있었다.

가벼운 마음으로 최근 인기 있다는 응접실 희극(Drawing-room Comedy)을 보러 간 것이 화근이었다. 화려한 오토마타 인형극으로 이미 유명인이 된 그가 하트퍼드 공작이라는 사실을 알아본 사람들이 그와 그 동행인 묘령의 아가씨에 대해 호기심의 눈길을 보내기 시작한 것이다. 연극을 취재하기 위해 극장에 들렀던 신문사 취재인들 역시 특종을 잡았다는 듯 인터뷰 기회만 노리고 있었고 함께 온 사진기자는 그들 주변을 맴돌며 연신 플래시를 터뜨리기 시작했다.

극이 시작되기 전, 하트퍼드 공작의 도착 소식을 들은 극장 오너가 헐레벌떡 그를 만나러 달려 나왔다. 소문만 무성하던 워렌의 등장에 그가 반색하며 덤벼들었다.

"공작님이 여기까지 걸음을 해주실 줄은 몰랐습니다. 미리 언질을 주셨으면 좋은 좌석으로 준비해 드렸을 텐데. 괜찮으시다면 지금이라도 자리를 바꿔 드리고 싶습니다만. 극장에서 왕족분들을 위해 비워둔 박스석이 있습니다."

"아닙니다. 오늘은 일반 관객으로 온 것이니 신경 쓰지 마십시오."

"사양하지 않으셔도 됩니다. 여기 계신 사랑스러운 에스코트 상대를 배려하셔서라도요. 다과와 가벼운 음료도 제공된답니다. 안녕하십니까, 아가씨."

"안녕하세요."

안경을 쓴 극장 오너의 시선이 재빨리 헤이젤을 훑었다. 하트퍼드 공작과의 사이를 가늠하는 눈치였다. 상품을 품평하는 듯한 노골적인 태도에 놀란 그녀가 어색하게 마주 웃었다.

"여기는 제 약혼녀, 헤이젤 잉그리드 양입니다."

"약혼하셨습니까? 오오, 축하합니다. 아직 소식이 돌지 않은 걸 보니 이 기쁜 소식을 듣는 건 제가 처음인가 봅니다."

남자의 시선이 힐긋 핑크 다이아몬드 반지가 끼워져 있는 헤이젤의 손가락을 확인했다.

"시골에 묻혀 사는 사람에 대해 소문날 일이 뭐가 있겠습니까."

"아닙니다. 공작님의 일거수일투족을 궁금해하는 사람이 얼마나 많은데요. 약혼자분과 함께이시라면 특히 더 편안한 자리로 바꾸시기를 추천합니다. 하트퍼드 공작님의 심오한 예술 세계에 도움이 될 수 있다면 이 정도는 아무것도 아니지요. 필요하신 건 뭐든 말씀해 주십시오."

아무래도 극장 오너는 워렌과의 친분을 쌓아두고 싶은 모양이었다. 이야기가 길어지자 미안했던 워렌이 지나다니는 웨이터를 불러 샴페인을 한 잔 시켰다. 사이에 끼어 어정쩡하게 서 있던 소녀는 그가 건네주는 샴페인 잔을 들고 혼자 극장 로비를 구경하기로 마음먹었다. 입구에서부터 안쪽 라운지까지 역대의 인기 배우들과 그들이 한 연극 포스터, 신문 기사가 빼곡하게 액자에 걸려 있었다. 시대를 풍미한 작품들을 훑으며 걷던 헤이젤은 극장 입구를 지키던 어셔(Usher)들이 떠드는 소리를 들었다.

"하트퍼드 공작님이 왔다며?"

"지금 무대 뒤 여배우들도 술렁대는 중이야. 다들 나와보고 싶어서 난리인가 봐."

"벌써 소문이 퍼졌어? 에스코트한 아가씨가 있다던데. 아, 나도 한 번 보고 싶다. 내가 관리하는 쪽 입구로 안 들어오려나."

"일반석은 아닐 테니 포기해. 그것보다도 같이 온 영애는 완전 아기라던데 뭐."

"데이트 상대가 아니야?"

"빼빼 마른 어린애라던데? 내가 잘못 들었나?"

자신의 이야기가 나오자 발걸음을 멈춘 헤이젤이 제 차림새를 내려다보았다. 명색이 약혼녀인데 어린애라니. 그녀는 최고급 디자이너가 만든 고급스러운 회색 정장에 작은 깃털이 달린 모자를 쓰고 있었다. 어디로 봐도 귀한 아가씨 태가 나는 복장은 그렇다 치고, 아무래도 문제는 제 체구였던 듯했다. 오랜 시간 앓은 몸은 아직도 많이 마르고 키도 그리 크지 못해 왜소한 편이었으니까.

'가슴도 없고.'

로비 창가에 비치는 제 실루엣을 들여다보면서 우울한 표정을 지으려니 그녀를 찾아 뒤를 쫓아온 워렌이 놀라 물었다.

"헤이젤? 어디 아픈 거야?"

곰곰이 생각에 빠져 있던 헤이젤이 고개를 들고 워렌을 바라보았다.

"워렌. 저 글래머 아가씨가 될 거예요."

"뭐?"

"그냥 그렇다고요. 잊기 전에 미리 말씀드리는 거예요."

발갛게 볼을 붉힌 헤이젤이 어째서인지 주먹까지 꼭 쥐고 의지를 불태우자 그 모습에 허를 찔린 워렌이 즐거운 듯 크게 웃었다.

"그래. 기쁜 마음으로 기다리고 있을게. 난 지금도 딱히 불만은 없지만 헤이젤이 원하는 거라면 뭐든 좋아."

그녀 앞에서는 취향도 상관없다며 팔로 허리를 감은 그가 사랑스럽다는 듯 내려 보더니 입술을 겹쳤다. 공작과 이름 모를 영애와의 관계를 궁금해하며 곁눈질하던 사람들 사이에서 나지막한 감탄이 터졌다. 차갑고 과묵하다고 소문난 남자가 제 연인에게만은 뜨거웠다. 이곳저곳에서 흐뭇함 반, 부러움이 반 섞인 감상이 흘러나왔다.

사람들의 시선이 집중되자 헤이젤의 볼이 발갛게 달아올랐다. 뒤늦게 상황을 깨달은 워렌이 이대로는 제대로 된 관람이 힘들 것 같다는 판단을 했을 때였다. 긴장한 헤이젤의 발이 엉켜 몸이 앞으로 기울었다.

"위험해."

쓰러지려는 소녀를 한쪽 팔로 받아 든 워렌은 그대로 그녀를 안아 들었다.

"워렌?"

"떨어지지 않도록 목에 손을 둘러."

떨어뜨릴 생각은 없었지만 그리 말하니 헤이젤이 놀랐는지 냉큼 팔을 감아왔다. 그에게서 전해지는 시원한 민트 향이 소녀의 마음을 빠르게 진정시켜 주었다.

"귀찮으니까 이대로 도망치자."

"네?"

연극은 다음에 보자며 장난스러운 미소를 띤 그가 빠른 걸음으로 소녀를 안고 극장 문을 나서자 웅성거리는 소리가 뒤를 따랐다.

"어쩜. 로맨스 연극보다 더 멋진 것 같아……."

정문 쪽에 서 있던 아가씨가 중얼거리는 소리에 헤이젤의 볼이 확 붉어졌다. 쏟아지는 동경의 눈길들이 느껴졌다. 예전 '신부'의 몸일 때는 사람들이 자신이 아닌 예쁜 인형의 얼굴을 보고 있다고 생각했던 터라 시선을 받아도 별생각이 없었다. 그러나 지금은 신경 안 쓰던 작은 것들에 새삼 긴장되어 심장이 터질 것처럼 두근거렸다. 무심코, 그의 목을 안고 있는 팔에 힘을 주어 그를 끌어안았다. 자신이 그의 약혼녀라고 선언하는 것처럼.

그런 헤이젤의 반응을 오해한 워렌은 그녀가 겁을 먹었다고 생각했는지 혀를 차며 주위를 노려보았다. 주변의 위협에 털을 곤두세우며 제 짝을 보호하는 늑대 같은 모습으로 자리를 뜨느라 그는 메모장을 손에 든 기자들의 손놀림이 더 빨라진 것을 미처 보지 못했다.

"어디로 가요?"

"집."

"벌써요? 만난 지 얼마 안 되었는데……."

아쉬워하는 헤이젤을 워렌이 미소로 바라보았다. 헤이젤의 본가는 교통이 편리한 번화가 주택지 쪽에 있었다. 지방의 커다란 성은 두 사람이 살기에 적합하지 않다는 결론을 내린 아버지는 헤이젤이 태어나 어린 시절을 보내던 거대한 저택을 팔고 일찌감치 도시로 이사를 결정했다. 전통과 체면에 연연하는 귀족들 사이에서는 꽤 대담한 행보였으나, 아픈 딸을 진료할 의사와 병원에서 최대한 가까운 곳에 둥지를 틀겠다는 그를 말릴 수 있는 사람은 아무도 없었다.

두 사람이 사는 저택이라 건물 크기 자체는 그리 대단하지 않았지만 수도에서도 손으로 꼽힐 만큼 부지 가격이 높은 지역이라 엔간한 귀족과 사업가들이 아니고는 엄두를 낼 수 없는 곳에 자리하고 있었다. 집 앞에 도착하자 차에서 내릴 준비를 하는 헤이젤을 워렌이 손으로 막았다.

"워렌?"

"그 집 말고."

"네?"

차는 헤이젤의 정문 앞에서 약 30m, 앞으로 미끄러지듯 더 나아갔다. 낯선 건물 앞에 내리게 된 소녀가 위를 올려다보며 물었다. 붉은 벽돌에 나란히 하얀 창문들이 늘어선 고풍스러운 고급 저택 앞이었다. 하트퍼드 저택과 비교도 되지 않을 만큼 세련되고 산뜻한 조형의 현대적인 건물이었다.

"여긴 유명한 정치인이 산다던 저택 아닌가요?"

"이제 우리 집이야."

"네?"

"내가 샀으니 이제 우리 거야. 자 들어가시지요, 마이 레이디."

"에엑?"

샀다고? 이걸? 헤이젤이 놀란 눈으로 워렌을 바라보았다. 듣기로 인근에서도 가장 좋은 건물 중 하나여서 구매는커녕 렌트값만도 만만치 않을 거라던 소문을 들은 적 있었다.

"이 정도 거리면 결혼한 뒤에도 아버지 뵈러 가기가 어렵지 않겠지?"

"워렌, 대체 무슨 마법을 부린 거예요?"

주인이 절대 내놓지 않을 거라는 소문의 건물을 어떻게 손에 넣었는지를 물었지만 그는 웃기만 할 뿐이었다. 아쉽지 않은 가격에 저택을 매각한 전 주인은 계약서를 작성하는 내내 싱글벙글 입에서 미소가 떠나지를 않았었다. 워렌이 주머니에서 열쇠를 꺼내며 정중하게 그녀의 손을 잡았다.

"공작부인이 되실 분께 새로운 하트퍼드가 저택을 안내해 드리겠습니다."

그의 손을 잡고 따라 들어간 건물 현관은 발 디딜 틈이 없을 정도의 장미꽃으로 가득 차 있었다. 색색의 꽃들이 장식된 사이로 아름다운 건물 내부가 눈에 들어왔다. 한 손으로 입을 막고 실내를 바라보는 그녀의 곁으로 다가온 워렌이 속삭였다.

"내부는 헤이젤이 원하는 대로, 시간을 얼마든지 들여서 바꿔도 좋아."

소녀는 자신이 인형사가 아닌 마법사의 약혼녀인가 잠시 헷갈릴 지경이었다.

“그거 아세요? 우리 신문에 실렸어요. 대문짝만 하게.”

다음 날 아침, 신문에 ‘하트퍼드 공작의 열애 상대는 잉그리드 상단의 외동딸’이라는 제목으로 머리기사가 올라왔다. 대문짝만 하다는 말은 과장이 섞였다지만 가십란 첫 페이지 가장 큰 사진으로 실려 있는 제 모습은 신기하기 그지없었다. 게다가 이런 사진이라니.

극장 내에서 워렌이 그녀에게 열렬하게 키스하는 모습이 찍혀 있었다. 무슨 영화의 한 장면 같은 사진에 이건 좀 부끄러운 것 같다며 손으로 볼을 감싸려니 신문을 보며 눈살을 찌푸리던 워렌이 ‘미안. 미리 생각했어야 했던 건데’라고 사과했다.

“왜 사과해요?”

“이런 거 싫어하잖아.”

“제가요? 아니에요. 저 어제 재미있었는걸요?”

“재미?”

“네. 기왕 이렇게 된 이상 온 동네에 자랑할 거예요. 이 남자 내 거니까 넘보지 말라고.”

“하하!”

신문에 이런 장면이 실리는 건 부끄럽지만 키스 자체는 상관없다는 헤이젤의 야심 찬 발언에 놀란 워렌이 의외라는 듯 웃었다. 병석에서 일어나자마자 걷겠다며 재활 훈련을 시작했다던 주치의의 말대로 그녀는 가녀린 인상과 달리, 당돌한 구석이 있었다.

“당찬 아가씨로군.”

"싫으세요?"

"아니, 새삼 마음에 들어."

신문을 바라보는 그녀의 허리를 끌어당겨 제 무릎 위에 앉히고는 볼에 입을 맞췄다. 방긋 웃은 소녀가 고개를 돌려 워렌의 입술에 재빨리 키스한 뒤 아무 일도 없었다는 듯 시치미를 떼고 다시 신문을 읽기 시작했다. 이전과 달리 헤이젤은 애정을 받으면 솔직하게 바로 표현하고 돌려줬다. 기억을 잃었을 당시에는 불안 탓인지 여러모로 조심스럽게 눈치를 살피는 느낌이었다면 모든 것이 바로잡아진 뒤에는 수줍으면서도 묘하게 적극적인 구석이 있었다. 그는 이런 모습도 싫지 않았다.

그녀를 볼 때마다 심장 속 불꽃이 따끔거리며 그를 기분 좋게 자극했다.

"그리고 가슴도 키울 거고?"

"네. 그러려고 하는데 뭘 해야 좋을지 모르겠어요. 몸에 좋다는 건 다 먹고 있는데……."

아이 같다는 소리가 듣기 싫어서 갖은 노력을 다하는데도 살이 붙지를 않는단다. 제 가슴을 내려다보며 한숨을 쉬는 모습을 보며 그가 시선을 내렸다.

"흐음."

그가 짓궂게 가슴을 주시하며 놀리자 소녀가 신문을 쥐지 않은 손을 뻗어 워렌의 눈을 가렸다. 따뜻한 손이 눈을 감싸자 그가 잽싸게 손목을 움켜쥐고 혀로 핥아 올렸다.

"꺄악!"

미지근하고 축축한 감촉에 놀란 헤이젤이 펄쩍 뛰었다. 살아 있는 사람의 몸으로 돌아온 뒤부터 워렌의 행동 하나하나는 그녀를 쉴 새 없이 놀라게 했다. 숨이 멎을 것 같던 재회 당시의 키스나 터질 듯 펄떡이는 심장 소리, 달아오르는 홍조 같은 예전에 없던 감각들이 지나치게 선명하게 그녀를 자극하는 바람에 신체 접촉이 있을 때마다 어쩔 줄 모르겠다는 반응을 보였다.

거기에 배는 강해진 워렌의 집착 역시 전에 없던 감정이기도 했고.

'그렇다고 싫어하는 것 같지는 않지만.'

그녀의 손가락을 입에 넣으며 반응을 살폈다. 놀란 듯 움찔거리면서도 얌전히 손을 내어주었다. 혀를 굴려 동그란 마디를 핥을 때마다 힘이 들어가며 작게 일그러지는 입술 모양이 아무래도 낯선 감각을 눌러 참는 것 같아 묘하게 선정적이었다. 예민하기는 확실히 예민한가.

어색함을 꾹꾹 참고 견디며 자신이 하는 대로 다 받아주는 그녀가 사랑스러워 미칠 지경이었다. 이렇게 어리광을 부리게 받아주니 더 심술궂은 장난 역시 쳐 보고 싶어지는 걸 참기가 힘들었다.

"워, 워렌."

"다 먹어버리고 싶어."

"네?"

"손가락만으로는 부족해. 머리끝부터 발가락 끝까지 전부 핥고 씹어서 내 걸로 만들고 싶다는 생각을 해. 헤이젤이 곁에 있을 때마저도 갈증으로 목이 타 미칠 것 같아."

"헉……."

"그리고 헤이젤도 그런 생각을 해주면 좋겠어."

이전과는 달리 지나치게 솔직히 감정 표현을 해오는 워렌이 낯설기만 한 헤이젤은 그가 하는 말 하나하나에 머리가 핑 돌 만큼

어지러웠다. 좀 더 자신을 원해달라니. 이 이상 어떻게 더? 떠오른 것을 그대로 입에 담는 이 사람이 그 무뚝뚝하던 남자가 정말 맞나? 놀랄 때마다 조심스레 그의 얼굴을 만져 보고 살피지만 확실히 워렌이었다. 자기 절제를 놓기 전과 후가 이렇게 다르다는 사실을 미처 몰랐을 뿐.

그 마른 눈동자 속에 숨겨져 있던 불씨를 발견한 것도 재회 이후였으니 말이다.

갓 부화한 어린 병아리가 미처 너른 세상을 알기 전에 온통 제 색으로 물들여 놓겠다는 듯 구는 그의 소유욕은 아직 세상이 어설픈 그녀에게 지나친 충격이었다. 비스듬히 보이는 목덜미에 입술을 내리며 사랑한다고 속삭이자 치아가 피부를 스칠 때마다 바르르 어깨가 떨려왔다. 사자에게 목을 내어준 사슴이 이러할까. 가련하고, 사랑스러웠다. 이대로 물어뜯어 하얀 피부에 자국을 남기고 싶은 충동을 억누르며 그가 탄식했다.

"만나지 못하던 동안 내가 미치기는 확실히 미쳤던 모양이야."

"네?"

"……이렇게도 좋다니. 이미 미친 걸 테지."

마지막 한마디는 날숨에 가까웠다. 성마른 갈증이 끓어 드러난 어깨에 이마를 비볐다. 흩어지는 마른 고백이 제법 무거워서 소녀가 고개를 돌려 그를 바라보았다.

"좋으면 다 가지면 돼요."

"뭐?"

"전부 다 줄게요."

소녀가 자신만만하게 자신을 손가락으로 가리키며 모두 네 것이라고 알려주었다. 제법 심각하던 그의 고백을 별거 아니라며 한

방에 깨끗하게 날리고는 다시 아무 일 없다는 듯 신문을 읽기 시작하자 고민하던 워렌이 둔하게 눈을 껌벅였다. 어찌 이렇게 단순한 해결이 있을 수가. 그녀는 혹시 사태의 심각성을 깨닫지 못한 건 아닐까. 걱정된 그는 안고 있던 팔에 힘을 주어 헤이젤을 바짝 감싸 안고는 '나중에 후회하게 되어도 무르지 못하는데도?'라는 비겁한 확인 과정을 거쳤다.

그녀는 자신을 잊고도 살아갈 수 있었지만 그는 아니었다. 잊지 못했고 잊을 수도 없었다. 그녀에게서 내려진 면죄부는 그의 숨통을 트이게 할지는 몰라도 평생 그 가녀린 발목을 잡고 무겁게 가라앉을 텐데. 이제 되었다, 힘드니 그만하자 소리를 한다 해도 놓아줄 자신이 없어서 벌써 겁이 더럭 났다.

갑작스러운 포옹에 놀라 작은 비명을 터뜨리던 소녀가 그 말을 듣더니 고개를 갸웃했다. 그녀는 신문을 내려놓고 그를 향해 마주 앉았다.

"내가 할 소리인데. 만일 도망가면 세상 끝까지 쫓아가서 달라붙을 거거든요."

"뭐?"

"질리기만 해봐라."

농담으로라도 그런 소리를 꺼내면 가만두지 않겠다며 으름장을 놓자 남자의 입이 슬쩍 벌어졌다. 그런 제 아가씨가 참을 수 없이 사랑스러워 신문을 보는 고개를 잡아 돌려 그 작은 입술을 빨아들였다. 그녀가 하는 말 한마디 한마디가 그 마음속에 얼어 있던 불안을 녹이고 작은 불씨를 피워내는 기적을 이루어낸다.

워렌은 작게 벌어진 입술 틈새로 비집고 들어가 그녀의 숨을 빼앗았다. 녹아내리는 혀를 주체할 수 없는 사람처럼 그 혀를 먹고 제 혀를 먹이고, 빨아올리고 짓눌렀다.

뭉근하게 비벼지는 얇은 피부 사이에서 마치 굶주린 짐승이 식사하는 것 같은 질척대는 소리가 들려오자 헤이젤의 눈가가 붉게 타올랐다. 워렌은 이것이 허기와도 같은 감정이라는 걸 새삼 깨달았다. 다른 것으로는 채워지지 않는 영혼의 공복이었다. 입맞춤에 정신을 빼앗겨 흘러내리는 가느다란 팔을 다시 제 어깨에 걸쳐 올려놓은 뒤 그는 양손으로 소녀의 턱을 받쳐 들었다. 워렌은 마치 성배를 받는 영웅처럼 오만한 자세로 그녀를 내려다봤다. 미소를 짓는 얼굴에는 조금 전 위태롭던 표정은 말끔히 사라진 채였다.

배부른 포식자의 젖은 혀가 조금 전까지 그녀와 닿아 있던 부분을 슬쩍 쓸고 지나갔다. 마른침을 삼기는 목젖이 아래위로 흔들리는 모습까지 지독하게 뇌쇄적이었다. 지켜보던 헤이젤이 잘게 몸을 떨었다. 이런 남자를 건드렸구나. 제 우습지도 않은 도발에 본성을 드러낸 야수의 실체에 그녀가 감탄했다. 마취를 당한 것처럼 꼼짝없이 그의 눈을 바라보던 소녀의 귀에 누군가가 복도를 달려오는 소리가 들렸다.

"딸아, 헤이젤? 대체 이게 무슨 소리냐?"

거실 문이 부서져라 열리는 틈에, 소녀는 펄쩍 뛰듯 워렌에게서 떨어져 자리에서 일어나며 구겨진 치맛자락을 정리하기 위해 허둥댔다.

달려 들어온 아버지의 손에는 오늘 자 신문이 들려 있었다.

"신문에 왜 이런 게 실린 거니?"

"아…… 그게요."

왜냐고 물어보셔도.

두 쌍의 눈이 마주치고 그대로 엇갈려 허공을 떠돌았다. 아버지가 신문을 보았을 때의 반응을 예상했어야 했는데. 안 그래도 워렌과의 사이에 간격은 항시 30cm를 유지하는 것이 적당하다고 주장해 오던 아버지에게 이걸 대체 어떻게 설명해야 좋을지 모를 지경이었다.

"저 많은 사람 앞에서 우리 애에게 입을 맞췄나, 자네?"

"아……."

"이런 추문이 아직 혼약도 하지 않은 아가씨에게 큰 수치라는 걸 알고 있을 텐데? 게다가 약혼자? 이게 대체 무슨 망상이 섞인 기사일까? 이건 내가 신문사를 상대로 고소를 진행해도 문제가 없는 거겠지?"

"걱정하실 일 없이 헤이젤은 제가 책임지겠습니다."

"그런 뜻으로 한 말이 아니지 않은가!"

불같은 분노를 담은 질책이 사위 후보에게 쏟아졌다. 전에 뭐라고 했느냐, 명예는 지켰다고 하더니만 그것도 설마 거짓말이었느냐, 겨우 반지 하나 줬다고 약혼자 행세하는 건 아니기를 바란다 등등. 이즈음이면 워렌 역시 아버지의 분위기에 말려들어 따님을 평생 행복하게 하겠다며 같은 말을 백 번 넘게 반복하게 된다.

"하아……."

논쟁에서 밀려난 헤이젤이 신문을 접으며 작게 한숨을 쉬었다. 두 남자가 한 치 양보도 없는 밀고 당기기를 하면 곁에서 아무리 말려도 듣지 않는다는 걸 수차례 경험으로 깨달았기 때문이었다. 분명 자신의 이야기인데 왜 제게 선택권이 없는지는 차치하고, 이 두 남자가 친해지지 않는 한 약혼이고 결혼이고 아직 먼 이야기라는 것만 명확하게 재확인되었다.

헤이젤은 아버지의 반대가 오래가지 못할 거라는 걸 알았다. 아무리 반대를 해도 하트퍼드 공작보다 더 좋은 혼처가 나올 확률도 없었고 그렇다고 평생 결혼을 안 시키겠다고 할 것도 아니었으니까. 지금은 저렇게 괴롭혀도 허락이 떨어지는 건 시간문제로 보였으니 이 문제는 둘이 알아서 해결하도록 두어도 될 것 같았다.

"사진이 꽤 잘 나왔으니 잘라두어야지."

거실의 두 사람은 아직도 옥신각신, 끝이 보이지 않는 밀고 당기기를 벌이는 중이었다. 저 싸움의 끝은 대체 언제일까. 잠시 그들을 지켜보던 헤이젤은 볕 잘 드는 창가 쪽에 따로 나와 앉아 신문을 다시 읽기 시작했다.

그녀는 손에 든 신문을 힐끔 내려다보며 중얼거렸다. 아버지의 손에 들린 것까지 두 부. 아니, 구겨진 건 싫으니 하인들을 시켜 새로 두 부를 사오라고 해야 할 것 같았다. 깨끗한 사진을 예쁘게 잘라서 하나는 스크랩을 하고 하나는 액자에 넣어 기념품으로 만들어두리라.

헤이젤로서는 워렌과 키스하는 사진이 실려 내심 뿌듯했다. 창피하지 않다면 거짓말이겠지만 일단 세상에 워렌이 제 거라는 도장을 찍어두었으니 다행이지 뭔가. 매력적인 독신 공작님이 이제 독신이 아니라는 사실을 공표한 것이 무엇보다도 흡족했다.

극장의 어셔들이 아이 같다고 했던 말에 자극을 받은 소녀는 손으로 제 가슴께를 추어올려 보며 조금 더 분발하기로 했다. 이제 키는 더 크기 힘들지 몰라도 몸매 정도는 노력 여하에 따라 개발의 여지가 있지 않을까. 워렌은 지금도 예쁘다며 난리였지만 꿈은 크게 갖는 것이 좋았다.

"두고 보라지."

얼른 가슴도 키우고 분위기도 더 성숙해져서 감히 그 누구도 그녀를 워렌과 어울리지 않는다 말하지 못하도록 최선을 다할 예정이었다. 허락하네, 마네 아직도 시끄러운 두 남자를 돌아본 헤이젤이 한숨을 폭 쉬었다. 저 둘이 타협점을 찾아주지 않는 한, 아쉽지만 그녀에게 어른들의 농염한 연애는 아직 갈 길이 먼 듯 보였다.

외전 4.
박하사탕

사각사각 얇은 모슬린 커튼이 바람에 스치는 소리가 들렸다. 워렌은 잠결에 창문을 열어두었나 보다고 생각했다. 벌써 겨울이 가고 봄, 혹은 여름인 걸까. 흘러들어 오는 바람이 미지근했다. 어째서인지 시간이 흐르는 것도 모를 정도로 정신없이 살아온 기분이 들었다.

인형 속에 들어간 유령 소녀를 사랑하게 된 인형사는 그녀를 다시 찾기까지 먼 길을 돌아야 했다. 만일 그때 그녀가 그를 알아봐 주지 않았더라면 어떻게 되었을까?

아니 잠깐.

정말 그때 헤이젤이 다시 알아보았던가?

가슴 한쪽이 서늘해지는 기분에 워렌은 강제로 잠에서 깨어났다. 그는 자신의 작업실에 놓인 작은 소파 위에서 낮잠을 자고 있었다. 그의 키에 비해 턱없이 작은 소파여서 기다란 다리는 볼품

없이 밖으로 나와 공중에 뻗쳐 있었다. 소스라치게 놀라 일어난 그가 잠시 머리를 긁적이다가 믿을 수 없다는 듯 자신의 머리를 매만졌다.

덥수룩해진 제 머리 길이에 그는 충격을 받았다. 이발하지 않았었나? 분명 시계탑을 만드는 기간 동안 제멋대로 자라게 내버려 두었던 머리를 신년 행사 후 다듬었던 것 같았는데. 정돈했다고 믿었던 머리가 다시 그의 손가락에 감겨들었다.

그 감각은 그의 의혹을 증폭시켰다. 있어서는 안 될 무언가가 존재하듯, 없어서는 안 될 무언가 역시 존재하지 않는 것 같다고. 묘한 위화감을 느낀 그가 비틀거리며 자리에서 일어나 주변을 둘러보았다. 맵시 없는 낡은 가구들로 가득 찬 하트퍼드가 별채의 작업실. 한쪽 구석에는 석고 가루를 담은 커다란 통과 정신없이 바닥에 흩어진 몰드, 길어놓은 물까지 공사 현장이 따로 없었다.

'뭐가 잘못된 거지?'

필사적으로 머리를 굴려보다가 깨닫는다. 자신이 사랑하는 연인과 재회하는 애틋한 꿈을 꾸었다는 사실을. 너무도 그리워 상상 속에서 만들어낸 재회를 잠을 깬 지금까지 현실이라 믿고 있었다는 것을.

"하하……."

그는 창가로 다가가 밖을 내려다보았다. 워렌이 있는 곳은 틀림없이 하트퍼드 영지였다. 가까이에 불에 타 재가 된 거대한 저택이 그 흉물스러운 뼈대를 드러냈다. 그리고 그 옆에는 히스 풀이 무성하게 돋아나 잡초처럼 번져서 관리되지 않은 정원과 유리가 깨진 온실까지. 헤이젤이 사라진 뒤 변한 건 아무것도 없었다. 역시 그렇겠지, 워렌은 어금니를 으스러지게 깨물었다. 느리게 심호흡을 하며 정신을 추슬렀다. 세상에 그런 꿈보다 더 달콤한 기적이 있을 리가.

햇살이 제아무리 깊게 창을 파고들어도 이 차갑고 낡은 석조 건물 속 그에게까지는 닿지 못했다. 세상과 격리된 채 어두워 볕이 들지 못하는 그림자 정원에서 그는 아직도 자신의 유령 아가씨를 잊지 못하고 하루가 멀다고 영지를 배회했다. 이제 저택에 갇힌 영혼은 그녀가 아니라 그였다.

'이러다가 미치는 것도 머지않았어.'

아니, 이미 미쳤을지도 모른다. 한 치 의심도 없이 스스로가 정상이라고 생각하는 것 자체가 이미 미쳤다는 증거일 수도 있지 않은가. 정상인 사람은 한밤중에 불에 탄 폐허 사이를 헤매며 누군가를 목메어 울부짖지는 않을 테니. 그는 차라리 미쳤으면 좋겠다고 생각했다. 아예 미쳐 버려서 원하는 아무 때나 그녀를 만날 수 있게 되기를 바랐다. 꿈속만이 아닌 현실에서도 그녀의 환영과 함께할 수 있다면 자신은 미쳐도 상관없었거늘.

다시 만났다고 생각했었다. 놀라우리만치 감정이 풍부하게 담겨 있던 갈색 눈동자가, 차갑지만 말캉하던 입술이, 연하게 달아오르던 뺨이, 스치던 피부와 감촉이 정말 그녀가 제게 돌아왔다고 알려주었다. 한순간 그의 품에 잠기던 그녀의 체온이 지나칠 만큼 생생해서 모두 진짜라고 믿어 의심치 않았다. 그것이 전부 꿈이었다는 말은 그 누구도 해주지 않았으니 어쩌면 믿어도 될지도 모른다고, 그렇게 생각한 적도 있었던 것 같았다.

애초에 그녀가 돌아온 사실을 아는 사람이 그 혼자뿐이라는 건 그리 큰 문제가 되지 않았다.

'너만 돌아오면 나는 무엇이든 할 수 있는데.'

사랑한다는 말을 묻어두었다가 그녀를 잃고서야 입에 올렸다. 아니, 때를 놓친 자신이 부끄러워 밟아 지워 버린 것 같다. 지켜주지도 못한 주제에 이제 와서 무슨 낯으로.

천 일 낮과 밤을 변명으로 새울 수도 있겠지만 그게 다 무슨 소용일까.

비가 내릴 때마다, 습기를 머금은 땅에서 낙엽 녹는 냄새가 날 때마다 그는 그녀가 아직도 젖은 바닥에 차갑게 버려져 있는 것이 아닌가 싶어 가슴이 조여들었다. 낮고 축축한 공기와 금방이라도 쏟아질 것 같은 하늘을 볼 때마다 사방을 살폈다. 어째서 그때 곁에 있지 못했던 걸까. 헤이젤을 지키지 못한 자신을 저주했다.

그러고 보니 왜 살았더라?

시계탑 완공 후 사라질 생각이었는데 대체 왜 지금까지 의미 없는 시간을 흘려보내고 있었는지 알 수가 없었다. 뭐가 문제였지? 아아, 다른 공사를 맡았었나? 그러고 보니 지금 그걸 준비 중이었구나.

그는 작업실에 한가득 벌려진 인형 재료들을 보고 뒤늦게 상황을 깨달았다. 다른 일, 그래, 시계탑을 본 외국의 귀족이 엄청난 가격을 제시하며 자신의 성에도 비슷한 것을 만들어달라고 요청해 왔었다. 의뢰는 그것뿐만이 아니었다. 그의 오토마타를 원하는 사람의 수는 한층 늘었고 규모도 거대했다. 그리고 워렌은 그 중 몇몇 일을 맡기로 약속했었다.

하지만 대체 왜 이 쓸데없는 일을 수락했을까? 헤이젤이 없는데 자신이 왜 이런 곳에서 오토마타 같은 걸 만들고 있는지 이해가 가지 않았다. 생각이 엉키고 시간이 얽혀서 서 있는 발밑이 위태롭기만 했다.

정말 이대로 괜찮은 걸까? 아니, 괜찮지 않았다. 이대로 살아갈 수 있을 리가 없는데.

그는 작업실에 놓인 거대한 작업 테이블 곁으로 가 맨 위 칸의 서랍을 열었다. 공구들이 가득 찬 다른 서랍과 달리 텅 빈 사각형의 틀 안에는 작은 상자 하나만이 외롭게 굴러다녔다. 나무로 만든 밋밋한 상자의 뚜껑을 열자 무지개색으로 빛을 반사하는 투명한 비닐 안에 담긴 동그란 박하사탕이 한 알 들어 있었다.

그날의 화재는 거실에 두었던 사탕들 역시 태워 버렸다. 헤이젤이 선물해 준 사탕 중 남은 것은 그날 무심코 재킷 주머니에 넣어 두었던 이 하나가 전부였다. 그리고 이제 이 작은 사탕이 그녀가 그 옛날 정말로 존재했었다는 유일한 증거로 남아 있었다. 빛을 머금고 반짝이는 포장지를 우울한 눈으로 바라보던 그는 공기에 닿으면 추억이 산화라도 되는 양 재빨리 뚜껑을 닫았다. 덮개를 덮는 행위 자체가 헤이젤과의 추억을 묻어버리는 기분이 들어 저절로 인상이 찌푸려졌다.

"내가 뭘 하는 거지……."

그는 이해가 되질 않았다. 대체 무엇 때문에 텅 빈 영지로 돌아온 걸까? 다시 인형을 만들기라도 하면 예전 같은 평범한 일상으로 돌아갈 수 있을 거라 생각했었나? 대기에 가득 찬 공기만큼이나 추억이 가득한 이곳에서 제정신으로 버틸 수 있을 거라고?

호흡 한 번에 그녀의 잔상이 흩어졌다가 두 번에 더 진하게 모습이 그려졌다.

어쩌자고 이런 미련을 떠는지. 언젠가 작성해 두었던 유서가 떠올랐다. 그걸 어디에 두었을까. 필사적으로 기억을 훑어보았다.

그가 마지막으로 모습을 본 건 눈이 내리던 겨울날이었다.

시계탑이 완성되던 날 입었던 검은 코트의 주머니에 넣어둔 것이 마지막 기억이었다. 코트를 찾기 위해 고개를 든 그는 지금이 초여름이라는 사실을 깨달았다. 코트는 이미 치운 지 오래였고 유서의 행방은 알 수 없었다. 언젠가 버틸 수 없는 시점이 오면 자신은 그 코트를 다시 찾게 될까. 잠시 괜찮을 거라 생각해 넣어둔 거였을까.

워렌은 기억에 공백이 생겼음을 깨달았다. 눈이 내리던 그날 이후와 지금의 연결점이 보이지 않았다. 무엇이었을까. 어째서였을까. 제 영혼을 붙든 것이 무엇이었는지 깨닫기 위해 아무렇게나 주저앉은 나무 의자가 비명을 질렀다.

진작 그에게서 터졌어야 할 신음이었다.

손바닥 사이에 얼굴을 묻고 그는 깊게 숨을 내쉬었다. 이것으로 마치 호흡이 멎을 수 있기라도 바라는 듯이.

째깍째깍.

어딘가에 처박아둔 시계 초침이 돌아가는 소리가 고요한 실내를 울렸다.

째깍째깍, 달칵달칵.

초침 소리에 섞여 작은 잡음이 들려왔다. 이제 잡음은 정확하게 시계와 반씩 움직였다.

째깍째깍, 달칵달칵.

한 번은 시계의 소리로, 그다음은 무언가가 흔들리는 소리로. 기묘한 이중주에 숙였던 고개를 들고 소리가 나는 방향을 찾아 움직였다.

달칵달칵, 달칵달칵.

소리는 조금 전 닫았던 서랍 속에서 들려왔다. 사탕 말고는 넣어둔 것이 없었기에 그는 믿을 수 없다는 표정으로 서랍을 다시 열었다.

달칵거리며 흔들리는 것은 나무 상자였다. 소리보다도 더 작게, 자신의 존재를 알리기 위해 필사적으로 움직이고 있었다. 상자가 요동치는 것을 보고 비현실적이라느니 이제 정말 미쳤다느니 하는 생각을 할 마음의 여유는 없었다. 워렌은 상자가 원하는 대로 그것을 꺼내 들고 다시 뚜껑을 열었다. 마지막 한 알 남은 그녀의 선물이 제자리에 있는지 확인하기 위해서.

뚜껑을 연 순간 빛에 반사된 무지개가 꽃이 피듯 부드럽게 퍼져 나와 그를 감싸 안았다.

✺

달칵달칵.

여전히 들려오는 소리에 워렌은 눈썹을 찡그렸다.

"……보채지 마. 열어주었잖아."

"닫혀 있었단 말이어요."

맑고 조금은 느린 듯한 목소리.

대답이 돌아올 거라 생각지 못했던 워렌이 숨을 크게 들이켰다. 폐가 타는 것처럼 뜨거웠다. 펄쩍 뛰듯 소파에서 일어나자 상대방도 놀랐는지 작게 비명을 질렀다.

"꺅!"

"……헤이젤?"

바닥을 긁는 듯한 탁한 목소리가 간신히 목구멍에서 새어 나왔다. 그 소리를 듣지 못했는지 찻잔과 티포트를 올린 작은 쟁반을 든 소녀가 눈을 크게 뜨며 '깨뜨릴 뻔했어요!'라고 투덜거렸다. 워렌은 뻣뻣하게 굳은 채 그 자리에 서서 그녀가 차를 따르는 모습을 지켜보았다. 창가에서 빛이 쏟아져 들어와 그녀가 있는 곳까지 닿았다.

은제 티포트에 반사된 햇볕이 무지개처럼 반짝거리는 모습에 눈을 뗄 수가 없었다. 아니, 어쩌면 그녀를 바로 바라보기가 힘든 건지도 모르겠다.

"차를 가져오겠다고 했는데 문을 닫고 있으면 어떻게 해요, 정말."

그나마 요즘 체력이 좋아져서 이 정도 쟁반은 한 손으로도 들 수 있을 정도로 힘이 세졌다며 그렇지 않았으면 차가 다 식을 때까지 문을 두드리며 밖에 서 있었을 거라고 삐죽거렸다.

"헤이젤?"

"네?"

멍하니 그녀의 이름을 다시 불렀다. 소녀는 그제야 워렌의 반응이 더디다는 것을 깨달았는지 서둘러 그의 곁으로 달려왔다.

"워렌? 갑자기 잠이 들어서 이상하다 싶었는데 혹시 어디 아픈 건 아니죠?"

"아프다고?"

"마감이 밀렸다고 한동안 작업실에 파묻혀서 과로했잖아요. 연락이 안 돼서 찾아와 보니 안색도 엉망이고. 피로한 것 같았는데 괜찮아요?"

마른 팔이 그의 이마에 닿기 위해 곧게 뻗어졌다. 그녀는 한 손으로 그의 이마를 짚고 다른 한 손을 제 이마에 갖다 대며 고개를 갸웃거렸다. 그것만으로는 알기 힘든지 표정이 점점 복잡해졌다. 따뜻한 그녀의 체온이 닿자 얼어 있던 몸이 급속도로 녹아내렸다.

"헉……."

"땀 흘렸어요?"

아직 그리 더운 날씨가 아닌데 정말 몸이 아픈 건 아니냐고 걱정하는 소리가 뒤따랐다. 멍하니 그 모습을 지켜보던 그가 그녀의 손목을 잡아 내리고 손가락을 더듬어 맥이 뛰는 자리를 찾았다.

"뭐 하는 거예요?"

간지럽다고 몸을 움츠린 헤이젤이 까르르 웃었다. 엄지손가락 밑에서 규칙적인 리듬을 타고 통통 핏줄이 튀어 오르는 것을 확인한 뒤에야 워렌은 지친 얼굴로 다시 소파에 주저앉았다. 손목을 잡힌 헤이젤은 어머, 하는 작은 소리와 함께 중심이 무너져 워렌이 있는 방향으로 비틀거리며 몇 발자국을 옮겼다. 그는 그녀가 쓰러지기 전에 팔로 허리를 받쳐 제 무릎 위에 사뿐히 안아 올렸다.

"워렌. 정말 왜……?"

바르작대는 어깨를 감싸 안고 서둘러 입을 포갰다. 무엇인가를 말하려던 입술이 오물거리다 어쩔 수 없다는 듯 그의 혀를 깊게 받아들였다. 서툴게 응해오는 입맞춤에, 애가 탈 정도로 머뭇거리며 감겨오는 부드러운 혀의 감각과 손가락 밑에서 잡히는 맥박에 그녀가 살아 있다는 걸 다시 확인했다.

잡아먹을 듯한 눈으로 쏘아보자 헤이젤이 눈썹을 살짝 내리뜨며 시선을 거뒀다. 키스 중에 너무 빤히 보면 부끄럽다고 했던가. 하지만 그녀가 사라질까 두려운 마음에 보지 않고는 견딜 수가 없었다. 피하지 말라는 경고로 혀를 가볍게 깨물자 소녀가 소스라치게 놀라며 다시 눈을 크게 떴다. 허리에 감은 팔을 더 강하게 조이며 다른 생각을 하지 말 것을 강요했다. 할딱이는 숨에 가슴이 크게 들썩거렸다. 그녀가 제 품속에 있는 걸 확인하고야 서서히 불안이 가라앉았다. 이대로는 부족했다. 목덜미를 핥으며 소파에 누이니 소녀가 불에 덴 것처럼 화들짝 놀라서 어쩔 줄 몰라 했다.

"괜찮아. 여기서는 안 해. 그러니까."

훤한 대낮이면 평소보다도 더 수줍어하는 연인을 달래며 그러니까, 조금만 더, 라며 어리광을 부려보았다. 블라우스 단추를 풀러 봉긋하게 선 가슴을 성급하게 입에 넣었다. 전신이 설탕으로 만들어진 공예품같이 혀에 감기는 보드라운 살갗이 무척이나 달았다. 마음 같아서는 이대로 그녀를 안고 싶었지만 몸이 지나치게 약한 터라 그의 욕구대로 아무 때나 덤벼들었다가는 고열로 쓰러진다는 것을 알고 있어서 간신히 눌러 참았다.

하아, 깊은 숨을 내쉬며 하얀 가슴에 머리를 기댔다. 한없이 부족해도 이걸로 실낱같은 이성이 다시 돌아오기는 했다. 가끔 이러다 미치는 게 아닐까 싶을 정도로 불안해 아무것도 손에 잡히지 않았는데 그럴 때는 헤이젤이 어디에 있든 당장 찾아 나서야 했다.

그녀가 정말 존재한다는 걸 눈으로 확인해야만 이 울렁거리는 속이 가라앉았다. 연인만 곁에 있어준다면 미쳐도, 아니 이미 미친 것 같았지만 그것으로 좋았다.

그녀의 손을 잡고 있는 한 자신은 그림자 세상 속에서도 영원히 행복할 테니까. 달아오른 머리로 멍하니 그런 생각을 하는 그를 가느다란 손이 쓰다듬었다. 그가 발작적으로 덤벼드는 일에 익숙해진 후 헤이젤은 부끄러움을 무릅쓰고 먼저 워렌을 달래기 시작했다. 이 갈증이 공포에서 시작된 것을 아는 그녀는 그가 진정될 때까지 아기 달래듯 토닥토닥 등을 쓸어주고는 했다.

"그렇게 뚫어지게 보면 어떻게 해요."

볼을 붉히며 토라진 소리를 내는 그녀가 사랑스러워 가슴골이며 목덜미에 입맞춤하자 항변하던 목소리가 점차 작은 신음으로 바뀌어 들려왔다.

"워렌, 정말 왜. 아, 으응……."

"꿈을 꿨어."

"꿈……?"

"네가 없이 살아가는 꿈."

세상에 혼자 남는 악몽을 꾸었다는 그의 설명에 헤이젤의 눈썹이 축 처졌다. 성급한 키스의 의미를 깨닫고는 나무랄 의지를 잃은 듯했다. 기억을 잃은 탓에 그가 일 년간 고통받았다는 걸 알게 된 후부터 헤이젤은 그 이야기가 나올 때마다 큰 죄책감을 느끼는 것 같았다. 머뭇거리던 입술이 그에게 사죄하려는 것을 깨달은 워렌이 쇄골이며 목덜미를 잘근잘근 깨물어가며 말을 이었다.

"그래서 내 거라고 표시하는 거야. 절대 잃지 않도록."

잃어도 이번에는 직접 찾아가겠다는 말을 하자 그녀의 눈가에 눈물이 스며들었다. 그가 그녀의 등을 다독이며 달랬다.

"넌 아무것도 하지 않아도 돼. 내가 전부 다 할 거니까. 나에게 맡겨."

그녀를 얻기 위해서라면 무엇이든 하리라. 조금 전 같은 상실감을 다시 경험할 생각은 없었다.

"아니요."

젖은 눈썹을 깜박거리던 헤이젤이 그의 말에 반박했다. 의외의 단호함에 워렌이 말을 잃었다. 분연히 눈물을 닦아낸 소녀가 그의 얼굴을 양손으로 움켜잡더니 자신 쪽으로 잡아당겼다. 호기심 가득한 눈으로 하자는 대로 내버려 두었던 워렌은 소녀가 코를 세게 깨물어오자 당황했다.

"헤이젤?"

"저도 지킬 수 있다고요."

그가 찾으러 오는 걸 손 놓고 기다릴 생각은 없다고 말한 그녀는 '그러니까 나도 표시해 둘 거예요'라며 볼이며 귀를 앙앙 깨물기 시작했다.

"둘이 찾으면 시간이 반으로 줄어드니까, 더 오래 같이 있을 수 있어요."

그렇게 말하는 그녀의 눈동자가 마치 빛을 머금은 사탕 포장지처럼 반짝거렸다. 아아. 눈이 부신 듯 헤이젤을 바라보며 그가 되뇌었다.

서랍 속에 남아 있던 사탕이 너였구나.

조그만 상자 안에서 필사적으로 몸을 굴리며 자신을 찾아달라고 말하던 작고 동그란 사탕 한 알이 떠올라 가슴이 벅차올랐다.

"그래."

사실은 그녀가 꿈속에서조차 그를 홀로 두지 않았다는 걸 본인은 알고 있을까.

언젠가 악몽이 완벽한 과거가 되는 날이 오면 어둠에 맞서 그를 지켜준 용맹한 꼬마 사탕의 이야기를 들려주어야겠다고 생각했다. 시커먼 어둠이 물러난 창가에서 햇볕이 거실 안까지 길게 그 따뜻한 그림자를 드리우는 날, 작은 구원에 관한 고백을 해야겠다고.

"다음 달이 워렌 생일이잖아요."

"그랬던가?"

헤이젤이 그의 팔에 몸을 맡긴 채 의외의 말을 꺼냈다. 챙겨본 지 너무 오래된 나머지 본인조차 잊고 있던 생일을 그녀가 어떻게 알았는지 알 수가 없었다. 워렌의 마음을 읽은 듯 헤이젤이 방긋 웃었다.

"가족 앨범에 쓰여 있었어요."

"앨범……."

부모님과 함께 찍은 사진 중에 그의 생일이 기록된 페이지가 있었다는 말은 금시초문이었다. '그런 게 있었어?'라고 되물으니 오히려 어떻게 본인이 모를 수 있느냐고 야단이었다.

"다음 달이에요. 그날 작은 파티를 할 거니까 잊으면 안 돼요. 혹시 선물로 받고 싶은 게 있어요?"

"선물?"

의외의 단어가 이어지자 그가 어리둥절한 표정을 짓다가 그녀를 끌어안고 부드러운 초콜릿색 머리카락에 얼굴을 묻으며 작게 고백했다.

"……있어."

"뭔데요?"

헤이젤이 길어진 그의 머리를 쓰다듬으며 대답을 기다렸다.

"사탕. 기왕이면 박하사탕이 좋겠는데."

"에이–"

답변에 실망한 소녀가 다른 건 필요 없느냐고 다시 물어왔다.

그 정도는 생일이 아니어도 언제든지 줄 수 있으니 당장 내일이라도 사러 가자며 불만을 표했지만 그는 유리병 한가득 반짝이는 알록달록한 박하사탕이 지난 일 년 동안 그 무엇보다도 부러웠을 뿐이다. 언젠가 그녀가 수줍게 내밀었던 예쁜 봉투 속 사탕들이 지금 그 작은 손가락에 끼워져 있는 연분홍색 보석보다도 더 소중하다는 말을 하면 대체 어떤 표정으로 자신을 바라볼까.

믿어주지는 않겠지만 그것이 지금 그가 세상에서 가장 갖고 싶은 생일 선물이었다. 작고 사랑스럽고, 용맹하게 자신을 찾아 구원해 준 그의 달콤한 박하사탕 아가씨가 세상 그 무엇보다도 소중하고 그리웠을 뿐이라고.

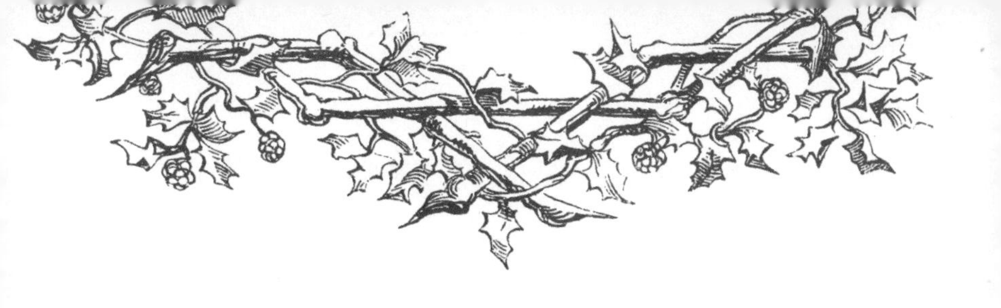

외전 5.
생일 파티

분명히 '작은 가든파티'를 할 거라고 그의 허락을 받아냈던 헤이젤은 말과 달리 대대적인 정원 공사에 착수했다.

어느 늦은 봄날 아침, 시끄러운 소리에 잠에서 깬 워렌이 짜증을 내며 창밖을 내다보니 한 무리의 인부들이 밀어닥치는 중이었다. 와장창, 유리 깨지는 소리가 연속으로 들리고 철골을 어깨에 둘러멘 남자들이 서로에게 고함치며 바쁘게 이동하고 있었다.

"이게 대체 무슨 일이야?"

문화재 단체에서 하트퍼드가 본관을 복구할 예정이라는 소식은 들었지만 예산이며 설계도며 아직 기획 단계 초기였던 걸로 알고 있었다. 도저히 공사를 시작할 시기가 아닌 지금 뭔가 일이 잘못된 것이 아닌가 걱정한 그는 빠르게 방을 박차고 나갔다.

"잠깐. 이게 다 뭔가? 책임자는 어디 있지?"

"책임자요? 어, 저기 있습니다. 빌리! 잠깐 이리 좀 와봐!"

종이 묶음과 펜을 든 채 이리저리 부자재를 확인하던 남자가 뒤를 돌아보았다.

"안녕하십니까. 안 그래도 찾아뵈러 올라가려고 했습니다. 공사 책임을 진 카터라고 합니다. 하트퍼드 공작님 맞으시죠? 여기 사인 좀 부탁합니다."

"……무슨? 사인이라고?"

아연한 얼굴로 서류를 받아 든 그는 빠른 속도로 내용을 확인하다 눈을 크게 떴다. 예상치 않은 보수 공사의 견적서였다.

"온실 재건축?"

"예. 오늘부터 완공까지 대략 3주를 보고 있습니다. 다음 달 파티 전까지는 반드시 끝내둘 테니 맡겨만 주십시오."

"뭐라고?"

점점 더 알 수 없는 전개로 흘러 나가자 워렌은 상황을 따라갈 수가 없었다. 대체 이게 다 무슨 난리란 말인가. 뭔가 착오가 생긴 것 같으니 당장 철수하라는 말을 꺼내려던 그가 문득 며칠 전 헤이젤이 지나가듯 흘린 말을 떠올렸다.

"다음 달…… 파티라고?"

"예, 예. 맞습니다. 신식으로 깔끔하게 다듬어둘 테니 기대해 주십시오. 외관만 아니라 물 빠짐이라든지 전부 놓치지 않고 제대로 잘할 테니 걱정하지 않으셔도 됩니다. 까다로우신 공작부인의 기대에 부응하도록 최선을 다하겠습니다."

"공작, 부인……."

예기치 못한 단어에 그가 숨을 들이켰다. 공작부인이라는 단어를 듣고 가장 먼저 어머니를 떠올렸던 워렌은 뒤늦게 그것이 헤이젤을 칭하는 말이라는 걸 깨달았다. 아차 하는 사이에 얼굴이 붉게 타올랐다. 다행히 카터는 그런 워렌의 변화를 미처 눈치채지 못한 채 사인할 곳을 들이밀기에 바빴다. 뒤늦게 이야기의 접점을 찾은 워렌은 한숨을 푹 내쉬고는 사인한 서류를 넘겼다.

"감사합니다. 이번 공사로 앞으로 백 년은 거뜬히 버틸 튼튼한 온실이 될 겁니다."

워렌은 그가 하는 말을 한 귀로 흘리며 온실을 바라보았다. 인부들은 지금 온실 유리벽 부분을 허무는 중이었다. 사방에서 유리벽이 부서지는 굉음과 바닥에 떨어진 조각을 밟는 소리가 분주하게 들려왔다. 기억에 남아 있던 낡고 우중충한 온실의 모습과는 상당히 다른 광경이 펼쳐지는 동안 그는 철거 장면에서 눈을 뗄 수가 없었다.

'밝은 대낮에 이곳을 다시 본 것이 언제더라.'

헤이젤과 헤어진 후로는 기억이 나지 않는다. 화재에 영향을 받지 않은 몇 안 되는 장소이기는 했지만 폐허에 가깝게 무너졌던 터라 불탄 건물과 비교해도 크게 상태가 좋다는 느낌은 들지 않았다.

방화범을 잡고 난 뒤 유령이 나온다는 말을 듣고 다시 찾았던 게 전부였으려나. 그는 감상에 젖어 허물어지는 온실을 바라보았다. 이렇게 아담한 크기였던가. 크고 황량하고 차갑던 인상이 남아 있는 건 아마도 그가 헤이젤을 찾지 못해 반쯤 정신이 나간 상태였었기 때문일지도 몰랐다.

"그나저나 이곳을 허물 생각을 하다니, 헤이젤……."

추억이 담긴 저택이 불에 탄 것을 슬퍼하던 그녀가 이렇게 빨리 온실 재공사를 할 거라고는 생각지도 못했다. 의외의 선택에 혹시 다시 이곳에 돌아오는 것을 준비하는 건 아닌지 궁금했다.

워렌은 결혼 후에도 하트퍼드 저택에서 살 일은 없을 거라 생각했었다. 수리한다 하더라도 둘이 살기에는 지나치게 거대한 건물이라 문화재 단체가 영리 목적으로 개입할 때 그냥 두었는데 혹시 그녀가 돌아오기를 원한다면……. 이에 대해서 확실히 확인해 두어야겠다는 생각이 들었다. 만일 자신의 약혼녀가 돌아오기를 희망한다면 문화재 재건에 대해서 다시 협상하는 한이 있더라도 우선적인 선택권을 그녀에게 넘길 생각이었다.

그러기 위해서라도 그 문제의 공작부인께서 대체 어디 계시는지 얼른 찾아야 했다.

✺

생일 선물로 박하사탕을 요구받은 헤이젤은 고민이 많았다. 세 살 어린아이도 아니고 대체 누가 생일에 사탕 선물을 달라고 한다는 말인가.

"사탕만으로 선물을 때우고 싶지는 않은데."

아마도 제게 부담을 주기 싫어서 배려한 것이라고 해석한 헤이젤은 지금 사탕을 사기 위해 이전 르네와 이사벨의 손을 잡고 방문했던 가게 앞에 서 있었다. 일단 오기는 했는데 정말 이걸로 괜찮을지 고민하느라 입구 손잡이를 잡고 멈춰 있기를 수 분. 이윽고 결심한 듯 가게 문을 열었다.

"어서 오세요~"

내부는 변함없이 동화에서나 나올 것 같은 사랑스러운 사탕 가게였다. 알록달록 선명한 색상의 설탕 과자들이 유리병 안에 가득 담겨 그녀를 맞이하자 입가에 저절로 미소가 지어졌다. 케이크점

과는 또 다른 달콤한 공기. 오랜만의 방문에 설렌 헤이젤은 커다란 봉투를 집어 들고 이것저것 가득 쌓아 올렸다. 지난번에는 워렌을 위한 사탕을 고른 것이 전부였다면 이번에는 사심을 가득 담아 젤리며 마시멜로, 태피, 거기에 프랄린까지 넘치도록 담았다.

"이건 되었고, 그럼 다음은."

꽉 채운 봉투를 점원에게 건넨 헤이젤은 다시 새 봉투를 꺼내 박하사탕 앞으로 갔다. 달콤하면서도 시원한 향이 감도는 동그란 사탕을 멍하니 바라보며 망설였다. 대체 어떻게 시작해서 끝내야 할지 엄두가 나지 않는 작업에 수 분 간 유리병을 노려보던 소녀가 큰 결심을 한 듯 점원을 불렀다.

"이건 통째로 다 주세요. 배달할 수 있죠?"

……고민은 해서 무엇하랴. 망설여질 땐 통 크게 다 가지면 되는 것을. 그렇게 그녀의 입에서 '전부'라는 마법 단어가 발동되었다.

✺

온실에 대해, 하트퍼드 저택에 대해 상의하고 싶었던 워렌은 의외의 벽에 부딪쳤다. 헤이젤이 거의 일주일째 그를 만나주지 않았다. 아니, 만나주지 않는다는 말에는 어폐가 있었다. 그녀와의 연락이 용의주도하게 차단되는 중이었다.

"전화…… 는 어차피 바꿔주지 않을 거라 생각을 했지만."

저택으로 거는 전화는 아버지 잉그리드 씨의 선에서 철벽 방어되어 통화가 불가능했고 집으로 찾아가도 그녀를 만날 수가 없었다. 무슨 일인지 아침에 나가서 저녁 늦어서야 돌아온다는 것이었다. 그러다가 열이 나서 쓰러져서 다시 통화와 면회 불허가 떨어지고, 조금 나아졌나 싶으면 다시 나가는 일의 반복이었다.

"대체 무슨 일이 벌어지는 거지."

거기다가 최근 들려오는 소문에 의하면 카리나의 소개로 이곳저곳 작은 사교 모임에도 얼굴을 내밀고 있는 모양이었다. 숙녀들의 모임만이 아닌 저녁 만찬 파티, 젊은 신사들이 모이는 곳에도 말이다.

"연락도 없고, 쓰러질 때까지 돌아다닌다지를 않나."

설마 사교계의 자유를 맛본 뒤 허름한 작업실에서 인형만 만드는 남자에게는 관심이 식었다거나. 생각하고 싶지 않은 범위의 가정이지만 충분히 있을 수 있는 일이었다. 헤이젤은 아름다운 브루넷의 아가씨가 아니던가. 금방이라도 눈물이 맺힐 것같이 커다란 눈동자며 길고 우아한 목선, 가녀린 몸매는 남자의 보호 본능을 자극하는 여린 매력이 있었고 거기에 그 따뜻하면서도 포근한 목소리까지 더해지면 지나치다가도 한 번 더 돌아볼 만큼 사랑스러웠다.

자신은 '신부' 같은 세기의 미녀가 아니라서 사람들의 관심을 끌 일이 없다고 생각하고 가슴이며 몸의 굴곡도 모자라 어른 취급조차 받지 못한다고 아쉬워했지만 그건 그녀가 잘못 알고 있는 것일 뿐이었다. 카리나 말로는 신문에 사진이 실린 후 알아보는 사람들이 늘어나 파티에서도 엄청나게 인기가 있다고 했다.

한동안 아버지 잉그리드 씨를 상대하느라 다른 경쟁자에 대한 경계가 약해졌던 워렌의 얼굴에서 핏기가 사라졌다. 다른 남자들이 눈독을 들일 가능성을 떠올리니 도저히 가만히 앉아 있을 수만은 없었다. 초조함에 좁은 실내 내부를 빙글빙글 맴돌며 중얼거리던 그는 결국 작업복을 벗고 벽에 걸어두었던 재킷을 움켜쥐었다.

차를 몰고 무작정 잉그리드가로 찾아간 워렌은 집사의 냉대를 무시하고 현관문을 박차고 들어갔다.

"하트퍼드 공작님, 아가씨께서는 오전 일찍 외출을……."

"쓰러졌다던 사람이 대체 어디를 그렇게 다니는지 알아야겠네. 없다면 돌아올 때까지 여기서 기다리지."

"이러시면 안 됩니다. 아무리 아가씨와 약조를 하신 분이시라지만 이리 무례한 행동을 하시다니."

"무례?"

집사의 말에 발걸음을 멈춘 워렌이 사납게 웃었다. 그가 집사를 향해 걸음을 옮기자 상대는 흠칫 놀라며 뒤로 물러났다. 큰 덩치에 서린 살벌한 표정이 주는 위압감은 평균 이상으로 무서웠다.

"만일 그간 네가 한 말에 한 치 거짓이 있었다면 그것 먼저 수습할 생각을 하는 게 좋을걸."

섬뜩한 한마디에 집사가 움찔했다. 아무래도 찔리는 부분이 있는 모양이었다. 현관에서 벌어진 소동에 하인 몇이 고개를 내밀고 구경하는가 싶더니 조금 뒤 다다다 누군가가 달려 나오는 소리가 들렸다.

"워레엔?"

"……오전 일찍이 외출하셨다라, 하하."

바닥을 긁는 듯한 섬뜩한 저음에 집사가 한 걸음 더 멀리 떨어져서 시선을 피했다. 아무래도 지금까지 주인의 명으로 그를 따돌린 것이 확실한 모양이었다. 저 집사를 어떻게 벌할지에 대한 고민은 천천히 해도 된다고 생각한 워렌이 소리가 나는 쪽으로 고개를 돌렸다.

"온다는 연락도 없이 웬일이에요?"

긴 갈색 머리를 손수건으로 질끈 동여맨 자신의 약혼녀가 그에게 종종걸음으로 다가왔다.

"……헤이젤?"

"오시는 줄 알았으면 미리 준비하는 건데. 안나, 접객실에 차 준비 좀 해줘요. 다즐링으로."

분주하게 차 주문을 하는 소녀를 보며 그가 눈을 크게 떴다.

"무슨 일 있었어?"

"네?"

워렌이 놀라는 것을 본 헤이젤은 고개를 갸웃하더니 그제야 자신의 모습을 내려다보았다. 간편한 블라우스에 스커트만을 걸치고 앞치마를 맨 그녀는 얼굴이며 팔이며 앞치마며 할 것 없이 무언가를 하얗게 뒤집어쓴 채였다. 그녀만이 아니라 그녀가 걸어온 길조차 온통 흰 가루가 폴폴 날렸다.

"꺄아악, 내 꼴 좀 봐! 저기, 누구든 손님 안내를, 워렌, 저 지금 잠깐 가서 옷 좀 갈아입고, 아니 먼저 씻고–!"

"아냐. 이대로도 괜찮아, 헤이젤. 진정해."

놀라 도망가려는 헤이젤의 팔을 움켜잡은 워렌이 '지금도 예뻐'라고 말하자 소녀의 얼굴이 새빨갛게 익어버렸다. 예쁘다는 소리 때문인지 흰 가루 범벅인 상태를 신경 쓰는 건지 어찌할 줄을 모르더니 눈가가 붉어지고 눈물까지 어리기 시작했다.

"이, 이런 꼴로, 워렌이랑, 차, 마시고 싶지 않은데……."

"그 모습이 뭐가 어때서. 그것보다는 왜 그렇게 되었는지가 더 궁금한데."

마치 거대한 분통에 빠진 생쥐 같은 몰골이었다. 게다가 달콤한 냄새까지. '이건 바닐라 향인가?' 하며 코를 그녀의 목덜미에 가져가 킁킁대니 어깨 점점 작게 움츠러들었다. 그에게 이런 모습을 보인 게 적잖이 부끄러운 것 같았다.

"……비밀로 하려고 했는데. 들켰으니 어쩔 수 없네요."

"비밀? 들켜?"

"네에. 잠시만요, 가지고 올 것이 있어요."

침통한 목소리로 '아아, 다 틀렸어……'라고 중얼거리던 소녀가 워렌을 접객실에 앉혀놓고 비틀대며 어디론가 사라졌다. 그 뒤로 주인 아가씨가 갈아입을 옷을 들고 쫓아가는 하녀의 모습이 눈에 들어왔다. 이대로는 안 되겠다 생각한 하녀가 약혼자 앞이라고 기어이 새 옷으로 갈아입힐 생각인 듯싶었다.

약간의 시간이 지나고 헤이젤이 다시 돌아왔다. 이전보다 훨씬 말끔해진 차림으로 머리까지 정리했다지만 완벽하게 털어내지는 못한 듯 아직도 팔이며 손 군데군데에 하얀 가루를 묻히고 있었다.

"대체 뭘 했던 거야?"

석고 가루를 만질 때도 저 정도로 폭탄을 맞은 상태는 겪어보지 못했던 워렌이 순수한 호기심으로 묻자 잠시 대답을 망설이던 헤이젤이 '직접 보세요'라고 대답했다. 소녀가 누군가의 이름을 부르자 밖에서 대기하던 두 명의 하녀가 커다란 트레이를 들고 들어왔다. 은색 쟁반에 가득 담긴 것은 가지각색의 과자와 커다란 케이크 베이스였다.

"과자?"

"요리사에게 스펀지케이크 굽는 법을 배우고 있었거든요. 마음에 들게는 나오지 않았는데 그래도 시간이 있으니까 연습하다 보면 좋아지지 않을까 하고요. 아직은 모양이 좀……."

제대로 부풀지 못한 것, 반죽이 설익어 중간이 가라앉은 것, 가루가 덜 풀어진 것, 새카맣게 태운 것들 등 다양한 상태의 망가진 케이크 시트가 등장했다. 설명에 의하면 이마저도 수많은 실패작 중 보기 괜찮은 것을 골라 가져온 거라고 했다. 해볼 수 있는 실패는 전부 다 해본 것 같았다.

"화력 조절이 너무 어려워요. 시간 맞추는 것도 그렇고. 스펀지 모양을 예쁘게 부풀리기도 쉽지 않아서……."

종알대며 케이크 만들기의 어려움을 토로하는 소녀를 신기한 듯 바라보던 그가 물었다.

"그동안 이걸 하느라 얼굴도 못 본 거야?"

"어쩔 수 없잖아요. 베이스를 제대로 구워야 데커레이션을 배울 텐데."

퐁당 설탕으로 아이싱을 만드는 법까지 배우려면 시간이 촉박하다며 울상이었다. 취미 생활을 하는 건 좋지만 꼭 이렇게 전투적으로 구워야 했을까. 만나지 못해 애가 탔던 일주일의 이유가 맹렬한 베이킹 때문이라는 말을 들으니 허탈했다. 물론, 자신이 우려하던 최악의 사태가 아니어서 다행이기는 했지만.

"그런 건 그냥 요리사에게 맡겨. 설마 이것 때문에 아팠던 건 아니겠지?"

"조금 무리해서 열이 난 것뿐이에요. 이제 괜찮아요. 케이크는 제가 꼭 만들고 싶거든요."

"그럼 천천히 해. 서두르지 말고."

"무슨 소리예요? 파티까지 앞으로 일주일도 안 남았는데."

"파티?"

영문을 알 수 없다는 듯 그가 중얼거리자 헤이젤이 설마 약속을 잊었느냐며 되물었다.

"가든파티 하기로 했잖아요?"

"가든…… 뭐?"

온실의 수리, 케이크. 거기까지 생각이 연결된 그가 뒤늦게 깨달았다. 헤이젤이 지금껏 보인 이상한 행보가 전부 자신의 생일파티와 연결돼 있었다는 것을. 그는 웃는 것도 우는 것도 아닌 기묘한 얼굴로 소녀를 바라보았다. 그러니까 지금 저걸 전부, 자신을 위해서.

"후우……."

워렌은 고개를 숙이고 깊게 한숨을 토해냈다. 거칠게 턱을 문지르던 커다란 손이 입을 덮어 얼굴을 반쯤 가린 채 말이 없자 헤이젤의 표정이 한층 어두워졌다. 미리 상의할걸 그랬나. 요리 솜씨가 형편없는 신부라 실망한 건가 싶어 안절부절못하며 설명했다.

"이제부터라도 열심히 하면 실력이 좀 좋아질 거예요. 아직은 우울한 결과뿐이지만……. 영 아니다 싶으면 특강 교사라도 초빙해서 본격적으로. 아, 정 안 되면 사오면 되고요!"

"아니, 그게 아니라."

소녀의 말을 중단한 워렌이 마른세수를 하며 고개를 들었다.

"다 됐고, 이리 와봐."

"네?"

걱정이 가득한 얼굴로 곁으로 다가온 헤이젤이 조심스럽게 물었다.

"혹시, 이런 선물은 마음에 안 들어요? 지금이라도 늦지 않았으니 저번에 만났던 파티시에에게 주문을 넣을까요?"

"마음에 들고 안 들고가 아니라."

다가온 헤이젤을 당겨 안은 워렌이 그녀의 어깨에 고개를 묻었다. 품 안에 들어온 어깨가 오늘따라 더 가느다랗다.

"나 때문에 탈이 날 정도면 차라리 아무것도 안 하고 건강했으면 좋겠어."

그 말을 어떻게 해석한 건지 소녀의 얼굴에 수심이 깃들었다. 당황한 그가 고개를 저으며 서둘러 추가 설명을 덧붙였다.

"선물은 정말 고마워. 마음에 들지 않는 게 아니야. 오히려……."

"오히려?"

"너무 기뻐서 지금 당장 여기서 쓰러뜨리고 싶을 정도."

"어머머!"

비명은 의외의 곳에서 들려왔다. 깜짝 놀란 두 사람이 고개를 들어 소리의 근원지를 찾으니 트레이를 들고 입구 근처에서 귀를 기울이던 시녀들이 새된 비명이 터진 입을 서둘러 막는 중이었다.

"저기…… 차 시중은 됐으니까."

"아, 예. 알겠습니다."

발갛게 익은 얼굴로 헤이젤이 물러갈 것을 명하자 시녀들은 그제야 '바보야, 그렇게 큰 소리를 내면 어떻게 해!'라거나 '너도 들었니?' 같은 소리를 속삭이면서 재빨리 사라졌다. 아무래도 이 대화 내용이 저택 안에 퍼지는 건 시간문제일 것 같았다. 쑥스러워진 헤이젤이 꼬물꼬물 워렌의 품에서 벗어나 어색한 자세로 다시 자리로 돌아갔다.

"그, 기뻐해 주셔서, 정말. 응, 다행이에요."

어떻게든 자연스럽게 찻잔을 들어보려 하지만 긴장으로 떨리는 손에 달그락거리는 소리가 요란했다. 결국 찻잔을 드는 걸 포기한 헤이젤이 주먹을 꼭 쥔 채 비장한 결의를 보였다.

"이렇게 좋아해 줄 줄은 몰랐어요. 저 힘낼 거예요."

"아니, 그러니까 건강을 먼저……."

워렌이 기대해 주는 이상, 어떻게든 파티 날까지 최고의 케이크를 준비하고야 말겠다는 투지에 불타오르는 그녀에게 아무래도 워렌의 걱정은 닿지 않는 것 같았다. 그의 갑작스러운 방문 이유가 그간의 연락 두절 때문이었다는 말에 헤이젤은 크게 반성했다. 걸려온 전화가 전부 중간에서 검열을 당했다는 걸 알고 집사를 힘차게 노려본 소녀는 앞으로는 자신 쪽에서 먼저 연락하겠다고 대답했다.

그동안 카리나를 따라 파티 준비에 정신이 없었다고 했다. 오전에는 온실의 설계 도면을 보며 재질이나 분위기 같은 걸 상의하고 오후에는 가정교사와 수업도 하고 케이크 굽는 법을 배우거나 준비물을 사고, 틈틈이 파티에도 참석해 최신 유행을 배웠다고.

"준비는 혼자 하지 말고 나를 불렀어야지. 몸도 약하면서."

"워렌은 지금 맡은 일 완성 날짜까지 작업이 빠듯하잖아요."

새로 산 집도 줄곧 비우고 불편하기 짝이 없는 하트퍼드 별채 작업실에 처박혀 있는 걸 보면서 어떻게 그런 말을 꺼내겠느냐고 반박하자 워렌도 대꾸할 말을 잃었다.

"대신 제가 자주 들를 테니 이제 걱정하지 마세요."

아팠다던 환자에게 씩씩한 위로를 받은 워렌은 다시 한 번 무척이나 애매한 미소를 지어야만 했다. 아무래도 그는 자신의 약혼녀를 말로 이기기는 힘들 것 같다는 생각을 하면서.

✺

처음 파티를 주최하는 헤이젤에게 벅차다는 이유로 워렌은 아주 소수의, 하트퍼드 공방과 인연이 있는 사람들만을 초대했다. 소규모 파티지만 복장 규정이 있다는 말에 워렌이 귀찮게 뭘 그런 걸 지키느냐고 항변했지만 '파티의 주역이 도망갈 생각 마세요'라는 단호한 한마디로 반대 의견을 기각당했다.

화재로 가재 대부분을 잃은 그는 봄에 입을 적당한 정장이 남아 있는지조차 기억이 나지 않았다. 새로 맞추러 나갈 시간이 없어 대충 옷장에 있는 것을 꺼내 입을 생각을 하며 고개를 끄덕여야 했다.

"워렌, 저 왔어요."

하트퍼드가를 찾은 헤이젤은 엄청난 양의 상자와 종이봉투를 가지고 들이닥쳤다.

"이게 다 뭐야?"

"파티 준비물이요."

거실까지 상자를 옮긴 소녀는 워렌의 팔을 끌어 의자에 앉혔다.

"잠시 쉴 시간은 있지요?"

"내 아가씨가 왔는데 당연하지."

그가 헤이젤의 이마에 키스하자 활짝 웃은 소녀가 '열어보세요!'라며 상자를 건넸다. 파티 준비물이라는 말에 테이블보나 촛대 장식 같은 걸 떠올렸던 그가 의아한 얼굴로 뚜껑을 열어 내용물을 확인하고는 잠시 굳었다.

"파티 준비물이라고 하지 않았어?"

"이번 파티에서 가장 중요한 준비물이죠."

상자 안에는 진청색 남성용 정장이 들어 있었다. 원단이며 마감까지 완벽하다는 건 보기만 해도 알 수 있을 정도로 마름질이 깔끔했다. 그것뿐만이 아니었다. 헤이젤은 다른 상자들을 가져와 타이핀과 커프스, 포켓 스퀘어에 구두까지 줄줄이 꺼내기 시작했다.

"헤이젤?"

"네."

"이건 대체……."

"미리 주는 워렌 생일 선물이에요."

"케이크는?"

"그것도."

"파티도 있었잖아."

"그것도요."

거기다가 온실 수리까지 하지 않았던가. 완공되고 금액을 묻는 워렌에게 공사 담당자는 대금은 이미 처리되었으니 걱정 없다는 말을 남기고 사라졌다.

그는 조용히 헤이젤을 바라보았다. 그가 선물을 마음에 들어 하는지 기대에 차 눈을 반짝거리며 올려다보는 소녀는 마치 주인의 칭찬을 기다리는 강아지 같은 표정을 하고 있었다. 사랑스럽기는 한데, 이대로는 안 된다. 떼기 힘든 입을 간신히 연 워렌이 의자를 가리켰다.

"옆에 앉아봐."

헤이젤은 영문을 모른 채로 워렌의 곁에 앉았다. 목소리가 심각한 걸 눈치채고 무슨 일인지 눈을 데굴데굴 굴리는 모습이 아직 뭐가 문제인지 모르는 모양이었다.

"헤이젤. 내가 지금 이렇게 바쁜 이유를 알고 있어?"

"그럼요. 워렌이 이번에 큰 프로젝트를 여러 개 맡았잖아요."
"그래. 그리고 그 이유는?"
"으음, 인기가 너무 많아서?"
헤이젤은 순진한 얼굴로 워렌의 표정을 살폈다. 그가 무슨 이야기를 하고 싶은지 감이 오지 않는 눈치였다.
"빚은 이미 다 갚았다는 건 알고 있을 테지. 지난번에 맨션을 산 것도 이번 계약금으로 치른 거야. 완공 후 들어오는 돈으로 사실상 하트퍼드 저택을 새로 짓는 것도 가능하기는 한데……."
혹시 그녀가 추억 서린 이곳에 돌아와 살고 싶어서 온실 재건축을 강행한 건 아닌가 싶어 걱정했었다. 여기까지 설명하고 힐끔 반응을 살폈지만 큰 표정 변화가 없어 파악하기가 쉽지 않았다.
"만일 이곳에 다시 돌아와 살고 싶으면 그렇게 해. 다른 사람 손에 맡긴 이유는 그저 귀찮아서였으니까. 나 혼자 저택을 고쳐서 살아야 했을 땐 의미 없다고 생각했지만……."
"네? 아니요. 저는 새 맨션이 아주 마음에 들어요."
"……그래?"
소녀가 힘차게 고개를 끄덕였다. 워렌과 함께라면 장소가 어디든 상관이 없다고 대답하자 그의 얼굴이 급속도로 풀어졌다. '아니, 이게 아니지'라고 중얼거린 그가 다시 표정을 가다듬고 상황을 설명했다.
"문화재 재건에 관심을 보이는 단체들이 많아서 맡겨둔 것뿐이니까 물릴 수 없다고 포기하지는 말아줬으면 하는 소리야. 뭐, 우리 선에서 재건축하면 고증 같은 건 무시하고 싹 새로 지을 가능성이 가장 크니까 손실이 무서워서 벌벌 떠는 거겠지."
"예전 모습대로 재건하면 멋있을 것 같아요. 저 전에도 하트퍼드 저택이 원형대로 복구되면 어떤 느낌일지 궁금했거든요."

"그래? 그럼 그냥 둘까?"

"네에."

흔쾌히 고개를 끄덕인 헤이젤이 생각에 젖었다. 분명 그녀는 번영하던 당시의 저택 모습을 궁금해한 적이 있었다. 그러나 어째서인지 그곳에서 생활하는 워렌이나 자신의 모습을 떠올리는 데는 실패했었다.

만일 헤이젤이 하트퍼드 저택에 미련이 남아 온실을 다시 지은 것이 아니라면 워렌이 생각하는 문제는 더 컸다. 지금 맡은 일과 앞으로 계약된 일들만 끝내도 두 사람이 평생 놀고먹어도 될 만한 금액이 들어온다. 걱정은 딱히 금전적인 문제가 아니라, 그녀의 소비 성향에 대해서였다.

"내가 이 이야기를 꺼낸 이유는 혹시 아버님이 헤이젤에게 너무 마음이 약하시지는 않은가 해서야."

갑작스러운 이야기에 헤이젤이 영문을 모르겠다는 얼굴로 그를 바라보았다. 가망 없다 생각하던 딸이 갑자기 병석에서 일어나 건강해졌으니 뭐든 해주고 싶어 하는 아버지의 마음을 이해하지 못하는 건 아니다. 워렌만 하더라도 헤이젤만 돌려받을 수 있다면 팔다리가 아니라 목숨까지도 내어줄 준비가 되어 있었으니까. 그러나 그런 아버지의 관용이 소녀를 지나친 응석받이로 만든 것은 아닌지 걱정되기 시작한 것이다.

"온실이라든가 파티 같은 건 비용을 내가 내는 게 맞아. 아버님은 헤이젤을 사랑하시니 원하는 대로 쓰게 하는 것 같지만 괜찮다면 지금이라도 갚고 싶은데……."

"아……."

이제야 논지를 파악한 소녀가 입을 동그랗게 벌렸다. 그 이야기였구나.

워렌은 소녀가 쓰는 금액을 걱정하고 있었다. 헤이젤이 용돈으로 받는 돈은 그녀 자신을 위해 쓰였으면 했다. 애써 번 돈이 뜬금없이 워렌에게 사용되는 걸 그녀의 아버지가 알게 된다면 크게 상심할 것이 틀림없었다. 어려운 말이지만 한 번쯤 짚고 넘어가야 할 것 같아 이야기를 꺼냈는데 듣는 이의 반응이 묘했다.

"헤이젤?"

"우후후후후."

섭섭해하거나 당황하지 않을까 걱정하고 있었으나 뜻밖에 만면의 미소를 짓고 눈을 반짝이고 있지 않은가.

"괜찮아요. 워렌. 저거 다 제 돈이에요. 써도 돼요."

"뭐? 아니, 그러니까. 그거 아버님이 주신……."

"아뇨. 전부 제 돈인걸요. 제가 번 거."

"……뭐라고?"

헤이젤이 워렌을 보며 장난스럽게 웃었다.

"실은 놀라운 일이 있었거든요."

어릴 적부터 외동딸을 걱정한 아버지는 자신의 사업 기술을 전수할 겸 약간의 용돈을 주고 투자를 가르쳤다고 했다. 각 상단의 장단점을 알려주고 어떤 투자를 하면 좋을지 궁리해 보라는 숙제를 주었단다.

"그게 제가 열한 살 때 일이었어요. 사고가 나기 전에 분산투자한 거였죠."

그로부터 시간이 지나고 자동차 사고로 헤이젤이 의식을 잃게 되자 투자 건으로 연락하는 사람이 없어서 은행 담당자가 대리로 거래를 이어갔다고 했다.

"그걸 기억하고 얼마 전에 은행에 다녀왔거든요. 엄청나게 불어있더라고요."

그 아버지에 그 딸이라고, 사업 감각이 남달랐던 그녀는 생각 외의 방법으로 자산을 한껏 불려놓았다.

"운이 좋았죠. 당시 투자자가 얼마 없어서 배당금이 컸던 모양이에요. 그 돈으로 집이나 살까 하고 있었는데 워렌한테 선수를 빼앗겼잖아요. 그래서 온실만큼은 제가 하자고 생각했어요."

도시의 맨션은 번화가일수록 정원이 없다. 헤이젤이 아버지와 사는 저택도 정원이 그리 넓은 편은 아니었고 워렌의 맨션 역시 뒤뜰에 나무 몇 그루 심으면 끝날 정도의 아담한 크기였다.

"정말 해보고 싶어서 그런데 하트퍼드가 정원을 제게 맡겨주실 수 있으세요?"

아버님 따님을 주십시오, 도 아니고 정원을 제게 줄 수 있느냐고 간절하게 물어오는 헤이젤을 복잡한 표정으로 바라보던 워렌이 작게 한숨을 쉬고 물었다.

"정원은 당연히 원하는 대로 해도 되는데⋯⋯ 선물은 여전히 너무 많은 것 같아. 부담스러우니 내가 내면 안 될까? 아무리 그렇다 해도 이렇게 전부 받기는."

생일 선물이 지나치게 과하다. 그의 걱정이 담긴 시선에 배실배실 웃은 소녀가 워렌의 귓가에 자신의 자산 규모를 속삭였다.

"그렇게나?"

"거기다가 얼마 전에 약간 더 벌었어요. 아빠의 특훈이 빛을 발하는 중이에요."

아무래도 그녀는 아버지를 닮은 모양이었다. 재능을 보이는 딸과 함께 보낼 시간이 늘어 신이 난 아버지는 고민하던 은퇴까지 미루고 한동안 더 일하겠다고 선언했단다. 최근에는 회사 일도 이것저것 의견을 물어와 서로 배우는 것이 많아졌다고 했다.

"아버님이 꽤…… 혁신적인 교육을 하시네."

"어릴 때부터 여자도 뭐든 혼자 할 수 있는 일이 있으면 좋다고 하셨거든요. 워렌이 일로 바쁜 동안 제가 이곳에 와서 정원을 가꾸면 가까이 있을 수 있는 데다가 파티 준비는 공작부인 예행연습인 셈 치면 되지 않을까요? 그럼 저도 공부가 될 거고요."

"공작부……."

소녀가 내심 우쭐거리며 뱉은 단어에 워렌의 얼굴이 붉어졌다. 지난번도 그렇고 종종 들리는 단어에 귀가 뜨거웠다. 어쩌면 헤이젤이 그보다 더 이 단어에 익숙해 보여 신기할 지경이었다. 원하는 대로 하라며 고개를 끄덕이면서도 그는 홧홧해진 목을 연신 쓰다듬었다.

"나는 정말 박하사탕만으로 괜찮았는데."

생일 파티 규모가 지나치게 커지자 워렌의 심적 부담도 커졌다. 누군가는 겨우 이 정도 선물로 지나치게 예민한 반응이 아니냐는 말을 할 수도 있을 터였다. 하지만 부모님 외의 누군가에게 무언가를 무상으로 받아본 경험이 없다시피 한 그로서는 이런 때 도저히 어떤 반응을 보여야 하는지 알 수가 없어 어색하기 짝이 없었다.

그런 그를 이해하는 헤이젤이 애정을 담은 눈으로 바라보았다.

"물론 박하사탕도 준비했고요."

곁에 놓인 밝은 레몬색의 종이봉투를 펼치자 안에서 선명한 색상의 박하사탕이 한가득 든 동그란 유리병이 나타났다. 예전에 선물 받았던 바로 그 사탕이라는 걸 깨달은 워렌이 잠시 감회에 젖은 표정으로 병을 받아 들고 이리저리 돌려보았다.

그녀가 떠난 뒤 여기저기 유명하다는 사탕 가게의 박하사탕을 전부 구해보았지만 그때의 그 기분을 느낄 수 없었다. 같은 상점의 물건인데도 어딘가 다른 느낌이 들었다. 실망감에 오히려 한동안 박하사탕만을 멀리했던 그는 이번에야말로 여과 없이 기쁜 표정을 드러내며 미소 지었다. 감격한 얼굴로 '고마워'라고 하며 입맞춤해오는 그를 향해 행복한 표정으로 뺨을 내민 헤이젤이 말했다.

"저 방금 깨달았어요."

"뭘?"

"워렌의 입맛에 맞는 사탕이 더 많이 필요하다는 사실을요."

"사탕?"

입맞춤하는 짧은 순간에 대체 무슨 일이 있었단 말인가. 화제를 따라가지 못한 워렌이 앵무새처럼 그녀의 말을 따라 하자 헤이젤이 설명을 시작했다.

"어른 입맛에 맞는 사탕들을 개발해 볼게요. 좀 덜 달면서 색상도 차분한. 향은 청량감이 있는 편이 좋겠네요. 아, 그러려면 우선 그 사탕 가게를 사야 하려나?"

"뭘 사겠다고? 잠깐, 헤이젤. 지금까지 내 말은 뭐로 듣고……. 그것도 그렇고 어른들 상대로 사탕을 만들면 가게가 망할 거야!"

"그래요? 드문 발상이라 오히려 먹히지 않을까 싶었는데."

"사탕은 성인 남녀에게 그리 기호성 있는 식품이 아니……."

"그렇다면 초콜릿도 함께 개발하면 되겠군요."

워렌은 전신에서 핏기가 가시는 기분이 들었다. 지금까지의 흐름을 보면 헤이젤의 추진력이 예상외로 강하다는 걸 알 수 있었다. 이대로 두었다가는 자신을 기쁘게 하겠다며 어느 틈엔가 사탕 가게를 인수하고도 남을 성격이었다. 절대로 방심하면 안 됐다.

"엄청난 아가씨와 결혼하게 생겼군."

예측할 수 없는 헤이젤의 행보에 입이 바짝 말라왔다. 정신 바짝 차리지 않으면 또 무슨 일을 저지를지 모른다. 대체 어쩌다가 사탕 가게를 사겠다는 생각을 했는지는 몰라도 이것만큼은 정말 어떻게든 말려야겠다고 생각한 워렌이었다.

✺

"그래서 사탕 가게는 포기했다고?"

"네에. 아쉽지만요. 카리나가 그때 워렌 얼굴을 보셨어야 해요. 정말 필사적이었거든요."

"아하하. 그걸 못 봐서 너무 아쉬워. 그나저나 사탕 가게라니. 그건 나도 예상 밖이네."

"그런가요? 왠지 재미있을 것 같은데."

"어이쿠. 이 대담한 아가씨 좀 봐요. 워렌이 애를 먹는 것도 이해가 가."

온실 공사는 약속된 날짜에 맞춰 완벽하게 완성되었다. 낡은 골조를 교체해 새로 칠을 하고 깨끗한 유리를 끼워 넣는 것만으로도 이전의 황폐한 느낌은 전혀 찾을 수 없었다.

"예쁘게 잘 만들었네. 5월이라 다행이야. 안 그랬으면 이 안에서 파티하기에는 너무 더웠을지도 몰라."

"그래서 창문을 추가로 달았어요. 통풍이 좋도록."

"생각 잘했네. 연철로 장식을 넣어서 그런지 커다란 새장 같아서 귀여워."

"고심 많이 했는데 다행이네요."

두 사람은 온실 가운데에 상이 펼쳐지는 것을 바라보았다. 헤이젤이 집에서 데려온 하인들이 파티 준비를 위해 이른 아침부터 하트퍼드 저택 여기저기를 오갔다.

"이곳에 이렇게 많은 사람이 있는 건 처음 봐요."

"그러네. 나도 처음이야. 거기다가 파티라니. 워렌 혼자 있을 땐 상상할 수도 없는 일이었지."

하얀 레이스 테이블보가 펼쳐지고 장식용 꽃들과 작은 조각상들이 놓였다. 화려한 깃털이 꽂혀 있는 목이 긴 유리 화병이 중앙에 놓이자 화사함이 한층 더해졌다.

"워렌이 용케 허락했네. 파티 같은 건 귀찮다고 반대할 줄 알았더니."

"우후후. 거절하지 못할 비밀 카드를 사용했거든요."

"워렌에게 그런 약점이 있어?"

카리나가 신기하다는 듯 물었지만 소녀는 짓궂은 미소만 띤 채 비밀을 밝히지는 않았다. 워렌이 '공작부인'이라는 단어가 나올 때마다 귀까지 붉어지며 어쩔 줄 몰라 한다는 것을 소녀는 일찌감치 눈치채고 있었다. 그가 반대할 법한 상황에서 넌지시 이 말을 흘리면 목에 힘이 꽉 들어가서 결국 고개를 끄덕일 수밖에 없게 되는, 그녀로서는 비장의 무기 같은 것이었다.

"하여튼, 워렌 다루는 데는 타고났다니까. 게다가 오늘 정장도 입기로 했다며? 코앞에서 하는 가든파티에서?"

"네. 오전에는 작업실에서 일하고 파티가 시작되면 내려오기로 했어요."

"이렇게 순순히 말을 잘 듣다니 신기하다 정말."

"약혼식 예행 연습 정도로 생각해 달라니까 군말 없이 입겠다던데요."

소녀와 대화하던 카리나가 물끄러미 상대를 바라보았다.

"왜요?"

"아니, 정말 내가 아는 헤이젤이 맞는구나 싶어서. 이렇게나 모습이 다른데 정말 용케도 알아봤다, 저 집착남."

"기적이었던 거죠."

"헤이젤이 사람 하나 살린 거야. 나는 시계탑 공사 끝나면 멀리 요양 치료를 보내려고 했다?"

카리나의 말에 헤이젤은 잠시 목이 메었다. 재회했을 당시 워렌의 상태는 카리나가 입원을 걱정할 만큼 좋지 않았었다. 지금도 가끔 그녀가 곁에 없던 시기를 떠올리며 악몽을 꾸거나 불안한 표정을 짓기는 했지만 초기에는 그 횟수가 더 빈번했었다. 대체 어디부터 뛰어온 건지도 알 수 없을 정도로 땀으로 흠뻑 젖은 채 들이닥쳐 떨리는 손으로 헤이젤을 확인하는 모습을 볼 때마다 속이 무너질 지경이었다. 재회한 지 채 반년도 되지 않았으니 아직 안정을 찾지 못해 어쩔 수 없다지만 얼른 결혼해서 안심시켜 주고 싶었다.

"카리나처럼 좋은 친구가 있어서 버텨왔을 거예요."

"아우, 무슨 소리야. 내 말 하나도 안 들었어. 저 뺀질이."

손사래를 치며 한 일이 없다고는 하지만 카리나도 르네도 워렌이 힘들어 할 때마다 잡아주고 지켜주었다. 오늘 파티는 그 고마웠던 지인들에게 감사하는 자리였다. 물론, 대외적으로는 워렌의 약혼녀를 소개한다는 설명이 붙었지만.

"그나저나, 괜찮겠어? 나야 사정을 알지만 다른 사람들은……."

"거기에 대해서도 상의를 해봤어요. 제가 인형이었다는 사실에 르네가 충격을 많이 받았다고 하더라고요. 그것도 미안한데 인제와서 유령 이야기를 털어놓는 게 좋을지 알 수 없고요. 오히려 숨긴 것이 너무 많아 배신감을 느끼지 않을까 걱정돼요."

헤이젤이 오토마타였다는 사실에 충격을 받았던 르네 역시 심한 마음고생을 겪었다. 처음에는 주변 사람들이 그에게 인형인 것을 숨겼다는 사실을 원망하기도 했지만 자신이 페디오포비아, 혹은 오토마토노포비아(Automatonophobia)라고도 불리는 증세가 있어서 차마 말을 하지 못했다는 사실을 깨달은 후부터는 자책했다고 한다.

이제야 간신히 마음을 추스른 듯 보이는 그에게 차마 '실은 그때 그 인형이 저였답니다, 유령이었어요'라며 아문 상처를 다시 헤집을 용기가 없었다. 대체 누구를 위한 고백인가를 고민했다고 한다.

"한 가지도 아니고 둘씩이나 숨겼다는 걸 알면……."

"하긴. 이야기가 너무 복잡한 데다가 믿기도 어렵지. 이해해."

"친구를 속여야 하는 건 가슴 아프지만요."

다시 충격을 받으면 나아지고 있다던 공포증에 영향을 미칠지도 모른다. 잘못 오해받아 행여 친구들이 자신을 놀린다고 좌절하거나 워렌이 정말로 미쳤다고 받아들일 수도 있었기에 차분하게 시간을 들여 지켜보자는 결정을 내린 것이다.

"난 르네보다 우리 꼬맹이가 더 걱정인데."

"이사벨이요?"

"그래. 인형일 때의 너를 지나치게 좋아한 나머지 워렌이 금발 헤이젤이랑 헤어졌다는 말을 받아들이지 못했어. 생명의 은인이

기도 하고 친언니처럼 따르고 있었잖아. 게다가 예쁘기까지 했으니 거의 우상화하고 있었는데 그런 널 순순히 보내 버린 워렌이 용서가 안 되는 거지."

"저런."

워렌과 결혼하고 싶다고 말할 정도로 따르던 이사벨이 그런 소리를 했다는 사실이 믿어지지가 않았지만, 사실이라고 했다. 그만큼 헤이젤을 소중하게 생각했던 것이겠지만.

"하루는 제 아빠를 졸라 따지러 갔던 모양인데, 다 죽어가던 워렌 상태를 보고 입도 뻥긋 못 하고 돌아온 모양이더라고. 화는 나는데 측은하기도 했는지 그날 어땠냐고 물어보니 오만상을 다 찌푸리면서 '어른들은 좋아하는데 왜 헤어지는 건지 이해할 수가 없다'면서 짜증을 부리더라."

"그렇구나……."

"독한 면이 있는 애라 울지는 않았지만 인사도 없이 떠났다는 사실에 충격이 컸던 모양이야."

이사벨은 헤이젤이 인형이라는 사실까지는 모르고 그저 조금 특이한 면이 있는 예쁜 언니로 생각하고 있었다. 카리나 역시 아이가 곁에 있을 때는 중요한 대목에서는 소리 낮춰 이야기하며 적당히 넘어갔던 터라 눈치채지 못했던 모양이었다.

그래서 고안해 낸 설명이 연인이던 두 사람이 헤어지고 헤이젤이 어디론가 떠났다는 것이었는데, 이 역시 아이에게는 큰 충격이었다. 오늘 파티는 이사벨 앞으로도 초대장이 발부되었다. 비공식적이지만 워렌의 새로운 약혼녀를 만나게 되는 날이라고 전투적으로 힘껏 꾸미고 올 생각인 것 같다고 했다.

"오랜만에 볼 생각을 하니 기대돼요. 그 나이대 아이들은 하루가 다르게 크잖아요. 많이 컸겠죠?"
"널 견제하러 오는 거라니까? 책잡힐 걱정이나 해. 별별 트집 다 쏟아질 거야. 아주 고약한 감시자가 하나 생기는 건데 그런 느긋한 소리가 나와?"
"으, 그건 걱정되지만…… 그래도 너무 그리워요. 카리나가 옆에서 도와주실 거죠?"
"그럴 짬이 있을지 모르겠네. 내가 막아야 할 사람은 따로 있어서 말이지."
아이가 아버지와 함께 오기로 했다고 설명하던 카리나가 미안한 얼굴로 헤이젤에게 사과했다.
"초대받지도 않은 애물단지가 따라오게 되어서 정말 미안해. 오늘이 달에 한 번 있는 아빠 만나는 날이기도 하거든. 다른 날로 바꿔달라고 해도 이게 들은 척을 안 하더라고."
"파비오 씨는 저번에 카페에서도 뵙고 인사했잖아요. 괜찮아요."
"쓸데없는 소리 못하게 내가 막을 테니까 걱정하지 말고."
뒷배를 봐주겠다는 든든한 한마디에 헤이젤이 밝게 웃었다. 사랑하는 사람들에게 자신이 '신부'였다는 사실을 밝힐 수가 없는 것이 새삼 아쉬웠다. 하지만 그들과 마음을 터놓을 기회가 다시 주어진다는 사실이 그녀를 들뜨게 했다. 이번만큼은 숨기는 일 없이 있는 그대로의 자신으로 다가갈 생각이었다.
온실 밖을 바라보던 카리나가 검은 자동차 한 대가 들어오는 걸 발견하고 헤이젤의 등을 밀었다.
"이르게도 오네. 여기는 내게 맡기고 올라가서 준비하고 와."
손님들이 하나둘 도착했다. 이제 정말 준비할 시간이 빠듯했다.

헤이젤은 준비실에 미리 꺼내두었던 연분홍색 드레스를 걸치고 하녀의 도움을 받아 머리를 만지기 시작했다. 하녀가 분주하게 머리에 향유를 바르는 동안 그녀는 화장대 앞의 보석함에 손을 뻗어 목걸이를 꺼냈다. 핑크 다이아몬드 세 알이 화이트 다이아몬드로 연결된 목걸이였다. 워렌과 함께 반지를 맞춘 뒤 그가 헤이젤 몰래 특별히 주문을 넣었다는 목걸이는 반지보다 조금 더 큰 사이즈의 보석으로 제작되었다.

"어머나, 아가씨. 정말 예뻐요."

"그래?"

"네. 드레스와도 단짝처럼 잘 어울려요. 분홍 장미 같으시네요. 그것도 공작님 선물이죠? 그분이 아가씨를 정말 좋아하시나 봐요."

머리를 만져 주던 하녀가 흐뭇한 표정으로 헤이젤을 바라보았다. 그녀는 아가씨가 잘나가는 귀족 청년에게 열렬한 구애를 받자 저도 덩달아 콧대가 높아졌다며 기뻐하는 사람 중 하나였다. 주변 저택의 하녀들에게 자랑하는 재미가 쏠쏠하단다. 게다가 하루가 멀다고 액세서리며 꽃이며 선물을 보내오는 상대가 요즘 딸 있는 귀족 가문에서는 누구라도 탐낸다 하는 하트퍼드 공작이니 오죽하겠냐며 호들갑을 떨었다. 덕분에 워렌이 헤이젤에게 홀딱 빠졌다는 소문이 온 도시에 파다하게 퍼졌다.

거기에 그녀의 아버지가 딸 건강을 이유로 공작가의 청혼을 거절했다는 것까지 밝혀지자 신문에서조차 떠들기 시작했다. 결혼 1순위 상대로 꼽히는 하트퍼드 공작의 청혼을 단칼에 물리쳤다는 사실도 놀라웠지만 강한 반대에도 불구하고 공작이 몇 날 며칠을 잉그리드 저 앞에서 버텼다는 소식이 전해지자 귀족 청년의 애타는 구애를 지켜보는 사람들의 시선이 한층 불타올랐다.

잉그리드 가문의 하인은 모두 워렌이 헤이젤을 얼마나 좋아하는지 잘 알고 있었다. 바쁜 일정 중에 갑자기 들이닥쳐 꽃과 입맞춤만 남기고 다시 사라지는 기행을 보이지 않나, 단지 가까이 있고 싶다는 일념 하나로 근처의 저택을 덜컥 사지를 않나, 무모하기 짝이 없는 공작의 애정 행보에 하인들 사이에서 평판이 높아질 수밖에 없었다.

"무섭게 생기셔서 처음에는 별로 내키지 않았는데 말이지요. 이제는 공작님 외에 다른 분은 신랑감으로 눈에 차지도 않는답니다."

하녀가 헤이젤의 하얗고 긴 목에 목걸이를 걸어주며 속삭였다. 눈이 크고 가냘픈 인상의 헤이젤에게 핑크 다이아몬드 목걸이는 그녀의 미모를 한층 더 사랑스럽게 돋보이는 장신구였다. 거울에 비친 제 모습을 바라보며 소녀가 쑥스러운 듯 웃었다. 아무리 핑크 다이아몬드의 가치를 모르는 그녀라도 이 정도로 알이 큰 목걸이라면 엄청난 가격이 될 거라는 건 짐작할 수 있었다. 대체 생일이 다가오는 사람에게 이런 걸 받아도 되는가 걱정되지만 말이다.

선물을 받아야 할 사람이 주면 어떻게 하느냐고 투덜거리자 워렌이 정색을 하며 자신이 받은 것에 비하면 별거 아니라고 대답했다.

'내가 한 게 뭐가 있다고?'

소녀는 거울을 바라보며 고개를 갸웃거렸다. 케이크 굽는 게 너무 고되 보였을까. 익숙하지 않은 일을 반복하는 강행군이 힘든 나머지 열이 오른 일을 가지고 두고두고 잔소리를 들었는데,

만약 그게 원인이라면 무척이나 창피한 일이었다.

'케이크 굽는 게 대체 뭐라고 아프기까지 해서 걱정을 시켰을까.'

그 정도는 척척 해내고 싶은 마음에 무리하기는 했지만 덕분에 오늘 준비된 케이크는 성공이었다. 어른스러운 맛을 내기 위해 커피와 럼을 사용해 달콤하면서도 쌉싸레한 맛이 나는 재료들을 엄선했다. 비록 워렌을 위해 어른스러운 사탕은 만들지 못하게 되었어도 티푸드나 디저트를 응용한다면 가능할지도 모른다.

'다음에는 민트 초콜릿 케이크를 만들어봐야지.'

씁쓸한 카카오와 민트를 넣은 케이크도 좋을 것 같다. 헤비크림과 사워크림을 섞어 넣으면 크림의 무거움을 어느 정도 잡아주면서 상큼하고 깊은 맛을 더할 수 있을 것 같고 또……. 문고리를 잡고 멍하니 다음에 만들 디저트의 레시피를 떠올리고 있던 헤이젤은 누군가가 문을 잡아당기자 깜짝 놀랐다.

"꺅!"

"헤이젤? 여기서 뭐 하고 있어?"

준비가 끝났다며 하녀가 방에서 나갔는데도 도통 나올 생각을 않자 마중 나온 워렌이 문을 열었다. 헤이젤은 그제야 자신이 잠시 다른 생각에 빠져 있었다는 사실을 깨닫고 쑥스러운 듯 미소 지었다.

"준비 다 됐어요. 어머, 정장이 정말 잘 어울려요. 멋있네요."

"음."

"워렌?"

품에 딱 맞는 정장을 입고 타이까지 착용한 그의 모습은 누가 봐도 감탄을 터뜨릴 만한 수려한 기품이 있었다. 평소 작업용 셔츠를 대충 구겨 입고 다녀서 눈에 띄지 않았을 뿐이지 키가 크고 체격이 좋아 조금만 신경을 쓰면 금세 옷 태가 살았다. 지금처럼 미간에 살짝 주름이 잡혀 있으면 위험한 느낌까지 더해져 아슬아슬 가슴 설레는 로맨스를 꿈꾸는 아가씨들의 상상에나 나올 법한 공작님이 완성되는 것이다. 자신의 안목이 틀리지 않았음을 확인하며 칭찬을 건네봐도 대답이 돌아오지 않자 헤이젤이 그의 눈앞에서 손을 흔들었다.

"워-어-렌."

"어, 그, 그래."

흠칫 놀라 대답을 한 워렌의 입은 아직도 조금 벌려진 상태였다. 괜한 헛기침을 하면서도 그녀에게 머무른 시선이 도통 떠날 줄을 몰랐다. 조금 전 하녀가 열심히 꾸며준 머리며 얼굴을 뚫어지게 보고 곧이어 목에 걸린 목걸이로 눈길이 가는가 싶더니 다시 드레스를 입은 전체적인 모습을 눈에 힘을 준 채 바라보았다.

"어때요?"

아이 취급받는 게 싫어서 부러 몸의 라인을 살리는 어른스러운 디자인의 드레스를 골랐지만 그래도 분홍색으로 색상에서 적당한 타협을 봤다고 생각했는데, 역시 어색했었나. 소녀의 질문에 그가 마른침을 삼키며 대답했다.

"정말 예뻐. 목걸이도 잘 어울리고."

"그래요?"

헤이젤이 그의 앞에서 한 바퀴 빙글 돌자 연분홍 드레스 자락이 꽃피는 것처럼 둥글게 펴졌다. 워렌은 소녀가 춤을 추듯 움직이는 모습을 눈도 깜박이지 않고 지켜보다가 곧이어 이마를 짚고 작게 앓는 소리를 흘렸다. 그쯤 되니 헤이젤도 뭔가 확실히 잘못되었다는 생각을 하지 않을 수 없었다. 입으로는 예쁘다고 말하면서도 미간에 주름이 점점 늘어나는 것만 봐도 반응이 영 좋지 않다는 걸 알 수 있었다. 혹시 별로라고 생각하면 솔직히 말해도 된다고 유도해 보아도 아니라는 소리만 반복할 뿐이었다.

한참을 바라보던 워렌이 무언가를 털어내듯 고개를 흔들어 헛기침하고는 헤이젤의 손을 자신의 팔에 끼웠다. 소녀가 아무리 보채도 끝까지 시치미를 뗀 채 손님들이 기다리고 있으니 더는 지체할 시간이 없다며 발걸음을 재촉했다.

"이렇게까지 예쁠 거라는 생각은 못 했는데……."

최고가의 인형보다도 더 아름다운 자신의 약혼녀를 힐끔거리며 기어들어 갈 듯 작은 소리로 투덜거린 그는 애써서 헤이젤을 꾸며 준 하녀를 쓸데없이 원망했다. 대체 무슨 생각으로 이리 단장해 놓은 건가. 설마 전에도 이렇게 차리고 사교 파티에 갔었나?

혼자 보낸 것이 뒤늦게 후회가 되었다. 어디서 벌레가 꼬였던 건 아닐까 싶어 겁이 더럭 났다. 카리나를 만나면 앞으로 파티 같은 위험한 곳에는 절대 데려가지 못하도록 못을 박아야 할 것 같았다. 화사한 화장에 몸에 꼭 맞는 우아한 드레스를 입은 자신의 약혼녀를 바라보며 정신이 반쯤 나갔던 워렌의 귀 끝은 연한 분홍색으로 물들었다. 굳이 표현하자면 헤이젤이 입은 드레스와 잘 어울리는 색상이었다.

✺

온실 파티에 초대된 사람은 열다섯 명 남짓, 전부 하트퍼드 인형과 관계된 지인과 그 배우자들이었다. 예외의 인물은 카리나의 딸인 이사벨과 전남편 파비오 정도였다.

"무슨 낯짝으로 초대도 안 받은 파티에 올 생각을 해?"

카리나가 어이가 없어 따져 보지만 파비오의 표정은 여유로웠다. 평소에도 세련된 정장 차림으로 다니는 그는 굳이 파티 준비를 할 필요가 없는, 언제나 준비된 몸이기도 했다.

"어린 딸 보호자 자격으로 온 거야. 신경 꺼."

"내 연줄이라고 들어오니까 창피해서 그런다."

"그것보다 방금 봤어? 내 딸이지만 진짜 대단하군."

이제 열한 살이 되는 이사벨은 못 본 사이 한층 더 아가씨 같은 분위기를 풍겼다. 밝은 겨자색 퍼프소매 드레스에 허리에는 흰색 샤를 접어 묶은 리본으로 장식해 발랄하면서도 사랑스러웠다. 어린 숙녀는 엄마를 닮은 빨강 머리를 양 갈래로 묶은 뒤 진주 장식을 달아 깔끔하게 파티 준비를 마무리했다. 새치름한 얼굴의 이사벨은 워렌에게 소개받은 헤이젤에게 무언가 쏘아대는 중이었다. 나이가 한참 위인 헤이젤이지만 그 기세에 눌려 두 손을 곱게 모으고 경청하는 중이었다.

"아주 별렀네, 별렀어. 어떻게 지금까지 참았대."

"아니, 쟤가 정말! 파티 주인공들에게 뭐하는 짓이래!"

딸을 야단치기 위해 달려가려는 카리나의 팔을 파비오가 잡았다.

"여어, 방해하지 말라고."

"뭐? 가서 말리지는 못할망정 구경만 하라고? 야, 너 이러려고 따라왔지."

"엄마가 끼어들지 못하게 막아달라고 했거든."

"이사벨이? 쟤가 미쳤어. 그리고 넌 딸이 시키는 대로 다 해? 정신이 있니, 없니!"

카리나는 자신이 파비오를 막아야 한다고 생각했지만 사실은 반대였다. 이사벨이 아빠를 동참시킨 이유는 카리나의 방해를 막기 위해서였다.

"저 조그만 게 어디서 수를 써? 가만 안 둘 거야!"

"진정 좀 하라고. 이사벨에게도 저럴 권리가 있어."

"권리 좋아하시네. 남의 연애사에 제까짓 게 왜 끼어들어, 너 이거 안 놔?"

"내 딸이지만 머리 하나는 기가 막히게 돌아간다 이거지. 아주 마음에 들어."

진심으로 흡족한 미소를 띤 파비오가 카리나의 팔을 잡아끌며 음식이 있는 곳으로 향했다. 가벼운 핑거 푸드를 비어 있는 나머지 손으로 몇 개인가 집어 먹고 핑거 보울에 손가락을 씻으면서도 전부인을 잡은 손만큼은 끝까지 놓지 않았다.

"둘이 어떻게 만난 건데요? 얼마나 사귀었다고 벌써 약혼이죠? 너무 경솔한 거 아닌가? 아, 맞다. 워렌이 요즘 잘나가긴 하지."

"어? 아, 음 저기. 그게……."

열한 살 소녀의 입에서 나오기 힘든 고도의 심문이 펼쳐졌다. 워렌이 헤이젤을 소개하자 이름을 들은 이사벨이 있는 힘껏 눈을 치켜뜨더니 인사를 빙자한 비아냥을 풀어내기 시작한 것이다.

"사업하는 집안 따님이시라 그런지 잇속은 제대로 차리시네요."

도를 넘어선 공격이 펼쳐지자 워렌의 미간이 구겨졌다. 아무리 귀여워도 이대로 오냐오냐 받아주기만 할 수는 없었다. 야단치려고 하는 그의 등을 살짝 꼬집은 헤이젤이 어색하게 웃었다. 그녀가 지금껏 건넨 말이라고는 '안녕하세요'가 전부였다.

"이사벨. 설명은 내가 나중에 천천히……."

보다 못한 워렌이 둘 사이에 끼어들었지만 아이가 무섭게 째려보는 통에 끝까지 말을 끝낼 수도 없었다. 아무래도 금발 미녀였던 헤이젤을 잊고 다른 아가씨와 약혼을 발표한 그에게 크게 실망한 눈치였다.

"워렌도 워렌이지. 대체 만난 지 얼마 되지도 않은 상대를 뭘 믿고 성급하게 결정을 내린 거죠? 좀 더 차분하게 상대를 알아가는 타입일 거라 생각했는데, 제가 사람을 잘못 봤나 봐요!"

워렌을 비난하는 말에 이번에는 헤이젤이 울컥했다. 자신에 대한 비난은 아무래도 좋았다. 하지만 워렌이 대체 뭘 잘못했단 말인가. 그녀가 움찔한 것을 보고 이번에는 워렌이 그녀를 몰래 달랬다.

'참아.'

서로 시선을 교환한 두 사람은 이사벨이 눈치채지 못하도록 작게 한숨을 쉬었다. 일단은 아이의 화를 풀어주는 것이 우선이었다.

준비된 음식을 그릇에 옮기지도 않고 직접 손가락으로 집어 먹는 파비오를 카리나가 벌레 씹은 얼굴로 바라보고 있으려니 그가 '이 손을 놓으면 네가 어디로 달려갈지 뻔하니 어쩔 수 없잖아'라는 말로 상황을 정리했다.

"그럼 먹지를 말든가, 더럽게."

"사람도 많지 않은데 뭘 그렇게 격식을 따지고 그러냐. 여기 음식 맛있네. 카르파초가 내 취향이야."

한 손으로 부지런하게 레몬까지 뿌려가며 먹는 그를 보며 카리나가 탄식했다.

"돈으로 교양을 살 수 없다는 게 통탄스럽다."

"딸을 위해 최선을 다하는 나를 부끄러워하지 마."

이번에는 크로스티니를 잡아 한입에 밀어 넣는다. 말하는 중에도 요령 좋게 잘도 먹고 있었다.

"저 잔소리, 대체 언제 끝날까."

"어? 이사벨 말하는 거면 내버려 둬. 맺힌 게 많아서 하루 이틀로 풀리지 않을 거니까. 저 둘이 이후에도 걔랑 얼굴 볼 생각이 있다면 오늘 하루 정도 양보하라고 해."

성격이 불같은 이사벨은 앙금이 쌓인 걸 해결 못 하면 그냥 넘어가는 타입이 아닌 만큼 어느 정도 시달리고 지나가야 마음이 풀릴 거라고 그가 말했다.

"누굴 닮아서 저리 뒤끝이 강한지. 워렌이 너그럽게 다 받아줘서 망정이지……."

어느 집 아가씨가 공작님을 상대로 저런 버릇없는 짓을 한단 말인가. 아니, 너그러워서 만만히 보는 걸지도 모른다. 한숨을 푹 내쉬던 카리나가 문득 뭔가 생각난 듯 말을 건넸다.

"저 모습 너도 마음에 새겨둬. 너 재혼할 때는 아마 저것보다 더 강도가 세면 셌지 약하진 않을 테니. 아주 혼쭐이 날 거다."

"내 재혼 얘기가 왜 나와? 웃기지 마. 난 다른 사람 없…… 야, 설마 너! 남자 생겼어? 갑자기 왜 그런 말을 해?"

"뭐?"

"생겼구나. 망할, 내 눈을 속이고 남자를 만났어? 재혼? 어떤 자식이야, 어?"

"남…… 뭐? 야, 너 나 감시했어?"

"당연하잖아! 이상한 새끼라도 붙으면 어떻게 해! 어디의 누구야?"

"아니 뭘 잘했다고 이렇게 당당해? 너 내가 불법 행위 작작 좀 하랬지!"

이사벨의 잔소리가 끝날 생각을 않자 카리나의 도움이라도 받을 수 있을까 곁눈질했던 헤이젤은 파비오와 말다툼하고 있는 그녀를 보고 희망을 꺾어야 했다. 카리나가 있는 쪽도 전쟁터였다.

'생각했던 것보다 더 무서웠어.'

이사벨에게 혼쭐이 나서 눈물이 쏙 나올 것만 같았다. 아이가 화를 겉잡지 못해 아슬아슬하게 도를 넘은 발언도 있었지만 이도 저도 전부 '신부'일 때의 그녀를 생각하다가 감정이 격해졌다는 걸 알고 있는 만큼 아무래도 상관없었다.

'오히려 도중에 껴안아주고 싶은 걸 참느라 힘들었는걸.'

그렇게까지 자신을 따라준 아이가 사랑스럽다고 생각했다. 못된 말을 퍼붓는데도 표정 관리하랴 손이 스멀스멀 올라가는 걸 막으랴 한바탕 자아와 싸워야 했지 뭔가. 헤이젤이 어딘가 근지러운 표정으로 꼬물거리는 걸 본 이사벨이 이상한 여자를 보는 듯 질려 했을 정도였다.

한참을 속사포처럼 제 할 말을 쏘아댄 아이는 배가 고프다고 씩씩대며 음식이 있는 곳으로 사라졌다. 결국, 헤어질 때까지 다정한 인사말 하나 나누지 못했다. 늘 사랑스럽던 이사벨만 기억하던 헤이젤로서는 아쉽기 그지없는 만남이었다. 아무래도 첫인상이 그리 좋지 않으니 당장 친해질 거라는 기대는 접어야 할 것 같다고 생각하며 쓸쓸하게 아이의 뒷모습을 바라보았다.

몸에 딱 붙는 드레스를 입고 줄곧 곧은 자세를 유지하는 건 생각보다 지치는 일이었다. 특히 헤이젤처럼 병석에서 회복된 지 얼마 되지 않은 약한 몸에는 부담이 클 수밖에 없었다. 그렇다고 파티 주최자가 자리를 비우고 쉴 수도 없는 일. 워렌의 생일 파티에는 갤러리 주인이며 재료상, 시계탑을 설계한 건축가 등 대부분 그와 일로 관계를 맺은 사람들이 초대되었다. 당연히 헤이젤도 약혼녀로서 손님들과 인사를 나눌 필요가 있는 자리였다.

그가 한사코 필요 없다 하는 통에 사교계의 지인이나 친우들은 부르지 않아 초대 손님 수가 적은 것이 다행이었지 그렇지 않았다면 도저히 버틸 수 없었을 것 같았다.

"힘들면 들어가서 좀 쉬고 와."

"아직 괜찮아요."

워렌이 쉴 것을 제안했지만 버틸 수 있다며 고개를 저었다. 아직 긴장을 풀기에는 일렀다. 넘어야 할 산이 하나 더 있는 그녀는 긴장을 풀 수가 없었다. 쉬는 건 나중 일이었다. 실은 이후에 대면해야 할 쪽이 이사벨만큼이나 만만치 않은 상대인 만큼 걱정으로 위가 쓰릴 지경이었다.

"늦어서 죄송합니다."

르클레어 공방의 사람들이 파티에 도착한 건 시작 후 약 삼십 분이 지났을 때였다. 허둥지둥 달려 들어온 르클레어 공방의 주인은 이전보다 조금 여위고 나이 든 인상이었지만 형형한 눈빛만큼은 여전했다.

"어서 오세요. 먼 곳까지 와주셔서 감사합니다."

"무슨 말씀이십니까. 당연히 와야지요. 식솔이 많다 보니 행동이 굼떠서 탈입니다."

하트퍼드가 화재 사건 이후 르클레어 공방은 한차례 위기를 맞이했다. 믿고 있던 제자 셋이 절도 방화범으로 체포되자 평판이 바닥으로 떨어진 것은 물론이고 관리 기술자들이 갑자기 빠져 공방을 굴리기에도 여의치 않아졌다.

천만다행이라면 바로 그 시기에 아들인 르네가 인형 공포증을 극복해 냈다는 것이었다. 손이 모자란 때 천운처럼 르네가 실전에 투입되고 아버지는 제 아들의 여문 솜씨에 혀를 내둘렀다. 어떤 연유에서인지는 몰라도 하늘이 도왔다고밖에 할 수 없는 상황이었다.

아이슬리들이 최고 책임자로 군림할 동안에는 핍박에 기가 죽어 제대로 발휘되지 못했던 그의 재능이 위급한 시기에 빛을 발하게 된 것이다. 무너진 세평은 회복하기까지 시간이 걸렸다. 르클레어 공방은 주문이 뜸한 시기를 내부 재정립의 기회로 받아들였다. 르네의 기술이 추가된 신작 개발 및 생산 라인 정리로 한창 바쁜 중에 워렌의 파티에 참석하게 된 것이다.

"여기가 새로 관리직에 오른 녀석들입니다. 아직 모자라 배울 것이 많습니다. 이놈들아, 하트퍼드 공작님께 인사드려라."

"이분이시군요!"

"반갑습니다. 꼭 뵙고 싶었습니다!"

새로운 얼굴이 둘, 이전보다 젊은 청년들이었다. 이제는 실력도 실력이지만 나이에 상관없이 성실성을 많이 고려해 관리직을 뽑았다는 설명이 뒤따랐다. 도제 형식이라지만 오래 있었다는 이유만으로 위로 올라가는 것이 아닌, 자유 경쟁을 통해 실력으로 선출되는 방식이 채택되었다고 했다. 젊은 기술자들은 하트퍼드 인형사와 만나게 된 것에 흥분해서 거의 달려들 듯이 손을 잡았다.

"시간이 되시면 꼭 저희와도 인형에 대한 이야기를 나눠주십시오."

"르네만 편애하시면 안 됩니다!"

경쟁적으로 나서는 청년들에게 르클레어가 '이놈들이 예의 없이 이게 무슨 짓이냐!'고 야단을 쳤지만 워렌은 상관하지 않았다. 오히려 이런 풋풋한 열기가 르클레어 공방을 새로 이끌어 나갈 원동력이 될 것 같아 흐뭇했다. 새 얼굴들의 소개가 끝날 때까지 뒤에서 기다리던 르네가 인사를 했다.

"생일 축하합니다, 워렌."

"르네, 바쁠 텐데 와줘서 고맙군."

"아뇨, 다른 일도 아니고 워렌 생일인데요. 작업실은 차질 없이 잘 돌아가나요?"

"덕분에. 손에 익은 도구들이 사라져서 아쉽지만 덕분에 큰 문제없이 작업할 수 있게 되었어."

하트퍼드 저택이 불에 타 재가 된 뒤 그의 작업실 복원에 누구보다 힘을 쓴 이는 르네였다. 아버지와 협의해 공방의 도구와 재료를 무상으로 지원하고 현재 그가 거주하는 별채를 함께 치우는 등, 자기 일처럼 나섰다. 워렌이 르클레어 공방의 도움을 받아 작업실을 재건했다는 사실을 대중 매체에 알린 덕에 공방의 오명이 느리지만 회복되고 주문도 조금씩 다시 들어오는 중이라고 했다.

"여기가 내 약혼녀, 헤이젤 잉그리드 양."

"……안녕하세요, 헤이젤 양."

"반갑습니다."

이름을 듣고 잠시 눈동자가 흔들리던 르네는 소녀의 목소리를 듣고 숨을 멈춘 듯 얼어붙었다. 동요를 보이던 그는 있는 힘을 긁어모아 가까스로 침착함을 되찾고 인사했다. 굳어버린 입가의 미소가 그가 긴장했음을 알렸다.

"반갑습니다. 르네 르클레어라고 합니다. 워렌의 작업을 돕는 사람입니다."

"이제는 르클레어 공방의 후계자라고 해야지."

"아, 아직 익숙하지가 않아서요."

감투는 자신에게 어울리지 않는다며 어색하게 웃은 청년이 복잡한 시선으로 헤이젤을 바라보았다. 워렌의 곁에 자신이 알던 사람과 같은 이름의 아가씨가 서 있었다. 외모가 전혀 닮지 않은 또 다른 '헤이젤'이. 그는 이 여성을 어떻게 대해야 좋을지 몰라 난감했다.

워렌의 약혼녀는 여윈 듯 가녀린 체구에 눈이 큰 사람이었다. 수줍음을 잘 타는지 인사말만 나눴는데도 발갛게 볼이 물드는 모습이 귀여웠다. 평균보다 큰 키의 워렌과 같이 서 있으니 여윈 몸이 더 가냘프게 보일 지경이었다. 오토마타인 헤이젤이 늘씬하고 당당한 여신 같은 느낌이었다면 이쪽은 오밀조밀 사랑스러운 요정에 가까운 인상을 주었다.

인형이 망가진 후 극도의 상실감과 불안정한 증세를 보인 워렌은 분명 '신부'에게 창작자 이상의 감정을 품고 있었다고 생각됐다. 그런 게 아마도 사랑이 아니었을까.

그 자신 역시, 다정다감하던 '신부'에게 끌리던 워렌의 마음을 이해할 수 있었다. 르네에게도 오토마타 헤이젤은 특별한 존재였다.

'신부'는 오토마타이기에 워렌과 맺어질 수 없었다. 게다가 사고로 망가져 다시는 가동할 수 없어진 뒤, 자신의 친구는 저러다 어떻게 되는 게 아닌가 싶을 정도로 방황했다.

시계탑 공사만 끝나면 좀 쉬거나 여행이라도 함께 다녀오자고 권할 생각이었던 르네에게 갑작스럽게 약혼 소식이 들려 왔다. 솔직히 의외라고 생각했다. 사람마다 사랑에 빠지는 순간이 전부 다르다지만 새로운 인연이란 게 이토록 가볍게 오는 거였을까.

아니, 쉽다고 단정 지을 순 없었다. 본인이 어떤 마음으로 새 연인을 받아들였는지를 알지 못하는 르네가 섣불리 판단해서는 안 되는 부분이기도 했다. 그러나 워렌이 고통받는 모습을 보았던 그로서는 귀여운 약혼녀를 소개받으면서도 마냥 기뻐해 주기 힘든 것도 사실이었다.

'저분이 상실의 고통을 극복하게 도와준 것일지도 모르지. 하지만 이름까지 같다 보니 난감한걸.'

각자 별개의 인물로 받아들이려고 해도 이름이 같다 보니 부를 때마다 '신부' 헤이젤이 떠올라 위화감이 들었다. 한 번 거북함을 느끼기 시작하니 미안함에 상대의 얼굴을 제대로 보기가 힘들었다. 덕분에 대화가 길게 이어지지 못하고 단절되는 중이었다. 평소의 르네답지 않은 가라앉은 표정에 워렌 역시 난감함을 느꼈다. 이사벨을 겪어보니 상황이 예상보다도 녹록지 않다는 걸 피부로 깨달은 터라 말재주가 없는 자신이라도 나서서 대화를 이끌어야 할 것 같았다. 두 남자가 당황한 걸 느낀 헤이젤이 조심스럽게 워렌의 팔을 잡더니 입을 열었다.

"저는 르네 씨가 만드시는 인형도 보고 싶어요."

어색함을 깬 사람은 헤이젤이었다.

"아, 저는 아직 실력이 미숙해서, 보여드릴 만한 게 없습니다."

"겸손하시네요. 아버님이 저렇게나 자랑스러워하시는걸요."

"과찬이십니다. 아버지는 저를 이제야 밥상 앞에서 숟가락을 든 아이로 보고 계세요."

인형 이야기가 나오자 르네가 다른 의미로 진땀을 흘리기 시작했다. 공포증이 나아졌다고 척척 인형을 만들어 낼 수 있는 건 아니었다. 그간 아예 만져 보지도 못했던 팔이며 다리, 몸통 같은 부위부터 조금씩 배워가며 전체적인 조화를 맞추는 기초를 먼저 깨우쳐야 했다. 얼굴의 세부 묘사는 나중 문제였다.

"분명 만든 사람처럼 다정한 인형일 거예요."

느린 듯 맑은 목소리로 헤이젤이 격려하자 수줍게 제 손끝을 보고 있던 르네가 퍼뜩 고개를 들었다. 그는 뭔가 신기한 것을 본 사람처럼 그녀의 얼굴을 빤히 들여다보았다. 홀린 것 같은 기분이었다. 눈앞의 아가씨는 '신부'처럼 금발도 아니고, 푸른 눈동자도 아니다. 전혀 닮지 않은 외모에 훨씬 작고 어린 사람이었다.

그저 이름만 같은 사람이 어째서 그녀와 같은 목소리로 그녀가 할 법한 말을 건네주는 건지. 마치 자신이 알던 헤이젤이 되살아나 말을 걸어주는 것 같은 그리운 기분에 르네의 눈가에 눈물이 맺혔다. 매사에 자신 없던 그를 격려해 주던 기억이 떠올라 가슴이 벅차올랐다. 어떻게 이렇게 비슷한 기분이 드는 건지 알 수 없었다. 실례라는 사실도 잊은 채 홀린 듯 워렌의 약혼녀를 바라보던 르네는 문득 머리를 스치고 지나가는 망상에 몸을 떨었다.

'설마 이 '헤이젤'도 오토마타인 거 아닌가?'

이 무슨 말도 안 되는 생각을 하는 건지. 그럴 리 없다고 자신을 타이르면서도 피어나는 의심을 누르기 힘들었던 그는 한 걸음 더 다가가 어딘가 인형이라는 티가 나는 구석이 없는지 조심스럽게 살피기 시작했다. 점점 가까이 다가오는 르네를 보고 소녀가 놀란 표정을 지었다. 조금 전까지는 시선을 피하더니 이제는 아래위로 살펴보며 접근하는 그가 이상하지 뭔가.

놀라기는 곁에 있던 워렌도 마찬가지였으나 그는 그 행동의 이유를 빠르게 눈치챘다.

"르네, 아니야."

"……정말 아닙니까?"

이렇게나 비슷한데. 의심을 담은 눈으로 끈질기게 물어왔다. 워렌이 재차 고개를 흔드는 것을 확인한 후에야 그는 살피는 것을 포기했다. 르네는 친우가 다시 인형에게 빠진 것이 아니라는 사실에 안도한 한편, 그의 약혼녀가 '신부'였던 헤이젤이 아니라는 사실에 약간의 낭패감도 함께 맛봤다. 그러나 무엇보다도, 워렌이 아갈마토필리아(Agalmatophilia: 인형성애자) 같은 변태가 아니라는 사실이 천만다행이었다.

사람이구나. 사람이 이렇게까지 닮을 수도 있는 거구나. 그건 그것대로 무섭기도 했지만 말이다. 대체 어떤 집념을 가지면 이런 사람을 찾아낼 수 있는 건가 싶어 놀라울 지경이었다. 워렌은 르네가 상상할 수도 없을 만큼 확고하게 정립된 이상형을 가진 게 틀림없었다.

'그래도 이제 웃을 수 있게 되어서 다행이야.'

심경은 복잡했지만 친우가 더는 슬퍼하지 않아서 다행이라는 것이 솔직한 심정이었다. 그리고 그의 약혼녀가 생각보다도 더 좋은 사람으로 보여서 마음이 놓였다. 그녀라면 워렌의 고독을 이해해 줄 수 있을 것 같아 보였다.

'마음의 준비가 되면 '신부'를 다시 보여달라고 하고 싶어.'

슬픔을 이겨낸 워렌을 바라보며 르네는 생각했다. 하트퍼드가의 작업실 창고 속에 잠들어 있는 아름다운 자신의 친구를 언젠가 다시 마주할 수 있는 날이 오기를 바라면서. 그는 '신부' 헤이젤이 자신의 첫사랑이었다는 사실을 이제 인정하기로 했다.

"두 분, 행복하세요."

한층 후련해진 얼굴로 웃으며 르네가 두 사람의 미래를 축복했다. 슬픔을 극복한 워렌처럼, 자신도 언젠가 아름다운 추억으로 그녀를 떠올릴 날이 있으리라 기대하면서.

파티는 오후 6시까지 계속되다 끝났다. 하트퍼드 저택이 도심에서 떨어져 있는 편이라 서둘러 돌아가지 않으면 손님들이 한밤중에나 귀가하게 되기 때문에 다른 때보다 일찍 파하게 된 것이다. 하나둘씩 떠나는 손님들을 전부 배웅하고 다음에 다시 만날 것을 기약했다.

카리나의 가족은 가장 늦게까지 자리를 지키고 폐장을 도왔다.

"이제 우리만 가면 끝이네. 헤이젤, 너무 수고 많았어. 며칠 푹 쉬고 또 보자."

"카리나가 도와주지 않으셨으면 전 아마 못 해냈을 거예요. 정말 감사합니다."

"얘는 뭘, 우리 사이에. 자, 이사벨. 어서 와서 인사하고!"

헤이젤에게 잔소리 폭격을 쏟아부은 뒤 제 엄마에게 들들 볶인 이사벨은 피곤함까지 더해져 처음과 달리 기가 좀 꺾인 상태였다. 아무리 야단을 맞아도 불만스러운 얼굴은 감추지 못하겠는지 볼이 퉁퉁 부어서 '파티에 초대해 주셔서 감사합니다'라고 인사하고는 고개를 홱 돌렸다.

"아유, 저거 버르장머리 좀 봐!"

"카리나. 괜찮아요. 너무 신경 쓰지 마세요. 이사벨, 다음에 또 놀러 와."

헤이젤이 건네는 인사를 분명히 들었을 텐데도 아이는 대꾸하지 않고 딴청을 부렸다. 집에 돌아가서 단단히 야단을 치겠다고 사과하는 카리나를 말리던 소녀는 문득 무언가 생각난 듯 '아!' 하고 소리를 질렀다.

"헤이젤?"

"카리나. 잠시만요. 잠깐만 기다려 주세요!"

어디에 그런 힘이 남아 있었는지 엄청난 기세로 온실을 뛰쳐나간 헤이젤은 잠시 후 손에 커다란 상자를 들고 돌아왔다.

"급해서 포장은 못 했지만. 저기, 이거 이사벨에게 주는 선물이야."

"나한테?"

내밀어진 길쭉한 상자를 받아야 할지 말아야 할지 고민하던 소녀는 헤이젤이 떠안기듯 밀어주자 얼떨결에 받아 들었다. 하지만 토라진 채 상자를 열어볼 생각이 없는 듯했다.

"아유, 오늘따라 얘가 왜 이래. 고맙다는 인사도 안 하고!"

"카리나, 괜찮아요."

"괜찮기는 뭐가 괜찮아. 너 집에 가서 두고 보자."

평소에는 또래 다른 아이들보다 훨씬 성숙한 태도를 보이는 이사벨이 헤이젤 앞에서만 철부지처럼 굴자 카리나가 난감한 표정을 지었다. 아무래도 집에 돌아가면 두 번째 설교가 시작될 것 같은 눈치였다. 이미 차에 탑승한 파비오가 클랙슨을 울리며 그들을 재촉하자 어쩔 수 없어진 카리나가 헤이젤을 향해 '미안해!'라고 속삭인 뒤 아이를 데리고 자동차가 기다리는 쪽으로 사라졌다.

"수고 많았어."

마지막 손님을 태운 차가 하트퍼드가 정문을 통과하는 모습을 지켜보는 헤이젤의 머리 위로 워렌의 손이 툭 얹어졌다.

"워렌이야말로, 고생 많았어요."

"내가 뭘."

"이런 자리 싫어하잖아요. 그런데 정장도 입어주고."

"……누가 준비한 파티인데, 당연한 거지."

워렌 앞에 선 헤이젤이 그의 재킷 깃을 잡고 올려다보았다. 발꿈치를 들고 가볍게 입맞춤하며 속삭였다.

"생일 축하해요. 제 인사가 가장 늦어버렸네요."

"늦다니……."

지난 한 달 내내 생일 인사를 받은 것 같은데 그조차도 부족하다고 하니 어이가 없어 피식 웃음이 나왔다.

"대체 어디까지 응석받이로 만들려고 그래?"

"겨우 생일 파티 한 번으로 무슨 소리예요."

말도 안 되는 소리 말라며 그에게 안겨 있던 헤이젤이 뒷정리를 하는 하인들에게 지시를 내리기 시작했다.

"꽃병은 나무 상자 안에 넣고, 안 깨지도록 톱밥을 까는 것도 잊지 마세요."

손님이 전부 떠났다고 해서 일이 끝난 것이 아니었다. 그릇이며 장식들을 전부 잉그리드 저택에서 가져온 탓에 다시 포장해서 가져가는 큰일이 남아 있었다. 마음 같아서는 푹 쉬고 내일 하자고 하고 싶었지만 짐과 함께 하인들도 전부 돌려보내야 하는 터라 조금 더 정신을 차려야 했다. 한쪽에서는 남은 음식을 치우고 다른 한쪽에서는 포장하느라 정신이 없었다. 그 와중에 무언가를 발견한 워렌이 '그건 내가 먹을 테니까 남겨두고 가'라고 주문했다.

헤이젤이 만든 생일 케이크를 들고 있던 하녀가 고개를 끄덕이고는 주방으로 향했다.

"먹다 남은 건데요?"

"그럼 어때. 아까 사람들 나눠주느라 정작 나는 작은 조각 하나밖에 못 먹었는걸. 천천히 맛보고 싶어."

"다시 구워다 줄게요. 저건 그냥 버려요."

"아냐. 저대로 좋아. 내 생일 케이크잖아."

헤이젤이 구웠던 커다란 케이크는 이제 크림이 다 뭉개져 한 뼘 남짓밖에 남지 않은 상태였다. 볼품없이 남은 케이크를 먹겠다는 말을 내키지 않아 하는 헤이젤을 워렌이 달랬다.

"억지로 먹지 않아도 돼요."

"기대했던 것보다 더 맛있었어. 남길 수야 없지."

실패한 연습작이라도 좋으니 한 입 미리 맛보게 해달라던 그의 부탁을 내내 거절했던 그녀는 결국 맛도 모양도 완벽한 케이크를 만드는 데 성공했다. 촉촉한 케이크 시트와 부드럽게 혀에 감기는 크림은 시판용 디저트와 다를 바 없을 정도로 완성도가 높았다. 퐁당 설탕을 사용해 꽃 장식까지 올려놓은 아름다운 케이크였다.

"이렇게 잘 만들었을 줄은 몰랐어. 요리에 재능이 있는 거 아니야?"

"그 정도는 아니에요. 하지만 마음에 들었다면 다음에도 구워 줄게요."

"힘들지 않다면 부디."

그가 약혼녀의 손등에 키스하며 미소를 지었다. 지쳐 보이는 그녀를 덥석 안아 온실 구석으로 향했다. 그곳에는 파티를 위해 꺼내놓은 고풍스러운 포도주색 체스터필드 소파가 아직 치워지지 않고 남아 있었다. 푹신한 소파에 앉으니 긴장이 풀어지는 모양이었다. 워렌에게 몸을 기댄 채 부지런하게 오가는 하인들 손에 서서히 정리되어 가는 온실을 바라보던 헤이젤이 입을 열었다.

"올해는 이곳에 이름 모를 꽃씨들을 뿌리려고요."

워렌은 소녀가 무슨 말을 하고 싶은지 알 것 같았다. 낡은 과자 상자에 그림을 그려 넣어두었던 꽃씨들을 떠올린 것이리라. 그것들이 전부 잡초로 판명 나면 또 어떻단 말인가. 헤이젤은 하트퍼드 저택에서 처음 만났던 그 꽃들을 온실 가득 키우고 싶었다. 오토마타였던 그녀가 그 씨앗을 보면서 다음 계절까지 이곳에 남아 있을 수 있기를 얼마나 바랐던가. 이제 그 바람이 이루어질 시간이었다.

"가을이 되면 그 아이들은 더는 이름 모를 꽃이 아니겠네요."

"그렇군."

워렌은 그녀와 함께했던 오후를 떠올렸다. 널어놓은 하얀 빨래들 사이로 작은 꽃잎들이 바람에 흔들리던 늦여름 햇살 속의 그녀. 겨우 일 년이 지났을 뿐인데 무척이나 오래전에 있었던 일 같은 기분이 들었다.

"그리고 저도 더는 이름 모를 유령 소녀가 아니고요."

다시 꽃이 피면, 이번에야말로 작은 들꽃들의 이름을 찾아줄 수 있으리라. 자신이 끝내 이름을 되찾은 것처럼.

헤이젤의 속삭임에 워렌은 눈을 감았다. 지독하게 먼 길을 돌고 돌아 소녀는 자신을 되찾았고 그는 소녀를 되찾았다. 이제야 두 사람이 서로 마주 보게 된 것이다.

"그리고 우리는 앞으로는 더 많은 꽃의 이름을 알게 될 거예요. 평생 얼마나 많은 꽃을 만날 수 있을지 궁금하지 않아요?"

"……정말 나로 괜찮겠어?"

찬바람에 시달린 단단한 꽃봉오리가 개화하듯 헤이젤의 세상은 이제부터 시작될 예정이었다. 곁에 있는 사람이 자신으로 괜찮겠냐는 질문에 '무슨 소리를 그렇게 해요?'라며 소녀는 그의 어깨에 머리를 기댔다.

"워렌이라 좋은 거예요."

서로를 찾았기에 드디어 완벽해졌노라고, 노래하듯 들려오던 헤이젤의 목소리가 점점 작게 들리기 시작한다.

"아 참, 저 워렌에게 사과해야 하는데……."

"사과?"

"선물로 주신 작은 '신부' 말인데요. 그거 허락도 안 받고……."

"인형 이야기 하는 거야?"

"……."

"헤이젤?"

도중에 대화가 끊겼다. 참을성 있게 다음 말을 기다리던 워렌의 귀에 우웅, 하는 작은 웅얼거림과 색색거리는 숨소리가 들려왔다. 아무래도 잠이 든 모양이었다. 풋, 터지는 웃음을 참느라 어깨를 떨자 그에게 기댄 채 잠든 작은 몸이 흔들렸다. 풍성한 갈색 속눈썹이 나비처럼 내려앉아 파르르, 작은 날개를 쉬었다. 길던 하루가 끝나고 이제야 마음이 놓였나 보다.

"그래, 조금 자둬."

고개를 숙여 그녀의 동그란 이마에 입술을 누른 채 그가 속삭였다.

해는 이미 저물었지만 온실 안은 아직도 따뜻했다. 서두를 일은 아무것도 없으니 느긋하게 다리를 쭉 뻗고 헤이젤이 편하도록 고쳐 안았다. 규칙적으로 들려오는 숨소리에 마음이 안정된다. 정신없던 하루가 드디어 정리되는 기분이었다.

워렌은 재킷 주머니에 손을 넣어 박하사탕 한 알을 꺼내 포장을 풀고 입에 넣었다. 까드득. 이에 부딪치는 단단한 소리가 전에 없이 달고 시원했다.

❋

다음 날, 카리나가 전화를 했다.

차 안에서 상자를 열어본 이사벨은 '신부' 인형을 보고는 끝내 참고 있던 눈물을 터뜨렸다고 했다. 엉엉 우는 아이의 모습을 보는 건 부모로서 꽤 감동적인 장면이었는지 그 이야기를 하는 그녀의 목소리도 조금 젖어 있었다.

그 말을 전해 들은 헤이젤이 제 작은 친구를 생각하며 미소 지었다.

"이사벨이 뒤늦게나마 친구를 잃은 슬픔과 마주할 수 있게 되어서 다행이네요."

대신이 되어줄 수는 없어도 다시 친구로 시작할 수는 있을 거라고, 아이와 다시 만날 날이 벌써 기대된다며 소녀는 활짝 웃으며 기뻐했다.

꽃처럼 필 이야기들이 앞으로 한참 남았다면서.

외전 6.
새로운 앨범

매해 워렌의 고민이 깊어지는 시기가 올해도 어김없이 돌아왔다.

“곧 결혼기념일인데, 무슨 선물을 받고 싶어?”

돌아오는 대답은 늘 같았다.

“다른 건 필요 없으니 꽃 선물이나 주세요.”

자신이 선물을 고르는 데 재주가 없다는 사실을 잘 알고 있는 워렌은 엉뚱한 물건을 사서 상대방을 곤란하게 만드느니 미리 물어보고 준비하는 쪽을 선택했다. 헤이젤이 기뻐할 만한 물건을 찾아내기가 수수께끼 풀기만큼이나 힘들었기 때문이었다.

그는 자신의 유일한 장점인 심미안을 살려 진귀한 보석이며 액세서리를 선물했으나 그것마저도 작년 말 크리스마스를 계기로 금지 명령이 내려졌다. 집요할 정도로 미려한 세공이 들어간 다이아몬드 머리핀을 받고 입을 딱 벌린 헤이젤이 ‘설마 어딘가의 국보를 몰래 가져온 건 아니지요?' 라며 놀란 뒤 부담된다고 보석 전면 금지를 선언한 것이었다.

그래서 다음 해에는 장식이 비교적 덜 들어간 세련된 느낌의 은 주전자며 쟁반, 금을 입힌 찻잔 같은 식기들을 선물했더니 이번에는 '지나치게 번쩍인다'는 말로 더는 사지 못하게 했다. 물론, 받은 것은 빠짐없이 잘 사용하고 있지만 말이다.

이것저것 생각나는 건 전부 사다 바쳐 본 그는 이제 정말로 두 손을 들었다. 보석은 이미 많고 드레스는 옷장에서 넘쳐 났고 구두와 레이스도 필요 이상으로 쌓여 있다는 말을 들었을 때는 '앞으로 대체 어쩌면 좋을까'라는 고민에 앞이 막막해졌을 정도였다.

그녀는 둘만의 로맨틱한 데이트 정도로도 충분하다고 대답했지만 정작 선물을 주는 워렌은 그것만으로는 부족함을 느꼈다. 반짝이는 샹들리에 불빛 아래서 샴페인 잔을 부딪치며 꽃뿐만이 아니라 보석으로도 휘감아주고 싶은 마음이 굴뚝같은데 적당하다 싶은 물건은 전부 금지를 당하니 여간 큰 낭패가 아닐 수 없었다.

"대체 왜 그런 걸 걱정하는 건데요?"

그런 그의 속을 아는지 모르는지, 모종 카탈로그를 구멍이 날 정도로 열심히 들여다보던 헤이젤이 고개를 갸웃했다. 카탈로그 구경은 최근 그녀의 최고 관심사 중 하나였다. 또래 아가씨들이 드레스 카탈로그에 관심을 보인다면 헤이젤은 각종 화원에 회원 등록을 하고 책자를 받아보는 일을 그 무엇보다도 즐거워했다.

새 책자가 발행될 시즌이 되면 그녀는 우편물을 직접 확인하며 이제나저제나 도착을 기다렸고 두툼한 소포를 받은 날이면 품에 안고 기뻐하며 팔짝팔짝 뛰었다. 한동안 조용해서 어디 있나 찾아보면 워렌의 작업실 구석에 놓인 소파에 몸을 말고 내년에는 무엇을 심을까, 어디에 심으면 좋을까 같은 걸 고민하느라 시간 가는 줄 모르고 푹 빠져 있는 모습을 종종 발견할 수 있었다. 지금도 선물 같은 건 다 필요 없다고 손을 휘휘 저은 뒤 책자를 뚫어지게 들여다보던 그녀는 갑자기 무언가 생각이 난 듯 카탈로그를 펼치며 눈을 빛냈다.

"지금 제가 가장 갖고 싶은 건 여기 책자에 실려 있는 독특한 색의 튤립과 히아신스 구근이에요. 이 꽃들이 하트퍼드 정원 토양에서 뿌리를 내려주면 좋겠는데 가능할지 모르겠어요."

워렌은 그 소소한 요청에 다시금 낙담했다. 튤립과 히아신스 구근 같은 건 굳이 결혼기념일이 아니어도 언제든 사줄 수 있는 것들이었다. 원한다면 구근이 아니라 꽃밭이나 농원째 사줄 수도 있었다. 아니, 아예 헤이젤의 이름을 딴 신품종을 개발하는 방법도 있었다.

'그것도 나쁘지 않군.'

워렌은 언제 날을 잡아 온실업자를 만나보러 가야겠다고 생각했다. 신품종 육성을 요청할 생각이었다. 시간이나 돈은 얼마가 들어도 좋으니 그녀의 이름에 걸맞은 사랑스러운 꽃을 탄생시키리라. 하지만 그건 미래의 일이고, 당장은 코앞의 기념일 선물이 더 큰 문제였다. 아무리 그녀가 원한다 해도 기념일 선물을 겨우 흙 묻은 구근 몇 상자로 때울 수는 없는 일이 아닌가.

욕심 없는 헤이젤의 대답에 한숨만 쌓여갔다. 그는 그제야, 생일 선물로 박하사탕을 달라고 말했던 제 과거의 행적이 얼마나 난감한 요구였는지를 깨닫고 반성했다.

*

불에 탄 하트퍼드 저택은 재와 골조만 남은 흉물스러운 속을 보인 채 정원의 녹음에 숨어 있었다. 검고 지저분한 건물 잔해는 그녀가 꾸미는 정원에 상처를 치료하듯 조금씩 부드러운 모습을 되찾아가는 중이었다.

여름이 되면 헤이젤은 정원 여기저기를 돌아다니며 흐드러지게 핀 꽃봉오리들을 꺾어 실내를 장식했다. 꽃을 담는 화병은 굳이 비싼 크리스털이나 은 제품이 아니어도 상관없었다. 야생화들은 우유병이나 낡은 질그릇 같은, 그때그때 눈에 띄는 적당한 용기들에 자유롭게 꽂혀 양지바른 창가에 옹기종기 진열되곤 했다.

"장미와 제라늄, 데이지와 피오니! 저번에 모아두었던 씨앗 중 하나는 붓꽃으로 밝혀졌어요. 키가 껑충하니 잘 자라길래 올해는 마음껏 크라고 돌담 쪽에 심어뒀어요. 작업실에 둔 꽃다발 향을 맡아봤어요? 향기가 아주 좋아요. 제라늄이 일등 공신이에요."

넘치도록 가득 핀 정원의 꽃들은 헤이젤의 자랑이었다. 앞으로는 계절별로 다른 종을 심어서 사계절 내내 꽃이 부족하지 않도록 하고 싶단다.

"종자업자에게 연락해서 구한 분홍색 디기탈리스는 꼭 수다쟁이처럼 꽃을 피운다니까요."

워렌은 '대체 꽃이 어떻게 피면 수다쟁이 같다는 표현이 나오는 걸까?' 싶어 직접 뒤뜰에 나가보았다가 과연, 정말 그런 느낌이었다며 고개를 끄덕이며 돌아오기도 했다.

원형 작업을 하다가 지루해지면 그의 발걸음은 자연스럽게 정원으로 향했다. 맑은 날이면 십중팔구, 그곳에 자신이 사랑해 마지않는 사람이 분주한 꿀벌처럼 돌아다녔다.

정원을 가꾸며 몸이 튼튼해졌다고 자랑한 그녀는 언제 신발을 벗어 던졌는지 맨발로 흙을 밟으며 잡초를 뽑거나 스스로 거름을 옮겼다. 건조한 날씨에는 혹 성급한 식물들이 마르지는 않을까 걱정이 돼서 작은 나무 수레에 물동이를 싣고 응급 활동에 나서기도 했다. 그녀는 온종일을 정원에서 보내도 질리지 않는다고 말했다.

"뛰어난 정원사의 도움은 나무가 아플 때만 받을 거예요!"

정원사를 고용하는 것이 낫지 않겠느냐는 질문에 헤이젤은 단호하게 대답했다. 하트퍼드가의 정원을 책임지는 것은 다른 누구도 아닌 자신이라고.

그녀는 꽃이 필 자리를 심사숙고해서 씨앗을 뿌렸다. 나무 그늘 밑에서 빛을 받지 못하는 꽃이 있으면 그다음 해에는 양지바른 돌계단 옆으로 자리를 옮겨주었고, 어디선가 구해온 야생초의 씨앗은 호기심을 참지 못하고 정원 빈 곳에 솔솔 뿌려져 다음 해의 즐거움으로 남았다.

질서 없이 제멋대로 꽃이 피고 나무가 우거지는 것처럼 보여도 헤이젤이 꾸미는 정원은 철저한 계획 하에 관리되고 있었다. 커다란 화폭에 그림이 그려지듯 계절마다 각기 다른 색으로 정원 이곳저곳이 화사하게 물들었다.

"구근 말고는 원하는 게 정말 없어?"

"굳이 고르자면 큰 가지도 자를 수 있는 튼튼한 전지가위도 하나 필요한 시기가 되긴 했어요."

그 외에는 생각나는 것이 없다는 확고한 대답이 돌아왔다. 타들어가는 워렌의 속도 모르고 헤이젤은 여전히 카탈로그에 실린 튤립 그림들을 꼼꼼하게 살피며 눈을 반짝였다. 끄응. 작게 앓는 소리가 터진 것을 듣고 고개를 든 헤이젤은 그제야 그가 무슨 고민을 하는지를 눈치챘다. 그녀는 꼬물대며 소파 반대편에 앉아 있던 워렌의 곁으로 다가가 그의 어깨에 턱을 올렸다.

예전보다 횟수가 대폭 줄었다지만 걱정거리가 생기면 미간이 구겨지는 그의 버릇은 아직도 건재했다. 그녀는 그를 달래주기라도 하듯 허리를 쭉 펴서 그의 볼에 입맞춤했다. 부드러운 입술이 닿자 접혀 있던 눈썹이 슬쩍 펴졌다. 헤이젤로서는 그가 왜 그런 쓸데없는 걱정으로 고민하는지 모를 지경이었다.

워렌은 뭔가 크게 잘못 생각하고 있었다. 결혼기념일이란 어느 한쪽이 일방적으로 챙기는 날이 아니다. 이벤트를 한다면 쌍방이 함께 준비해야 하는 날일 텐데, 그는 그저 줄 생각에 빠져 가장 중요한 것을 놓치고 있지 뭔가.

'고민은 나도 하고 있는데 말이지!'

어떤 근사한 선물을 해야 할지에 대해 머리를 싸매는 것은 그만이 아니란 뜻이었다.

헤이젤은 이것만큼은 자신도 어쩔 수 없음을 알았다. 그가 주는 선물은 뭐든 좋다고 아무리 말해도 어차피 듣지도 않는 데다가, 또 그런 말을 하기에는 이미 너무 많은 것들에 퇴짜 아닌 퇴짜를 놓은 후였다.

사교성이 없는 워렌과 결혼한 헤이젤은 그녀 자신도 그처럼 사교계라던가 파티 같은 화려한 장소에 그리 관심이 없다는 것을 깨달았다. 외출할 일이 없는 그녀에게 보석이나 드레스 같은 건 옷장에 걸어놓고 가끔 꺼내보며 감탄하는 용도일 뿐이었기에 받아도 돈이 아깝다는 생각이 드는 게 문제였다.

이러다 선택지가 막히면 또 하트퍼드 저택을 재건할까 하는 질문으로 돌아갈 터라, 대책을 세우기는 해야 할 시점이었다. 그녀는 자신에게 줄 선물 고민에 빠진 워렌을 곁눈질하며 망설였다.

'지금 그걸 물어봐도 되지 않을까?'

본래 물욕이 크지 않은 헤이젤이다. 올해에도 만족스러운 답을 듣기는 힘들 거라는 예상을 하기는 어렵지 않았다. 착잡한 심정으로 고민에 빠진 워렌의 귀에 의외의 답변이 들린 것은 그때였다. 마치 기적이 일어나기라도 한 것처럼 그녀가 머뭇거리며 되물었다.

"그럼 혹시, 제가 부탁하는 걸 들어주실 수 있나요?"

대체 뭘 원하기에 저리 비장한 표정까지 짓는지는 알 수 없었지만 그녀가 원하는 것이 있다는 사실에 기뻤던 워렌은 "뭐든지 다" 라고 가슴을 두드리며 대답했다.

그 답변이 지나치게 빨리 나온 것을 우려한 그녀가 정말 괜찮겠냐고 재차 물었으나 굳이 같은 대답을 두 번이나 되풀이할 필요가 있을까. 원한다면 하늘의 별이라도 따다 주고 싶은 심정이었던 그는 문제없으니 말만 하라며 팔을 벌렸다.

"저, 실은 갖고 싶은 게 있는데. 아니 그 전에 이거, 어떨지 몰라서 준비는 해봤거든요……."

"이건?"

"워렌이 싫으면 지금이라도 취소하면 되니까 너무 부담 갖지 말고 봐주세요."

헤이젤이 몰래 숨겨두었던 물건을 꺼내 보였다. 그는 검은 가죽 장정의 커다란 책자를 바라보며 눈을 크게 떴다. 책이라고 하기에는 지나치게 큰 서적의 표지에는 두 사람의 이름이 금색으로 수

놓아져 있었다. 이건 책이 아니라.

"앨범인가?"

가죽을 인두로 지져서 하트퍼드 가문의 문양을 그려 넣은 화려한 서적의 정체는 사진첩이었다.

"기념일 선물로 준비하고 있었어요."

"나에게 주려고?"

"우리 둘이 함께 사용할 용도로 준비해 봤어요. 결혼기념일이니까요."

워렌은 생각지도 못한 물건을 바라보며 미간을 찌푸렸다. 헤이젤이 주는 거라면 낙엽 한 장, 막대사탕 하나도 기뻤지만 그것이 사진첩이라면 받아들이기 힘들었다. 두 번 다시 꼴도 보고 싶지 않은 물건이 눈앞에 나타나자 워렌은 무의식중에 숨을 삼켰다. 아무리 선물이라도 무작정 기쁜 표정을 짓기만은 힘들어 냉기가 뚝뚝 흐르는 얼굴로 그것을 노려보았다. 사진첩이라면 지긋지긋했다.

헤이젤은 그런 그의 표정을 바라보며 낙담했다. 역시 너무 이른가. 그는 아직 저택 화재의 충격에서 회복되지 못한 것이 틀림없었다. 자신이 돌아왔으니 이제 괜찮을 거라고, 신문에 실렸던 것 같은 사진이 좀 더 갖고 싶다고 생각했던 것이 큰 실수였다.

"헤이젤, 나는."

"미안해요!"

사진첩 같은 건 이제 사양이라는 말을 꺼내기도 전에 헤이젤이 그의 손에 들려 있던 물건을 잽싸게 빼앗아 뒤로 숨기며 사과했다.

"제가 너무 생각이 짧았어요. 잊어주세요."

헤이젤은 제 경솔함을 저주했다. 어째서 워렌의 심정을 미리 헤아리지 못했을까.

"커, 커플 사진이 욕심난 나머지 그만. 정말 선부른 짓을 했어요……."

아쉬운 듯 흘리는 속내에 그의 몸이 흠칫 흔들렸다.

"……뭐?"

"유치한 저 자신을 반성하고 있으니 화내지 말아주세요. 아직 시간이 충분해 다행이지 뭐예요. 얼른 다른 선물을 준비할 테니까."

방금 건 못 들은 걸로 해달라고 속삭이듯 덧붙인 그녀의 볼은 민망함으로 발갛게 달아올랐다. 그뿐인가, 이마에는 땀까지 연하게 배었다. 그깟 사진이 대체 뭐라고 제 쓸데없는 욕심으로 그를 곤란하게 한 건지! 부끄러워서 쥐구멍에라도 숨고 싶은 강렬한 충동을 느낀 헤이젤은 후다닥 작업실에서 뛰쳐나갔다. 도망가는 속도가 어찌나 빠른지 그녀를 멈춰 세우기 위해 워렌은 온몸을 던져야 했다.

"잠깐, 그렇게 서두르지 않아도 되니까 진정해, 헤이젤."

헤이젤이 당장에라도 사진첩을 부숴 없앨 기세로 날뛰자 상대적으로 워렌의 머릿속이 차분하게 가라앉았다. 빈 사진첩 따위에 자신이 지나치게 날카로운 반응을 보인 것 같아 미안함을 느낄 정도까지는 냉정함을 되찾은 그는 조금 전 스쳐 지나듯 들은 단어를 되풀이하며 그녀에게 물었다.

"조금 전에 뭐가 갖고 싶다고 한 거야?"

"네?"

"커플…… 사진?"

워렌이 생각지도 않은 단어를 꺼내자 당황한 헤이젤이 한참 눈을 깜박이다가 그렇다며 고개를 힘차게 끄덕였다.

"곧 우리 기념일이니까 기록도 남길 겸 두 사람이 함께 있는 사진을 찍으면 어떨까 싶었어요. 애, 액자에 걸어두어도 멋질 것 같았거든요. 저번에 신문에 실렸던 사진 액자 옆에다 둘 것들이 더 있으면 좋겠다 싶어서……. 혼자 계획을 세울 땐 몰랐는데 지금 돌이켜 보면 어쩜 이런 바보 같은 일을 벌였나 싶네요. 정말 미안해요."

기어들어 가는 목소리로 털어놓는 속마음에 이번에는 워렌이 동요했다.

"워렌의 사진이 가지고 싶었어요. 내 남자가 이렇게 잘생겼다고 거실에 걸어두고 자랑도 하고. 짙은 색 수트를 입은 당신의 넓은 어깨랑 날렵한 허리선이 얼마나 멋진지 매일 보고 싶, 으아아. 내가 지금 무슨 소리를 하는 거람! 진짜 아무것도 아니에요!"

말하는 동안 헤이젤의 얼굴이 점점 더 불타듯 타올랐다. 워렌 역시, 여태껏 크고 무섭다는 말은 빈번하게 들었어도 잘생겼다는 말은 낯설기 그지없었다. 그렇게 보는 건 헤이젤뿐일 텐데. 칭찬하다 못해 심지어는 팔뚝이며 긴 손가락 모양마저 멋지단다. 그녀의 눈에 단단히 씐 콩깍지의 상태가 염려되는 한편, 여과 없이 쏟아지는 칭찬에 워렌은 귀까지 붉게 물들이고야 말았다.

"알았어, 사진 찍으러 가자. 그 사진첩도 사용하고."

"워렌, 제게 맞춰주느라 무리하지 않아도 돼요!"

"무리하는 거 아니야. 나도 우리 커플 사진이라면 반대하지 않고."

"……정말?"

"정말. 그리고 나 역시 헤이젤의 사진이 갖고 싶어."

부끄럽지만 이 말 또한 진심이었다. 작업실에 그녀의 사진을 걸어두고 싶었다. 그 어떤 값진 부적보다도 더 그를 행복하게 만들어줄 신성한 물건이 되리라. 사진첩에 대한 안 좋은 기억보다도 헤이젤과 함께 찍은 사진을 갖고 싶다는 기분이 더 강한 것도 사실이었고.

워렌이 제 생각을 구체적으로 설명하고 나서야 울상이던 헤이젤의 표정이 조금씩 펴지기 시작했다.

"그, 그럼. 같이 사진 찍으러 가요. 내일 오전으로 약속을 잡아놓을게요."

자칫 그가 마음을 바꾸기라도 할까 두려운지 포르르 전화기를 향해 달려가는 그녀를 보고 워렌이 쓴웃음을 지었다.

"그렇게 서두르지 않아도 되는데. 내일 당장?"

"돌아올 때 워렌이 좋아하는 레스토랑에서 점심도 함께 먹고요!"

그의 허락이 떨어지기만을 기다리던 그녀의 행동에는 막힘이 없었다. 물 흐르듯 일사천리로 정장이며 구두까지 꺼내 가지런히 진열해 놓은 다음에야 가슴을 쓸어내리는 모습에서 워렌은 일찌감치 퇴로가 차단되었다는 것을 깨달았다. 점심까지 미끼로 내걸 줄은. 사진이 갖고 싶다는 진심 어린 염원이 손에 잡힐 듯 보여 그가 쓴웃음을 지었다. 저렇게 기뻐할 줄 알았다면 사진첩을 꺼냈을 때 더 철저하게 표정관리를 해주는 거였는데.

"내일 사진을 찍으려면 아예 지금 수도로 향하는 게 낫지 않아?"

"수도까지 가지 않아도 돼요. 마을에도 사진관이 있거든요."

"그런 게 있었던가?"

수년간 같은 곳에서 살았지만 마을에 사진관이 있다는 사실은 금시초문이었다. 아무리 그와 관련 없는 장소라고는 해도 그 존재조차 몰랐던 걸 보면 꽤 외곽지대에 자리하고 있다는 말일 텐데 대체 그녀는 어떻게 알고 있는 걸까. 사진관이 있는 줄은 몰랐다는 말에 어색하게 웃은 헤이젤은 대답을 얼버무리고 도망치듯 슬쩍 푹신한 소파에 자리 잡았다. 그는 혹 힌트를 얻을 수 있을까 하고 답변을 기다려 보았지만 그녀는 이미 이 화제에 대해 잊은 지 오래인지 카탈로그에 집중하며 신종 튤립 이름을 중얼거렸다.

내년 봄에는 아마도, 정원 한구석에서 예쁘게 핀 튤립 꽃망울들을 만날 수 있을 거라는 추측을 하기에 어렵지 않았다.

다음 날. 헤이젤은 어색한 듯 넥타이를 잡아당기는 워렌을 끌고 사진관으로 향했다. 입구에서 머뭇거리는 그를 재빨리 안으로 밀어 넣은 뒤 마치 와본 적 있는 사람처럼 점원들에게 인사를 건네고는 척척 대기실로 향했다.

옅은 화장에 간단한 머리 장식을 한 것이 전부인 헤이젤은 거울에 전신을 한 번 비춰보고는 그대로 스튜디오 안으로 들어섰다. 워렌의 마음이 변하기 전에 얼른 찍어야 한다는 조급함 때문이었을까, 묘하게 익숙한 그녀의 태도에 그의 의아한 시선이 따라붙는 것도 미처 알아차리지 못한 눈치였다.

"이런, 남편분 표정이 너무 굳어 있네요. 입가에 들어간 힘을 조금만 빼주세요."

그게 마음대로 되는 거였으면 지금껏 시간을 잡아먹지도 않았겠지. 워렌은 짜증을 삼키며 앞을 노려보았다. 테스트 사진도 벌써 여러 번 찍었지만 통나무처럼 뻣뻣하게 굳은 그의 안면 근육을 풀어주기에는 부족했다. 얼러도 보고 달래도 보았지만 어색하기 짝이 없는 그의 태도에 사진사는 깊은 한숨을 내쉬었다.

"일단 부인분 독사진 먼저 찍을 테니 쉬고 계십시오."

헤이젤이 먼저 독사진을 찍는 동안 뒤로 물러나 진행과정을 관찰하던 워렌은 상당히 적극적으로 그녀의 촬영에 참여했다. 뒤로 넘긴 머리카락을 약간 앞으로 흘러내리게 매만져 주거나 스커트의 접힌 부분이 없는지 같은 것도 꼼꼼하게 챙기는 모습이 카메라에 아예 관심이 없는 사람이라고는 보이지 않았다. 아무래도 본인이 피사체가 되어 촬영기사 앞에 서는 부분에 어색함을 느끼는 듯싶었다.

단독 촬영이 끝나고 다시 커플 사진을 찍을 차례가 오니 목에 힘이 단단히 들어가는 모습이 이번에도 순조롭게 진행되기는 힘들어 보였다. 그가 가장 빨리 고통에서 해방되는 방법은 얼른 촬영을 마치는 것밖에 없는 터라 타협점을 찾기가 쉽지 않았다.

심각한 표정의 워렌을 걱정스럽게 지켜보던 헤이젤은 그의 긴장을 풀 방도를 찾다가 무언가를 떠올렸다. 이전 갤러리에서 사용했던 충격 요법이 재등장할 시기가 되었음을 깨달은 것이다.

"촬영에 어서 익숙해져 주세요, 워렌. 앞으로도 기념일마다 이곳을 찾게 될 텐데 매번 이렇게 힘들어서 어떻게 해요."

"미안."

"사과 받으려고 한 말이 아니었어요. 다음에는 셋이 올지도 모르는데, 아빠가 멋진 모습 보여주셔야지요."

"뭐……?"

스치듯 지나간 한마디에 워렌의 눈이 커다랗게 떠졌다. 지금 뭔가 생각지도 못한 단어들이 연이어 스쳐 지나간 것 같은데.

"아, 방금 표정 좋습니다! 잠시만 그대로 계십시오. 말씀하지 마시고요!"

"헤이젤?"

생각지도 못한 말을 들은 충격으로 워렌의 입이 살짝 벌어졌다. 설렘과 흥분으로 놀란 표정이 딱딱하게 굳어 있던 입매와 구겨진 미간을 펴게 했다. 당황한 기색이 역력한 얼굴이었지만 굳은 표정보다는 훨씬 자연스럽고 좋았다.

질문의 답을 미처 듣지 못한 채 카메라 앞에 서게 된 워렌은 속이 달아오르는 것을 느꼈다. 재차 확인하려 할 때마다 사진사가 부인이 힘들지 않게 얼른 끝내야 하지 않겠느냐며 외쳐 대는 통에 꼼짝 못한 채 촬영이 끝날 때까지 더는 묻지 못했다. 기회는 지금이다 싶게 연달아 사진을 찍은 사진사는 드디어 만족스러운 얼굴로 완료 사인을 보냈다.

"여기까지만 찍겠습니다. 수고 많으셨어요! 굳어진 어깨와 목을 가볍게 움직여서 풀어주고 가십시오. 모델분들이 훌륭해서 아주 멋진 사진이 나올 것 같습니다."

포즈며 목의 각도에 대해 설교하고 허리를 더 펴라, 손가락이 굳어 있고 표정이 부자연스럽다며 쉬지 않고 잔소리하던 사진사는 카메라에서 멀어지자마자 사근사근한 태도로 워렌 옷에 묻은 먼지를 털어주며 거듭 훌륭한 자세를 칭찬했다. 뻔한 상술에 워렌이 기가 막힌다는 표정을 지었다.

"……병 주고 약 주는군. 그것보다, 헤이젤. 조금 전 그 이야기는 대체 무슨 뜻이었지?"

"우후후."

인화할 사진의 수량과 크기를 정하고 사진관을 나오던 헤이젤이 장난스럽게 눈을 반짝였다.

"조만간 또 올 일이 생길 것 같지 않아요?"

"정말이야?"

그녀는 확답을 주지 않고 까르르 웃기만 했다. 사진첩 준비를 서두른 진짜 이유. 그녀는 그에게 새로운 가족의 기록을 만들어 주고 싶었다. 굳이 대답을 듣지 않아도 그녀가 하고 싶은 말을 이해한 워렌이 벅찬 표정을 지었다. 이런 식으로 알게 될 줄은 몰랐던 사실에 그는 숨쉬기 힘들 만큼 가슴이 뻐근해졌다.

삶이라는 것이 이렇게 놀라움과 행복의 연속이었다니. 단조롭던 그의 세상은 그녀의 손에서 새로운 것으로 재창조되었다. 그녀의 존재가 그를 지탱하는 전부가 된 이후 그는 순간순간이 빛난다는 말을 절감했다. 워렌은 생글거리며 대답을 미루는 그녀를 끌어안고 입맞춤했다.

✺

"이곳도 여전하네."

주변을 둘러보던 아서가 중얼거렸다. 한동안 들락거리던 작은 마을을 다시 찾은 건 거의 이 년 만이었다. 그녀가 떠났다는 소문을 들은 후로 그는 이 장소를 피했었다. 피치 못할 용건으로 다시 방문하게 된 오늘에서야 그녀가 홀연히 사라진 지 두 해가 지났다는 것을 깨달았다.

벌써 시간이 그렇게 흘렀던가. 작게 중얼거린 아서는 추억의 장소를 둘러보며 만감이 교차하는 것을 느꼈다.

무심코 옮겨지는 걸음은 이전 헤이젤과 함께 산책했던 길을 따라 걸었다. 익숙한 풍경에 그때와 비슷한 날씨였지만 더는 그녀가 제 곁에 없다는 것이 유일한 차이점이었다. 마을 한가운데서 시작해 거의 끝까지 걸어간 아서는 한적한 거리의 막다른 곳에 사진관이 있는 것을 발견하고 그 자리에 멈춰 섰다.

그는 눈이 부신 듯 미간을 살짝 찡그리고 사진관 정면 입구 쪽 진열대를 바라보았다. 유리 전시장 안쪽 고풍스러운 액자 속에 그가 사랑한 아가씨의 사진이 걸려 있었다. 그 익숙한 미소를 보자 그날 그녀가 입었던 옷이며 나누었던 대화들이 저절로 떠올라 말로 표현하기 힘든 그리움이 밀려들었다.

"오랜만에 오니 감상적이 되는군."

그녀와의 추억이 쌓인 장소를 지나다 보니 당장에라도 근처에서 헤이젤이 뛰어나와 반갑게 손을 흔들어주는 건 아닐까 하는 기대에 젖게 된다. 맑은 웃음소리와 연약한 외모에서 짐작하기 힘든 두둑한 배짱까지, 그를 설레게 하던 모습이 아직도 생생하게 뇌리에 남아 있었다.

사진 속 빛바랜 푸른 눈동자는 실물의 반도 따라오지 못했다. 햇살 같은 금색 머리카락과 그보다 더 반짝이던 미소가 얼마나 그리운지 모르겠다.

그때, 사진관에서 한 쌍의 남녀가 나왔다. 젊은 연인들은 문 앞에서 가벼운 입맞춤을 나누더니 청년이 아가씨를 안아 들었다. 체격이 큰 남자 쪽은 아는 얼굴 같기도 했지만 그건 그리 중요하지 않았다.

까르르, 흘러나오는 웃음소리를 흘려들으며 아서는 무심코 조끼 주머니 안으로 손을 넣었다. 찰랑거리는 가벼운 금속성이 들린 뒤 그가 꺼내 든 것은 작은 꽃무늬가 새겨진 은색 펜던트였다.

어딘지 그녀를 연상하게 하는 목소리에 그는 커플이 멀리 사라질 때까지 그 자리에 서서 펜던트 안의 사진을 응시했다.

"역시 실물만 못하지."

안타까운 한숨이 바람에 실려 흘러갔다.

✺

"사진 찍느라 힘들었지요? 우리 식사하러 가요, 어서요."

"어이차!"

"꺄!"

워렌이 헤이젤을 훌쩍 안아 들었다. 이게 무슨 짓이냐고 바동거리는 그녀의 입술에 키스한 뒤 "그런 식으로 사진관 진열대에 걸려 있는 사진을 감추려고 한 시도는 좋았어"라고 속삭였다.

"앗, 봤어요?"

혀를 날름 내민 헤이젤이 고개를 돌려 사진관 진열장을 바라보았다. 그곳에는 붉은 입술의 아름다운 금발 아가씨의 사진이 걸려 있었다. 고풍스러운 의자에 몸을 기대고 작게 미소 짓고 있는 미녀는 워렌은 물론 헤이젤에게도 무척이나 그리운 얼굴이었다.

"물론이지. 대체 언제 저런 걸 찍은 거야."

"아하하, 적지 않은 사연이 있어서요."

감춘다고 설마 저걸 못 보겠느냐고 투덜거리자 헤이젤이 달래듯 워렌의 뺨을 감싸며 이번에는 그녀 쪽에서 먼저 입술을 포갰다. 나비의 날갯짓 같은 가벼운 소리가 들린 뒤 고개를 든 그녀가 물었다.

"흥미로운 이야기는 그것 말고도 많은데 무얼 먼저 듣고 싶어요?"

"……나는 평생 그대를 이길 생각은 하지 말아야겠어."

워렌은 그녀를 품에 안은 채 예약해 둔 레스토랑을 향해 걸으며 대답했다. 이 수수께끼는 그가 원한다고 당장 답을 들을 수 있는 것이 아니었다. 주도권은 전부 그녀의 손에 있었고 스스로 털어놓기를 결심했을 때 들을 수 있게 되리라. 그래도 헤이젤이 사진관의 위치를 어떻게 알고 있었는가 하는 퍼즐은 저 사진으로 풀리게 되었다. 그 정도로 일단은 만족하기로.

"나도 정했어, 결혼기념일 선물."

"정말요?"

"매번 이런 곳까지 나와 사진 찍는 것도 귀찮으니 카메라를 사야겠어. 스튜디오로 사용할 공간과 현상실도 차릴 거야."

"아, 그거 좋은 생각이에요. 곁에 두고 자주 접하다 보면 워렌도 카메라 앞에 서는 일이 익숙해질 테니까요!"

"……."

"사진 찍는다는 핑계로 카메라 뒤로 도망갈 생각일랑 하지도 마세요."

무슨 생각하는지 뻔히 다 안다며 헤이젤이 흘겨보자 워렌이 즐거운 듯 웃었다. 자신은 평생 가도 이 아가씨를 이기지 못하리라. 아니, 이길 필요가 없지 않은가. 그녀가 원한다면 그까짓 사진쯤 못 찍을 것도 없다는 근거 없는 자신감이 생기기까지 했다. 머지않은 시간에 그들은 그 아름다운 사진첩을 가득 채우고도 남는 추억을 갖게 되리라.

때는 가을.

만개한 화관을 쓰고 정원을 누비는 헤이젤을 찍기에 딱 좋은 쾌청한 날씨가 이어지고 있었다.